Für Pia,
die einen wichtigen Anteil an diesem Buch hat

Die Fünf Ehernen Regeln von Alsuna

1.
Jeder Mensch ist in Alsuna willkommen,
ebenso ist jeder Mensch frei, die Stadt zu verlassen.

2.
Jeder Bürger hat das Recht,
die Arbeit zu tun, die er tun möchte.

3.
Jeder Bürger ist verpflichtet, die Interessen der Stadt
den persönlichen Interessen gleichzusetzen.

4.
Stadtoberhaupt von Alsuna ist für alle Zeiten der
unsterbliche Erbauer, der sich dem Grundsatz
verpflichtet hat, nur zum Wohle der Stadt zu handeln.

5.
Jeder Bürger ist verpflichtet,
die *Fünf Ehernen Regeln* zu kennen
und sich an sie zu halten.

Der ehrenwerte Kartograf Goldjunge, der in Diensten des Erbauers steht, hat von den Umrissen Alsunas und Briangards je eine Zeichnung angefertigt. Sie finden sich im Anschluss an dieses Dokument.

1. Kapitel

Alsuna, Jahr 304 nach Stadtgründung

Er zog seinen Fuß ein Stück nach oben, sonst wäre er nun wohl tot gewesen. Der Lichtkegel der Laterne hätte seinen Fuß erfasst, schnell wäre der Wächter stehen geblieben, hätte nach oben geschaut, die eng geschnürten Lederriemen an den Füßen, das dunkelgraue Gewand und den roten Edelstein an seinem Gürtel erkannt und gerufen: »Da ist einer!« Er hätte versuchen können, aus seiner Position zu entkommen, wäre aber zu langsam gewesen, eine leicht zu treffende Zielscheibe vor dem Nachthimmel. Ein Armbrustpfeil hätte ihn vermutlich in den Hals getroffen oder ins Bein und er wäre abgestürzt.

Doch er lebte.

Der Wächter wanderte trällernd unter ihm hindurch, während der Lichtkegel seiner leicht schaukelnden Laterne nichts als kahle Steinwände erhellte. Das Mondlicht kam von der anderen Seite des Gebäudes, sodass Levins Körper gänzlich in Schatten gehüllt war. Die kühle Luft zog von unten durch sein Gewand und trocknete den Schweiß. Eine Weile würde er so durchhalten, eingespannt zwischen der Außenwand eines Wohnhauses und der Säule der Bibliothek. Drei Meter unter ihm war die Seitengasse, in die alle paar Sekunden eine der beiden Wachen auf ihrer Umrundung der Bibliothek einbog. *Schießen können sie*, sagte er sich. *Sie können schießen, aber nicht sehen. Wie leicht würden sie es mit mir haben, wenn sie* sehen *könnten!*

Es war nicht schwer gewesen, bis hierher zu gelangen: die Hauptstraßen meiden wegen der Wachen, also in einem Nebenbezirk über eine Leiter ein flaches Dach besteigen, von einem Absatz zum nächsten Absatz springen, auf diese Weise die flachen Häuser in kurzer Zeit überqueren, ein steiles Giebeldach mithilfe eines Seils erklimmen, auf der Schattenseite hinüberschleichen, sich dann immer das nächsthöhere Haus hinaufarbeiten, schließlich am Nachbarhaus der Bibliothek über den Absatz spicken und die Wege der Wachen beobachten, dann irgendwann hinabgleiten, sich mit Armen und Beinen gegen die Wände pressen, bis zur Sprunghöhe hinabklettern und auf einen günstigen Moment warten.

Bald war dieser Moment. Und es würde schwerer werden. Er musste von außen einsteigen, weil die Türen im Gebäude alle verschlossen waren. Die Steinsäulen waren zu breit zum Klettern. Doch die Fenster und Türen waren günstig: Sie besaßen breite Absätze und jede Menge prächtige Figuren, die Schutz und Halt boten. Alles hatte er in den letzten Tagen studiert: die Fassaden, die Pläne der Innenräume, die Laufwege der Wächter. Er wusste, wohin, wann und wie er sich zu bewegen hatte. Wichtig war nur, wachsam und geduldig zu sein.

Er nutzte die Ruhe, um sich zu sammeln. Alsuna sah von hier aus wie ein Friedhof, wie eine Ansammlung von Steinblöcken und Holzbalken, von gepflasterten Straßen und armseligen Rinnsälen. Groß und prunkvoll zeigte sich die Stadt gerne bei Tag. Aber flach und hilflos lag sie jetzt vor der mondbeschienen Kulisse des Reimutgebirges, das man zwischen den Wölkchen der Kamine und den dürren Bäumen hindurch erkennen konnte. Sein ganzes Leben hatte Levin in ihren Mauern verbracht, hatte sich jahrelang knechten lassen von Menschen, die selbst Knechte der Zwänge in dieser Stadt waren. Bis heute wurde er das faltige Gesicht nicht los, das dem Mann gehörte, den er in seiner Kindheit »Vater« hatte nennen müssen. Levin vergaß nicht, wie es sich angehört hatte, wenn er durch die Wohnstube gebrüllt und ihn einen Lumpen geschimpft hatte. Ihm klangen noch die Worte im Ohr, wie der Vater ihm verboten hatte, sich jemals wieder hinter der Truhe zu verstecken: »Du hast zur Stelle zu sein, wenn ich dich brauche.«

Levin vergaß auch nicht, wie er dem Vater vergeblich in den Rücken gefallen war, als dieser die Schwester geschlagen hatte, das Mädchen, mit dem er beim Räuberspielen in den Gassen die glücklichsten Stunden erlebt hatte. Im Gesicht des alten Bauern hatte er nicht seinen Erzeuger, sondern einen fremden Mann gesehen.

Und damit sollte er recht behalten, wie er nach Jahren erfahren hatte. Man hatte ihn als Säugling aufgenommen, damals, als die Frau noch gelebt hatte. Er war kein Sohn, er war eine Waise, nie hatte er sich anders gefühlt. Je mehr ihm das bewusst geworden war, umso häufiger hatte er sich den Befehlen des falschen Vaters widersetzt.

Schon bald war ihm klar geworden, dass er ein Leben führen konnte, wie er es selbst wollte, ein Leben in Freiheit, fern vom Ort der Demütigungen. Er musste sich nur nehmen, was er brauchte, und Wege finden, um den nächsten Tag zu überleben. Das Haus seines falschen Vaters suchte er nie mehr auf. Nur noch die Stadt war seine Heimat. Er merkte, dass es sich zwischen Mauern, in Dachwinkeln, in Hinterhöfen, in den Kellern reicher Anwesen und in Fensternischen besser leben ließ, als wenn er eine feste Bleibe gehabt hätte. Er liebte den Geruch von fremden Küchen und Speisekammern in der Nacht und er brauchte diese belebende Unsicherheit – dieses Gefühl, dass sie ihn entdecken könnten –, um einschlafen zu können. Er schlief oft dann, wenn sie gerade wach wurden. Und er lebte auf, wenn die Sonne verschwunden war und sie wie Mehlsäcke in ihren Betten schlummerten. Dann kam er und nahm ihnen, was sie eben noch für das Ihre gehalten hatten. Er nahm es ihnen und brachte es jenen, die ihn dafür bezahlten.

Diesmal bezahlte ihn die Witwe. Sie zahlte gut, mehr musste er nicht wissen. Nicht, wofür sie das Buch brauchte, nicht, was darin stand. Es mochte dem Guten oder dem Schlechten dienen, es war ihm gleich. Ohnehin wusste er nicht, ob es in dieser Stadt eine solche Unterscheidung gab. Er wusste nur, dass es in diesem Moment aus seiner Sicht ein Gutes gab: das Buch zu stehlen und zu verschwinden. Und es gab das Schlechte: die Wachen.

Er prüfte die Gassen um sich. Der Lichtkegel verschwand hinter der Ecke. Beide Wachen befanden sich nun auf der anderen Seite des Gebäudes. Für einen kurzen Moment, einen sehr kurzen, war diese Seite unbeobachtet.

Jetzt. Er blickte unter sich, sah die feuchten Pflastersteine, die er sich als Kissen vorstellte, die Treppe, die sich direkt anschloss. Dann: der übliche Schauer in seinen Gliedern. Er ließ los, fiel, schwebte, spürte das kurze Sausen der Luft in seinen Ohren, einen stechenden Schmerz, als seine Beine ihn abfederten. Er war unten. Fast lautlos. Sein Blick ging nach vorne, nach hinten, dann huschte er weiter zur Treppe, die an der Außenseite zum ersten Stock der Bibliothek führte. Drei, vier Schritte, er war oben vor der Tür, sprang und zog sich hoch auf den Türbogen. Hinter dem kortéssischen Steinlöwen duckte er sich. Der Lichtkegel kehrte zurück. Die Wache bog um die Ecke. Levin atmete schnell, aber entspannt. Der Wächter würde ihn nicht sehen, würde vorbeigehen und glauben, alles habe seine Ordnung. Er würde wenige Meter an dem berüchtigten Mann vorbeiziehen, den sie den *Schattensucher* nannten und dessen Ergreifung ihn reich machen würde. Doch wer kam gegen die Macht des Schattens an? Aus dem Dunkel heraus konnte man die Welt um sich herum beobachten, ohne selbst gesehen zu werden. Keine von ihren Waffen konnte es mit seinen Schatten aufnehmen.

Als der Wächter an ihm vorbeigezogen war, richtete Levin sich auf. Wenn er geräuschlos blieb, würden sie ihn nicht bemerken und auch nicht sein Seil, das er aus der Tasche zog und in das er eine Schlinge knotete. Er warf es hoch, es verfing sich in einem Wasserspeier ein Stockwerk höher, er zog und stellte fest, dass es hielt. Mit den Händen arbeitete er sich hoch, mit den Füßen stützte er sich gegen die Wand. In wenigen Sekunden war er oben. Er zog sich am Wasserspeier hoch, packte das Seil wieder ein und kniete neben dem Fenster, das er nun erreicht hatte.

Es war das zweite Stockwerk. Eine weitere Wache schritt nachts innen den Gang ab, der an den Fenstern vorbeiführte. Jedes Stockwerk war gleich aufgebaut. Der Gang bildete das Quadrat, das sich um den Lesesaal schloss. In drei Himmelsrichtungen führten Türen vom Gang in den Saal, der nur durch künstliches Licht beleuchtet werden konnte. Die Treppe zum jeweils nächsten Stockwerk befand sich ebenfalls im Gang. Tagsüber konnte man die Säle im ersten und zweiten Stock aufsuchen, um sich seinen Studien zu widmen. Der Lesesaal im dritten Stock war stets abgeriegelt, da sich dort die verbotenen Regale befanden. Genau dort stand das Buch, das er zu besorgen hatte.

Er lugte zum Fenster hinein und wartete, bis der Wächter vorbeimarschierte. Das war schwierig, denn sie befanden sich auf der dunklen Seite des Gebäudes und der Wächter trug keine Laterne. Irgendwann aber hörte Levin die Schritte, das Rasseln des Schlüsselbundes und sah die Umrisse, als der stämmige Kerl am Fenster vorbeiging. Das musste der sein, der kurz vor Schließung der Bibliothek zur Abenddämmerung das Gebäude betreten und die Tür von innen verriegelt hatte. Levin war als Gelehrter verkleidet tagsüber im Lesesaal gewesen und bis zum Ende geblieben. Jeden Winkel hatte er sich angeschaut, jeden Vorgang beobachtet.

Der Plan wird gelingen.

Er versuchte durch das trübe Glas hindurch zu erkennen, was der Wächter tat. Doch dafür war es zu dunkel. Er sah nur, wie die Gestalt um die Ecke verschwand und bald auf der anderen Seite wieder auftauchte. Die Umrundung des Lesesaals dauerte kürzer, als er vermutet hatte. Ihm blieb nicht viel Zeit. Jede seiner nun folgenden Bewegungen ging er genau durch. Er durfte sich keinen Fehler erlauben. Als der Wächter wieder um die Ecke gebogen war, ging es los. Mit dem Meißel brach er den spröden Mörtel weg, der den eisernen Fensterrahmen in die Mauer einfasste. Bis der Wächter wiederkam, hatte er die erste Seite vom Mörtel befreit. Er hielt inne und wartete, bis er wieder allein war.

Jede weitere Runde legte er das Fenster ein Stück weiter frei. Bald schon konnte er den Meißel am Fensterrahmen ansetzen und ihn, erst auf dieser, dann auf der anderen Seite, aus seiner Verankerung hebeln. Der Wächter kam gerade heran, als es Levin gelungen war, das Fenster geräuschvoll einen ganzen Spalt weit nach vorn zu kippen. Schnell brachte er es in seine ursprüngliche Position zurück und drückte sich an die Wand neben dem Fenster. Doch der Wächter zog nicht wie gewohnt am Fenster vorbei, sondern blieb in der Nähe stehen. »Was war das?«, murmelte er.

Levin hielt den Atem an und vermied jede Bewegung. Der Wächter schien auf weitere Geräusche zu lauschen. Von den Häusern, die Levin um sich herum sehen konnte, ging kein Laut aus. Die Dächer lagen ruhig vor ihm, keine flatternden Vögel, keine vom Wind bewegten Ziegel. Es war die ohnmächtige Stille von Alsuna, die Levin sonst verachtete und die die Stadt zu seinem Opfer machte. Jetzt wünschte er sich, sie würde für einen Augenblick verschwinden. Er wünschte sich natürliche, lebendige Geräusche herbei, die verbergen würden, dass er dabei war, in ihre sichere Ordnung einzubrechen.

Was, wenn er jetzt einfach das Fenster wegriss, hineingriff und den Wächter hinauszerrte? Der Mann würde schreien, sich wehren und dann hilflos hinabstürzen. Warum betrieb er diesen großen Aufwand, wenn er sein Hindernis einfach aus dem Weg räumen konnte? Etwas hielt ihn zurück. Es waren keine Skrupel. Er spürte vielmehr eine Enge und Unruhe bei dem Gedanken, seine Tarnung auffliegen zu lassen. Die Vorstellung, dass der Mann ihm in die Augen schauen würde, sie vielleicht sogar gegenseitig ihren Atem riechen würden, ließ ihn erschauern, und er drückte sich noch fester gegen die Wand. Außerdem würde er ja den Wächter noch brauchen.

Endlich vernahm er ein Geräusch. Ein Rabe flatterte vom Giebel eines nahen Herrenhauses auf, flog auf ihn zu und setzte sich auf einen Absatz des Nebengebäudes. Zwei Meter war er entfernt. Levin starrte den Vogel an, als könne er ihn mit seinem Blick beschwören, ihn nicht zu verraten. Der Rabe schien zurückzustarren. Er hielt seinen Kopf fest auf Levin gerichtet und brachte ein kaum vernehmbares Gurren hervor. *Bleib sitzen, mein Freund!*, rief er ihm in Gedanken zu. *Bleib sitzen und schau mich einfach an. Du kannst mir vertrauen.*

Als hätte er die Worte vernommen, aber falsch verstanden, stieß sich der Rabe ab und flog auf die andere Seite zu Levin ans Fenster. Den Blick immer noch auf den Eindringling gerichtet, spazierte er vor dem Fenster umher. Die tiefe Männerstimme aus dem Innern ließ ihn aufschrecken: »Ach, so ist das. Dachtest wohl, du könntest mich hier zum Narren halten, Piepmatz.« Die Stimme wurde lauter, der Wächter trat näher ans Fenster. »Na los, scher dich fort! Ihr scheißt uns nur die Mauern voll!« Er hatte den Satz kaum beendet, da flatterte der Rabe auch schon davon. Levin schaute ihm dankbar nach. Nicht auszudenken, was passiert wäre, wenn der Vogel nicht rechtzeitig reagiert und der Wächter gegen die Scheibe geklopft hätte. Beruhigt stellte er fest, dass sich die Schritte entfernten und der Wächter wieder hinter der Ecke verschwand.

Levin zögerte nicht. Er kippte das lose Fenster seitlich heraus, stieg in das Gebäude ein und zog das Fenster in seine normale Stellung zurück. Er schaute sich nicht lange um, sondern huschte durch den Gang, bis er eine der drei Türen zum Lesesaal erreicht hatte. Er zog zwei dünne Eisenstäbchen aus seiner Tasche, steckte sie blind ins Schlüsselloch und bewegte sie mit großer Fingerfertigkeit. Mindestens zehn, höchstens dreißig Sekunden brauchte er sonst. Das Schloss kannte er, also mussten zehn reichen. Viel mehr Zeit hatte er auch nicht, wenn er nicht vom Wächter überrascht werden wollte. Er drehte, kratzte, hakelte, suchte den Widerstand und achtete darauf, dass seine Manöver nicht zu laut waren. Er hörte Schritte. Seine Bewegungen wurden vorsichtiger. Er konnte noch abbrechen, schnell in einer Ecke verschwinden und die nächste Runde abwarten. Nein, es war zu spät. Der Wächter würde gleich hier sein. Es klackte. Er zog die Eisenstäbe heraus, drückte die Türklinke geräuschlos hinunter und sprang auf leisen Sohlen in den schwarzen Türspalt, der sich vor ihm öffnete. Schnell schloss er die Tür hinter sich, lehnte sich mit dem Rücken dagegen und stellte fest, dass der Wächter offenbar ahnungslos vorbeimarschierte.

Der Lesesaal. Es war stockfinster. Levin rief sich die Gestalt des Raumes in Erinnerung, wie er sie am Abend noch erlebt hatte. Er hatte sich jedes Bücherregal gemerkt. Langsam schritt er zwischen den Reihen hindurch, tastete sich wie ein Blinder an den Regalen entlang und zählte die Schritte. Als er etwa die Mitte des Saales erreicht hatte, wandte er sich nach links, griff in eines der oberen Fächer und zog ein Buch heraus. Es hatte den vertrauten Umschlag und war mit einem Riemen verschlossen. Schnell löste er ihn, klappte den Deckel auf und holte die Gegenstände heraus, die sich in dem hohlen Buch verbargen: eine Kerze, Streichhölzer, eine Feder, Papier. Alles legte er auf den Tisch, das Buch schlug er zu. Dann zündete er die Kerze an und stellte sie auf. Sie flackerte spärlich vor sich hin und erhellte kaum mehr als den Tisch, auf dem das Papier mit der Feder lag. Doch es reichte, dass sie bis zur Wand des Saals einen Lichtschimmer warf.

Levin war zufrieden. Er ging zwei Reihen weiter, kletterte auf ein Regal und legte sich flach in den Schatten. Wenn er die Wächter nicht falsch einschätzte, würde alles so kommen, wie er es geplant hatte. Er war ein Meister darin, das Verhalten anderer zu analysieren, zu verallgemeinern und zu seinen Zwecken zu nutzen.

Das hatte er schon an seinem Vater geübt. Levin hatte bereits als zehnjähriger Junge gewusst, an welchen Tagen er sich nachts aus dem Fenster schleichen konnte, ohne dass der Vater nach ihm schaute. Er war dann durch die Straßen geschlichen, hatte in die Fenster gespäht und so die Lebensweise jedes Standes kennengelernt. Manchmal hatte er in die Gasthäuser geschaut, die Männer an den Tischen belauscht oder die Frauen beobachtet, die vor der Tür warteten und von Männern mitgenommen wurden. Bald hatte er gewusst, zu welcher Zeit ein Nachtwächter vorbeikam und wie laut er sein durfte, um nicht bemerkt zu werden. Er hatte kleine Gässchen entdeckt, Absätze, über die er klettern konnte, und unterirdische Wasserkanäle. Alsuna war für Levin bald keine große Stadt mehr gewesen, sondern nur noch ein Tummelplatz für seine Launen. *Erstaunlich, dass ich trotzdem immer wieder einen neuen Ort kennenlerne,* dachte er, als er die unbequemen Buchkanten unter sich spürte und plötzlich aufhorchte.

Er bemerkte etwas. Die Türklinke. Jemand öffnete sie so leise, dass er sie nicht gehört hätte, wenn er nicht aufmerksam gewesen wäre. Levin lächelte selbstzufrieden in sich hinein. Der Wächter handelte wie erwartet. Er hatte offenbar den Lichtschein der Kerze durch das Türschloss bemerkt, als er daran vorbeimarschiert war. Statt lautstark mit erhobenem Schwert einzudringen, glaubte er sich im Vorteil, wenn er sich unbemerkt hineinschlich. Vermutlich hatte er durch das Schloss beobachtet, dass die Tür, die er jetzt betrat, überwiegend im Dunkeln lag und von dem geheimnisvollen Eindringling nicht bemerkt werden würde. Ja, er glaubte tatsächlich, sich den Vorteil des Schattens zunutze machen zu können.

Levin bemühte sich, den Atem anzuhalten. Zugleich hoffte er, dass die völlige Stille im Raum den Wächter nicht misstrauisch machen würde. Er hörte, wie die Schritte näher kamen, sosehr der Mann sich auch bemühte, lautlos zu sein. Bald sah Levin ihn. Der spitze Helm und der Brustpanzer schimmerten leicht. In der Tat hatte der bullige Mann das Schwert gezogen. Er wandte den Kopf von rechts nach links, um den Raum abzusuchen. Eine flackernde Kerze, ein Stück Papier, ein Buch und eine Feder; das musste ihn auf den Gedanken bringen, dass der Eindringling irgendwo zwischen den Regalen umherschlich. *Wenn er jetzt wirklich nachdenken würde*, dachte Levin, *dann wäre ihm klar, dass ich genauso gut tagsüber hätte kommen können. Wieso sollte ich mich nachts in einen Lesesaal schleichen, der den ganzen Tag über geöffnet ist? Aber wenn sie nervös sind, so wie dieser hier, dann denken sie nicht weiter nach. Sie halten sich bereits für schlau, wenn sie nicht im ersten Moment wild auf mich losstürmen. Noch eine kleine Weile wird er glauben, dass er ein besonders kluger Wächter ist.*

Irgendwann blieb der Wächter stehen. Er befand sich in einer engen Reihe zwischen zwei Regalen, von wo aus er den Tisch im Blick behalten konnte, ohne von dort gesehen zu werden. Es war der beste Ort, dem vermeintlichen Eindringling aufzulauern, wenn dieser zum Tisch zurückkehrte. Es war der Ort, wo Levin ihn erwartet hatte – direkt vor dem Regal, auf dem er selbst lag. Eine Weile würde der Mann nervös abwarten und immer noch glauben, dass er das Überraschungsmoment auf seiner Seite hatte. Er würde sich vornehmen, den Eindringling rücklings zu überwältigen, mitten im Licht der Kerze. Vermutlich ging er diesen Moment gerade in Gedanken durch, während er im Schatten wartete. Was er nicht bedachte, war, dass es einen noch tieferen Schatten gab. Und in diesem lag Levin, schaute zu dem Wächter hinab und wusste, dass gleich etwas ganz anderes passieren würde.

Er ging vorsichtig in die Hocke. Zuvor hatte er seinen Beinriemen festgezurrt, damit der Mantel nicht zu sehr flatterte, hatte sein Messer gezogen, sich noch einmal seinen Laufweg genau ausgespäht, unentwegt nach unten gesehen, wo der Wächter sich mit dem Rücken gegen das Regal presste und glaubte, er hätte den ganzen Raum im Blick.

Nun denn, dachte Levin.

Er fixierte den Schlüsselbund am Gürtel des Wächters, erhob mit der rechten Hand sein Messer, richtete sich auf, sprang vom Regal, ließ das Messer sausen, als er landete und zerschnitt so den Ledergürtel des Wächters. Mit der anderen Hand packte er den Schlüsselbund, riss ihn an sich und rannte davon, ehe der Wächter wusste, wie ihm geschah. Er kannte seinen Weg. Ohne nachzudenken durchquerte er Reihen von Büchern, umrundete ein Stehpult und rannte auf die Tür zu, durch die er hereingekommen war. Als er merkte, dass der Wächter die Verfolgung aufgenommen hatte, war er bereits an der Tür, schlüpfte hinaus und schlug sie zu. Mit zittrigen Händen nahm er den Schlüsselbund, probierte den ersten, vergeblich, den zweiten, vergeblich, den dritten, den vierten … er hörte die Schritte und Rufe des Wächters immer deutlicher … den fünften, er schien zu passen, passte aber nicht, den sechsten, den siebten … »Jetzt hab ich Euch!« … den achten … er passte. Levin drehte zweimal um, als etwas Schweres gegen die Tür krachte und die Klinke hinuntergedrückt wurde. Die Tür regte sich nicht.

Mit triumphierendem Keuchen lehnte er sich mit dem Rücken an die Tür.

»He! Ihr da! Macht sofort die Tür auf! Macht auf, oder es wird Euch teuer zu stehen kommen!« Levin ignorierte die Rufe und das Trommeln der Fäuste auf der anderen Seite. Er musste kurz durchatmen. Dann richtete er sich wieder auf. Es reizte ihn nicht, auf die kindlichen Drohungen des Wächters eine spöttische Antwort zu geben. Er hatte anderes zu tun. Ruhig schritt er den Gang entlang und die nicht enden wollenden Rufe und Schläge des Eingesperrten wurden immer leiser.

Die Treppe im Gang führte ihn ins dritte Stockwerk. Das Klirren des Schlüsselbundes klang angenehm in seinen Ohren. Kurz darauf betrat er den verbotenen Lesesaal, wo er sich eine Lampe anzündete und durch die langen Buchreihen ging. Bei keinem der Bücher verweilte er, keines der alten Manuskripte interessierte ihn, die sich turmhoch links und rechts von ihm stapelten. Er brauchte nur ein Buch und sobald er es hätte, wären seine Gedanken auch schon am nächsten Ort.

Er fand es ganz oben in einem Wandregal. Es lehnte zwischen spröden Papierbogen, die zu Boden segelten, als Levin das Buch herauszog. Kurz warf er einen Blick auf den Titel, sah sich die Farbe, das Material an und steckte es sofort in seine Tasche. Die Papierbogen hob er auf und stellte sie so an ihren Platz zurück, dass man die Lücke nicht erkennen konnte. Als er den Lesesaal verlassen hatte, schloss er ab und kehrte ins zweite Stockwerk zurück. Er kletterte durch das Fenster, zu dem er hereingekommen war. Den Schlüsselbund legte er auf den Absatz. Vielleicht würde der Rabe wiederkommen und ihn forttragen. Dann holte er sein Seil hervor.

Er hatte das Buch. Doch was noch wichtiger war als das Buch: Sein Einbruch war ein Kunstwerk geworden.

2. Kapitel

Wie ausgemacht hatte Thekla das Fenster im Schlafgemach offen gelassen. Levin war übers Dach herangeklettert und hockte nun auf dem Fensterbrett. Auf dem Tisch vor dem Fenster leuchtete eine Kerze. Levin ließ das Buch mit einem lauten Schlag auf den Tisch fallen. Die Kerze flackerte wild auf und erhellte den blauen Lederumschlag und die grauen Buchstaben der Aufschrift *Gefährliche Pflanzen des Reimutgebirges*.

»Hier ist Euer Buch, Senatorin.« Levin ließ seine Worte aus der Dunkelheit in den Raum steigen. Zunächst folgte nur ein Schweigen. Dann bewegte sich etwas im hinteren Teil des Raums. Jemand erhob sich aus einem Sessel und nahte sich der Kerze. Jetzt sah er das Gesicht der Witwe. Es verriet Anerkennung und Zufriedenheit.

»Ich danke Euch. Ihr seid unbemerkt geblieben?«

»Ungesehen. Das ist das Wichtigste.«

»Für Euch.« Sie befühlte mit der Hand das Buch, wischte den nicht vorhandenen Staub weg und fuhr einige der Buchstaben nach. »Ich nehme an, es ließ sich nicht vermeiden, dass man Euch bemerkte.«

Levin kletterte zum Fenster hinein, achtete darauf, dass seine Kapuze tief saß, und schritt am Tisch vorbei. »Ihr hättet es mir vorher sagen müssen, dass der Diebstahl unbemerkt bleiben muss.«

Sie drehte sich nicht um, als er hinter ihr stand. »Der *Schattensucher*. Vielleicht habe ich Euch überschätzt.«

»Ich warne Euch, Senatorin. Ich habe Euch gebracht, was Ihr wolltet, und Ihr habt mich noch nicht bezahlt.«

Sie zögerte nicht. Aus einer Schublade holte sie einen Lederbeutel und schüttete ihn im Kerzenschein aus. Auf dem Tisch bildete sich ein Häufchen dicker Silbermünzen, auf denen das flackernde Gesicht des Grafen sichtbar wurde.

»Fünfzig Makel. Ihr könnt nachzählen.«

Levin trat dicht hinter sie, sodass sie seinen Atem spüren musste. Er blickte ihr über die Schulter, dann griff er an ihr vorbei, schob das Geld in den Beutel zurück und nahm ihn zu sich. »Ich vertraue Euch. Ihr seid eine Ehrendame.« Er wandte sich um und setzte sich in den Sessel im hinteren Teil des Zimmers. »Außerdem weiß ich, wo ich Euch finden kann.«

»Ihr denkt also nicht, dass ich mit dem Buch verschwinden werde?«

»Verschwinden? Mit einem Kräuterbuch?«

»Ihr habt es euch angeschaut?«

»Ich lese nicht«, sagte er und wechselte in einen Plauderton. Thekla drehte sich zu ihm um. Er konnte nur ihre Umrisse sehen, ihre kleine Gestalt, die breiten Hüften.

»Ihr solltet lesen. Nicht immer nur durch Schatten springen.«

»Würde es mich reicher machen?«

»Seht mich an. Ich habe es bis in den Senat gebracht.«

»Vielleicht solltet *Ihr* lernen, Euch im Schatten zu bewegen. Wer im Senat ist, wird auch bald wieder draußen sein, wenn er sich nicht anpasst.«

»Was wisst Ihr schon über den Senat?«

»Eine ganze Menge.«

»Schleicht Ihr Euch heimlich in die Sitzungen, um uns zu belauschen? Hinter welcher Säule versteckt Ihr Euch?«

»Was, wenn ich einer der vielen unauffälligen Bürger bin, die Eure Sitzungen mitverfolgen? Was, wenn ich selbst ein Mitglied des Senats bin? Was wisst Ihr schon? Was wisst Ihr schon über mich oder über Euren Senat?«

Sie schwieg. Er atmete zufrieden in seinem Sessel. Eigentlich hatte er schon zu viel geredet. Er war bereit zu gehen, aufzustehen, sie aus dem Dunkeln heraus anzulächeln und aus dem Fenster zu steigen. Doch auf einmal redete sie weiter: »Na schön, Ihr seid überall und in jedem. Ihr wisst alles und niemand weiß etwas über Euch. Ihr habt die ganze Stadt in Eurer Hand. Und doch habt Ihr nichts. Wenn Ihr tot seid, wird sich niemand Eurer erinnern. Ihr habt nichts gegen die Seuche unternommen, Ihr habt nichts gegen die Armut getan, nichts gegen die Trennung von Briangard. Nichts habt Ihr.«

Weil sie ihn nicht sehen konnte, verzog er beleidigt das Gesicht. Was wusste sie schon, was er alles hatte? Was wusste sie von dem Vermögen, das er in einem Abwasserkanal hortete und mit dem er sich ohne Weiteres in den Senat hätte kaufen können? Oder von seinem Keller, in dem er heute Nacht schlafen würde? Gleich würde er losziehen und niemand würde es wahrnehmen, wie er das verlassene Haus am Ostrand der Stadt aufsuchte, in den türlosen Kellerraum schlich, eine Lampe anzündete und sein Museum genoss.

Er besaß allerlei Kostbarkeiten: Silberstatuen, volle Schmuckkästchen, die er nie öffnete, unzählige Schnitzereien und vor allem Kleider. Er konnte behaupten, jede Form von Kleidungsstück zu besitzen, die in Alsuna existierte. In seinem Keller hingen Lumpen von Bettlern, bestickte Röcke, feine Umhänge, Ledergürtel, Kappen, Schuhe, Stiefel, Sandalen, Narrenhosen, Seidentücher, Soldatenrüstungen, Arbeiterkluft, Metzgerschürzen. Wenn er wollte, konnte er morgen der Mensch sein, zu dem ihn seine Laune machte. Er konnte durch das Kaufmannsviertel spazieren, sich wie ein Edelmann gebärden und sie würden ihn freundlich zurückgrüßen. Er konnte als Nachtwächter das Gasthaus aufsuchen und die Männer anbrüllen, wenn sie sich schlugen. Ja, er konnte vieles sein, vielleicht alles. Das mochte sie ihm nicht glauben und er hütete sich, etwas davon preiszugeben, nur um sie zu überzeugen.

»Ich habe das Geld, das Ihr mir gegeben habt. Das ist nicht wenig.«

Sie schwieg wieder und nickte ruhig. Ihr Schweigen, aber noch mehr ihre Ruhe veranlassten ihn aufzustehen. »Nun denn, ich will Euch nicht die Nacht rauben.«

»Nehmt Euer Geld und hütet es gut.«

Er ging zurück zum Fenster. Als er hinausgestiegen war, drehte er sich noch einmal zu ihr um. »Es gibt eine Sache, die ich nicht weiß, Senatorin.«

Sie schaute ihn fragend an, jetzt sah er ihr Gesicht deutlich. Trotz ihres Alters zeigte es wenige Falten.

»Weshalb seid Ihr Witwe?«

Es überraschte ihn, dass sich ihre Miene nicht verzog, die Ruhe nicht aus den Augen wich.

»Wie ich bereits sagte: Ihr habt nichts gegen die Seuche unternommen.«

Neun Jahre früher …

3. Kapitel

Alsuna, Jahr 295 nach Stadtgründung

Sie musste verstehen, dass er eine wichtige Aufgabe zu erfüllen hatte. Sie würde es verstehen, spätestens dann, wenn er zurückkehrte und getan hatte, was zu tun war. Der Brief, den er ihr hinterlegt hatte, würde sein Herz offenbaren, auch wenn er keine Erklärung enthielt. Jedes Wort hatte er mit solcher Echtheit geschrieben, dass sie keinen Zweifel an seiner Liebe haben konnte. Und wenn er zurück in der Heimat war, würde sie endgültig die Seine werden.

Eine Weile stellte sich Alvin ihr Haar vor, ihre Zähne, wenn sie lächelte. Dann hob er den Blick und ließ ihn über den Ort wandern, der sich vor ihm erstreckte. Er stand oberhalb des großen Südtors von Alsuna, von wo er den gewaltigen Marktplatz überschauen konnte, der sich in seiner Größe mit dem berühmten *Gula Rubens* in Faiza messen konnte. Freilich ging es dort hektischer zu, die Luft war heißer, die Gerüche waren intensiver, so hatte man Alvin erzählt. Alsunas Markt lebte allein von seiner beeindruckenden Größe. Er verströmte kein Leben, er regte einen nicht auf, er lag nur vor einem wie ein gleichmäßig wallendes Meer.

Neben Alvin stand ein alter Mann über die Mauerzinne gebeugt. Er beobachtete die Vorgänge auf dem Platz unten mit ähnlicher Aufmerksamkeit wie Alvin. Als Alvin hinaufgekommen war und die Stadt wie ein staunendes Kind betrachtet hatte, hatte der Alte ihn angesprochen. »Ihr seid neu hier, was? Ich habe lange niemanden mehr gesehen, der hierherkommt, nur um etwas anzuschauen.« Alvin hatte ihm bestätigt, dass er neu in der Stadt war, und der Alte hatte einfach begonnen zu erzählen: von den Menschen, ihrer Mentalität, von den wichtigsten Orten Alsunas.

Alvin richtete seine Augen zum höchsten Punkt der Stadt. Eine majestätische Festung erhob sich auf einer Anhöhe nördlich von Alsuna. Sie schien fast mit dem sich anschließenden Gebirge zu verschmelzen.

»Briangard«, sagte der Alte. »Die Heimat des unsterblichen Grafen und die

Wiege der ganzen Stadt. Hier nahm Alsuna seinen Anfang. Ein Jammer, dass es zum Zerwürfnis kam.«

»Ihr glaubt, dass dieser Graf unsterblich ist?«

»O ja, so sagt man. Er hat sich nie verändert. Seit ich ein kleines Kind bin, ist er ein Mann im reifen Alter. Aber man hat ihn lange nicht gesehen. Er wurde vor drei Jahren aus der Stadt verbannt. Eine jammervolle Geschichte. Manche glauben, er sei inzwischen doch auf irgendeine Weise gestorben.«

Alvin betrachtete mit großer Erregung den runden Hauptturm, um den sich der Palast und die Festung wie ein Tuch wanden, das grobe Mauerwerk, das wirkte, als sei es aus Fels gemeißelt, die rotbraun gedeckten Spitzdächer. Er ließ seinen Blick vom Palast zur äußeren Burg wandern, über die Mauern hinweg den Berg hinunter, über die ersten Dächer der Stadt und den alten Marktplatz und dann immer weiter in den Süden bis zum neuen Marktplatz, vor dem sie standen. Es war eine Reise durch die wundenreiche Geschichte der Stadt.

Alvin zeigte auf das riesige Gebäude vor dem Marktplatz, an das sich das Bürgerviertel anschloss, und fragte den Alten, was es damit auf sich hatte.

»Nun, ein früherer Kämmerer hat einmal gesagt: ›Wir haben ein so reizvolles Senatshaus errichtet, dass der Besucher seine Aufmerksamkeit schnell von Briangard abwendet.‹ Er meinte mit ›reizvoll‹ wohl die kunstvolle Giebelfassade, die zahlreichen Figuren zwischen den Fensterreihen und die vielen kleinen Türme. Ja, das Senatshaus ist prächtig. Seht Euch das stolze Stadtwappen unter dem Balkon an. Daran haben sie ein Jahr gearbeitet. Zwei Jahre später war der Kämmerer tot. Sein Name ist neben hundert anderen in einen Querbalken des Senatshauses geritzt. Inzwischen hat man es um ein weiteres Stockwerk vergrößert und die Fassade weiter verfeinert.

Wisst Ihr, das Senatshaus und der Markt gehören zueinander. Sie sind das Herz von Alsuna geworden. Wer den Menschen etwas mitteilen möchte, der muss auf den Balkon stehen und zum Markt sprechen; am besten vormittags, wenn die meisten Leute da sind. Dann drehen alle die Köpfe zu ihm und hören brav zu, sofern seine Stimme kräftig genug ist. Was nicht über den Balkon verkündet wird, wird auf der großen Holztafel neben dem Tor im Säulengang angeschlagen. Dort sind auch die besten Händler. Gewürze und Fleisch, das aus anderen Städten geliefert wird, holt Ihr am besten dort. Und die neuesten Gerüchte der Stadt könnt Ihr ebenfalls dort erfahren.« Er drehte sich zu Alvin um. »Ihr seht nicht so aus, als wolltet Ihr Euch nur mal alles anschauen.«

Alvin lächelte. »Ihr habt recht.«

»Ein Zugewanderter?«

»Gewissermaßen.«

»Wusste ich's doch. Ich habe einen Blick für so etwas. Habt Ihr einen Beruf?«

»Ich bin Handwerker.«

»Oh, was stellt Ihr denn her?«

»Ich schleife Diamanten«, sagte Alvin.

»Damit werdet Ihr hier wohl nicht reich. Hier gibt es sehr wenige Edelsteine.«

»Natürlich kann ich mein Geschick auch anderweitig einsetzen. Ich werde mich einfach umsehen.«

»Ich verstehe.« Er zögerte und schaute Alvin stirnrunzelnd an. »Verratet Ihr mir, was Euch hierherbringt?«

»Ich glaube«, antwortete Alvin nachdenklich und ehrlich, »ich möchte einfach zu dieser Stadt gehören.«

»Zur Stadt gehören. Verstehe, verstehe. Dann lasst Euch einen Rat geben: Lasst die Stadt, wie sie ist, und Ihr werdet hier zufrieden leben können.«

Alvin lächelte noch einmal in das Gesicht des Alten, dankbar für seine Hilfe. Doch seinen Rat, nein, den würde er nicht befolgen.

4. Kapitel

Alsuna, Jahr 304 nach Stadtgründung

Es war ein besonders geschäftiger Markttag, als an einer Säule des Senatshauses ein in helles Beige gekleideter Blinder lehnte. Um das Senatshaus herum saßen allerlei Bettler und Krüppel, flehten die vorbeiziehenden Menschen um ein Almosen an oder setzten mitleidige Blicke auf. Der Blinde fiel keinem auf. Sie gingen an ihm vorüber, ohne ihn eines Blickes zu würdigen. Weil er keinen Hut und auch kein Tuch vor sich ausgebreitet hatte, warf ihm niemand etwas zu. Er ließ die Menschenmengen an sich vorbeiziehen. Hin und wieder schritt er in der Gegend umher, klopfte dabei den Boden mit einem Stock ab und kehrte dann wieder zu seinem Platz zurück. Dabei hätte er auffallen können. Man hätte bemerken können, dass er jede Woche zur selben Zeit an diesem Platz stand. Man hätte auch bemerken können, dass er sich ausgerechnet dort aufstellte, wo man den Markt am besten beobachten konnte. *O ja*, sagte er sich, *sie sind sehr leicht zu täuschen. Es müsste nur einer von ihnen stehen bleiben und nachdenken. Sie würden sofort dahinterkommen. Aber das tun die Menschen nicht. Sie sehen nur, was auf ihrem Weg liegt und wo sie noch hinwollen – den nächsten Verkaufsstand oder einen Nachbarn, den sie treffen, oder den Nachhauseweg. Sie hören, wenn der Prediger da drüben ein Geschrei anstimmt und ihnen Angst einjagen will. Dann stehen sie da und schauen, als sei es eine Neuigkeit. Aber wenn etwas wirklich Merkwürdiges vorgeht, sind sie blind. Es ist schön, einer Herde Blinder zuschauen zu dürfen.*

Er beugte sich vor und lauschte in Richtung des kleinen Brunnens auf der Ostseite des Platzes. Man musste sich wenig anstrengen, um die schneidende Stimme des Boten vom *Orden der Redlichkeit* zu verstehen. Man erkannte die Boten an ihrem dunkelblauen Gewand, das mit grünen Schnüren umgürtet war, und am meist bräunlichen Gesicht mit der flachen Nase. Sie versammelten sich mehrmals die Woche in den vier Hallen des Ordens, die in der Stadt verteilt waren. An diesen Tagen fasteten sie, meditierten über den Steinbildern des Grafen und verlasen die *Fünf Ehernen Regeln*. Wer im Orden sein wollte, musste seinen Reichtum aufgeben und in die Schale der Rückkehr legen. Sie war für den Tag bestimmt, an dem der Graf wieder in die Stadt einzog. Man würde sie ihm überreichen und damit zeigen, dass der Orden stets auf seine Wiederkehr gehofft und ihm die Treue gehalten hatte. Bis dahin gingen die Boten des Ordens umher und suchten, wen sie überzeugen konnten.

»Alsuna, du bist gewarnt. Treibe es noch eine Zeit so und die Strafe wird dich gänzlich vernichten. Wer wird über dich weinen, wenn du im Schmerz deiner Krankheit dahinsiechst? Wer wird dich wieder aufrichten? Hast du nicht deinen Erbauer verachtet? Hast du den Unsterblichen nicht verworfen, herabgesetzt? Ich sage dir, Stadt des Ungehorsams, noch ist es Zeit, ihm seine Ehre zurückzugeben. Du hast dich gegen ihn erhoben, hast deinen eigenen Rat über ihn gesetzt. Und er hat dich in seiner Geduld nicht zerschlagen. Er hat dir vor zehn Jahren schon den Boten der Krankheit geschickt, um dich zurückzurufen. An einer eigenen Haut kannst du nun sehen, Stadt des Ungehorsams, wohin sich deine Untreue frisst, wenn du ihr nicht Einhalt gebietest. Ich, Orden der Redlichkeit, Hüter des Ursprungs, fordere dich heraus, mir zu folgen. Ich habe sein Bildnis bewahrt. Ich habe nicht aufgehört, ihn zu ehren. Ich heiße ihn willkommen durch mein Fasten und Weinen. Folge mir, Alsuna!«

Keiner folgte dem Boten. Viele Zuhörer lachten. Zwei beschimpften ihn, ein paar zogen schnaubend davon. Der Vertreter des Ordens redete weiter von Tradition, von Unterwerfung, von Opfer. Er ging nicht darauf ein, als ein Krüppel am Rand der Menge ihn bat, den Grafen beim Namen zu nennen, ihn zu beschreiben.

»Dein körperliches Leiden ist die Strafe für deine Verachtung. Hör auf, dich zu erheben, Stadt des Ungehorsams«, antwortete der Bote. *Zum dritten Mal hat er die Stadt nun schon so genannt*, stellte der Blinde fest. *Orden der Redseligkeit wäre ein besserer Name!*

Als der Mann seine Rede beendet hatte und die kleine Menge sich aufzulösen begann, klopfte der Blinde mit dem Stock den Boden vor sich ab und folgte dem Boten, der eben an ihm vorbeigegangen war. Dieser blieb an einem Obststand stehen und begutachtete die ausgelegten Trauben. Der Blinde tappte hinter ihm vorbei, nicht ohne den Boten mit einem »Verzeihung« anzurempeln. Als der Mann den Blinden sah, unterdrückte er einen Wutausbruch und drehte sich wieder zu den Früchten um. Im selben Moment rempelte der Blinde einen alten Bauern an, der ihm entgegenkam. Kurz darauf hörte er den empörten Ausruf des Boten: »Mein Geldbeutel! Wer hat ihn geklaut?« und gleich darauf einen anderen: »Da! Aus der Tasche von dem Alten ragt etwas heraus!« Schnell versammelte sich eine Menge schimpfender, verächtlicher Menschen um den Bestohlenen und den vermeintlichen Dieb und sah zu, wie man den Alten von der Wache abholen ließ.

Der Blinde wagte nicht, sich umzudrehen und unter der Augenbinde hindurchzuschauen. Vielleicht hätte es keiner gemerkt. Aber vielleicht doch. Was er hörte, reichte ihm. Er beherrschte sein Handwerk noch immer. Und das stellte ihn zufrieden, Levin, den *Schattensucher*.

Er drehte eine Runde über den Markt, ergatterte einen Brotlaib und ein Stück edelsten Schimmelkäse. Nur einmal blieb er länger stehen. Er beobachtete zwischen den Menschen hindurch, wie vor dem großen Weinfass eine Magd von ihren Herren bespuckt wurde. Der Winzer und seine Frau hatten wohl das Missfallen eines Kaufmannes auf sich gezogen und waren von der Magd ausgelacht worden. *Nur einmal wollte sie sich überlegen fühlen*, dachte Levin, als er zusah, wie auch andere Knechte sich beteiligten, sie schubsten und auf den weingetränkten Sandboden hinabstießen. Der Preis für ihren kurzen Übermut war hoch. *Schändliche Menschen*, dachte er, *sehen sich wie etwas Besseres und sind doch viel armseliger als dieses Mädchen.* Levin schaute zu, fühlte sich an seine Adoptivschwester erinnert, wollte näherkommen, für einen Augenblick sogar eingreifen. Doch er wusste, dass er das nicht konnte, ging weiter und kehrte zu seinem Platz an der Säule des Senatshauses zurück. In Gedanken war er bei dem Brot und dem Käse in seiner Tasche. Essen würde er später. Nicht hier. Nicht, wenn so viele Menschen um ihn herum waren und ihm den Genuss zerstörten. Er musste allein sein, am besten bei Sonnenuntergang auf einem abgelegenen Dach sitzen, von dem man die ganze Stadt überblicken konnte. Noch eine Weile würde er hierbleiben und warten. Vielleicht suchte ihn ja doch noch jemand auf. Die letzten Wochen waren rege gewesen. Er hatte gute Aufträge eingeholt. Vielleicht schon zu viele. Wenn es so weiterging, würde ihn bald die halbe Oberschicht von Alsuna kennen.

»Beeindruckendes Kunststück«, sagte eine Männerstimme hinter ihm. »Nicht sehr moralisch, aber amüsant.«

»Wie?« Levin drehte sich nicht um, sondern tat, als würde er weiter auf die Menschen achten.

»Das mit dem Bauern und dem Boten des Ordens. Sehr geschickt.«

»Ich weiß nicht, wovon Ihr redet.«

»Ich habe Euch beobachtet. Wie wollt Ihr das erklären?«

»Ihr habt mich beobachtet, schön. Ist es etwas so Besonderes, dass ein Blinder sich einen Scherz erlaubt?«

»Nicht doch. Das mit dem Geldbeutel ist nicht schwer. Aber ich frage mich, wie Ihr als Blinder in den Besitz des goldbestickten Taschentuchs des Boten kommt.«

Levin schwieg und vermied eine ungeschickte Antwort.

»Ihr wisst schon. Das Tuch, das Ihr Euch in die rechte Tasche gesteckt habt. Der arme Mann wird es wohl erst vermissen, wenn er daheim angekommen ist. Ich bin sicher, er hätte es gerne in die Schale der Rückkehr geworfen.«

Es war Zeit, sich umzudrehen. Levin tat es vorsichtig, unauffällig. Doch er war sich bewusst, dass sein Gesprächspartner seine Verunsicherung bemerkte. Und er bemerkte sie nicht nur, er ganz allein hatte sie hervorgerufen.

»Es ist sicher kein schönes Gefühl, so etwas hören zu müssen, wenn man glaubt, völlig unbeobachtet zu sein.«

»Ihr habt recht. Ich ziehe es vor, an *Eurer* Stelle zu sein.«

Während er das sagte, studierte Levin die Gesichtszüge des Mannes genau. Es war ein speckiges, von zwei Narben durchkreuztes Gesicht. Der Mann hatte volle Lippen und zeigte ein breites Grinsen, das eine Zahnlücke zum Vorschein kommen ließ. Dünne Haarsträhnen hingen in seine Stirn. Sehr ungepflegt, wie Levin fand. Er fragte sich, ob der Kerl schon mit diesem unverschämten Grinsen auf die Welt gekommen war. Und er fragte sich, wie es ausgerechnet ihm gelang, unbemerkt zu bleiben. Noch mehr aber fragte er sich, wen er vor sich hatte.

»Das ist mir bekannt«, fuhr der Mann fort und lehnte sich an die Säule neben Levin.

»Ach ja? Ihr tut, als wüsstest Ihr alles über mich.«

»Nicht alles. Aber mehr, als Euch lieb sein kann.«

»Über einen Blinden wie mich?«

»Macht Euch nicht lächerlich. Mich braucht Ihr nicht zu täuschen.« Jetzt blickte er zum ersten Mal um sich. »Am Silberbrunnen erwartet Euch mein Herr.«

Hinter seiner Binde verzog Levin die Augen zu Schlitzen. Das Wort war gefallen. Der Mann hatte den Silberbrunnen erwähnt. Er war ein Wissender, ein möglicher Kunde, aber auch eine Gefahr. Er misstraute Auftraggebern, die ihn zu genau beobachteten.

»Dann werde ich wohl gleich dort hingehen müssen«, antwortete Levin und versuchte in den Augen des Mannes zu lesen. Es irritierte ihn, dass er darin so wenig fand, nur eben das vage Gefühl von lauernder Gefahr. Das war an sich nichts, was ihn abschreckte. Er lebte mit der Gefahr, er suchte sie, liebte sie, brauchte sie. Sie war eine Partnerin für ihn geworden. Ohne sie gab es kein Leben für ihn. Und doch musste er jedes Mal um sie werben, er musste sie einladen, um sie nicht als Gegnerin zu sehen. »Sein Name?«

»Darius. Besitzer der Weberei im Südostviertel.«

»Und Ihr?«

»Ehemaliger Soldat der Stadtwache.«

»Gut. Ich …«

»Ihr gebt Euren Namen nicht preis, ich weiß. Silberbrunnen. Mein Herr erwartet Euch.«

Der Mann grinste ein letztes Mal, wandte sich ab und verschwand auf der anderen Seite des Gebäudes. Levin blieb zurück und wartete noch einen Moment. Er würde die andere Straße nehmen, sich mit seinem Stock langsam voranklopfen und darüber nachdenken, wie er vorgehen wollte. So tat er es immer. Es funktionierte. Von den unterschiedlichsten Orten kamen sie mittlerweile. Sein Ruf hatte sich verbreitet. Jeder Eingeweihte wusste, dass der Blinde einmal in der Woche bereitstand und Aufträge entgegennahm. Man musste nur das Wort »Silberbrunnen« erwähnen und sich dort einfinden. Fast jeden Auftrag hatte er bislang am Silberbrunnen erhalten. Es war der perfekte Ort. Mitten im Bürgerviertel, geschützt durch Bäume und Mauern. Vielleicht war es der einzige Ort in der Stadt, dem kein Fenster zugewandt war. Wenn Levin sich mit den Auftraggebern traf, wurden alle Einzelheiten des Auftrags besprochen: Was er holen musste und was er dafür bekam. Übergabe war dann meist im Haus des Auftraggebers. Eine sichere Sache, denn keiner konnte so unauffällig wie er an einen Ort gelangen und wieder verschwinden.

Auch Darius würde sicherlich preisgeben, in welchem Haus er lebte. Doch Levin wusste nicht, wie viel diese Beschreibung wert sein würde. Jedes Wort, das aus dem Mund des Boten gekommen war, hatte völlig wahr und zugleich unwesentlich gewirkt, als verberge sich dahinter eine ganz andere Wahrheit. Vielleicht war es dieses sichere, unbeeindruckte Gesicht gewesen, ja, das musste es sein. Was es vermittelt hatte, war etwas ganz anderes gewesen als die Worte, die aus dem Mund des Mannes gekommen waren. Es hatte von einem bedeutungsvollen Geheimnis erzählt, von einer Sache, die viel größer war als alles, was Levin sonst gewohnt war. Doch weil er sich selbst kannte und wusste, dass es nichts gab, was ihn jemals überwältigen würde, tastete er sich vorfreudig, gespannt und gleichzeitig angriffslustig die Straße zum Bürgerviertel hinauf.

5. Kapitel

Alsuna, Jahr 295 nach Stadtgründung

Alvin hatte sich auf den Rat des Alten hin eine nordländische Kappe gekauft. Sie sei genau das Richtige für die anbrechende kühle Jahreszeit. Außerdem trug er schwarze Stiefel, die ihm ein redseliger Händler angedreht hatte. Das alles passte nicht schlecht zu seinen rotblonden Locken, den einfachen Leinenkleidern, seinem kräftigen, bräunlichen Gesicht. Er hatte den Schnurrbart durch einen gepflegten Vollbart ersetzt. Man konnte ihn für einen bescheidenen Kaufmannsgehilfen, einen wohlhabenden Bürger, vielleicht auch noch für einen Handwerker halten.

Die ersten Wochen lebte er im *Alten Junker*, einem billigen Gasthaus. Es war das einzige in der Nähe des Marktes, das noch Platz hatte. Morgens half er beim Melken der Kühe, was ihm die Unterkunft noch billiger machte. Bald schon bot ihm der Wirt an, beim Schlachten zu helfen, beim Putzen der Gaststube, beim Ausschank. Er hätte sich damit eine kostenlose Unterkunft verdienen können, doch Alvin lehnte vorerst ab. Er hatte den Tag über zu tun.

Nach dem Frühstück zog er immer los, ging auf den Markt und bot an einem kleinen Tischchen an, Edelsteine zu schleifen. Er durfte den großen Stein des Messerschleifers mitbenutzen und erntete neugierige Blicke, wenn er sein Werk tat. Viel verdiente er dabei nicht, denn die Reichen zogen es in der Regel vor, ihre Steine den bekannten Schleifern im Kaufmannsviertel anzuvertrauen. Doch wenn es Alvin allein ums Geld gegangen wäre, hätte er einfach selbst ein paar Steinchen verkauft. Für ihn wäre das eine Kleinigkeit gewesen. Doch er hätte wohl kaum so unbefangen mit den Leuten reden können. Sie hätten ihm misstraut oder ihn beneidet, viele hätten über ihn geredet. Er wollte nicht auffallen. Er wollte einfach einer der Ihren sein.

Nachmittags erkundete er die Straßen. Einmal half er bei einem Hufschmied aus, ein anderes Mal bei einem Bäcker. Er bekam wenig Geld dafür, nicht mehr als zwei Makel am Tag. Aber er lernte die Menschen kennen. Er konnte sich ein Bild davon machen, wie sie redeten, dachten, lebten. Abends saß er in seiner Kammer und schrieb alles auf Papierbögen. Manchmal waren es einsame Abende und er dachte unwillkürlich an *sie*. Wenn es ruhig war, glaubte er fast ihre Stimme zu hören, ihre direkte, ungekünstelte Ausdrucksweise, und ein Bild entstand vor seinem inneren Auge. Dann stellte er sich einen Dialog mit ihr vor. Er sprach nicht laut, aber in Gedanken formte er klare Sätze.

»Du bist gegangen und hast mich nicht mitgenommen, mir nichts gesagt.«

»Ich durfte dir nichts sagen. Glaube mir.«

»Gibt es also Dinge, die wir uns nicht sagen?«

»Vertraue mir. Ich belüge dich nicht.«

»Warum forderst du das von mir? Habe ich dir bisher nicht vertraut?«

»Doch, das hast du. Du bist zu uns gekommen und hast dich mir anvertraut. Ich habe das nicht vergessen. Du hast meinetwegen alles zurückgelassen. Viele haben dich abgelehnt und dann bist du immer zu mir gekommen und hast dich ermutigen lassen. Und selbst bei meinem Vater ... selbst gegen ihn ... Ich weiß, es war nicht leicht für dich, ist es immer noch nicht. Du hast dir nicht den einfachsten Ort ausgesucht. Und trotzdem bitte ich dich: Vertraue mir dieses eine Mal noch blind. Ich werde zurückkommen. Du musst nur warten.«

Nur warten. Alvin hörte sich selbst, als er das in Gedanken sagte. Und sie antwortete in seiner Vorstellung mit einem besänftigten, aber angespannten Blick. Sie nahm seine Herausforderung an. Doch als das Bild vor seinen Augen verschwamm und er wieder die schlichte Kammer wahrnahm, in der er sich befand, war ihm klar, dass er sich nur selbst Hoffnungen machte und dass die Wirklichkeit ganz anders sein konnte. Vielleicht lag sie gerade im Bett und wurde von ihrer Enttäuschung zerfressen.

Um nicht weiterzudenken, wandte er sich wieder dem Tagebuch auf seinem Tisch zu. Seinen letzten Satz hatte er bereits vergessen:

Drei Jahre, nachdem die Stadt ihren Grafen endgültig entmachtet hat, geben sich die Menschen recht selbstständig.

Er dachte darüber nach, wie er das gemeint hatte. Galt diese Einschätzung ihrer Lebensführung oder ihrem Reden? Wen hatte er damit im Blick gehabt? Ihm fielen zwei Begegnungen des Tages ein und er setzte die Feder wieder an:

Ich hatte ein aufschlussreiches Gespräch mit einem Müller. Er erzählte mir von seinen drei Kindern und davon, dass er sein Geschäft erst vor zwei Jahren gegründet hat. Er weckte in mir das Gefühl, dass die Menschen in Alsuna offener sind als manche Leute in meiner Heimat. Sie reden mit weniger Furcht in den Augen und scheuen es nicht, sich auf Ideen einzulassen, die ihnen bisher fremd sind. Das hat mich tief beeindruckt.

Er hielt inne, um die Feder wieder in die Tinte zu tauchen. In Wirklichkeit aber musste er noch seinen nächsten Gedanken finden. Er dachte an den Müller, dann schrieb er weiter:

Allerdings kann ich dieser Unbekümmertheit nicht so ganz trauen. Sind sich die Menschen der Probleme in dieser Stadt nicht bewusst oder versuchen sie nur, den Gedanken daran zu vermeiden? Ich versuchte, den Müller auf das Thema …

Er wurde unterbrochen, als es an der Tür klopfte. Nur einmal und ganz zaghaft. Alvin sagte sogleich »Ja?« und drehte sich zur Tür um. Der Wirt, bereits im Nachtgewand, schaute beschämt zum Türspalt herein. Er entschuldigte sich für die späte Störung. Alvin stand auf, ging mit der Kerze zu ihm und öffnete die Tür vollends. »Schon in Ordnung. Ihr seid der Hausherr.«

»Ja, ja. Aber Ihr ahnt nicht, dass ich erneut mit einer Bitte zu Euch komme.«

Jetzt dachte Alvin, dass er seine letzten Sätze anders hätte schreiben sollen. Er entdeckte in den Augen des Wirtes trotz des schwachen Lichts eine tief sitzende Angst. Tagsüber, wenn der Mann fröhlich seiner Arbeit nachging, fiel das nicht auf. Aber jetzt … Alvin zuckte innerlich zusammen.

»Ich habe es immer geschätzt, wenn Ihr eine Aufgabe für mich hattet«, sagte er beruhigend.

»Ich danke Euch. Ihr seid ein guter Mensch. Seht Ihr, meine Situation ist im Moment nicht die einfachste. Da meine Frau nicht in der Lage ist … ihre Arbeitskraft einzubringen, bin ich auf fremde Hilfe angewiesen. Sie wird morgen nicht hinterm Tresen stehen können und die Gäste wollen bedient werden … Ich muss dringend zum Markt, einkaufen … Und da kam mir die Idee, da Ihr doch schon einmal ausgeholfen habt … Ihr versteht. Es wäre kein Zwang, Ihr bekämt den Tag auch kostenlos, dazu Speisen und Getränke, so viel Ihr wollt …«

»Das kann ich gerne tun.«

»Ihr habt Euch schon entschieden?«

Alvin nickte.

»Oh, ich danke Euch. Ihr seid ein guter Mensch.«

Alvin ließ sich von ihm halb in die Arme schließen. Der Wirt brach die Geste ab, als er merkte, dass es sich unangemessen anfühlte, seinen Gast zu umarmen. Er begann, sich stotternd zu verabschieden. »Nun dann …«

»Eure Frau kann nicht arbeiten, sagtet Ihr?«, fragte Alvin und schaute ihm in die Augen.

»Ja, sie fühlt sich nicht in der Lage im Moment … übermorgen wird sie sicherlich …«

»Ich verstehe.« Alvin fiel ein, dass er die Wirtin seit seiner Ankunft selten gesehen hatte. Hinterm Tresen hatte meist der Wirt selbst gestanden. »Sie ist also krank?«

»Sicher nichts Ernstes, sie hat zu viel gearbeitet in letzter Zeit.«

»Ihr wisst aber nicht, was ihr fehlt?«

»Nein. Ich bin kein Fachmann und bislang war das auch nicht nötig.«

»Könnt Ihr ihren Zustand beschreiben?«

Jetzt wurden die Worte des Wirtes zittrig. »Sie hat … nun ja … es wird wohl nichts Ernstes sein … einige Atemschwierigkeiten. Und sie schwitzt etwas mehr … ja … und dann sind da noch diese … nun ja, diese Adern.«

»Könnt Ihr das genauer beschreiben?«

»Sie sind … an der Schläfe. Immer größer werden sie … das hat gestern angefangen … und …« Er hörte auf zu reden. Alvin sah ihm in die Augen. Ein furchterfüllter Blick traf ihn. »Das ist doch nichts Schlimmes, oder?«

»Ich kann es Euch nicht sagen. Aber ich habe zwei Tage bei einem Arzt in dieser Stadt verbracht, um mit einigen Dingen vertraut zu werden. Vielleicht kann ich …«

»Ihr meint, Ihr wollt zu ihr …?«

Alvin bejahte. Doch er wartete auf die Zustimmung des Wirtes.

»Es ist doch sicher nichts Ernstes. Oder was meint Ihr?« Sein Gesicht wurde noch bleicher. »Und Ihr kennt Euch aus?«

»Noch nicht besonders gut.«

»Aber Ihr wisst vielleicht, wie man die Krankheit wegbekommt? Ein Mittel?«

»Dazu müsste ich Eure Frau sehen.«

Alvin sagte nichts weiter, sondern ging zu seiner Tasche und holte ein Fläschchen heraus. Es fiel ihm nicht mehr viel ein, womit er den Mann hätte beruhigen können. Er hatte nur das Mittel in diesem Fläschchen. Es musste reichen.

6. Kapitel

Alsuna, Jahr 304 nach Stadtgründung

Der Silberbrunnen war ein geeigneter Ort für Levins Treffen, da er nicht mehr benutzt wurde. Tief unten im Dunkeln stand irgendwo das modrige Wasser der letzten Regengüsse. Die Seilwinde war vor Jahren entfernt worden, das Dächlein darüber fehlte. Seit der Brunnen als verseucht galt, interessierte sich niemand mehr dafür. Eine Zeit lang hatte man noch gemutmaßt, ob jemand bewusst das Wasser vergiftet hatte. Aber man war zum Schluss gekommen, dass es mit dem Flusswasser zusammenhing. Der kleine Platz um den Brunnen herum war schon bald kein Treffpunkt mehr für die Anwohner. Mittlerweile war er größtenteils von Gesträuch überwuchert. Fast wirkte der von Hauswänden umgebene Ort wie eine kleine Wildnis inmitten der Stadt. Eine enge Gasse führte hierher und man musste von dem Brunnen wissen, wenn man ihn finden wollte.

Doch Levin verband auch wehmütige Erinnerungen mit diesem Ort. Hier hatte er sein erstes Mädchen getroffen. Sie war blond und die Tochter eines Handwerkers gewesen, der gerne mehr geworden wäre. Auf dem Marktplatz hatte er sie zum ersten Mal gesehen. Er stahl für sie eine Perlenkette und hängte sie ihr heimlich um. Sie sah hinreißend aus, als sie sich verwundert umdrehte und niemanden vorfand. Immer wieder kam sie, und jedes Mal hatte er ein anderes Geschenk für sie.

Irgendwann spielte er ihr einen Zettel zu, auf dem stand, dass er sie am Silberbrunnen erwartete. Nicht, dass er geglaubt hätte, sie würde tatsächlich kommen. Doch die bloße Hoffnung darauf belebte ihn so sehr, dass er gar nicht anders konnte. Und sie kam wirklich. Sie saßen auf dem Baum und er erzählte ihr von seinen Erlebnissen. Irgendwann küssten sie sich sogar. Levin wusste, wo sie wohnte, und oft sah er der Familie heimlich durchs Fenster zu. Sie waren gut zueinander, der Vater streichelte der kleinen Schwester immer wieder die Wange. Oft wünschte sich Levin beim Abendessen zu ihnen an den Tisch. Doch stattdessen erlebte er eines Abends eine böse Überraschung:

Sie sagte ihm beim Silberbrunnen, dass sie nicht mehr kommen werde und er sie für immer in Ruhe lassen solle – keine Erklärung, keine Entschuldigung. Sie verschwand im Dunkeln durch das enge Gässchen und Levin konnte nie wieder mit ihr reden. Später hatte er herausgefunden, dass der Vater diese Trennung von ihr verlangt hatte.

Seitdem waren ein paar Jahre vergangen und der Brunnen erinnerte ihn daran, dass es wichtig war, den anderen immer einen Schritt voraus zu sein. *Lass dich nie darauf ein, wenn Menschen dich in Sicherheit wiegen*, sagte er sich immerzu. Deshalb kannte er – obwohl es offenkundig nur diesen einen Zugang zum Brunnen gab – einen raschen Fluchtweg: Er musste nur über die niedrigen Äste den breiten Mammutbaum besteigen, über einen selbst gebauten Holzsteg balancieren und über die Mauer in den nächsten Hinterhof springen. Immer wieder hatte er diesen Weg geprüft und die Flucht geprobt. Niemand würde so schnell reagieren, niemand würde ahnen, dass gerade der Baum seine Absicherung war. Levin dachte bei seinen Vorkehrungen an den unwahrscheinlichen Fall, dass ihm eines Tages doch die städtischen Truppen auflauern könnten.

Er bog in die Gasse ein, das Messer am Gürtel hatte er nach vorne geschoben. Die Augen blieben verbunden, jedoch so, dass er durch das Tuch hindurch alles erkennen konnte. Es war wie immer. Der Geruch von Holz und Erde stieg ihm entgegen, je näher er dem Plätzchen kam. Der harte Boden unter seinen Füßen wurde weich, seine Schritte wurden leiser. Auch wenn Levin den Kopf kaum bewegte, suchten seine Augen unentwegt die Umgebung ab. Nahezu jeden Winkel des Ortes hatte er im Blick.

Seine Vorsicht wurde nicht geringer, als er den Brunnen erblickte, an dem ein hagerer Mann ihn erwartete. Levin ging langsamer, seine Augen wanderten umso schneller. Der Hagere lächelte ihm entgegen. Mit einer unauffälligen Bewegung schob Levin das Tuch über sein linkes Ohr. Er konnte nun jedes Geräusch wahrnehmen.

Der Hagere stand nicht mehr viele Schritte von ihm entfernt. Dies wäre normalerweise der Moment gewesen, in dem Levin das Gespräch begonnen hätte. Doch er blieb ruhig und ging langsam weiter.

Etwas stimmt nicht, sagte eine innere Stimme ununterbrochen. *Wenn ich nur wüsste, was es ist?*

Alles war wie ausgemacht. Keine Räuberbande, nur ein Mann, direkt am Brunnen, sodass Levin leicht zum Baum hätte gelangen können. Sein Ohr nahm keine verdächtigen Geräusche im Gebüsch wahr.

Er musterte den Hageren noch einmal. Er hatte leere, fast teilnahmslose Augen. Die Kleider entsprachen denen des höheren Standes. Aber sie wollten nicht so recht zum Gesicht, überhaupt zum Körper passen.

Etwas stimmt nicht. Es ist wie bei diesem Kerl vorhin. Alles ist, wie es sein sollte, und doch kann ich ihm nicht trauen.

Dann erkannte er, was ihn störte. Er stellte sich den Mann vom Senatshaus in der Kleidung des Hageren vor und augenblicklich wusste er, dass er keinen Anführer vor sich hatte. Natürlich, jetzt sah er es deutlich. Unter den Fingernägeln des Mannes befand sich dunkler, hartnäckiger Dreck, den ein Mann dieses Standes niemals an sich tragen würde. Den Gürtel hatte er verkehrt herum angelegt, ein Hinweis darauf, dass er normalerweise eine einfache Schlinge um seinen Bauch trug.

Also schön, was geht hier vor?

Er näherte sich dem Brunnen ohne hektische Bewegung. Zugleich zählte er, wie viele Schritte er zu seinem Baum benötigen würde.

»Ihr seid also Darius.«

»So ist es«, antwortete der Hagere übertrieben vornehm.

Der Mann hatte sich so postiert, dass Levin sich direkt neben den Brunnen stellen musste, wenn er mit ihm sprechen wollte.

»Also: Was habt Ihr für mich?«

Der Mann schaute ihm fragend in die Augen.

»Ach so. Nein, die Binde bleibt, wo sie ist.«

»Wie Ihr wollt. Ich habe einen Auftrag für Euch.«

»Ich bin gespannt, verehrter Herr.«

Der Mann trat nervös auf der Stelle. Nicht auffällig, aber Levin sah es.

»Nun, es ist so, dass …« Er redete langsam, drucksend. Zweimal schon hatte er einen kurzen Seitenblick zum Brunnen geworfen. »… es gibt da etwas sehr Wichtiges.«

»Nun?«

Der Mann antwortete nicht, sondern schien etwas zu erwarten. Einen Augenblick später duckte Levin sich blitzartig und wurde nur knapp von einem Holzbalken verfehlt, der ihm aus dem Brunnen heraus entgegengestoßen wurde.

»Verdammt, du hast ihn verfehlt!«, brüllte der Hagere, als Levin sich an ihm vorbeirollte.

»Schnapp ihn dir«, tönte es von einem anderen Mann, der aus dem Brunnen stieg.

Levin drehte sich nicht um, sondern schnellte hoch, riss sich die Binde von den Augen und hastete auf den Baum zu. Aus sicherer Entfernung sprang er dem unteren Ast entgegen und ergriff ihn mit beiden Händen. Geschickt zog er sich hoch, warf einen Blick auf die beiden Männer, die die Verfolgung aufnahmen, und stieg auf den nächsthöheren Ast. Der Wipfel des Baumes ragte über den Brunnen hinweg zur Mauer. Fünf Meter musste er überqueren. Sein Holzsteg war noch da. Er setzte einen Fuß vor den anderen, zuerst langsam, dann zügiger. Erst als er die Mitte des Brettes erreichte, fiel ihm die Veränderung auf: Ein dünner Sägespalt zog sich über die halbe Breite an der Stelle, auf die er soeben seinen Fuß setzte. Ehe er zurückweichen konnte, hörte er das Splittern des Holzes, spürte, wie sein Fuß nach unten gezogen wurde und er zwischen den Blättern hinabstürzte, haltlos, dem Brunnenloch entgegen. Kurz bevor er ins schwarze Ungewisse eintauchte, hörte er, wie etwas Hartes gegen einen Stein schlug. Ein dumpfer Schmerz ging plötzlich von seinem Hinterkopf aus und ihm wurde schwarz vor Augen. Das Plätschern hörte er nicht mehr.

7. Kapitel

Alsuna, Jahr 295 nach Stadtgründung

Während Alvin dem Wirt nach oben zur Kammer folgte, rief er sich noch einmal in Erinnerung, was letzte Woche geschehen war. Der Bäcker hatte ihn zum Silberbrunnen geschickt, um Wasser zu holen. Als er dort angekommen war, hatte ein ungewöhnlicher Tumult geherrscht. Rings um den Brunnen hatten Leute gestanden, entsetzt und hilflos, während ihre Esel und Kühe unbeaufsichtigt durcheinanderliefen. Vor dem Brunnen saß ein Knecht auf dem Boden, neben sich einen umgekippten Eimer. Er hielt sich den Bauch und stieß furchtbare Schreie aus. Keiner um ihn herum schien zu wissen, was zu tun war. Auch Alvin wusste es nicht. Er hatte nichts bei sich, keines seiner Mittel. Ob es helfen würde, wenn ihn jemand packte und auf seinen Bauch drückte? Einer der vielen Leuten hier sollte doch auf diesen Gedanken kommen, wenn dies sogar ihm, der wenig Ahnung hatte, naheliegend erschien. Er überlegte, ob er es selber tun sollte. Aber dann wäre er allen aufgefallen. Nein, das hätte seinem Auftrag geschadet.

Endlich. Jemand rannte los, packte den Knecht rücklings und presste ihm mehrmals die Hand auf den Bauch. Seine Schreie wurden lauter, die Leute starrten ihn entsetzt an. Bald schoss das Gemisch von Wasser und Schleim stoßweise aus ihm heraus und ergoss sich vor der Menge auf dem Steinboden. Einige wichen zurück. Der Knecht klappte zusammen, erbrach sich vollends und lag bald kräftig nach Atem ringend auf der Seite. Andere Helfer kamen hinzu und richteten ihn auf. Irritierte, angeekelte, verwunderte und faszinierte Gesichter schauten sich an, Ausrufe von Empörung und Bewunderung wechselten sich ab. Man redete von verfluchtem Wasser, von dem gestraften und begnadigten Knecht, von einem neuen Anschlag des Grafen, einem Wundertäter, von bösen Zeiten. Alvin hatte sich das Getümmel eine Weile angeschaut und dann beschlossen, wieder unterzutauchen und zwischen den Menschen hindurch zu verschwinden.

Heute ging es um etwas anderes, um etwas Größeres. Er selbst war gefordert und doch hatte er die Heilung nicht in der Hand. War er wirklich schon bereit dafür?

Der Wirt war sehr nervös. Man sah es im schaukelnden Lichtschein der Lampe. Immer wieder richtete er sein glänzendes Gesicht auf Alvin und jedes Mal wurde es flehender. Alvin schien es, als nähme die Angst in diesem Blick eine immer deutlichere und bedrohlichere Gestalt an. Sie schien alles von ihm zu fordern, brachte ihm aber erschreckend wenig Vertrauen entgegen. Alvin bemühte sich, an etwas anderes zu denken.

Es dauerte insgesamt eine halbe Stunde. Die Zeit, in der Alvin der elenden Frau auf dem Bett den Saft verabreichte, bis zu dem Moment, in dem sie die Augen aufschlug und sich kurz darauf ein wonniger Schimmer über ihr Gesicht zog, schien sich endlos hinzuziehen. Hoffnung, Müdigkeit, Bangen, Zweifel und innere Kämpfe wechselten sich ab und Alvin sehnte sich sein eigenes Bett herbei. Es wäre einfacher gewesen, hinauszugehen und auf die Wirkung des Mittels zu warten. Doch der Wirt hatte ihn nicht gehen lassen. Je länger es dauerte, desto mehr hatte er auf Alvin eingeredet: dass sie einfach nicht sterben dürfe, dass sie alles sei, was er habe. Als der Wirt dann die ersten Regungen auf dem Gesicht seiner Frau wahrnahm, fing er an, sie unruhig zu streicheln, ihre Stirn zu berühren, ihre Hand zu halten, ihr immer wieder Mut zuzusprechen.

Alvin war erleichtert, als er spürte, wie das Fieber abfiel. Irgendwann antwortete sie ihrem Mann mit klaren Worten und ersten Regungen im Gesicht.

»Ihr solltet ihr das Gesicht waschen und sie neu einkleiden«, sagte er zum Wirt, als er sich zum Gehen erhob.

»Ich weiß nicht, wie ich Euch … mein Herr … Ihr seid … habt Dank, habt vielen Dank! Ihr wisst nicht, wie sehr Ihr mir damit …«

Alvin legte ihm nur die Hand auf die Schulter. »Ich bin müde.«

»Verstehe schon. Wartet, ich werde Euch begleiten. Ihr habt kein Licht. Kann ich noch etwas für Euch …? Ihr habt sicher Hunger. Bitte bedient Euch in der Küche. Heute ist alles frei für Euch und morgen auch.«

Alvin hatte keinen Hunger mehr. Er ging in seine Kammer zurück und schlief in kürzester Zeit ein.

Zwei Tage später konnte er die Wirtin mit einem Lächeln begrüßen, als er in die Wirtsstube hinunterkam. Nur ihre geröteten Augen ließen etwas von der Bedrohung der vorletzten Nacht ahnen. Eine Woche lang genoss Alvin ihre Gastfreundschaft in besonderer Weise.

Dann stellte er eines Morgens fest, dass die Wirtin wieder nicht da war.

8. Kapitel

Alsuna, Jahr 304 nach Stadtgründung

Er blinzelte in die Morgendämmerung, als er wieder zu sich kam. Die Nacht über musste er gefroren haben. Erst allmählich begannen die ersten Sonnenstrahlen seinen Körper aufzuwärmen. Er trug nur ein dünnes weißes Gewand, das er nicht kannte.

Was für elende Kopfschmerzen!, schimpfte Levin lautlos und presste die Augen zusammen. Vorhin war es doch schon Mittag gewesen.

Er schüttelte sich, rieb sich das Gesicht und schlug die Augen wieder auf. Der Ausblick war gewaltig. Die Dächer der Stadt wurden von einem diesigen Licht beschienen, auf der rechten Seite erstreckte sich das mächtige Briangard. Er musste sich auf einem geräumigen Balkon befinden. Von der Straße unten drang Stimmengewirr zu ihm herauf. Schnell wurde ihm klar, dass er im östlichen Teil der Stadt war. Viele Dächer waren flach und die Straßen waren geometrisch angelegt. Den Geräuschen nach zu urteilen stand das Haus in einer Straße, in der reger Verkehr herrschte, vermutlich in einer Handwerkerstraße.

Jetzt erst bemerkte er, dass er nicht allein war. An der Brüstung, einige Schritte von ihm entfernt, stand ein Mann mit dem Rücken zu ihm, ja, es war der Hagere. Er drehte sich um, als er hörte, dass Levin sich bewegte. Für einen Augenblick schoss Levin der Gedanke durch den Kopf, dass er schneller hätte reagieren müssen. Vielleicht hätte er sich unauffällig davonstehlen können. Doch er spürte, dass er noch schwach war und wie festgebunden an der Wand saß. Dabei gab es keine einzige Fessel an seinem Körper.

Sie glauben wohl, dass meine Neugierde mich zu Genüge fesselt. Ich fürchte, sie haben recht.

Als der Hagere ihn erblickte, huschte ein Schatten von Respekt über sein Gesicht – dann tat er wieder ganz unbeeindruckt. »Ist der Herr endlich aufgewacht?«

Levin blinzelte und sammelte seine Kräfte. Er wusste, dass er sie brauchen würde. »Wenn ich geahnt hätte, dass ich Euch noch einmal sehe, wäre ich nicht aufgewacht.«

»Ihr solltet Eure Zunge hüten. Ihr wisst nicht, in welcher Lage Ihr seid.«

»Mächtig hungrig bin ich, das weiß ich.«

»Tatsächlich.«

»Ihr könnt mir sicher etwas zu essen bringen.«

Der Hagere schnaubte und ging zur Tür. »Das sollt Ihr haben.«

»Ihr geht und lasst mich hier allein?«

»Ihr werdet nicht fliehen.« Der Mann sagte das mit weniger Sicherheit, als er beabsichtigt hatte. Als er im Haus verschwunden war, versuchte Levin erneut, sich zu regen. Er wollte gern aufstehen und auf dem Balkon umhergehen, aber seine Muskeln gehorchten nicht. Sobald er sich ein kleines Stück erhob, durchfuhr ihn ein Schmerz, und sein Kopf schien beinahe zu platzen.

Nach einigen Minuten kam der Mann zurück. Er legte ein Holzbrett mit Brot, Käse und Schinken neben Levin auf den Boden. Aus einem Tonkrug roch es nach Bier.

»Das werdet Ihr brauchen«, sagte der Hagere und stellte sich wieder in sicherer Entfernung an die Brüstung. Levin wäre am liebsten über das Essen hergefallen. Aber er hielt sich zurück, griff nur langsam nach dem Brett und nahm einen Bissen nach dem anderen. Dabei glaubte er jeden einzelnen Geschmacksreiz zum ersten Mal wahrzunehmen. Die Bissen schienen sich in seinem Körper unmittelbar in neue Stärke zu verwandeln. Der Hagere tat, als nehme er keine Notiz von ihm.

»Wie lange war ich eigentlich weg?«, fragte Levin kauend.

»Zwei Tage, wenn Ihr es wissen wollt.«

»Und Ihr habt die ganze Zeit dabeigestanden?«

»Die meiste Zeit.«

»Wenn wir schon so viel Zeit miteinander verbracht haben, könnt Ihr mir nun auch gern Euren Namen verraten. Darius heißt Ihr ja wohl nicht.«

Der Mann schaute ihn widerwillig an, schien aber keinen Grund zu finden, seinen Namen zu verschweigen. »Nadal.«

»Also aus dem nordöstlichen Teil der Stadt, richtig?«

Nadal nickte kaum merklich und wandte sich demonstrativ der Stadt zu. »Macht Euch bereit. Der Anführer wird jeden Augenblick hier sein.«

»Dann habe ich noch etwas Zeit zu fliehen.«

»Dann ist das Euer Ende.«

Er drehte sich nicht zu Levin um. Levin spürte aber, wie sehr Nadal hoffte, mit seiner Vorhersage recht zu behalten. Wohl um sicherzugehen, schob er nach: »Ich bin nicht der Einzige, der Euer Gesicht kennt. Alle haben sie Euch gesehen. Und wir haben Einfluss. Es hätte ein Ende mit Eurer Tarnung.«

Weil Nadal es nicht sehen konnte, wagte Levin ein sorgenvolles Stirnrunzeln. Jetzt erst wurde ihm bewusst, weshalb er sich schon die ganze Zeit so unbehaglich fühlte. Es waren nicht die Kopfschmerzen, die unerbittlich weiterpochten. Dass Nadal von *wir* gesprochen hatte, störte Levin ebenso wenig. Er hatte von Anfang an geahnt, dass hinter diesem Auftraggeber eine größere Gruppe stecken musste.

Es war vielmehr diese ungewohnte Nacktheit, die er auf seinem Gesicht spürte, die ihn unruhig machte, die ihm das Gefühl gab, jede Flucht sei jetzt umsonst. Sie kannten sein Gesicht. Zwei Tage hatte er ohnmächtig vor ihnen gelegen und sie hatten ihn genau betrachtet. Sie wussten, wie der *Schattensucher* aussah, wie er roch und wie sein Körper gebaut war. Und das erschien ihm beängstigender als der tiefste Keller, in den er je vorgedrungen war.

Sicher, schon viele Menschen hatten sein Gesicht gesehen. Mehrmals hatte er jungen Damen so tief in die Augen geschaut, dass es nicht mehr schwer gewesen wäre, sie zu verführen. Es war nichts Neues, dass er gesehen wurde. Doch bisher hatte man immer nur den gesehen, in den er sich verkleidet hatte: den Gaukler, den Bürger, den Soldaten. Jetzt sah man *ihn*. Der armselige Kerl da drüben konnte in sein Gesicht schauen, so viel er wollte. Und er konnte davon weitererzählen, einem Freund, der es wiederum einem anderen sagte. Es würde bekannt werden, dass er fast schulterlange schwarze Haare hatte, eisblaue Augen in tiefen Höhlen, ausgeprägte Augenbrauen, einen dünnen Bart um die Mundpartie, eine schmale und doch muskulöse Figur. Sogar seine ersten Fältchen unter den Augen würde man kennen oder seine lederne, aber saubere Haut, seine schmalen kräftigen Finger. Man würde Bilder von ihm malen, sich Geschichten von ihm erzählen. Andere Geschichten als die geheimnisvollen, irrealen, die man sich bislang erzählt hatte. Sie würden einen wirklichen Menschen aus ihm machen.

Es war, als habe ihm jemand nicht nur die Binde aus dem Gesicht gerissen, sondern als würde ihm ein bergender Schleier abgenommen, der etwas Jungfräuliches und zugleich Mütterliches besaß.

O nein, das werden sie nicht tun!

Er nahm seine Kräfte zusammen, konzentrierte sich auf die Beine, die Gelenke, stützte sich mit den Händen am Boden ab und drückte sich hoch. Die Schmerzen unterlagen seinem Willen, bald war er oben. Er schwankte, aber er stand. Nadal war noch immer abgewandt. Levin hatte die Schritte schon abgezählt. Viereinhalb würde er brauchen. In seinem Kopf pochte es unerträglich, doch er achtete nicht darauf. Er sah nur den hageren, ahnungslosen Mann vor sich.

Leise waren seine Schritte, unhörbar, so wie er sie zu beherrschen gelernt hatte. Und auf einmal stand er hinter dem Mann. Als Nadal sich umdrehen wollte, hatte Levin ihm schon den Arm nach hinten gedreht, die Beine gepackt und ihn über die Brüstung gedrückt. Er zischte ihm ins Ohr: »Nun, seid Ihr immer noch so sicher?«

Nadal wurde die Kehle zugedrückt, nur ein jämmerliches Wimmern entwich seinem Mund. Levin hütete sich, daran etwas zu ändern. Er sah zur Straße hinunter und beobachtete die Menschen, die sich aneinander vorbeischoben. Alles wirkte so geregelt, so ahnungslos normal. Keiner schaute zu ihnen hoch. Sie wussten nicht, was sie verpassten. »Was sie wohl tun werden, wenn auf einmal ein schreiender Kerl zu ihnen heruntersegelt? Wahrscheinlich weichen sie erst einmal schockiert zurück und keiner traut sich, Euren leblosen Körper anzurühren. Ein paar schauen nach oben und merken, dass da niemand ist. Bald machen Geschichten vom unsichtbaren Fensterwerfer die Runde. So eine Geschichte gab es in der Stadt noch nie. Nun, was haltet Ihr davon?«

»Es wäre eine sehr kurze Geschichte«, tönte es hinter Levin. Eine große Hand griff in seinen Nacken, riss ihn von der Brüstung weg und schleuderte ihn zurück an die Wand. »Eines Tages würdet Ihr an den falschen Mann geraten. Nicht Ihr würdet ihn hinunterstoßen, sondern umgekehrt.«

Levin lag am Boden und schaute mit blutender Lippe auf. Er hatte schon an der Stimme erkannt, mit wem er es zu tun hatte. Der breite Mann vom Senatshaus hatte sein Grinsen nicht verloren.

»Ich schlage vor, Ihr bleibt bei den Dingen, die Ihr wirklich könnt«, sagte der Mann und schritt dabei selbstsicher um Levin herum. »Aber wenn Ihr das nicht wolltet, wärt Ihr ohnehin schon verschwunden.«

Zwei weitere Männer kamen auf den Balkon und stellten sich mit verschränkten Armen an der Tür auf. Einer hatte zwei vorstehende Schneidezähne.

Die Kopfschmerzen waren wieder schlimmer geworden. Levin musterte einen Mann nach dem anderen. Nadal rang noch immer nach Atem, in seinen bisher ausdruckslosen Augen blitzten erstmals Hass und Angst auf. Der Anführer wirkte weit weniger feindselig, als es die Situation vermuten ließ. Seine Züge waren entspannt und verrieten so etwas wie Vorfreude. Die anderen beiden Männer, die Levin zum ersten Mal sah, machten einen ähnlichen Eindruck. Die selbstverständliche Art, mit der sie sich an die Wand lehnten, ließ ihn vermuten, dass sie keine willenlosen Untergebenen waren.

Für den Moment schien es ihm das Angemessenste, auf dem Boden zu bleiben. In seine Stimme legte er aber keinerlei Unterwürfigkeit: »Eure klugen Reden könnt Ihr Euch sparen. Sagt mir, was Ihr wollt.«

»Ihr kommt schnell zur Sache. Das gefällt mir. Ihr habt uns immerhin zwei Tage warten lassen.«

»Eure Gastfreundschaft war einfach zu gut.«

»Das wird sie auch bleiben.«

Der Anführer gab den beiden an der Tür ein Zeichen, Levin aufzuhelfen. Levin kam ihnen zuvor. Er stellte sich vor dem Mann auf, dessen Haare heute gar nicht so ungepflegt wirkten.

»Ich habe Eure Gastfreundschaft nie erbeten.«

»Ihr werdet Euch daran gewöhnen müssen, Dinge anzunehmen, die Ihr nicht erbeten habt.«

»Ihr meint dieses furchtbare Gewand an meinem Leib?«

»Es ist vom besten Weber in dieser Straße«, sagte einer der beiden.

»Genau genommen«, ergänzte der andere mit den langen Zähnen, »aus diesem Haus.« Er lächelte, als wäre das besonders witzig.

Levin beachtete die beiden nicht, sondern schaute weiter dem Anführer ins Gesicht. »Ich habe keine Lust auf Eure Spiele.«

»Schön«, antwortete der Anführer und wies nacheinander auf seine Männer. »Nadal, Merkus, Sandrin. Und ich bin, wie Ihr wohl vermutet habt,

Darius. Die Weberei unten gehört meinem Bruder. Hier oben sind wir im Hauptquartier des *Otusnetzes*. Ihr werdet für uns arbeiten.«

»Ich werde für niemanden arbeiten.«

»Briangard.« Darius drehte sich zur Seite, um den Anblick zur Festung freizugeben. »Eine Herausforderung, wie sie einem Mann wie Euch gerade angemessen ist. Ihr werdet dort einen Auftrag für uns erledigen.«

Levin richtete seinen Blick auf die Reihe von Türmen, Zinnen und dicken Mauern, die sich auf dem Bergmassiv über der Stadt erhob. Er schaute zu der kleinen Straße, die von der Nordstadt den Berg hinauf zum Tor der Festung führte, das nur über eine Zugbrücke erreicht werden konnte. Jeder in dieser Stadt wusste, dass es nahezu unmöglich war, ungebeten in die Burg zu gelangen.

»Ich weiß nicht, was ich dort für Euch tun soll, aber ich habe kein Interesse.«

Darius schien Levins Reaktion nicht im Geringsten zu beeindrucken. Er redete weiter und untermalte alles mit dezenten Gesten. »Viele Jahre sind wir schon damit beschäftigt, hinter die Machenschaften des Grafen zu kommen. Er arbeitet äußerst raffiniert, unauffällig, taktisch. Jeder Hinweis hat uns sehr viel Mühe gekostet.«

»Ich sagte, ich habe kein Interesse. Lasst mich die Münzerei ausrauben oder das Museum. Aber haltet mich aus diesen politischen Dingen heraus.«

»Darf ich Euch eine Frage stellen?«

»Nur zu.«

»Wie denkt Ihr über die Unsterblichkeit des Grafen?«

Levin überlegte nicht lange. »Ich weiß nicht. Für mich hat sie keine Bedeutung. Jedenfalls mache ich keinen Kult darum.«

»Aber die Menschen tun es. Entweder ist der Graf das unzerstörbare Böse für sie oder er ist der baldige Wiederkehrer. Manche erklären ihn schon für tot, manche behaupten, er habe einen Sohn. Und dann gibt es da noch diese fanatische Gruppe, die behauptet, es habe ihn in Wirklichkeit nie gegeben. So ist es nun einmal mit bedeutenden Persönlichkeiten, die lange nicht mehr gesehen worden sind. Sie ziehen die Fantasie der gewöhnlichen Menschen geradezu auf sich. Manchmal glaube ich, die Stadt braucht Symbole wie den Grafen, um nicht im Sumpf des Alltags zu ersticken.«

»Dann weiß ich nicht, warum Ihr daran etwas ändern wollt.«

»Es wäre nicht nötig, wenn es dabei bliebe. Leider ist es aber so, dass der Graf nicht nur eine symbolische Wiederkehr plant. Dass er die Seuche in die Stadt gebracht hat, war erst der Anfang.«

Levin versuchte immer noch, Gleichgültigkeit zu demonstrieren. Zugleich richteten sich seine Augen auf Briangard und er wusste, dass er nicht verbergen konnte, was für eine Schwere sich langsam auf ihn zu legen begann. Sein Kopf pochte unentwegt.

Er kannte die Geschichte von Alsuna und Briangard. Jeder kannte sie in der einen oder anderen Fassung. Nur selten wurde bestritten, dass der Graf unsterblich war. Uneins war man sich nur darüber, ob man diesen Umstand »Unsterblichkeit« nennen dürfe – denn der Graf war, wie einige vermuteten, keineswegs unverwundbar. Eines natürlichen Todes konnte er zwar nicht sterben; doch warum umgab er sich mit so vielen Wachen? Offenbar fürchtete er die Anschläge, mit denen seine fanatischen Gegner versuchten, ihm gewaltsam das Leben zu nehmen.

Wie nun aber der Graf zu seiner sogenannten Unsterblichkeit gelangte, darüber spekulierten unzählige Sagen und Erzählungen. Elf Generationen war es her, dass der Graf eine Expedition ins Reimutgebirge unternommen hatte und dabei auf den neuartigen Stoff gestoßen war, den er »Meskan« nannte. Dabei erlangte er offenbar auf wundersame Weise die Eigenschaft, nicht mehr zu altern.

Die weitere Gründungsgeschichte war gut dokumentiert. Nach der Entdeckung des Meskans hatte der Graf beschlossen, mithilfe früherer Weggefährten eine Mine und Wohnhäuser zu errichten. Das Meskanerz, aus dem man festes Baumaterial sowie wertvolle chemische Flüssigkeiten gewinnen konnte, wurde teuer in die anderen Städte Balduriens verkauft. Aus den Häusern wurde eine befestigte Anlage, aus dem Haus des Grafen ein Palast.

Bald waren Menschen von den anderen Städten herbeigezogen und hatten sich nach und nach um die Anhöhe herum angesiedelt, auf der sich die Anlage befand. Zuerst waren sie aus den Hafenstädten Kortéssa und Estia gekommen. Diese Orte waren dafür bekannt, dass man mit großem Bedacht, mit Klugheit und einem Gefühl von Überlegenheit mit anderen Leuten umging. Später waren sie aus der Handelsmetropole Faiza gekommen – raffinierte, geschäftige Leute mit einem Sinn für lautes Debattieren. Andere waren aus dem Gebiet Ceilí im östlichen Gebirge angereist, wo es nur kleine Dörfer gab, in denen man eng beieinanderwohnte, von der Jagd lebte und die Tradition pflegte. Schwere Fehden zwischen einigen dieser Dörfer hatte ganze Dorfgemeinschaften herbeigetrieben. Dann gab es noch die Einwanderer aus den südöstlichen Städten Afaf und Ghazal. Sie konnten trotz ihres gemeinsamen Ursprungs kaum unterschiedlicher sein. Während man in der Hafenstadt Ghazal das Leben so nahm, wie es kam, und das Vergnügen der Arbeit vorzog, führten die Bewohner Afafs ein Leben in Zucht und Strenge. Nach wenigen Jahren war Alsuna – eine Erzmine mit einer kleinen Siedlung – zu einer Stadt geworden.

Eine Generation nach der anderen war gestorben, doch der Graf starb nicht. Er veränderte sich nicht. Er blieb immerzu der Graf, Gründer und Herrscher von Alsuna. Seine Gründungsdokumente mit den *Fünf Ehernen Regeln* galten als Grundlage für das Zusammenleben und die Zukunft der Stadt. Trotzdem blieben die Unterschiede in Alsuna immer sichtbar. Es war nicht schwer zu sagen, in welchen Teilen der Stadt die Mehrheit der Kortésser, der Ghazaler, der Nordländer zu finden war. Wer heiratete, tat dies in seinem näheren Umfeld, und wer einen Sohn bekam, brachte ihm möglichst schnell den eigenen Beruf bei. Man zeigte ihm, welche Menschen zu ihm gehörten und welche er zu hassen hatte, was er zu glauben und wem er zu gehorchen hatte.

Die Bewohner der Meskananlage Briangard hatten sich als die eigentlichen Vertrauten des Grafen betrachtet und sich zunehmend von den Zugewanderten in der Stadt abgesondert. Sie hatten eine Mauer um Briangard errichtet und damit war aus der Anlage eine Festung geworden. Die Stadt ihrerseits gründete den Senat, der anfangs unter der Führung des Grafen stand. Je selbstständiger die Stadt wurde und je tiefer der Graben zwischen Alsunern und Brianern, umso entschiedener betonte der Senat seinen Anspruch, die Stadt selbst zu regieren.

Vor dreizehn Jahren, im Jahr 291 nach der Gründung von Alsuna, war die Seuche entdeckt worden. Zuerst hatte es nur Einzelne getroffen, bald aber war sie in allen Teilen der Stadt aufgetaucht. Auf Anweisung des Grafen ließen die Brianer nun niemand mehr aus der Stadt herein, abgesehen von einigen Händlern. Gelehrte in Alsuna fanden heraus, dass das Übel aus der Stilla kam. Sie war der einzige Fluss der Stadt, jeder trank aus ihr und wusch sich mit ihrem Wasser. Briangard war direkt hinter dem Wasserfall gebaut, der sich in die Stilla ergoss. Der Fluss führte unter der Festung hindurch und von dort in die Stadt. Wenn die Seuche aus dem Fluss kam und der Fluss von der Festung des Grafen ausging, dann lag es nahe, dass der Graf das Wasser verseucht hatte.

Ein erbitterter Streit hatte begonnen, die Stadt zu spalten. Viele hatten den Tod des Grafen gefordert, viele seine Absetzung. Andere hatten ihn verteidigt. Der Senat war zum Entschluss gekommen, den Grafen seiner Herrschaft über Alsuna zu entheben und ihn gänzlich nach Briangard zu verbannen. Vom Jahr 292 an war es jedem Brianer verboten, die Stadt zu betreten, ebenso wie jeder Alsuner aus Briangard ausgeschlossen wurde. Die Festung wurde ausgebaut, die brianische Wache mit zahlreichen Soldaten aufgerüstet.

Eine Stadt mit zwei Reichen lag nun am Fuß des Reimutgebirges. Und sie wussten fast nichts mehr voneinander. Außer gelegentlichen diplomatischen Treffen und landwirtschaftlichen Lieferungen gab es keine Berührungspunkte mehr. Die Seuche indes war geblieben und quälte Alsuna mehr als jede Missernte der Vergangenheit. Die Zahl der Ärzte hatte sich seit ihrem Ausbruch verdoppelt, auch die Zahl der vermeintlich wirksamen Gegenmittel war nicht mehr zu überschauen. Doch niemand wurde dieser Seuche Herr. Vermutlich hatte man ihr deshalb nie einen Namen gegeben, um nicht zu häufig an ihre Allmacht erinnert zu werden.

All das wusste Levin und er war stets zufrieden gewesen. Solange die Seuche herrschte, gab es Streit zwischen den Häusern, zwischen den Ständen, sogar innerhalb von Familien: Wer hatte wen angesteckt? Wer hatte verseuchtes Wasser herbeigebracht? Es gab nichts Besseres als einen solch verwirrten, zerstrittenen Ort, um als Dieb arbeiten zu können. Und so hatte Levin, sofern er sich überhaupt Gedanken über die Politik machte, stets den Wunsch gehabt, dass Alsuna das bleiben möge, was es in den letzten Jahren gewesen war. An Briangard hatte er nie einen Gedanken verschwendet.

»Wir dürfen nicht vergessen«, sagte Darius, »was seit den Anfängen das Ziel des Grafen ist: Er will nicht nur zu dieser Stadt gehören, er will sie besitzen. Es genügt ihm nicht, dass er das symbolische Haupt von Alsuna ist. Er möchte wieder herrschen. Und das kann er nur dann, wenn er die Stadt so sehr geschwächt hat, dass sie seiner Macht nicht standhalten kann.«

»Macht? Von welcher Macht sprecht Ihr? Unsterblichkeit ist noch keine Macht.«

»Da täuscht Ihr Euch. Ihr wisst, wie viele Menschen in Alsuna sich ihm immer noch verpflichtet fühlen. Ihr kennt den *Orden der Redlichkeit*, die *Gemeinschaft der Wartenden*, die *Gemeinschaft des Meskanbundes*. Sie alle sind nur die äußersten Erscheinungen. Die Unsterblichkeit des Grafen hat noch viele Einwohner der Stadt im Griff. Sie sind bereit, wieder zu einem Tyrannen zurückzukehren, wenn er nur die Aura der Unsterblichkeit trägt.«

»Die Menschen wissen, dass der Graf ihnen die Seuche gebracht hat.«

»Sie werden es vergessen, wenn sie nur einen Funken seines Glanzes wiedersehen. Jahre hat er gewartet, damit Alsuna sich in seinem Leid selbst schwächt, uneins wird und sich nicht mehr wehren kann, wenn der Zeitpunkt gekommen ist. Und glaubt mir: Sehr weit ist dieser Zeitpunkt nicht entfernt.«

»Wer seid Ihr?«, fragte Levin nun und sah Darius so tief in die Augen wie nie zuvor.

»Nun, das ist schwer zu beantworten. Wir sind mehr, als Ihr gerade seht. In allen Teilen der Stadt sind unsere Leute. Aber hier seid Ihr am wichtigsten Ort. Hier findet alles zusammen und von hier geht alles aus.«

»Das ist nicht die Antwort auf meine Frage.«

»Ich bin die Person, bei der alles zusammenläuft. Ohne mein Wissen geschieht nichts. Aber jeder Einzelne trägt einen wichtigen Teil bei.«

Levins Blick wurde ungeduldiger.

»Es ist gut, dass Ihr noch nichts vom *Otusnetz* gehört habt. Wir beabsichtigen nicht, dass man uns kennt. Lasst es mich so sagen: Die Stadtwache ist der sichtbare, wir sind der unsichtbare Teil. Aber beide haben wir die Aufgabe, Alsuna zu beschützen.«

Mit bedrohlich flammendem Blick stieß Levin zischend hervor: »Passt mal genau auf! Ich habe Euren Verschwörungsgeschichten lange genug zugehört und ich habe immer noch keine Ahnung, was Ihr eigentlich wollt. Aber ich rate Euch, mir ein paar anständige Kleider zu geben, mich auf der Stelle verschwinden zu lassen und für alle Zeiten zu vergessen, ebenso wie ich es mit Euch tun werde.«

Darius schaute ihn mit unverändert ernstem Gesicht an.

Levin erkannte, dass dieser Mann sich nicht von seinem Vorhaben abbringen ließ.

»Das ist Eure Sache. Ihr seid frei zu gehen. Aber vergesst nicht, welche Folgen das für Euer weiteres Leben haben wird. Nichts mehr werdet Ihr so tun können wie bisher.«

»Ist das wieder eine Eurer leeren Drohungen?«

Jetzt meldete sich der Mann zu Wort, den Darius als Sandrin vorgestellt hatte. »Ihr habt keine Ahnung, was wir alles von Euch wissen. Seit Monaten sind wir hinter Euch her. Wir haben Euch beobachtet, wie Ihr den Teppichhändler ausgeraubt habt, wie Ihr von einer älteren Dame beauftragt worden seid, wie Ihr in die Bibliothek geschlichen seid. Wir kennen den wunderschönen Keller, in dem Ihr Eure Reichtümer sammelt.«

»Keine Angst«, sagte Merkus neben ihm, »wir haben nichts angerührt.«

Zum ersten Mal hatte Levin keine Antwort. Er starrte ihnen nur abwechselnd in die Gesichter. Nadal konnte sich ein überlegenes Grinsen nicht verkneifen.

»Bisher«, fuhr Darius fort, »haben wir der Stadtwache nichts weitergegeben. Ihr seid immer noch ein gesuchter Dieb, von dem jede Spur fehlt. Wenn es nach uns geht, darf es gern so bleiben. Wir hätten sogar die Möglichkeit, Euch zu einigen sehr lukrativen Aufträgen zu verhelfen. Euer Schattendasein könnte so blühend wie nie zuvor werden.«

Levins Züge wandelten sich allmählich. Der Zorn wich und eine Mischung aus kalter Einsicht und Klarheit vertrieb die Falten aus seinem Gesicht. »Wie viel würde ich bekommen?«

»Wofür?«

»Euren Auftrag.«

»Ihr wollt über Geld reden?«

»Wie viel?«

»Ist Euch Euer Leben nicht genug?«

»Ihr habt einen Auftrag, ich mache den Preis.«

»Ihr seid ein Sturkopf. Wie Ihr wollt. Dreihundert ist es wert.«

»Fünfhundert. Zweihundert im Voraus und dreihundert nach Abschluss.«

»Vierhundert. Zweihundert im Voraus und zweihundert danach.«

»Vierhundert Makel, ein paar anständige Kleider und alles, was ich zusätzlich für den Auftrag brauchen sollte.«

»Einverstanden, Ihr Narr.«

»Dann lasst uns jetzt über den Auftrag reden.«

Verfluchte Kopfschmerzen, dachte er, *verfluchte Kopfschmerzen!*

9. Kapitel

Als Levin drei Tage später im Obergeschoss eines Kornspeichers in voller Ausrüstung vor dem Fenster stand, ging er noch einmal seinen Weg durch. Er hatte seine nächtliche Route nach Briangard fast bis auf jeden Schritt im Kopf. Was es brauchte, war eine tief empfundene Ruhe, ehe er loslegte.

Noch immer geisterten die Worte von Darius in seinem Kopf herum. Sein Auftrag war nicht weniger nebulös als alles andere, was er gesagt hatte. »Ihr werdet enttäuscht sein, dass Ihr uns keinen Gegenstand stehlen sollt«, hatte er gesagt. Stattdessen sollte er ins Innere der Festung eindringen, einige Erkenntnisse gewinnen und sie dann in einem Monat bei Darius abliefern. In einem Monat. Dafür hatte Levin nur ein verächtliches Lachen gehabt. Er würde binnen weniger Tage eingebrochen sein und alles Nötige beisammen haben. Darius hatte nur besserwisserisch den Mund verzogen und gesagt: »Ihr fühlt Euch mit Eurer Maskierung wohl sehr sicher. Täuscht Euch nicht. Briangard ist nicht mit den üblichen Mitteln zu meistern. Doch Ihr unterschätzt Eure Fähigkeit, Euer eigenes Gesicht als Maske einzusetzen.«

Levin war immer noch empört über diese Worte, wenngleich er nicht genau wusste, was damit gemeint war. *Sie reden mir in mein Handwerk*, sagte er sich immerzu. *Sie mögen mich sehr gut kennen und weiter in meine Welt vorgedrungen sein, als mir lieb ist. Und sie haben zumindest vorerst mein Schicksal in der Hand. Aber wie ich meine Arbeit erledige, das werden sie mir nicht vorschreiben. Darius wird sich wundern, wenn ich in wenigen Tagen vor seiner Tür stehe und meine zweihundert Makel von ihm fordere.*

Die Anzahlung hatte Levin bei dem restlichen Vermögen in der Kanalisation deponiert. Er hatte sich ein neues Versteck dafür gesucht, nachdem er sich nicht mehr sicher sein konnte, welche seiner geheimen Orte sie inzwischen kannten. Dann hatte er sich in diesen Kornspeicher zurückgezogen, in dem er lange nicht mehr übernachtet hatte.

»Es wird auch von Euch abhängen«, hatte Darius gesagt, als er ihm die Aufgabe erklärt hatte, »ob Alsuna in einen fürchterlichen Krieg stürzt oder nicht.« Und dann hatte er behauptet, dass der Graf eine geheime Organisation in der Stadt habe, die eine Eroberung vorbereite. Regelmäßig treffe er sich mit Kontaktleuten, vermutlich um seine Pläne mit ihnen zu besprechen. Außerdem wisse man, dass es in Alsuna eine unterirdische Schmiede gebe, in der der Graf Waffen für den Tag des Angriffs herstellen ließ.

Levins Aufgabe war es, die Kontaktpersonen zu ermitteln, mit denen sich der Graf in seinem Palast traf. Sobald man wenigstens einen von ihnen kannte, konnte man die restliche Gruppe und die Schmiede ausfindig machen.

»Warum betreibt der Graf die Schmiede nicht in Briangard, wo er geschützt wäre?«, hatte Levin eingewendet.

»Unser Informant sagt, der Graf traue den Brianern nicht. Außerdem ist es Teil der Strategie, dass die geheime Armee inmitten der Stadt wie aus dem Nichts auftaucht.«

Levin wollte sein Unbehagen darüber ausdrücken, dass man sich nur auf die wilden Angaben eines einzigen Informanten stützte. Darius hatte es ihm angesehen und ihm versichert, dass sie mehr als eine Quelle besaßen.

»Und warum nun ich?«

»Wir brauchen jemanden, der einen fremden Ort gründlich untersuchen kann, ohne dass er Aufsehen erregt. Ihr müsst den geheimen Treffpunkt finden und Namen und Gesichter dieser Kontaktpersonen bekommen. Dann müsst Ihr wieder verschwinden, ohne das Misstrauen des Grafen geweckt zu haben. Gibt es außer Euch jemanden, dem so etwas gelingen kann?«

Levin hatte verneint. Seine Frage war ohnehin unnötig gewesen, denn er hatte sich schon einen Plan zurechtgelegt.

Am ersten Tag hatte er seine Zeit damit verbracht, über die einzelnen Schritte genauer nachzudenken, sich die Karte anzuschauen und Notizen zu machen. Bis in die Nacht hinein hatte er nachgedacht, war auf und ab gegangen, hatte aus dem Fenster in die Stadt geschaut und war erst um Mitternacht eingeschlafen.

Am nächsten Tag war er in die Nordstadt gegangen, um den Fuß der Anhöhe abzuschreiten, auf der Briangard thronte. Dabei hatte er sich die Felsen angeschaut, das Mauerwerk, die Türme und Tore. Er hatte sich so nahe herangewagt wie möglich. Abends hatte er sich im Gasthaus umgehört, wie oft die Zugbrücke heruntergelassen wurde.

Einen Tag später hatte er einige Leute besucht, die er kannte: den Schmied, den Gerber, einen ehemaligen Soldaten, der ein Bein verloren hatte, und einen Jäger. Bald hatte er alles beisammen, was er brauchen würde. Diesmal war er erst morgens eingeschlafen und am Mittag aufgewacht. Im Kornspeicher war es hell gewesen, die Luft trocken. Er hatte alle besonderen Gegenstände in einen engen Beutel gepackt, sein blaues Untergewand angezogen und den Gürtel geschnallt. Der rote Edelstein auf der Gürtelschnalle war der einzige Gegenstand, der ohne Nutzen war. Er begleitete Levin auf jedem Beutezug. Manchmal fragte er sich selbst, weshalb er so viel Wert auf dieses Stück legte. Vielleicht war es einfach nur seine Freude daran, etwas zu haben, was ihn besonders machte.

Auf dem Boden waren alle Gegenstände ausgebreitet gewesen, die er für den Auftrag an seinem Leib tragen würde. Nun war er damit ausgerüstet. Ein großes und ein kleines Messer hatte er in den Gürtel gesteckt. Der Meißel, drei Eisenhaken, eine kleine Schaufel wurden in einem Lederbeutel am Gürtel befestigt. Das Seil hatte er quer über den Bauch um die Schulter gehängt. Unter den Gürtel hatte er ein Leinentuch für Beutestücke geklemmt. Nachdem er alles überprüft hatte, hatte er sich den steingrauen Mantel übergeworfen, ihn am Bauch und an den Beinen festgeschnürt, dann die Sandalen gebunden. Das dauerte am längsten, denn sie mussten den Mantel festhalten und zugleich so eng anliegen, dass er mit den Füßen den Boden fühlen konnte.

Als er fertig war, war er erneut im Raum auf und ab gegangen. Es war an der Zeit, sich einzufühlen. Er sprang, rannte, kletterte Absätze hoch, alles möglichst ohne Geräusche. Am Abend hatte er sich ein Essen gekocht und danach zwei Stunden gedöst. Als er erwachte und die Dunkelheit ihn umgab, fühlte sich die Ausrüstung wie seine eigene Haut an. Zwei weitere Stunden hatte er gewartet, jetzt stand er vor dem Fenster.

Die Luft war immer noch trocken. Die Stadt schwieg ihn an. Er sah auf das Dach des benachbarten Hauses. Dann zog er sich seine Kapuze über, bis sein Gesicht in Schatten gehüllt war, kletterte hinaus und sprang in die kühle Nacht.

10. Kapitel

Briangard war nicht die Bibliothek. Schon die fensterlose Außenmauer übertraf die Höhe der höchsten Gebäude, die Levin für gewöhnlich bestieg. Auf dem Wehrgang würden ihn zahllose Wächter erwarten, unterstützt von scharfen Hunden, die Tag und Nacht auf der Mauer umhergingen. Hinter der Außenmauer lag jedoch erst der Vorhof. Der Innenhof war von einer noch höheren Mauer umgeben und dahinter ragte der Palast empor.

Levins Plan berücksichtigte all diese Schwierigkeiten. Er kam von der Westseite, da das Tor von Briangard auf der Südseite lag. Er schlich zwischen den Bauernhäusern am Stadtrand herauf und überquerte die Stilla über die letzte, nur wenigen Leuten bekannte Holzbrücke. Bald hockte er hinter einem Gebüsch am Flussufer, direkt vor der Anhöhe. Die Stilla lief an der Westseite von Briangard entlang. Wären die Wasserfluten aufgrund des Hanges nicht so reißend gewesen, hätte man sie für eine Art Burggraben halten können. Die Besonderheit lag darin, dass an der Stelle, wo die Burg sich ans Gebirge anlehnte, der Fluss unter dem Gemäuer hindurchfloss. Die Halle, in der der Graf das Meskan verarbeiten ließ, lag somit über dem Fluss. Levin wusste jedoch, dass es unmöglich war, durch den Tunnel in die Halle zu gelangen. Das Ufer war an dieser Stelle zu steil, das Wasser zu tief und die Strömung zu stark. Sein Weg in die Burg konnte also nur über die felsige Anhöhe und die anschließende Außenmauer hineinführen.

Er sah gut achtzig Meter nach oben, wo die Mauerzinnen verliefen. Ein Wachposten richtete den Blick Richtung Stadt, dann zum Fluss. Gelangweilt wandte er sich wieder ab und wanderte weiter. Levin holte ein Fläschchen aus dem Beutel und goss den Inhalt über seine Kleider. Er verzog das Gesicht bei dem furchtbaren Gestank. Dann stand er auf, huschte zu den Felsen und stieg die ersten Steine hinauf. An den meisten Stellen um die Festung herum war die Anhöhe zu steil. Hier aber gab es zumindest so viele Felsvorsprünge, dass er den größten Teil des Weges ohne Probleme bewältigen konnte. Immer wieder schaute er nach oben, um innezuhalten, falls eine Wache in die Nähe kam. Wenn er sich nicht bewegte, würde man ihn mit seinem grauen Mantel zwischen den Felsen nicht bemerken.

Bald hatte er den Fuß der Mauer erreicht. Die glatte Steinwand wuchs fast übergangslos aus den Felsen heraus. Er musste sich mit den Händen abstützen, als er sich in Richtung Südtor arbeitete. Bald hatte er sein Ziel erreicht. Er stand auf dem obersten Felsvorsprung der Anhöhe, über ihm war die geschlossene Zugbrücke. Es war die einzige Stelle, die von oben nicht unmittelbar beobachtet werden konnte. Das Tor bestand aus zwei runden Türmen, zwischen denen die Zugbrücke eingebettet war. Darüber gab es ein Häuschen, das so weit aus der Festung hinausragte, dass man die Brücke durch das Fenster nicht mehr sehen konnte.

Gestern war er schon hier gewesen. Am Mittag war er die Schlucht unterhalb der geöffneten Zugbrücke hinaufgeklettert. Während über ihm die Soldaten auf und ab schritten, hatte er sich unter der Brücke versteckt gehalten und so leise er konnte gearbeitet.

Zufrieden sah er jetzt, dass sein Werk nicht entdeckt worden war: eine Strickleiter, die ihn das Tor hinaufführen würde. Niemals hätte er eine Mauer mit fünfundzwanzig Metern Höhe anders besteigen können. Er griff nach der Leiter und mit festen Tritten gelangte er zügig bis zum oberen Rand des Tors. Jetzt konnte er nach dem Efeu greifen, der aus dem Inneren der Festung emporwuchs und sich um den linken Turm wand. Er stieg hinüber und stellte fest, dass die Ranken stabil genug waren, um sein Gewicht zu tragen. Es waren nur drei Meter zu überqueren. Dann erreichte er das Spitzdach des Turmes und zog sich hoch. Er duckte sich und beobachtete den Wehrgang, der unterhalb des Turms begann.

Eine Weile wartete er. Bald kam ein Wächter herbei, blieb vor dem Turm stehen und schaute in die Stadt hinunter. Sein Wachhund schnüffelte nur kurz in Levins Richtung, hob den Kopf und folgte seinem Herrn, der wieder davonzog. Levin, der wusste, aus welchem Leder die Rüstungen der Wächter auf Briangard hergestellt wurden, hatte sich beim Gerber einen Saft aus eben jenem Leder brauen lassen. Der Geruch würde das Vertrauen der Hunde wecken, wenn sie in seine Nähe kamen. Selbst die Hunde, die klügsten Wächter dieser Stadt, konnte er täuschen.

Nie zuvor hatte er einen solch feinen Plan entwickelt. An jedes Detail hatte er gedacht. Vielleicht waren die Brianer weitaus besser ausgerüstet und aufmerksamer als die lächerlichen Stadtwachen. Vielleicht waren die Hindernisse an diesem Ort größer als je zuvor. Doch nichts hielt der Methode stand, die Levin als die überlegenste betrachtete: das Opfer nicht wissen zu lassen, dass es überhaupt einen Gegner hatte. Für Levin waren sie alle Opfer, die Stadtwachen genauso wie die bulligen Brianer mit ihren Wachhunden.

Sein restlicher Plan würde so gut funktionieren wie alles andere: Eine kleine Ablenkung würde ihre Aufmerksamkeit nach unten richten, während er über das Seil den höchsten Punkt von Briangard bestieg: den Hauptturm. Wer würde es schon für möglich halten, dass im bestbewachten Palast von Baldurien jemand gerade an der Stelle einstieg, die man schon von weit außerhalb der Stadt sehen konnte! *Sie mögen gut ausgestattet sein*, dachte er, *aber in ihrem Denken sind sie alle gleich. Sie lassen sich von ihrer Angst und von offensichtlichen Reizen lenken.* Er würde einfach die Treppe des Turms hinunterspazieren und schon war er im Innern des Palastes, wo es Verstecke in Hülle und Fülle gab.

Den Plänen nach schloss der runde Hauptturm von Briangard eine hintere Ecke des Palastes ab, die Meskanhalle grenzte direkt daran. Sie hatte ein flaches Dach, das niedriger war als das des Palastes und an dessen Ende die Mauer steil bis zum Fluss hinunter abfiel.

Levin hatte nun lange genug gewartet. Die Wache war ein ordentliches Stück entfernt und die nächste sollte nicht so schnell kommen. Er kletterte den Turm hinunter auf den Wehrgang und huschte auf die westliche Seite der Mauer, wo es ein weiteres Türmchen gab. Wieder duckte er sich und schaute in den Vorhof hinunter. Er war etwa dreißig Meter breit und verlief wie ein Kanal um die innere Festung. Eine Reihe von bescheidenen Hütten und Ställen lag am Fuß der Innenmauer; Holzkarren, Fässer, Kisten, ein Heuhaufen nahmen große Teile der Fläche ein. Auch entlang der Außenmauer konnte er Dächer erkennen, es war fast eine kleine Stadt für sich. Hinter manchen Fenstern flackerte es, einige Kamine qualmten.

Dann schaute Levin den Hauptturm empor. Es mochten von ihm aus noch gut sechzig Höhenmeter bis zum von Zinnen umgebenen Spitzdach sein. Etwa vierzig Meter war der Turm von ihm entfernt. Alles entsprach genau den Angaben auf der Karte. *Sie scheinen*, dachte Levin, *wenigstens eine ordentliche Arbeit zu machen, diese seltsamen Auftraggeber.*

Das Wichtigste aber war im Moment der Bussard, der am Tag über der Festung kreiste und hin und wieder zu seinem Nest zurückkehrte, das sich auf dem Dach des Hauptturmes befand. Levin hatte den Vogel beobachtet, als er Briangard aus der Ferne betrachtet hatte. Er lächelte in sich hinein. *Die einzigen Verbündeten, denen ich wirklich vertraue, sind die Vögel. Freunde sind es, verlässliche Freunde.*

Er holte aus dem Sack ein dickes Seilbündel, das die ganze Zeit schon eine schwere Last gewesen war. Das Seil selbst war äußerst dünn, an seinem Ende befand sich ein Eisenstab. Als Nächstes holte er eine Schnur heraus, an der fünf tote Mäuse mit den Schwänzen befestigt waren. Er band die Schnur an den Eisenstab und hängte sie an der Spitze des Wachtürmchens über dem Wehrgang auf. Er legte sich flach auf das Dach des Türmchens und ließ einen Wächter unter sich passieren. Dann ließ er einen grellen Pfiff ertönen, den er in seinen Jugendjahren bis zur Vollkommenheit geübt hatte.

Dreimal musste er pfeifen, dann segelte der Bussard heran. Er kam geradewegs auf das Türmchen zu, schien auf den letzten Metern im Mondlicht die Mäuse zu erkennen, schnappte sich im Flug eine von ihnen und stieg wieder empor. Zufrieden beobachtete Levin, wie der Bussard das Seilende mit sich zum Turm hinaufschleppte. Er flog direkt zum Nest, das sich hinter den Dachzinnen auf dem Hauptturm befand. Jetzt durfte er keine Zeit verlieren. Er zog am Seil, es spannte sich, als die Eisenstange sich hinter den Zinnen verfing. Das andere Ende des Seils band er an der Spitze des Türmchens fest.

Nun holte er seinen letzten Gegenstand aus dem Beutel, eine kleine Armbrust. Den Pfeil hatte er präpariert. Er entzündete die Spitze an einem Feuerstein, spannte den Pfeil ein und schoss ihn in den Heuhaufen vor einer Scheune im Vorhof. In Sekunden loderte das Feuer auf, er hörte Hundegebell und laute Schreie im Hof. Doch er verlor keine Zeit, hängte sich rücklings an das Seil und hangelte sich mit Händen und Füßen daran hoch. Es schnitt in seine Finger und schaukelte bedrohlich, doch es trug ihn. Wie erhofft stieg von dem Heuhaufen dicker Qualm auf, der das ganze Gebiet um den Hauptturm herum, einschließlich seines Seils, einhüllte. Niemand würde ihn sehen. Er hörte das Kreischen, das Rennen, erste Löschversuche. Vermutlich gingen sie von einem Unglück aus. Doch selbst wenn sie einen Eindringling vermuteten, dann unten im Hof und nicht oben beim Turm. Die Wachen würden hinunter stürmen und alles absuchen. Keiner würde zu ihm hinaufschauen.

Als er die Hälfte der Strecke hinter sich gebracht hatte, hielt er zum ersten Mal an, um nach unten zu schauen. Der Rauch brannte in seinen Augen und er konnte nur Flecken erkennen. Wo waren die Soldaten? Sie mussten ihn doch zwischen den Hütten suchen. Da waren nur aufgescheuchte Bauern, Knechte, ein paar Kinder. Irritiert blickte er zum Wehrgang zurück. Er erschrak. Eine ganze Horde bewaffneter Wächter rannte auf der Mauer entlang, begleitet von hysterischem Hundegebell. Manche schauten in den Hof, manche auf der anderen Seite zum Fluss hinunter. Sie schienen den Eindringling überall zu vermuten.

Was sind das für Wachen?!, fragte er sich empört. *Unten brennt die Scheune nieder und sie verstärken ihre Posten auf der Mauer. Als wäre ich ein feindliches Heer, das mit Rammböcken ankommt.*

Er wollte rasch weiterklettern, ehe der Brand gelöscht war und man ihn sehen würde. Da hörte er das laute Rufen eines Wächters. Als er sich umdrehte, sah er den Mann, der offensichtlich das Seil auf dem Dach des Türmchens entdeckt hatte und nun in Levins Richtung zeigte. Die anderen Wächter riefen jetzt auch und versuchten etwas in dem Qualm zu erkennen.

»Da hängt einer!«

»Holt ihn euch!«

»Ich sehe nichts!«

»Wartet!«

Levin sah nur benommen zu. Er wusste nicht, ob er weiterklettern oder loslassen sollte. Nein, er war viel zu hoch. Weit unter ihm war nur ein steinernes Dach. Und zum Turm klettern? Es war zu weit. Sie wussten genau, wo er war. Wie gelähmt verharrte er auf der Stelle.

»Das wird er nicht überleben!«, rief jemand. *Was* würde er nicht überleben?

Er musste nicht lange auf die Antwort warten. Von der Mauer ertönte das Schnalzen der Armbrustsehnen, kurz darauf zischten ihm Pfeile um die Ohren. Er zuckte zusammen, machte sich klein, wusste aber, dass er nicht in dieser Position bleiben konnte. Ein Pfeil nach dem anderen rauschte an ihm vorüber. Einer würde mit Sicherheit treffen.

Kurz entschlossen zückte er sein Messer, setzte es unterhalb seines Fußes an und schnitt das Seil durch. Sofort spürte er, wie die Spannung im Seil nachließ und er abstürzte. Instinktiv fuhr er die Beine aus. Nur noch mit den Händen hielt er das Seil fest, das nun mit voller Wucht in Richtung des Turmes schwang. Was in den nächsten Momenten geschah, konnte er nur flüchtig wahrnehmen. Er hätte wenig Überlebenschancen gehabt, wenn sein Körper rücklings gegen den Turm geschleudert und er abgestürzt wäre. Doch es kam anders. Er brachte seine Beine rechtzeitig in Position, drehte sich, sah die Wand des Turmes auf sich zurasen und fing sich im Moment des Aufpralls mit den Beinen ab. Ein brennender Schmerz schoss durch seine Glieder, die Beine knickten zur Seite und der Rest des Körpers prallte mit einer Schulter voran gegen den Turm – doch er hielt fest.

»Was ist?!«

»Wo ist er?«

»Ich glaube, er hängt noch«, hörte er von der anderen Seite.

»Na los, schießt ihn ab!«

Kurz darauf prasselten Pfeile gegen die Wand des Turmes, einer schlug knapp über ihm ein, prallte ab und fiel gegen seine Brust. Der Rauch und der Pfeilregen machten ihn benommen und verhinderten jeden nüchternen Gedanken. Doch angetrieben von irgendeinem Instinkt begannen seine Glieder, seinen Körper in Bewegung zu setzen. Er beugte sich vor und zurück, fing zu schwingen an und erreichte eine immer größere Schaukelbewegung. Die Schüsse wurden gezielter, doch jetzt war er kaum mehr zu treffen. Seine Sinne kehrten langsam zurück. Er verstärkte den Schwung und versuchte sich zu orientieren. Ja, ein paar Meter weiter musste es sein. Ganz trübe sah er die Steinfläche. Ein letztes Mal schwang er vor, zurück und wieder vor. Dann ließ er das Seil am höchsten Punkt los, flog einige Meter durch die Luft und landete mit einer Rolle auf dem flachen Steinboden, der eigentlich ein Dach war.

Die Meskanhalle. Sie stand so nahe am Turm und war so hoch, dass er sie gerade noch erreicht hatte. Eine weite Fläche erstreckte sich vor ihm und er wusste augenblicklich, in welche Richtung er rennen musste.

»Da hinten! Auf der Halle!«, hörte er die Männer. »Lasst ihn nicht entkommen!«

Wieder flogen ihm Pfeile nach. Neben ihm, hinter ihm prasselte es hölzern auf dem Boden. Er machte große Sprünge, näherte sich schnell dem Rand des Daches und als er den Absatz erreicht hatte, schaute er nicht nach unten, sondern nach vorne, als wollte er einfach weiterrennen. Seine Beine bewegten sich fort, als er in die Tiefe stürzte, das Rauschen des Flusses hörte und in den Fluten der Stilla versank.

11. Kapitel

Alsuna, Jahr 295 nach Stadtgründung

»Ihr! Ihr allein tragt die Schuld! Ihr habt uns getäuscht! Ohne Euch wäre sie zu retten gewesen. Sie war noch längst nicht verloren. Man hätte nur einen richtigen … Ich wollte … ich hätte sie Euch niemals … einem dahergelaufenen Lumpen … Ihr wusstet, dass Ihr sie nicht heilen würdet. Aber der Held wolltet Ihr sein. Kostenlos wohnen und Euch vollfressen, das wolltet Ihr. Und ich habe dabeigestanden und Euch vertraut. Ihr seid schuld, Ihr habt sie mir genommen.« Das Gesicht des Wirtes verzog sich vor Zorn. Rotz und Tränen hinterließen glänzende Spuren. Nach der Zeit des Bangens war er in die Tiefe der Bitterkeit gestürzt.

Alvin sah durch die Tür nur die friedlich nebeneinanderliegenden Beine der Frau auf dem Bett. Der Wirt versperrte ihm den Zugang zur Kammer, sodass er ihr Gesicht nicht sehen konnte.

Gestern Abend noch hatte der Wirt ihn zu Hilfe geholt. Mit zittriger Stimme hatte er ihn angefleht, irgendetwas zu tun. Als Alvin die Wirtin auf dem Bett hatte liegen sehen, hatte er gewusst, dass es schlimmer um sie stand als beim letzten Mal. Die Adern traten noch mehr hervor, das Fieber schien ihr in jedem Augenblick eine unendliche Marter zu bereiten. Manchmal verdrehte sie die Augen, schrie und stöhnte und ihr Körper bäumte sich auf, als würde die Krankheit den letzten Rest Lebenswillen aus ihr herauspressen.

Diesmal, hatte Alvin gedacht, *wird es schwieriger werden.* Er hatte ihr wieder das Mittel gegeben und es hatte gewirkt. Sie war ruhig geworden, das wilde Pochen an ihren Schläfen hatte aufgehört. Der Wirt hatte ihn erleichtert verabschiedet und ins Bett geschickt.

Heute Morgen hatte Alvin an der Tür geklopft, um sich nach ihrem Befinden zu erkundigen. Und nun das.

»Es tut mir leid, bitte glaubt mir …«

»Ich glaube Euch nichts mehr!«

»Ich weiß nicht, was ich sagen soll. Sie war nicht mehr …«

»Ihr lügt.« Er packte Alvin am Kragen. »Ihr habt versprochen, Ihr würdet sie heilen. Ich habe keinen Arzt geholt, weil ich Euch vertraut habe. Und jetzt habe ich sie für immer verloren. Für immer!«

»Es tut mir leid.« Ihm fielen keine Worte mehr ein.

Der Wirt machte eine Pause, als sammle er alle Kräfte, die ihm noch geblieben waren. »Geht!«, zischte er kaum hörbar, aber so bedrohlich, als hätte er gebrüllt. »Geht!« Er zog Alvin am Kragen zur Treppe. »Geht und kommt mir nie wieder unter die Augen, Ihr Scharlatan!«

Alvin schaute ihn traurig an, während er rückwärts die Treppe hinunterstolperte.

»Na los, geht, ehe ich Euch das antue, was Ihr verdient hättet! Geht und schert Euch fort! Und wagt es nicht, jemals wieder dieses Haus zu betreten! Jeder wird erfahren, was Ihr getan habt. Ich werde es den Nachbarn erzählen, ich werde es meinen Gästen erzählen. Alle werden sie hören, dass Euretwegen meine Frau nicht mehr am Leben ist. Na los, geht und verschwindet!«

Alvin war an der Tür angelangt. Er öffnete sie und wandte sich ein letztes Mal dem Wirt zu, dessen Augen noch immer drohend auf ihn gerichtet waren.

»Ich hoffe … Euch wiederzusehen. Es tut mir leid«, sagte er mit verstörtem Blick und wandte sich ab.

Als er mit gesenktem Kopf die Straße hinabging, hörte er das Knallen der Tür, dann lautes Brüllen und Weinen dahinter. Erst jetzt wurde ihm bewusst, dass fast all seine Sachen oben in der Kammer geblieben waren: seine Kleider, seine Steine, sein Geld. Nur den Beutel mit den wichtigsten Dingen – seine Mittel, ein paar Chemikalien, seine Aufzeichnungen – hatte er umgehängt. Genau diesem Beutel hatte er das furchtbare Erlebnis zu verdanken. Und doch wäre es das Schlimmste gewesen, ihn zu verlieren.

Er sah an seinen Kleidern herab. Er hatte sich nach dem Aufstehen nur das einfache Hausgewand übergeworfen. Damit würde er es schwer haben, dachte er sich.

Und so kam es auch. Wo immer er nach Arbeit fragte, wies man ihn ab. Auf einen Fremden ohne Geld wollte sich keiner einlassen. Er fragte auch dort, wo er früher gearbeitet hatte. Doch als er seine Geschichte erzählte, sagte man ihm, dass man das Unheil nicht zu sich ins Haus einladen wolle.

So führte ihn sein Weg dorthin, wo alle landeten, die nichts mehr hatten. Das kleine Viertel am Ostrand der Stadt war eng, die Wege bestanden aus lehmiger Erde und die Menschen kochten an offenen Feuern auf der Straße dünne Suppen. Alvin fand einen Platz in einem verlassenen Steinhaus, wo sich abends mit ihm fünfzehn andere schlafen legten. In der Nacht fror er und er war dankbar, dass tagsüber jeder am Feuer willkommen war. Man gab ihm von der Suppe und einige fragten ihn, wo er herkam. Es fiel ihm nicht leicht, seine Geschichte zu erzählen. Nicht, weil er sich schämte, sondern weil ihm nicht danach war. Eigentlich hatte er nichts zu erzählen, stellte er manchmal fest. Und so zog er es vor, sich die Geschichten der anderen anzuhören.

»Keiner von uns ist freiwillig hier«, sagte ihm ein älterer Mann. »Aber du lernst bald, das Gefühl zu vertreiben, dass es was Besseres geben könnte. Je seltener du dieses Viertel verlässt, umso leichter wird's dir fallen.«

Das hätte sich Alvin gerne aufgeschrieben. Doch seine Feder und das frische Papier waren im Gasthaus zurückgeblieben. Er musste sich an den Gedanken gewöhnen, dass es nun mit dem Beobachten und Notieren vorbei war.

12. Kapitel

Alsuna, Jahr 304 nach Stadtgründung

Als Levin an einer ruhigen Stelle aus dem Fluss kroch, wusste er nicht, ob er seinen linken Arm noch besaß. Es fühlte sich an, als sei er am Hauptturm von Briangard zerschellt. Lange blieb er kraftlos am Ufer liegen, die Kälte an seinem nassen Körper empfand er als beiläufiges Übel.

Später fing er langsam an, wieder erste Bewegungen zu machen, kam auf die Beine und spürte, dass er seinen Arm kaum rühren konnte. Er schleppte sich ins nördliche Bürgerviertel und weiter ins Arbeiterviertel. Er zog sich in seinen Keller im verlassenen Haus zurück und es war ihm egal, dass die Männer vom *Otusnetz* diesen Ort kannten. Die letzten Lumpen wollte er nun tragen und wie ein Bergarbeiter aussehen, der eben aus der Mine gekrochen war. Kurz darauf erschien er in entsprechender Kluft auf der Straße und suchte mit leicht schwankendem Schritt die *Wanne* auf, das beliebteste Gasthaus im Arbeiterviertel.

Es stank nach Schweiß und Alkohol, als er die Stube betrat. An den Tischen erzählten sich die Leute schmutzige Witze und schnitten sich mit einem stumpfen Messer Stücke vom letzten Rest des gebratenen Schweins ab. Sie hatten den letzten Werktag hinter sich, deshalb saßen sie jetzt nach Mitternacht noch da. Niemand beachtete Levin, als er den Raum durchquerte und in der hintersten Ecke Platz nahm, wo er allein war. Auch wenn er keinen Tropfen getrunken hatte, mussten sein Gang und seine brennenden Augen den Eindruck erwecken, er sei angetrunken. Genau das sollten die Menschen denken, denn so konnte er den Schrecken, die Hilflosigkeit und auch die Schmerzen in der Schulter verbergen, die eigentlich schuld an seinem Dämmerzustand waren.

Er ließ sich einen Krug Wein bringen, redete kaum ein Wort und wenn, dann beschränkte er sich auf ein unverständliches Brummeln. Normalerweise spielte er nur den Betrunkenen, heute sollte es wenigstens ein bisschen echt sein.

Allmählich wanderte die Erkenntnis in sein Bewusstsein, was in dieser Nacht geschehen war. Das Gefühl, mit einem Mal alle Freiheit verloren zu haben, die ihn sein Leben lang begleitet hatte, war neu und grausam. *Er* war gesehen worden. *Er* und der beste Plan seines Lebens waren aufgeflogen. Noch dachte Levin nicht über die Folgen nach. Er fragte sich nicht, wie die nächsten Tage ablaufen sollten. Es reichte, daran zu denken, dass er eigentlich um diese Zeit im Palast umherschleichen und das Bett des Grafen beobachten wollte. Jeder Schluck des schlechten Weins erinnerte ihn daran, dass die Allmacht des *Schattensuchers* an den Grenzen von Alsuna ihr Ende gefunden hatte. Das war die enttäuschendste Erkenntnis, die er seit langer Zeit gehabt hatte.

Es musste in einem Moment gewesen sein, als er die Augen geschlossen hatte oder in seinen Becher schaute. Jedenfalls hatte er nicht gemerkt, wie die Tür sich öffnete und eine Gruppe von Frauen den Raum betrat. Levin nahm sie erst wahr, als er das laute Gejohle vernahm und zu den Tischen hinübersah. Sie saßen bereits auf dem Schoß von Männern oder ließen sich von ihnen umwerben. Er wollte sich gerade desinteressiert abwenden, da sah er, dass sich eine von ihnen davongestohlen hatte.

Sie kam auf ihn zu. Augenblicklich verschwand die schummrige Wolke von seinem Gemüt, die er sich eben angetrunken hatte. Seine Alarmbereitschaft existierte noch und sie schien stärker zu sein als der Wunsch, zum ersten Mal in seinem Leben in der Ohnmacht zu versinken.

Sie hat mich angeschaut, nein, angefunkelt. Sie weiß genau, dass sie zu mir will. Sehe ich aus, als hätte ich etwas für sie?

Jetzt, wo sie nahe genug war, nahm er ihre Gestalt genauer in Augenschein. Zuerst fiel ihm auf, dass sie ihre pechschwarzen Haare mit Holzstiften hochgesteckt hatte. Sie trug ein zweiteiliges Gewand mit dunkelgelben Seidenornamenten, das schräg um ihren Körper gewickelt war.

Sie kann nicht zu denen gehören, sagte er sich, *sie ist eine von den Edlen. Eine solche Hure leisten sich nur reiche Männer, Kaufleute mit fetten Bäuchen. Was hat sie hier verloren und was will sie von mir?*

Die Art, wie sie geschminkt war, passte zum Rest ihrer Erscheinung. Ihr Gesicht war stark gepudert, die Augenpartie schwarz umrandet. Doch als er ihren Blick direkt erwiderte, glaubte er für einen Moment, eine ganz andere

Frau zu sehen. Er entdeckte eine enttäuschte, unruhige Seele. Nur für einen Moment ließ sie sich auf den Blickwechsel ein, dann senkte sie die Lider, warf ihm aus den blauen Augen einen erotischen Blick zu und tänzelte verführerisch um ihn herum. Doch es war zu spät. Levin hatte erkannt, dass sie nur in einer Hülle steckte. Ihre weiblichen Formen schienen üppig, doch er sah, dass das vor allem durch die Art so wirkte, wie sie ihre Hüften und ihr Dekolleté zurechtgemacht hatte.

»Ich bin Elena.«

Die Worte unterbrachen Levins Beobachtungen. Zugleich wusste er sich bestätigt. Sie klang so unecht verführerisch, dass es ihn zu reizen begann, sich vorzustellen, wie sie wohl in Wirklichkeit redete.

Zuerst blieben die Worte im Raum stehen, als wären sie auf eine unsichtbare Wand geprallt. Levin schwieg, Elena schien sich zu fragen, ob er sie gehört hatte. Doch er musste sie gehört haben, denn er sah sie unentwegt an.

»Du bist … so allein«, machte sie weiter.

»Suchst du jemand?«, erwiderte Levin schließlich mit krächzender Stimme.

Elena verstand die Worte als Einladung und kam näher an seinen Tisch. Sie beugte sich vor und schien zu wissen, dass sich die lodernde Wandfackel in ihren Augen spiegelte.

»Vielleicht suchst *du* jemanden?«, fragte sie zurück.

»Seh ich so aus?«

»Ja, das tust du.«

»Irrtum. Schwirr ab.«

»Aber ich habe dich bemerkt.«

»Und?«

»Ich bemerke nur die Männer, die etwas suchen.«

»Ach. Was suche ich denn?«

»Die da hinten suchen Schenkel und Brüste. Du suchst … Gesellschaft.«

»Du musst eine ziemlich schlechte Hure sein, wenn du Männer umwirbst, die nur Gesellschaft wollen.«

»Dennoch habe ich recht.«

Levin beschloss, ihr nicht zu widersprechen. Er war neugierig, wie sie es anstellen würde.

»Darf ich mich setzen?«, fragte sie.

»Muss ich dafür auch schon etwas springen lassen?«

»Noch nicht.« Sie setzte sich ihm gegenüber. »Und jetzt erzähl.«

Er runzelte fragend die Stirn.

»Du bist kein Arbeiter, der erschöpft aus der Mine kommt. Also: Was hast du heute erlebt, dass du so verzweifelt dreinschaust?«

Sie ist gut, sagte er sich, *sie ist sehr gut. In wenigen Augenblicken hat sie mich vergessen lassen, dass ich mir heute beinahe die Beine und die Schulter zertrümmert habe, und im nächsten Moment holt sie alles wieder hervor.*

»Schön, wenn du's hören willst: Es war der mieseste Tag meines Lebens. Seit Jahren beherrsche ich mein Handwerk besser als jeder andere. Ich hatte die reichsten Kunden, die größten Aufträge und immer waren sie zufrieden. Bis heute. Kennst du das? Man fordert von dir ein Kunstwerk, wie du es schon öfter gemacht hast, nur größer und prächtiger. Und du fängst an wie immer, machst alles noch besser und stellst fest, dass du völlig danebenlagst. Ach was, du kennst das natürlich nicht. Deine Aufgabe ist doch immer die gleiche.«

»Du vergisst, dass auch ich eine Künstlerin bin. Ob mich ein Mann einfach nur bezahlt oder ob er wiederkommen will, ist ein großer Unterschied.«

»Bei mir gibts kein Wiederkommen. Bist du bei den Wachen einmal aufgeflogen, kommst du nie wieder rein.«

»Von welchen Wachen sprichst du?«

Levin erschrak. Was hatte er eben gesagt? Hatte sie ihm etwa schon die Kontrolle geraubt? Er schenkte sich den Becher voll und gab seiner Stimme einen lallenden Unterton. »Hab ich Wachen gesagt? Ich sag ja: ein verfluchter Tag, nichts passt mehr zusammen.«

Elena lehnte sich zurück. »Nun, mit Wachen kenne ich mich aus.«

»Da sieh einer an.«

»Sie wirken so ernst und gefährlich. Aber wenn man sie mit den richtigen Worten reizt, kann man viel Spaß mit ihnen haben. Dann vergessen sie, dass sie einen Palast bewachen müssen.«

»Einen Palast?« Levin horchte auf. »Wie kommst du darauf?«

Daraufhin erzählte sie, dass sie als kleines Mädchen häufig mit schwarz gekleideten Wachen gespielt habe. Als er weiter nachfragte, lenkte sie ab und er wusste, dass es gefährlich wäre, zu interessiert zu wirken. Stattdessen schaute er sie lüstern an.

»Ich gebe zu«, sagte er mit gespielter Ehrerbietung, »dass ich dich unterschätzt habe. Dich und deinen Charme.« Er legte einen Lederbeutel auf den Tisch. Elena wirkte unbeeindruckt. »Du hast es mit einem reichen Mann zu tun, der einen schlechten Tag hatte …«

»… und der nicht nur Gesellschaft braucht«, ergänzte sie süffisant lächelnd.

»Es scheint, als hättest du das richtige Gespür.«

Levin stand auf, bestellte beim Wirt eine Kammer und ließ sich einen weiteren Krug Wein hinaufbringen. Bald saß er auf der Bettkante, Elena neben ihm. Eine Lampe stand auf dem Nachttisch.

Als sie sich ihm erwartungsvoll zuwandte, reichte er ihr den Becher. »Du täuschst dich nicht in mir. Ich habe wirklich Geld. Und ich habe Zeit. Erzähl mir noch mehr von dir.«

»Erzählen? Was möchtest du denn hören?«

»Woher kommst du? Wer bist du?«

Elena begann und Levin achtete auf neue Hinweise. Doch sie sagte nichts über Briangard.

Schließlich reichte sie ihm den Becher und sagte ebenfalls etwas undeutlich: »Los, trink. Wir sollten den gleichen Geschmack im Mund haben.«

Er nahm einen Schluck, schaute ihr ins Gesicht und traf einen Entschluss. Er konnte nicht immer in Deckung bleiben. »Vorhin hast du von Briangard erzählt, nicht wahr? Wie bist du dort hingekommen?«

Elena erhob sich, als hätte sie die Frage nicht gehört, und zog den ersten Stift aus dem Haar. Ihr Lächeln wirkte künstlicher als je zuvor. »Ich werde langsam ungeduldig«, sagte sie und strich anzüglich mit der Hand an sich herunter.

In diesem Moment, als sie ihn so verführerisch anlächelte, als sei er einer dieser primitiven Narren da unten, verspürte er große Lust, den Becher an die Wand zu werfen und mit Gewalt aus ihr herauszupressen, was sie ihm nicht sagte.

Doch er besann sich. Er stellte den Becher auf den Tisch und machte ein ernstes Gesicht. »Du weißt genau, was ich möchte. Ich sehe es dir an. Lass uns ehrlich sein. Du wirst mir jetzt sagen, wie du nach Briangard gelangt bist, und ich werde dich besser bezahlen als jeder deiner Kunden.«

»Du willst …« Ihre Lippen begannen zu zittern. Sie setzte sich verstört aufs Bett. »… wieso willst du das von mir?«

»Es ist besser, wenn du es nicht weißt.«

»Ich tue alles für dich, was du willst. Die Männer sagen, ich sei die Beste.« Sie warf ihm wieder einen betörenden Blick zu.

Levin schüttelte den Kopf.

»Dann lass mich gehen. Bitte. Ich werde keinem etwas erzählen. Behalte dein Geld«, sagte sie.

»Du weißt, was ich möchte.«

Sie barg das Gesicht in den Händen. Levin konnte ihre Augen nicht sehen, doch er glaubte zum ersten Mal die verletzliche Frau zu hören, die in der Prostituierten steckte.

»Du weißt nicht, was du verlangst«, stotterte sie, schon halb ergeben.

Levin schwieg und wartete. Sie atmete tief durch, sagte: »Ich werde es bereuen« und schaute ruhig zu ihm auf. Sie ließ ihre Hand nach oben wandern und streifte sich langsam das Gewand von der Schulter. Levin wollte sie aufhalten, doch dann sah er, wie sie einen offenbar künstlichen Hautfetzen an ihrer Schulter packte und mit schmerzverzerrtem Gesicht abzog. Ein dunkelbrauner Bussard kam zum Vorschein, mit geschwungenen Linien gezeichnet und in eine runde Form gefasst.

Levin schluckte. »Du bist eine Brianerin.«

»Wie man es nimmt«, relativierte sie kaum hörbar.

Levin war verwirrt. Er konnte seinen Blick nicht von dem Bussard wenden, auch wenn er das Wappen längst erkannt hatte.

»Mein Vater ist Brianer. Meine Mutter ist Alsunerin. Damals war die Festung noch nicht von der Stadt getrennt. Er lernte sie bei seinen Besuchen in der Stadt kennen und holte sie als seine Frau nach Briangard. Nach meiner Geburt bekam ich das Brandzeichen. Meine Mutter sollte auch eines bekommen, doch sie lehnte ab. In ihrem Herzen war sie Alsunerin, und das wollte sie bleiben. Dafür wurde sie auf Briangard verachtet. Sie begann, die Menschen dort zu hassen, und wollte zurück nach Alsuna. Mein Vater ließ sich überreden und baute ein Weingut in der Nordstadt auf.«

»Wurdet ihr in Alsuna nicht weniger verachtet?«

»Nicht meine Mutter. Sie ist eine reinrassige Ghazalerin. Man sieht es ihr schon an der braunen Haut an. Als der Konflikt zwischen Alsuna und Briangard sich zuspitzte, ließ mein Vater bei mir und bei sich selbst den Bussard bedecken. Doch er blieb seiner Heimat treu und belieferte die Festung regelmäßig mit Wein.«

»Seit zwölf Jahren ist es aber doch verboten, nach Briangard zu kommen.«

»Nun, es gibt in der Nordstadt mehrere brianische Landwirte. Die Festung ist isoliert und muss irgendwie beliefert werden. Der brianische Hauptmann hat für uns deshalb eine Sonderregelung mit dem Senat ausgehandelt. Wir durften als Brianer in Alsuna leben und zu Handelszwecken Briangard aufsuchen. Meine Mutter hatte sich geschworen, diesen Ort nie wieder zu betreten. Sie blieb grollend zu Hause, wenn mein Vater mich neben sich auf den Wagen setzte und Weinlieferungen auf die Festung brachte.«

»Dann warst du also als kleines Mädchen häufig auf Briangard?«

»So ist es.«

»Der Graf? Kennst du ihn?«

»Die gewöhnlichen Brianer bekommen nur wenig vom Grafen mit. Er ist in seinem Palast, sie leben überwiegend im Vorhof.«

Levin hatte einen unliebsamen Gedanken, mit dem er sich noch etwas anfreunden musste. Doch er brauchte mehr Informationen.

»Wie lief das ab, wenn ihr eure Lieferung gebracht habt?«

»Mit den Jahren gab es immer strengere Kontrollen am Tor und im Hof der Festung. Man muss das Brandmal vorzeigen und nachweisen, dass die Ware auf dem Wagen in Ordnung ist. Mein Vater musste vor den Augen der Wachen einen Schluck seines Weines nehmen.«

»Man kommt also ohne dieses Abzeichen nicht hinein?«

Sie schüttelte den Kopf. »Wenigstens einer aus der Familie muss Brianer sein.«

»Man kann es nicht kopieren?«

»Nein. Das Abzeichen wird mithilfe einer Meskanmischung unter die Haut gebrannt. Man sagt, es schützt uns, weil das Meskan Lebenskraft in unseren Körper bringt. Nur der Graf kennt diese Mischung. Ein falsches Abzeichen ist sofort zu erkennen.«

Levin merkte, dass Elenas Bedrückung einer regen Gesprächsbereitschaft gewichen war. Das kam ihm recht, auch wenn ihm der Gedanke schwerfiel, dass er sie in seine weiteren Pläne einbeziehen musste. Zum ersten Mal war er gezwungen, die Hilfe eines anderen Menschen in Anspruch zu nehmen.

»Wie viel Geld würdest du verlangen, wenn du mich nach Briangard schleusen solltest?«

»Du möchtest in die Festung? Als Alsuner?«

»Als dein Ehemann.«

Sie schaute ihn überrascht an. Doch irgendwie traute er diesem Blick wieder nicht recht. Schon längst schien sie zu wissen, wohin ihr Gespräch führen würde.

Eine Weile zauderte sie noch, Levin musste seine ganzen Überredungskünste einsetzen, ehe sie sich bereit erklärte.

Sie verlangte viel. Er musste ihr jeden Tag bezahlen, den sie durch die Sache verlor. Und er musste ihr versprechen, keinem einzigen Menschen in Alsuna von ihrem Brandmal zu erzählen.

»Wie oft möchtest du hin?«, fragte sie.

»Einmal.«

»Was auch immer du auf Briangard vorhast: Du weißt, dass man uns in jeder Sekunde überwacht, und sobald wir die Fässer abgeladen haben, schicken sie uns wieder nach draußen.«

»Das habe ich mir schon gedacht. Bereite dich darauf vor, dass wir für eine längere Zeit auf Briangard bleiben werden.«

Sie schaute misstrauisch, doch er wollte nicht mehr verraten. Er hatte eine Idee. Aus seiner Niederlage würde er sich einen Sieg schmieden. Doch wie so vieles in dieser Nacht würde das äußerst schmerzhaft für ihn werden.

13. Kapitel

Dreißig Mitglieder zählte der Senat. Sie saßen an vier Tischen, die zum Rechteck aufgestellt waren. Der diesjährige Senatssprecher Philus hatte einen Einzeltisch, ihm gegenüber saßen die acht Vertreter aus dem Handwerkerviertel. Die beiden Flanken bildeten zehn Kaufleute auf der einen und eine Reihe mit Minenarbeitern, zwei Bauern und vier Gelehrten auf der anderen Seite. Sie konnten von ihren Plätzen aus auf die mächtige Fensterfront schauen, hinter der sich der Balkon anschloss. Es war hell im Raum. Das gemütliche Kaminfeuer wäre nicht nötig gewesen. Es schuf jedoch eine gewisse friedliche Atmosphäre in der Runde. Nobel und würdevoll ging es meist zu. Wer redete, schob den schweren Holzstuhl mit dem Schnitzwerk zurück und wählte einen höflichen Ton, der seiner Herkunft entsprach. Über die Jahre hatte sich im Senat ein Stil entwickelt, der vergessen ließ, dass manche der hier vertretenen Gruppen im städtischen Alltag jeglichen Umgang miteinander mieden.

Früher war es öfter laut geworden. Im hinteren Teil des Raumes und oben auf der Galerie waren Bänke für die Bürger aufgestellt und nicht selten waren sie bis auf den letzten Platz besetzt gewesen. Oft konnten Sitzungen nicht weitergeführt werden, weil einige Bürger in einem haltlosen Durcheinander ihre Empörung, ihre Zustimmung oder ihre Vorschläge durch den Raum brüllten. Immer wieder kam es zum Streit zwischen Bürgern auf der einen Seite der Galerie und denen auf der anderen. Es schien beinahe, als sei es nicht mehr der Senat, der die Verhandlungen führte. Aus diesem Grund hatte man irgendwann angefangen, Wachen im Raum aufzustellen, die jeden Zuschauer zurechtwiesen, der etwas zu deutlich seine Stimme erhob. Seitdem wurden die wöchentlichen Sitzungen weniger besucht.

»Es ist kein tolerierbarer Zustand«, sagte Maxim, einer der Kaufmänner, »dass die Anzahl der angebotenen Heilmittel in dieser Stadt nicht mehr zu überschauen ist. Vor allem bereitet es mir Unbehagen, dass es kaum mehr möglich scheint, sie auf ihre Wirksamkeit hin zu überprüfen. Woher stammt das Mittel? Wer braut es zusammen? Aus welchen Stoffen besteht es? Niemand kann das sagen, wenn er ein solches Fläschchen von einem Straßenhändler angeboten bekommt. Nur ausgezeichnete Mediziner sind in der Lage, ein solches Urteil zu treffen. Und wir sollten nur diesen Medizinern die Erlaubnis dazu erteilen.« Er setzte sich wieder.

Philus wies auf den bulligen Zimmermann, der sich zu Wort gemeldet hatte und nun von seinem Platz aufstand.

»Verehrte Senatoren, die Sache mit den Heilmitteln mag für einige ein Problem sein. Aber wenn wir zu viel darüber reden, vergessen wir ein wesentlich größeres Problem: die Seuche selbst. In meinem Wohnbezirk hat sie sich im vergangenen Jahr weit schneller ausgebreitet als in den Jahren davor. Ich kenne Familien, in denen bereits Kinder mit Blutstauungen zur Welt kamen und nach kurzer Zeit starben. So etwas gab es vor einigen Monaten noch nicht.«

»Was wollt Ihr damit sagen?«, warf einer der Kaufmänner ein. »Dass wir eine schwierige Seuche zu besiegen haben, ist uns allen klar.«

»Trotzdem scheint es mir manchmal«, gab der Zimmermann zurück, »als wären wir uns hier nicht über den Ernst der Lage im Klaren. Ich behaupte: Bald wird die Ausbreitung der Seuche so schnell vorangehen, dass wir im Senat nur noch zuschauen können. Jetzt ist die Zeit, nach Lösungen zu suchen.«

Als der Redner sich wieder setzte, erntete er missmutige Blicke von den meisten, auch wenn an einigen Stellen im Publikum genickt wurde. Manche seiner Genossen schauten nach unten, weil sie sich ihrer Zustimmung schämten. Maxim tat den Beitrag mit der Bemerkung ab, dass man wieder einmal Gefahr laufe, die konkreten Anliegen aufgrund von emotionalen Allgemeinaussagen aus den Augen zu verlieren.

»Vielleicht ist die Seuche in Eurem Stadtviertel noch nicht angekommen«, wehrte sich der Zimmermann, »aber wenn es so weit ist, werdet auch Ihr mein Problem für ein konkretes Anliegen halten.«

Jetzt stand Alkis auf, ein junger Mediziner, der neben der Witwe Thekla seinen Platz hatte. »Glaubt Ihr nicht, dass der Senat sich der Sache schon vor Jahren angenommen hat, als er den Grafen seiner Herrschaft enthob? Er wurde als Urheber dieser schrecklichen Seuche ausgemacht und wir haben Konsequenzen gezogen. Ich stimme zu, dass es nun wichtig ist, dem panischen Umgang mit der Seuche mit viel Vernunft zu begegnen und das Problem mit den Heilmitteln zu regeln. Doch zugleich müssen wir den Menschen klarmachen, dass sie mit ihrem Aberglauben das zerstörerische Werk des Grafen geradezu fördern.«

Zum ersten Mal seit langer Zeit sprang ein Mitglied des Senats auf und platzte dem Mediziner mit wutschnaubender Miene ins Wort. Es war ein kleiner dunkler Mann, der aus dem Arbeiterviertel stammte und ganz außen saß. Mit hitziger Stimme fauchte er: »Ich protestiere! Ich fühle mich beleidigt durch Eure Worte. Ich weiß schon lange, dass Ihr uns und unsere Meinung verachtet und uns nur deshalb duldet, weil Ihr Frieden wollt …« Sein Nachbar hielt ihn am Arm, wollte ihn beruhigen, doch er riss sich los. »Lass mich, ich muss das sagen: Ihr habt uns verloren, wenn Ihr weiterhin die Lüge verbreitet, dass der Graf an dem Unheil schuld sei. Und ich werde diesen Senat verlassen, wenn Ihr die Ordensgemeinschaften dieser Stadt als Abergläubige beschimpft. Ihr glaubt nicht an die Heilkräfte der Priester, ich tue es. Also: Wollt Ihr mich deshalb abergläubig nennen? Los, tut es doch!«

Alkis lachte nur, Philus wies den Minenarbeiter zurecht. Er habe sich nicht gemeldet und er habe sich an die Regeln der Höflichkeit zu halten. Der Arbeiter setzte sich und verschränkte die Arme.

»Wie ich sehe«, setzte Alkis ruhig fort, »wächst die Zahl unserer Themen mit jedem Beitrag stetig an. Man braucht nur bestimmte Worte zu nennen, um das Gemüt einiger Mitglieder dieses Senats in Wallung zu bringen. Ich schlage dennoch vor, dass wir nicht wieder von vorne anfangen und schon längst vergangene Beschlüsse des Senats infrage stellen. Wir waren, denke ich, dabei, zu diskutieren, wie wir das Überangebot von Heilmitteln in den Griff bekommen können. Es steht fest: Die Menschen sind verwirrt und ängstlich und greifen nach allem, was ihnen Rettung verspricht. Wir müssen ihnen klare Richtlinien geben, wie sie ein ernsthaftes von einem betrügerischen Angebot unterscheiden können.«

Jetzt meldete sich Thekla zu Wort. Niemand im Raum kannte sich besser in den Schriften aus – in den historischen wie in den neuen. Sie kannte Zahlen und Berichte, was sie häufig in ihre Beiträge einfließen ließ. Diesmal jedoch verzichtete sie darauf. Sie begann mit einem verächtlichen Lachen.

»Verzeiht mir, verehrter Alkis. Ich schätze Euer Wissen auf dem Gebiet der

Medizin und Ihr beweist stets einen klaren Verstand. Aber hier vernebelt Ihr den Blick des Senats. Ihr spracht von ernsten und betrügerischen Heilangeboten. Könnt Ihr mir ein einziges Mittel nennen, das es jemals vermocht hat, einen Menschen von der Seuche zu befreien? Ihr wollt über chemische Substanzen streiten, darüber, welche Zutaten ein *ernsthaftes* Heilmittel besitzen darf. Dabei habt Ihr noch nicht einmal geklärt, ob eine Heilung überhaupt möglich ist. Bislang jedenfalls muss ich jedes Mittel, das in dieser Stadt angeboten wird, als betrügerisch ansehen, denn jeder, der von der Seuche getroffen wurde, ist letzten Endes daran gestorben.«

Sie hielt inne und schien zufrieden, dass niemand einen Widerspruch wagte. Man wusste, dass Thekla stets konkrete Fakten nachreichte, wenn man ihren Standpunkt angriff. Fast immer endete ein solcher Versuch in einer Niederlage. So mancher war froh, dass Thekla sich nur bei wenigen Themen zu Wort meldete. Wo sie sich ihrer Sache nicht sicher war, schwieg sie.

»Ich möchte noch eine Sache hinzufügen: Meines Erachtens verliert dieser Senat seine Daseinsberechtigung, wenn es nicht mehr gestattet ist, die grundsätzlichsten Fragen erneut auf den Tisch zu legen. Oder haben wir Angst, dass es eine Wahrheit geben könnte, die uns für immer entzweit?«

Sie setzte sich. Es folgte ein kurzes Schweigen. Alkis war der Erste, der sich zu Wort meldete und ihr vorwarf, Zwietracht zu säen. Ein anderer hielt ihr vor, dass die Einheit, die man über die Jahre hinweg erkämpft habe, immer durch gemeinsame Beschlüsse erreicht worden sei.

Der Streit drohte zu eskalieren, zumal einige Redner nicht mehr das Signal des Senatssprechers abwarteten. Da ließ Philus einen lauten Schrei durch den Raum hallen: »Ich bitte um Ruhe!« Es wurde still. »Nie habe ich in meiner Amtszeit einen solch ungehobelten Umgang miteinander erlebt. Schon vor einigen Minuten hat sich Senator Gereon bei mir zu Wort gemeldet. Meiner Erfahrung nach haben seine Beiträge häufig zur Klärung von Konflikten beigetragen. Bitte, Senator.«

Der weißhaarige Gereon erhob sich. Er saß unter den Kaufleuten, auch wenn er nicht immer auf ihrer Linie war. Er schien überhaupt keiner Fraktion anzugehören. Wohl deshalb schätzten ihn alle.

»Verehrte Mitglieder des Senats, vielleicht tut uns ein solcher Streit hin und wieder gut. In der Vergangenheit kam das nicht selten vor und ich denke, dass einige unserer grundlegendsten Entscheidungen aus solchen Auseinandersetzungen hervorgegangen sind. Ihr wisst, dass ich selbst nicht sehr geneigt bin, mich daran zu beteiligen oder auf eine Seite zu schlagen. Ich kann nur immer wieder feststellen, dass keine der Positionen unwichtig oder gar falsch zu sein scheint. Ja, ich stimme zu, es braucht eine Regelung, um den Betrügern mit falschen Heilmitteln das Handwerk zu legen. Und ja, wir dürfen nicht mehr ignorieren, dass die Seuche mittlerweile unser ganzes Dasein gefährdet. Es stimmt, dass wir uns anstrengen müssen, ein Gegenmittel zu finden.

Mir scheint es aber die größte Gefahr zu sein, dass wir uns durch unsere einseitigen Sichtweisen auseinanderbringen lassen. Ich möchte nicht an den Streit über die Absichten des Grafen anknüpfen. Aber ich bin der Überzeugung, dass unsere Stadt nur deshalb seit Jahrzehnten geteilt ist, weil Menschen auf ihren alten Positionen verharrt haben und nicht zulassen konnten, dass es auch eine andere Seite gibt. Lasst uns diesen Fehler nicht wiederholen. Wir haben in diesem Senat und in der Stadt Gegner und Befürworter des Grafen. Ist es nicht möglich, dass wir dennoch nach gemeinsamen Lösungen suchen? Als wir den Grafen seiner Herrschaft enthoben, ohne ihn aus der Stadt zu vertreiben oder zu töten, haben wir da nicht einen Weg gefunden, um den Frieden in der Stadt zu sichern? Es wäre nur klug, auch in der jetzigen Situation einen Weg zu suchen, den alle mitgehen können.

In wenigen Wochen werden Senatorin Thekla und ich den Grafen auf Briangard zum dritten diplomatischen Treffen aufsuchen. Es ist gut, dass wir diese Treffen voriges Jahr ins Leben gerufen haben. Ich bin mir sicher, dass wir dadurch beiden Seiten besser gerecht werden können, als wenn wir die Fronten verschärfen und den Hass schüren. Ich schlage vor, dass wir als Senat eine Liste mit Anliegen und Fragen erstellen, die wir dem Grafen vortragen werden. Er soll wissen, dass die Stadtgemeinschaft von Alsuna sich nicht auseinanderbringen lässt. Und er wird merken, dass er nur dann dieser Stadt dient, wenn er die politischen Verhältnisse anerkennt und uns mit seinem Wissen weiterhilft.«

Gereon fügte noch einige praktische Anmerkungen an, die aber beim Glanz seiner übrigen Worte nebensächlich schienen. Einige Senatsmitglieder schauten verlegen drein, andere nickten zustimmend. Einem Kaufmann entfuhr das Wort »Schönredner«. Er meinte, man solle den Grafen in seiner Burg verkümmern lassen. Nach einer kurzen Diskussion stimmte der Senat ab und beschloss mit knapper Mehrheit die Erstellung einer Liste, wie sie Gereon vorgeschlagen hatte. Vertreter aus allen Fraktionen sollten sich an ihr beteiligen, ehe man Thekla und Gereon als Gesandte des Senats auf die Festung Briangard schicken würde.

14. Kapitel

Noch im Morgengrauen schlichen Levin und Elena durch ein Loch in der Bretterwand in die Scheune des Weinguts. Sie luden fünf Fässer auf den Karren, öffneten das Tor und führten die Ochsen fast geräuschlos hinaus. Auf der Straße bestiegen sie den Karren, Elena griff nach den Zügeln und sie fuhren zwischen den Häusern hindurch Richtung Briangard.

Als sie den Stadtrand erreicht hatten und gemächlich die Anhöhe zum Festungstor hinauffuhren, war es inzwischen hell geworden. Vom alten Marktplatz im Norden der Stadt her hörten sie, wie das Leben erwachte. Oben auf der Festung wurde die Zugbrücke heruntergelassen.

Der Wagen holperte auf der Schotterstraße, die zwei Kurven machte, um die Steigung gering zu halten. Erst jetzt fand Levin Gelegenheit, sich Elena anzuschauen. Nichts erinnerte mehr an die Prostituierte im Gasthaus, als sie neben ihm auf dem Ochsenkarren die Zügel hielt. Sie trug ein hellblaues Bauernkleid und eine Schürze. Üppige Körperformen waren kaum mehr zu erkennen, aber gerade das gab ihrer schlichten Gestalt besondere Würde. Ihr offenes Haar reichte bis zum Rücken hinunter, sie musste es immer wieder nach hinten streichen. Levin staunte unwillkürlich. Sie beeindruckte ihn in diesem Moment mehr als in der ganzen Nacht, in der sie sich im Gasthaus kennengelernt hatten. Jetzt, wo sie eine Rolle spielen sollte, wirkte sie auf einmal echt.

Am deutlichsten sah er das in ihrem Gesicht. Ihre Haut war bräunlich, um die Augen zeigten sich schon Fältchen; sie war wohl wenige Jahre älter als er. Umso schöner stach das tiefe Blau ihrer Augen hervor, das ihrer ganzen Erscheinung eine natürliche Schönheit verlieh. Ohne die bemalten Lippen wirkte ihr Mund weitaus verschmitzter, als er es sich hätte vorstellen können.

Damit kriegt sie uns überall durch, sagte er sich und zwang sich, nach vorn zu schauen. *Vielleicht ist es gar nicht das Schlimmste, dass gerade sie mir über den Weg gelaufen ist.*

Als hätte sie seine Gedanken gehört, stupste Elena ihn an. »Na, denkst du nach?«

»Aua! Du hast meine verletzte Schulter getroffen!«

»So wehleidig, Krieger? Heute ist nicht viel von dir zu hören.«

»Es ist früher Morgen.«

»Dann gehörst du also zu denen, die erst nachts aufleben?«

»Ich bezweifle, dass es bei dir anders ist«, sagte Levin und lächelte sie spöttisch an.

Sie erwiderte das Lächeln. »Ich tue das von Berufs wegen. Manchmal wäre es mir auch lieber, ich könnte brav in meinem Bettchen ruhen.«

Levin verkniff sich die Bemerkung, dass es bei ihm ähnlich sei. *Besser, sie weiß nicht zu viel über mich*, ermahnte er sich.

»Nun, Frau Winzerin, wann wird dein Vater aufstehen und den Raub bemerken?«

»Er wird noch mindestens eine Stunde nicht in die Scheune gehen und wenn er es tut, wird er keine Ahnung haben, wo er suchen muss.«

»Er wird also nicht auf die Idee kommen, dass du ihm die Ochsen nach Briangard entführst?«

»Würdest du auf diesen absurden Gedanken kommen?«

Levin verneinte. Im Grunde machte er sich keine Sorgen wegen des Vaters. Sobald sie in der Festung waren, würde er ihnen keine Schwierigkeiten machen können. Levin merkte, dass er Elena nur deshalb gefragt hatte, weil ihn ihr Verhältnis zu ihrem Vater interessierte.

»Dein Vater scheint kaum noch über dich Bescheid zu wissen.«

»Wie kommst du darauf?«

»Sonst hättest du ihn einfach gebeten, dir den Karren für einen Tag zu überlassen.«

»Und ihm gesagt, dass ich nebenbei einen Alsuner in die Festung schmuggle?«

»Wenn er dir vertrauen würde, hätte er nicht nachgefragt.« Er schaute zu ihr hinüber, weil sie nicht gleich antwortete. Ihr Blick war auf die Zügel vor sich gerichtet. Ihre Worte gingen beim Holpern der Räder fast unter: »Er vertraut mir schon lange nicht mehr.«

Sie schwiegen und Levin heftete seinen Blick auf das wackelnde Hinterteil des Ochsen vor ihm. Er spürte, dass das Gefühl von Fremdheit, das er grundsätzlich gegenüber jedem Menschen besaß, allmählich abnahm. Vielleicht fing er gerade deshalb an, ihr zu vertrauen, weil sie selbst niemandem mehr zu trauen schien.

»Werden wir ein gutes Winzerpaar abgeben?«, fragte er sie nach einer Weile.

»Das hängt davon ab, ob du dich an meine Vorgaben hältst.«

»Wenn ich deine Vorgaben befolge«, gab er empört zurück, »dann bin ich eine schweigende Statue, die von einem machtbesessenen Weib mitgeführt wird. Sie werden mich nicht für deinen Ehemann halten.«

»Unsinn, sie werden nicht weiter darüber nachdenken, wenn du es schaffst, deine Schnauze zu halten.«

»Ach ja? Du befürchtest also, ich würde uns verraten, wenn ich mich ganz normal mit ihnen unterhalte?«

»Unter Umständen, ja.«

»Wofür hältst du mich?« Levin wurde rot, obwohl er das nicht wollte.

»Keine Ahnung. Du sagst es mir ja nicht.«

»Was ein deutlicher Hinweis darauf ist, dass es mir nicht schwerfällt, etwas zu verbergen.«

»Glaube mir, ich weiß besser, wie man mit diesen Leuten umgeht. Ich habe mich jahrelang darin geübt, sie an der Nase herumzuführen.«

»Na schön, ich werde vorerst schweigen. Aber vergiss nicht, dass ich dich bezahle.«

Sie führte den Karren um die letzte Kurve. Bald waren sie am Ende des Sträßchens angekommen, die Zugbrücke lag vor ihnen. Sie mussten anhalten. Der dicke, kahlköpfige Tormeister wurde von zwei Wachsoldaten unterstützt, die mit Spießen ausgerüstet waren. Oben auf der Mauer standen Armbrustschützen.

»Ihr kommt sehr früh am Morgen«, sagte der Meister und trat an den Karren heran. »Was habt Ihr dabei?«

»Fünf Fässer Rotwein für die Kaserne.«

Er widmete der Ladung keinen Blick, sondern schaute nur grimmig in ihre Gesichter. »Ich habe Euch noch nie gesehen. Wer seid Ihr?«

»Unser Weingut liegt im westlichsten Teil des Bauernviertels. Wir haben erst angefangen.«

»Das ist also Eure erste Lieferung?«

»So ist es«, antwortete Elena.

Levin biss sich auf die Unterlippe. *Jede Besonderheit wollten wir doch vermeiden*, dachte er sich. *Am besten gar nicht groß mit ihm ins Gespräch kommen. Wer weiß, wann sie sich verplappert?*

»Wir brauchen keinen Wein mehr«, sagte der Tormeister. »Die Männer saufen ohnehin zu viel. Wer hat Euch gebeten, die Kaserne zu beliefern?«

»Es ist …« Elena druckste herum. »Nun, wir sind tatsächlich zum ersten Mal hier. Wir hatten gehofft, dass man uns die Ware abnehmen würde.«

»Ich traue nur Leuten, die ich kenne«, sagte der Meister, ging um den Karren herum und fuhr mit der Hand über die Fässer. »Euch kenne ich nicht und Ihr seid nicht angemeldet.«

»Aber mein Herr«, sagte Elena und stieg vom Karren, »ist es nicht so, dass jeder einmal anfängt? Gewiss, wir hätten uns anmelden sollen. Ihr müsst uns diesen Fehler verzeihen. Es ist guter Wein, den wir dabei haben; sicher findet Ihr einen Platz, wo Ihr ihn lagern könnt.«

»Ich sagte, die Kaserne hat keinen Bedarf.«

»Es muss nicht die Kaserne sein«, sagte Elena.

Levin biss sich die Lippe beinahe blutig. Er krallte sich mit den Fingern in das Sitzbrett, während er die Umgebung unauffällig nach Fluchtwegen absuchte.

»Ihr wollt also einfach nur Euren Wein loswerden«, stellte der Meister fest, »ohne zu wissen, ob er gebraucht wird.«

»Nun, wie ich gehört habe, hat Euch der Winzer Gregor schon lange nicht mehr beliefert.«

Jetzt horchte der Meister auf. »Woher kennt Ihr Gregor?«

»Er ist unser Nachbar. Er hat uns bei vielem geholfen.«

»Warum liefert er nicht mehr?«

»Er ist alt geworden. In letzter Zeit wollte ihm so einiges nicht mehr gelingen. Er bat uns, an seiner Stelle die Festung zu beliefern.«

Levin hatte den Namen Gregor nie gehört, doch es war ihm sofort klar, dass sie von ihrem Vater sprach. Mit jedem Satz, den sie von sich gab, wurde er nervöser.

»Gregor ist ein guter Mann, verlässlich. Er ist ein Brianer. Wie steht es um Euch?«

»Ach, das wollt Ihr wissen«, sagte Elena mit einer beschwichtigenden Handbewegung. Schnell zog sie das Kleid von der Schulter, deutlich weiter, als es nötig gewesen wäre, und hielt ihm das Brandmal hin. »Ich bin eine Brianerin.«

Der Meister trat näher, betastete das Mal ausgiebig und nickte langsam. »Ja, scheint echt zu sein.« Sein Blick blieb an ihrer zarten Haut hängen.

»Es wäre uns eine Ehre«, sagte Elena nun bedächtig, »den Ort meiner Herkunft beliefern zu dürfen.«

Der Meister schaute auf und fragte ernst, aber mit ungewohnter Milde: »Warum bleibt Ihr nicht dauerhaft auf Briangard?«

Elena schaute zu Levin hinauf. Der kämpfte weiter darum, dem Tormeister eine ruhige Miene zu zeigen.

»Wir haben voriges Jahr geheiratet«, antwortete Elena. »Mein Mann besitzt kein Brandmal.«

»Ach, so ist das.« Der Meister wandte Levin seine Aufmerksamkeit zu. »Darum ist er so schweigsam.« Sein Blick wurde schärfer und verächtlicher. »Keine besonders hellen Köpfe, diese Alsuner.«

Obwohl Levin das Flehen in Elenas Augen bemerkte, konnte er sich nicht zurückhalten. »Ein Dichter sagte einmal: ›Das Schweigen des Klugen lässt die Dummheit des Gefräßigen umso heller erstrahlen.‹«

Die Armbrustschützen brachten sich in Stellung, als dem Tormeister die Zornesröte ins Gesicht stieg und er es sich nur mit Mühe verkneifen konnte, Levin tätlich anzugreifen.

Schade, dachte Levin, *gerne hätte ich gesehen, wie sich dieser Fettberg auf mich wirft.*

Der Meister marschierte beleidigt an Elena vorbei zu den Wachen und stellte sich an den Wegrand. »Es ist mir unbegreiflich, wie Ihr einen solchen Mann wählen konntet. Möge Euch das Leben lehren, dass Ihr stolzer auf Eure Herkunft hättet sein sollen. Nun ladet Eure verfluchten Fässer bei der Kaserne ab und verschwindet wieder!«

Elena sprang auf den Wagen und trieb die Ochsen an. Der Tormeister befahl den beiden Wachen, dicht beim Karren zu bleiben und sich im Hof drei Leute zur Verstärkung zu holen. »Lasst sie nicht einen Moment aus den Augen!«, brüllte er ihnen nach.

In Schrittgeschwindigkeit überquerten sie die Zugbrücke und fuhren durch das mächtige Tor zwischen zwei Türmen hindurch. Eine Gruppe schwarz gekleideter Soldaten umringte den Karren und führte sie nach rechts durch den Vorhof.

»Was habe ich dir gesagt!«, flüsterte Elena wütend. »Du solltest den Mund halten.«

»Was hast du denn? Wir sind drin.«

»Ja. Umgeben von so vielen Wachen, wie man sie nicht einmal bei Gefangenen bräuchte. Um ein Haar hätte der Kerl seine Leute auf uns gehetzt.«

»Aber wir sind drin.«

»Du hättest mich das machen lassen sollen. Ich hatte ihn schon an der Angel.«

»O ja, das stimmt. Es hat nur noch gefehlt, dass du dich entkleidest und ihm sagst, was dein wirklicher Beruf ist.«

»Und du hättest ihn gleich zum Duell herausfordern können. Jeder dahergelaufene Verbrecher hat hier mehr Ansehen als ein Alsuner, der Briangard verspottet.«

»Ich habe *ihn* verspottet, nicht Briangard.«

»Du hast keine Ahnung! Diese Menschen kennen einen solchen Unterschied nicht. Wenn du *einen* beleidigst, beleidigst du sie alle.«

Levin gab ihr darauf keine Erwiderung. Er zupfte sich nur das Gewand zurecht und blickte sich nervös um. Es waren noch nicht viele Menschen im Hof unterwegs. Die meisten von ihnen waren Soldaten. Sie putzten Schwertklingen, übten Gefechte oder schrien laute Befehle durch den Hof. Ihm fiel auf, mit welcher Disziplin sie am Werk waren. Ein sanftes Leuchten erschien jedoch auf manchen Gesichtern, wenn sie den vorbeiziehenden Karren mit den Weinfässern erblickten.

»Da drüben ist die Kaserne«, sagte Elena, »daneben eine Vorratshalle. Selbst die ist bewacht, weil sie befürchten, dass sich einige Soldaten nicht beherrschen können.«

Kurz darauf fuhren sie in die Halle ein, ein Wächter wies ihnen den Weg zu einem Holzverschlag, vor dem sie anhielten. Ein unbewaffneter Soldat trat heraus und nahm sie in Augenschein. »Eine Lieferung Wein? Das nenne ich Glück. Unsere Vorräte gehen zur Neige.«

»Fünf Fässer«, sagte Elena und stieg vom Karren. »Sagen wir zwanzig Makel im Ganzen.«

»Das ist viel, aber angemessen. Ihr bekommt Euer Geld, wenn Ihr den Wein gekostet habt und die Fässer abgeladen sind.«

Als er erfuhr, dass Levin Alsuner war, zeigte er auf ihn und sagte: »*Er* probiert.« Er füllte einen Becher aus einem der Fässer und reichte ihn Levin. »Ganz austrinken!« Levin leerte den Becher und drehte ihn demonstrativ auf den Kopf. Der Soldat nahm den Becher, füllte ihn neu, probierte selbst und sagte: »Guter Wein!« Er winkte seine Männer herbei und befahl ihnen, die Fässer abzuladen. Während sich die Ladefläche leerte, legte er Elena die Geldstücke einzeln in die Hand und zählte mit. Am Ende verabschiedete er sich. Die Männer postierten sich wieder um den Wagen.

Da erhob sich Levin. »Ehe wir gehen, bitte ich, zum Hauptmann gebracht zu werden.«

»Was wollt Ihr?«

»Ich möchte gerne den Hauptmann von Briangard sprechen. Er ist doch sicher hier in der Kaserne.«

»Das mag sein. Aber Ihr habt nichts mit ihm zu schaffen.«

»Das sehe ich anders«, erwiderte Levin und achtete nicht auf Elenas entsetzten Blick. »Ich habe ihm ein Anliegen vorzutragen.«

»Ich glaube, Ihr verkennt Eure Situation. Ihr seid im Moment nicht mehr als ein Gefangener und habt auf dem schnellsten Wege die Festung wieder zu verlassen.«

»Ich verstehe. Aber es gibt etwas äußerst Wichtiges, was ich dem Hauptmann vorzutragen habe.«

»Ach ja? Was sollte das sein?«

»Nichts, was ich hier offen sagen kann.«

»Dann hat es auch keine Bedeutung. Verschwindet!« Damit wandte er sich ab, ohne eine Reaktion abzuwarten. Ein Wächter trieb die Ochsen an. Während sie durch den Hof fuhren, stieß Elena ihn an.

»Verflucht, was sollte das!«

»Ich sagte dir, wir werden länger bleiben.«

»Es sieht aber nicht gerade danach aus. Wenn du so weitermachst, sind wir das letzte Mal hier gewesen.«

»Vertrau mir. Sag mir, welcher der ranghöchste Soldat dort drüben ist.«

Elena schaute von einem zum anderen und zeigte dann auf den dicken Tormeister, der sie bereits vor dem Tor erwartete.

»Ich hatte es geahnt«, sagte Levin grummelnd.

Als sie beim Tor angekommen waren, hielten sie und ernteten einen verächtlichen Blick des Meisters.

»Ich kann nur hoffen«, sagte er, »dass Gregor bald wieder bereit ist, seinen eigenen Wein zu liefern. Dann muss ich Euch nie wiedersehen.«

»Einen Augenblick, großer Meister«, entgegnete Levin. »Wir haben mehr als eine Weinlieferung.«

»Verschwendet nicht meine Zeit.«

»Ich habe einen Hinweis, der Euch sicher einiges bedeuten wird.«

Der Tormeister lachte höhnisch und machte eine ungeduldige Handbewegung. »Entweder Ihr habt jetzt etwas vorzuzeigen oder Ihr nehmt Euren Karren und schert Euch fort.«

Levin sagte nichts, sondern öffnete seinen Beutel und zog seinen grauen Mantel heraus. Er hielt ihn selbstbewusst dem Meister entgegen.

»Was soll ich mit diesem alten Mantel?«

»Der böse Mann. Ihr erinnert Euch?«

»Ihr meint den Kerl, der unsere Scheune angezündet hat?«

»Genau den.«

»Was hat dieser Mantel damit zu tun?«

»Es ist seiner.«

Der Meister stieß erneut ein verächtliches Lachen aus. »Pah, das könnt Ihr Eurer Großmutter erzählen. Wenn Ihr Euch noch einmal erdreistet, mich zu beleidigen, lasse ich Euch von den Schützen durchlöchern! Ich rate Euch, Eure Ochsen schleunigst durch dieses Tor zu treiben oder Ihr seid ein toter Mann.«

»Wir haben verstanden«, warf Elena schnell ein und packte die Zügel. »Nehmt ihn nicht zu ernst. Er meint es nicht so.«

Sie wollte eben die Tiere antreiben, da hörten sie ein lautes »Halt!« aus dem Hintergrund. Alle drehten sich um und sahen einen stämmigen Gepanzerten, der auf sie zukam. Der Tormeister setzte plötzlich ein unterwürfiges Gesicht auf. »Woher habt Ihr diesen Mantel?«, fragte der Soldat.

Wenig später saß Levin dem dunkelhaarigen Soldaten in einer schlichten Kammer gegenüber. Im Nebenraum sah er die Gitterstäbe einer Gefängniszelle. Der Mantel lag ausgebreitet auf dem Holztisch.

»Ich bin Jason, Hauptmann der äußeren Wache von Briangard.«

»Zu Euch wollte ich«, antwortete Levin. Er war beruhigt, dass Elena draußen beim Karren auf ihn warten sollte. Das machte es einfacher.

»Ihr werdet mir jetzt der Reihe nach alles erzählen. Und Ihr werdet kein Detail auslassen. Vergesst Euren Namen nicht.« Jasons Stimme war eisern und herrisch. Levin wusste, dass er mit diesem Mann keine Spiele machen könnte. Es reizte ihn auch nicht. Er wollte ihn einfach hinter sich bringen, den furchtbaren Moment, in dem er den *Schattensucher* verriet.

»Mein Name ist Linus. Der Mantel gehört einem jungen Mann, der letzte Nacht bei mir geschlafen hat. Unser Haus liegt direkt an der Stilla. Er kam durchnässt an unsere Tür und bat um eine Unterkunft. Wir gewährten sie ihm. Er glaubte sich sicher, weil er uns für treue Alsuner hielt.«

»Ihr seid doch Alsuner«, warf Jason ein.

»Ich schon. Meine Frau ist es nicht. Aber das verschwiegen wir. Wir erkannten schnell, dass mit ihm etwas nicht stimmte. Wenn er so weit nördlich aus dem Fluss geklettert war, musste er in der Nähe von Briangard hineingefallen sein. Also gewannen wir sein Vertrauen, ließen ihn drei Becher Wein trinken und boten ihm einen Schlafplatz an. Er war todmüde und schlief in kürzester Zeit ein. Am frühen Morgen schlich ich zu ihm und durchstöberte seine Sachen. Sein Mantel roch nach Ruß. Dann fand ich in seiner Tasche dieses Abzeichen.«

Levin hielt ihm ein Messingamulett entgegen, das eine fünfstrahlige Sonne darstellte. Er hatte es irgendwann dem Kaufmann Sallas abgenommen, als er dessen Gemächer ausgeraubt hatte. Den meisten Menschen war die Sonne der *Ritter von Alsuna* vertraut. Wohl kaum einer kannte aber ein Mitglied dieser Gruppe. Die selbst ernannten Ritter trafen sich heimlich und verfolgten nur das eine Ziel, die Stadt endgültig vom Grafen zu befreien. Gewalttätige Anschläge hielten sie für das wirksamste Mittel. Ein Senator, der sich für den Grafen eingesetzt hatte, war erstochen auf der Gasse gefunden worden. Eine Halle des *Ordens der Redlichkeit* hatte man in Brand gesteckt. Dreimal hatten die Ritter versucht, direkt in Briangard einzudringen. Einmal waren sie mit einer rücksichtslos wütenden Kampftruppe bis zum Tor des Innenhofs gelangt. Doch gegen die mächtige Wache von Briangard war ihr Kampf stets aussichtslos gewesen.

»Das ist interessant«, sagte Jason nur. »Ihr habt es also in seiner Tasche gefunden?«

»So ist es. Neben einer Menge Geld und einem Plan.«

»Einem Plan?«

Levin legte ihm den Plan von Briangard vor, den Merkus angefertigt hatte. Man konnte deutlich sehen, dass den Gemächern des Grafen besondere Aufmerksamkeit zukam. Jason studierte die Karte kommentarlos und sagte schließlich: »War noch etwas in der Tasche?«

»Nichts Bedeutendes, denke ich. Ich stahl mich schnell wieder davon, weil ich befürchtete, er würde aufwachen.«

»Verstehe. Nannte der Mann seinen Namen?«

»Nein. Er wollte weder seinen Namen noch seine Herkunft preisgeben.«

»Ihr habt ihn aber danach gefragt?«

»Soweit ich mich erinnere, ja.«

»Warum habt Ihr nicht darauf gedrängt, seinen Namen zu nennen?«

»Hätte er mir die Wahrheit gesagt? Wohl kaum, wenn er ein Bösewicht ist. Bevor er schlafen ging, erwähnte er aber, dass er mit dem Kaufmann Sallas in Verbindung steht.«

»Dem Kaufmann Sallas – das könnte eine hilfreiche Spur zu den *Rittern* sein.«

Jason erhob sich und packte die Gegenstände in eine Schatulle. Levin beobachtete ihn. Die Bewegungen des Mannes waren so sicher und bedächtig wie seine Stimme. Bis hin zu den Händen war er eine muskulöse Erscheinung. An seinen Schläfen konnte man die Adern sehen. Keinen einzigen Augenblick hatte Levin bemerkt, dass Jason etwas tat, was er nicht gewollt hätte. Nicht ein Wort oder eine Bewegung schien sich seiner Kontrolle zu entziehen.

»Dann stimmte also meine Vermutung«, versuchte Levin ihm ein paar Worte zu entlocken. »Der Mann ist hier eingebrochen?«

Jason ließ sich nicht aus der Ruhe bringen, verstaute die Schatulle in einem Schrank, kam zurück und schaute Levin ernst an. »Seit dreizehn Jahren führe ich die Wache des Vorhofs von Briangard. Kein einziges Mal habe ich es zugelassen, dass ein Feind auch nur einen Schritt hinter die Mauer des Innenhofs tat. Ich habe Dutzende Männer verloren. Die härtesten Kämpfe fanden immer hier im Vorhof statt. Meine Männer sind bereit, zwölf Stunden am Tag zu schuften, damit sie vorbereitet sind, wenn der Feind anrückt. Ich habe ihnen neunzig Taktiken beigebracht. Jeder von ihnen ist bereit, sein Leben aufs Spiel zu setzen, um diese Burg zu verteidigen. Tage und Nächte opfern sie, damit kein Fleck Mauer jemals unbewacht ist. Wenn es einem Mann gelingt, unbemerkt in die Festung einzudringen und eine Scheune in Brand zu setzen, dann handelt es sich um den fähigsten Gegner, den ich jemals hatte. Wir haben ihn gesehen und vertrieben. Nie werde ich diesen flatternden Mantel vergessen, als er vom Dach der Meskanhalle in den Fluss sprang. Wir haben ihn vertrieben, aber wir haben ihn nicht getötet. Ein Mann wie er wird wiederkommen, bis er sein Ziel erreicht hat oder bis er tot ist. Ich werde es nicht zulassen, dass er sein Ziel erreicht.« Er hielt inne, ging zu Levin und bückte sich zu ihm hinunter, sodass er ihm direkt ins Gesicht sah. »Also: Ihr seid Euch sicher, dass Ihr die Wahrheit sagt?«

Levin roch das Gänsefleisch aus Jasons Mund. Es war das erste menschliche Anzeichen, das er bei dem Hauptmann wahrzunehmen glaubte.

»Warum sollte ich lügen?«

»Vielleicht, weil Ihr mich täuschen wollt?«

»Euch täuschen? Ich sehe Euch zum ersten Mal.«

»Und wieso habt Ihr ihn bestohlen? Weshalb habt Ihr den Mantel nach Briangard gebracht?«

»Nun«, Levin tat verlegen, »ich ging natürlich davon aus, dass der Graf nicht arm ist. Ich hatte gehofft, für meinen wertvollen Hinweis auch entsprechend … nun ja, belohnt zu werden.«

»Meine Güte, Euer Weingut muss wirklich kümmerlich sein. Euch ist klar, dass Ihr hier brianischen Interessen dient?«

»Meine Frau ist Brianerin.«

»Und Ihr seid Alsuner.«

»Also müssen wir uns entscheiden, auf welcher Seite wir stehen. Wir haben uns für Briangard entschieden.«

Jason wandte sich ab und ging hinter den Tisch zurück. »Das ist Unsinn. Man wird als Brianer geboren oder nicht.«

»Ihr wollt mich also zurückschicken?«

»Noch nicht. Ihr werdet hier in der Festung bleiben, bis ich herausgefunden habe, ob Ihr die Wahrheit sagt. Es gibt noch einiges, was Ihr mir über diesen Mann erzählen müsst. Solltet Ihr lügen, käme Euch das teuer zu stehen. Solltet Ihr nicht lügen, könnt Ihr Eure Belohnung haben und nach Hause fahren.«

»Dann bin ich Euer Gefangener?«

»Ja und nein. Ihr könnt Euch frei bewegen. Aber Ihr steht unter Aufsicht.« Er rief einen Bediensteten herbei und bat ihn, Levin und Elena in ihr Quartier zu bringen.

Es war Mittag, als sie ihre erste Mahlzeit auf Briangard verzehrten, begleitet von den ausdruckslosen Blicken der schwer bewaffneten Soldaten.

15. Kapitel

Briangard, Jahr 304 nach Stadtgründung

Nur selten waren Levin und Elena ungestört. Selbst wenn sie sich nachts in ihr Quartier zurückzogen – ein Schlafzimmer mit kahlen Wänden in der Kaserne –, konnten sie nicht sicher sein, dass man sie vor der Tür nicht belauschte.

In der ersten Nacht zankten sie in der engen Koje um die Decke. Für die zweite Nacht besorgte sich Levin eine weitere Decke, sodass er neben der Koje schlafen konnte.

»Hättest mich ja nicht mitzunehmen brauchen, wenn du deine Ruhe haben willst. Dann wär mir der ganze Unsinn erspart geblieben«, stänkerte Elena im Flüsterton.

»Ich hatte dir gesagt, dass wir länger hierbleiben«, gab Levin von seinem unbequemen Holzboden zurück.

»Toll. Und was machst du nun den ganzen Tag?«

»Du musst es unbedingt wissen, wie?«

»Verdammt, mir ist langweilig und die Soldaten überall gehen mir auf die Nerven.«

»Du weißt doch, wie man sie ärgert.«

»Früher ging das. Jetzt sind die alle so korrekt. Es hat gar keinen Sinn, sie zu provozieren.«

»Vielleicht sollte ich darüber glücklich sein. Dann machst du schon keinen Ärger.«

»Sag mal: Ist das nun wahr mit diesem Einbrecher oder hast du das alles erfunden?«

»Solange ich dir nichts anderes sage, ist es wahr.«

»Du behandelst mich wirklich großartig, dafür, dass ich dich hier eingeschleust habe.«

»Dann ist es wohl das Beste, wenn du jetzt endlich schläfst.«

»Mistkerl«, sagte sie und nickte bereits ein, als Levin gerade begonnen hatte, seine Ideen für den nächsten Tag zu entwickeln. Erst um Mitternacht schlief er ein.

Tagsüber erkundete er den Hof und versuchte so viel Wissen über diesen Ort zu sammeln wie möglich. Mit jedem Gespräch verstärkte sich das Gefühl, dass es nahezu unmöglich war, ohne besonderen Grund in den Innenhof, geschweige denn in den Palast zu gelangen. Knechte, Soldaten, Bauern, Handwerker, sie alle hatten sich offenbar damit abgefunden, dass der Vorhof für immer ihr einziger Lebensraum sein würde. Nichts schien dabei ihren Stolz und ihre Freude zu mindern, sich Brianer nennen zu dürfen. Freilich bot ihnen der gewaltige Vorhof mehr Raum als so manches Viertel in der Stadt unten. Armut gab es auf Briangard nicht und auch die Seuche plagte hier niemanden. Vielleicht hatten sie das bessere Leben. Doch Levin stellte bereits nach zwei Tagen fest, dass ihm die Enge sehr auf sein Gemüt drückte. Nichts, was er in seinem bisherigen Leben genossen hatte, konnte er hier tun. Nicht er selbst bestimmte, wie sein Tag aussah, sondern allein sein Umfeld. Wenigstens wurde es allmählich mit seiner Schulter besser.

An den Nachmittagen saß er mit Jason und zwei anderen Männern zusammen und beantwortete ihre Fragen. Sie wollten nicht nur den Einbrecher beschrieben haben, sondern auch jede Kleinigkeit über sein eigenes Leben wissen. Er gab ihnen die Antworten, die er sich in den Nächten zurechtgelegt hatte, und immerzu wunderte er sich, wie authentisch sich das erfundene Leben anfühlte, das er Tag für Tag weiterspann. Allmählich gewöhnte er sich an die neue Maske in Form seines eigenen Gesichts.

Je mehr sie ihn über sein Leben befragten, umso mehr teilte er am Abend Elena mit. Es hätte ihn gewundert, wenn sie nicht auch noch an die Reihe kommen würde. Jedes Detail schärfte er ihr ein, einschließlich seines Einfalls, dass sie sich bei einem Aufmarsch der Stadtwache unsterblich in ihn verliebt habe, als er noch ein strammer Soldat gewesen sei. Elena hatte ihm wilde Beleidigungen an den Kopf geworfen und geschworen, dass sie Jason ihre eigene Version vortragen werde.

Am fünften Tag wurde Elena tatsächlich befragt, allerdings waren sie nach einer Stunde schon fertig.

»Was ist?«, fragte Levin, als sie zurückkam. »Was hast du mit ihnen angestellt, dass sie dich jetzt schon in Ruhe lassen?«

»Nicht das, was du denkst. Ich war wohl einfach überzeugend.«

»Ich sag dir etwas: Dein lächerliches Brandmal hat sie überzeugt, mehr nicht. In diesen elenden Mauern zählt man doch nur etwas, wenn einem als Säugling ein heißes Eisen auf die Schulter gedrückt wurde. Eine heuchlerische Welt ist deine Heimat!«

»Das klingt, als wären dir die langen Befragungen der letzten Tage schlecht bekommen«, sagte Elena und biss in einen Apfel.

»Mir ist etwas anderes schlecht bekommen: Wir sind nun fünf Tage auf Briangard und noch immer habe ich nichts vom Grafen gesehen.«

»Was hättest du erwartet? Dass er dich am Tor begrüßt?«

»Nein. Aber …« Levin schaute aus dem Fenster in den Hof, als könne er von hier eine Stelle ausmachen, durch die man in den Palast gelangen konnte.

Elena hörte auf zu kauen, ihr Gesicht fror ein. »Dann ist es also das, was du hier suchst.«

Levin antwortete nicht.

»Du willst ihn … töten?« Sie starrte ihn erwartungsvoll an, Levin drehte sich zu ihr um und kehrte aus seiner inneren Abwesenheit zurück.

»Nein. Ich will ihn nicht töten. Ich will ihn nur sehen.«

»Verstehe. Das hättest du mir früher sagen können.«

»Hätte das etwas geändert?«

Es klopfte an der Tür. Jason bat, hereingelassen zu werden. Elena öffnete ihm.

»Verzeiht die Störung. Ich habe Euch eine Mitteilung zu machen. Meine beiden Berater und ich sind zur Überzeugung gelangt, dass Eure Geschichte glaubwürdig ist. Ich habe mit dem Oberhauptmann gesprochen und der wiederum mit dem Erbauer. Hier sind hundertfünfzig Makel Belohnung, der Erbauer dankt Euch für Eure Hilfe.«

Levin nahm den Beutel entgegen und bedankte sich.

»Dankt nicht mir, sondern Eurer Frau. Sie hat uns schnell davon überzeugt, dass Ihr die Wahrheit gesagt habt. Allerdings habt Ihr uns die Geschichte von Eurem verunglückten Heiratsantrag verschwiegen; das einzige Mal, dass wir etwas zu lachen hatten.«

Levin schaute Elena finster an.

»Nun, ich denke, das war's. Dank Eurer Auskünfte werden wir den *Ritter* hoffentlich bald erwischen.«

»Ihr werdet ihn jagen?«

»Nein, der Erbauer hält es für unnötig, der Spur nachzugehen. Wir rechnen damit, dass er von alleine wiederkommt.«

»Und was wird nun aus uns?«

»Wie meint Ihr das?«

»Wo werden wir bis dahin wohnen?«

»Das ist nicht meine Sache. Hauptsache, Ihr verschwindet hier.«

»Ihr wollt uns nach Alsuna zurückschicken? Ihr wollt mich dem Ritter ausliefern, der vermutlich schon auf der Suche nach mir ist?«

»Das war Eure Entscheidung, als Ihr ihn bestohlen habt.«

»Ich war davon ausgegangen, dass wir in Briangard bleiben können, bis der Mann gefasst ist.«

»Dann habt Ihr Euch geirrt.«

Levin blickte zu Elena und suchte in ihrem Gesicht nach Unterstützung, doch die Diskussion schien an ihr vorüberzugehen. Levin fuhr sich durchs Haar, dann sagte er: »Ich mache Euch einen Vorschlag. Ich helfe Euch bei Eurer Suche nach dem Ritter und Ihr lasst uns so lange auf Briangard leben. Wie Ihr wisst, habe ich einige Jahre bei der Stadtwache gedient, ehe ich Winzer wurde. Ich könnte Euch von großem Nutzen sein.«

Jason lachte auf und schüttelte den Kopf. »Das war wirklich das Beste, was Ihr uns erzählt habt. Ein frisch ausgebildeter Soldat, der zum Weinbauer wird. Ihr scheint kein besonders guter Soldat gewesen zu sein.«

»Da irrt Ihr Euch«, warf Elena mit einem sanften Lächeln ein. »Er war der Beste.«

»Da seht Ihr's«, ergänzte Levin. »Wie steht es also um mein Angebot?«

»Ihr habt es noch nicht verstanden, fürchte ich: Hier leben Brianer. In Alsuna leben Alsuner. Ich könnte mich nicht daran erinnern, dass es in den letzten zwölf Jahren einmal anders gewesen wäre. Also lasst mich mit Euren irren Ideen in Frieden.«

Jason wandte sich ab und äußerte beim Hinausgehen nur noch die Forderung, dass sie bis morgen die Festung zu verlassen hätten. Levin unterdrückte ein Schimpfwort.

Als Jason draußen war und Levin ihm durchs Fenster nachsah, ballte er die Faust. »*Einen* Tag noch gibt uns dieser Hund, nachdem wir uns fünf Tage von ihm haben quälen lassen. *Einen* Tag, und wir haben noch nichts von diesem Erbauer gesehen.«

»Sagtest du eben ›wir‹?«, fragte Elena.

»Vorschläge sind herzlich willkommen.«

»Es scheint, du müsstest immer an den Rand einer Niederlage geraten, bevor du dir helfen lässt. Aber schön, du willst den Grafen sehen. Das ist einfacher, als du dir vorstellst. Du hast Glück, dass wir erst morgen verschwinden müssen. Ein Knecht hat mir erzählt, dass der Erbauer morgen seinen wöchentlichen Besuch im Vorhof macht. Er lässt sich mit einer Sänfte umhertragen und alle Untergebenen huldigen ihm. Damit macht er sie gefügig. Wenn du ihn sehen willst, musst du dich einfach dazustellen.«

Levin drehte sich lächelnd zu ihr um. »Du bist wahrlich dein Geld wert, Winzerfrau.«

16. Kapitel

Alsuna, Jahr 295 nach Stadtgründung

Die Nächte waren kühl und Alvin wachte oft mit Halsschmerzen auf. Erst im Lauf des Tages verschwanden sie, wenn er aus dem Wald Holz herbeischaffte oder Pilze suchte. Manchmal blieben sie auch und nicht selten gesellten sich Kopfschmerzen dazu, weil er wenig trank.

Nie hatte einer von ihnen die Idee geäußert, dass sie sich eine Gemeinschaft nennen könnten, doch Tag für Tag lebten sie nichts anderes. Sie klärten ab, wer was beschaffen sollte und teilten anschließend am Feuer, was sie zusammengetragen hatten. Manche kamen hinzu, manche zogen weiter. Solange sie das gemeinsame Ziel hatten, den Tag mit einem gefüllten Magen zu beenden, verhielten sie sich wie eine Familie.

Die meisten der Männer hatten eine Frau, viele auch Kinder. Alvin hatte Mitleid mit ihnen, denn sie mussten mit besonders wenig auskommen. Ein rothaariger Junge begleitete ihn öfters in den Wald. Alvin gab ihm dann häufig ein Stück von seinem Brot für die kleine Schwester mit. »Sie muss mehr als alle anderen lernen, dass es an jedem Ort Gnade gibt«, sagte er zu dem Jungen. Doch er sagte es nicht nur des Mädchens wegen, sondern weil er gern das äußerte, was er für sich selbst erkannt hatte.

Eine Weile lang glaubte Alvin, er habe hier, am schmutzigsten, ärmsten Ort der Stadt, sein Ziel gefunden, das, wofür er nach Alsuna gekommen war. Nach den harten ersten Wochen hatte er mehr und mehr Erfüllung darin gefunden, gemeinsam mit den anderen einen Tag zu bestreiten und am Ende froh zu sein, es geschafft zu haben.

Die Nacht, in der sich das alles ändern sollte, in der auch dieser Ort seine Unschuld verlieren würde, begann wie gewöhnlich. Alvin lag neben seinem besten Freund Ramon und hoffte, bald einzuschlafen. Er hörte am Atmen, dass auch Ramon noch wach lag – wahrscheinlich weil das Mondlicht direkt zu ihnen hereinschien. Sie flüsterten, um die anderen im Raum nicht zu wecken.

»War es ein guter Tag für dich?«, fragte Alvin.

»O ja, das war es.«

»Bist du fertig geworden?«

»Ja. Es war, als hätte eine Kraft meine Arme von ganz allein geführt.«

»Das freut mich für dich.«

»Da hinten steht er. Schau ihn dir an.«

Alvin blickte zur anderen Seite des Raumes hinüber. An der Wand lehnte ein Handkarren, der aus Holz- und Eisenteilen zusammengebaut war.

»Ich muss nur noch die Tragfläche abschleifen, dann ist er fertig. Der Karren wird uns sicher gute Dienste beim Holzholen leisten.«

»Das hast du gut gemacht. Du wirst es weit bringen mit deinen Fertigkeiten«, sagte Alvin.

»Glaubst du?«

»Deine Zeit wird kommen.«

»Wenn es doch schon so weit wäre. Dieses ewige Holzhacken und Suppenkochen ...«

Alvin verstand Ramons Sorge. Kaum einer von hier schaffte es, auszubrechen und in das gewöhnliche Stadtleben hineinzufinden. Man hatte nicht die Zeit und auch nicht die Möglichkeiten, eine höhere Fähigkeit zu erlernen. Man lebte und arbeitete für den nächsten Tag, viel weiter dachten die wenigsten.

Ramon war eine Ausnahme. Abends, wenn sie alle ermüdet vom Tag draußen saßen, machte er sich ein Feuer hinterm Haus, nahm den Hammer, den er sich gebastelt hatte, und schmiedete drauflos. Zunächst hatte er nur Töpfe und Äxte ausgebessert, irgendwann, als ihm alte Hufeisen in die Hände fielen, fertigte er Messer und Löffel an, bald sogar einen Grillrost. Man dankte ihm und freute sich, doch nur Alvin sagte ihm, dass er mit jedem Mal besser wurde.

Ramon war immer arm gewesen, schon seine Eltern waren arm gewesen, niemand hatte ihm etwas beigebracht. Doch er hoffte, dass er eines Tages so weit sein würde, dass er seine eigene Schmiede eröffnen konnte.

»Sag mal, was ist das eigentlich an deiner Schulter?«, fragte Ramon. Er zeigte auf die Unregelmäßigkeit auf der Haut.

Alvin fuhr mit dem Finger darüber. »Ein Stück Vergangenheit. Nichts, worüber ich rede.«

»Verstehe.«

Sie unterhielten sich noch eine Weile, dann schlossen sie die Augen und gaben sich der allgemeinen Stille hin.

Sie währte nicht lange, denn nach kurzer Zeit vernahmen sie von draußen ein wüstes Wehklagen. Es kam näher, eine bullige Stimme, die bald so laut war, dass alle im Raum wach wurden. Die Tür wurde aufgestoßen und ein Mann schwankte fluchend und schluchzend herein. Zwei standen auf und hielten ihn fest. »Was ist los?«, fragte einer.

»Sie ist tot«, stieß der Mann mit leeren Augen hervor und schlug mit der Faust gegen einen Holzpfeiler. »Tot. Für immer.« Er klammerte sich heulend an den Pfeiler und ließ sich herabsinken. Die beiden wagten nicht, ihm zu nahe zu kommen.

Sie kannten ihn. Es war Evan, der noch nicht lange unter ihnen lebte. Er hatte sich schnell Respekt erworben und eine allein lebende Frau hatte er bald sein Eigen genannt. Seit Wochen ging er zu ihr. Kaum einer wusste, dass sie schon lange an der Seuche litt. In dieser Nacht war sie offenbar gestorben.

Evan musste mächtig getrunken haben. Als man ihn zu beruhigen versuchte, fauchte er wild zurück, dass sie tot sei. Für eine Weile blieb er zusammengekauert am Pfeiler hocken, verlor sich in bitterem Weinen, dann hob er den Kopf und begann, Flüche auf den Grafen auszustoßen. Er zischte die furchtbarsten Beschimpfungen und Racheschwüre.

Jetzt erhob sich ein junger Mann, der immer neben seinem Vater schlief. Er trat zu Evan und bat ihn, mit den Flüchen gegen den ehrwürdigen Grafen aufzuhören. Evan wetterte weiter. Der Junge drohte ihm. Evan hörte nicht auf, seine Worte wurden nur vernichtender.

Da schaute ihm der junge Mann kalt in die Augen und sagte: »Die Seuche war die Strafe für ihre Unzucht. Jeder weiß doch, wie viele Männer zu ihr gegangen sind.«

Kurz wurde Evan still, dann schaute er mit gebleckten Zähnen auf und ehe der junge Mann wusste, wie ihm geschah, sprang Evan ihn an. »Schweig, du verfluchter Hund!«

Der Junge wich aus und fauchte zurück, dass sie eine Hure gewesen sei.

»Das wirst du bereuen!«

»Verschwinden solltest du hier, besoffen wie du bist!«

Evan holte wieder aus, seine Bewegungen wirkten unbeholfen. Er schlug an dem Jungen vorbei, dieser packte Evan und stieß ihn von sich. Alle im Raum standen und hatten sich um die beiden gruppiert. Evan ging vor der Wand zu Boden und wehrte die Hände ab, die ihm aufhelfen wollten.

»Du wirst es bereuen«, brach es kalt aus ihm hervor. Er richtete sich auf, packte Ramons Karren und holte aus.

»Nicht!«, schrie jemand.

Der Junge duckte sich weg und hielt die Arme vors Gesicht. Evan schwang den Karren durch die Luft – und schlug vorbei. Der Junge kreischte und wich zurück.

»Jetzt hast du Angst, oder?«

»Nicht vor dir!«

Er holte erneut aus. Der Junge sprang zurück, stolperte und fiel rücklings zu Boden.

Sie versuchten Evan zurückzuhalten, doch er schwang den Karren nach unten, er prallte gegen die Schläfe des Jungen, nach einem dumpfen Schlag war es totenstill.

Die alte Eibe an der östlichen Stadtmauer hatte schon die meisten ihrer Blätter verloren. Der knorrige Stamm ragte aus den Erdfurchen heraus wie der Mast eines untergehenden Segelschiffes. Windböen zogen durch das Geäst, bewegten es aber kaum. Von den Zweigen tropften die Reste zweier Regenschauer der letzten Nacht herab. Unten war es fast trocken, als man den Jungen in die Grube ließ. Für eine Weile schauten sie ihm nach und weinten.

Danach begann die Trennung. Es folgten Tage wilder Auseinandersetzungen, Schuldzuweisungen und Hasserklärungen. Einer nach dem anderen verließ den Ort und zog zu anderen Feuerstellen oder Hinterhöfen des Armenviertels.

Nur der Vater des Jungen und ein paar Freunde blieben. Das leer stehende Haus entwickelte sich zum Ort ewiger Trauer. Der Junge wurde zum Märtyrer derer, die auf die Rückkehr des Grafen hofften, damit er sie aus ihrem Elend erlöste. Nach wenigen Jahren kamen sie zu Dutzenden in das Haus und bildeten die *Gemeinschaft der Wartenden*. Arme und zunehmend auch reiche Menschen, die von Leid niedergedrückt wurden, schlossen sich der

Gruppe an, deren oberste Prinzipien Geduld, Treue und die Erwartung baldiger Rache wurden.

Evan flüchtete und verschwand aus dem Armenviertel. Er kam bei der Stadtwache unter, wurde Soldat und lernte einen Mann kennen, der den Bund der *Ritter von Alsuna* gegründet hatte. Als deren vorderster Kämpfer führte Evan sie in zahlreichen Kämpfen gegen die Getreuen des Grafen, ehe er bei einer Schlacht auf Briangard vom Schwert des Hauptmanns Jason durchbohrt wurde.

All das geschah, ohne dass einer von ihnen die furchtbare Nacht vergaß, in der das Unheil begonnen hatte. Jeder ging seines Weges und doch blieben sie durch ihre Wunden miteinander verbunden.

Ramons Wunden waren tief. Als er und Alvin davonzogen, ohne zu wissen, wohin sie wollten, sprachen sie kaum über die Ereignisse. Alvin suchte tröstende Worte für seinen Freund. Niemals habe er Schuld an dem, was passiert sei. Doch Ramon wiederholte immerzu, dass er den Karren nicht im Raum hätte unterstellen dürfen. Nie wieder wolle er einen Schmiedehammer in die Hand nehmen.

Sie zogen einige Tage durchs Armenviertel, ohne einen festen Platz zu finden. An einem späten Abend entdeckten sie am Rand des Viertels, dort wo die ersten Handwerker lebten, ein offenbar leer stehendes Haus. Die Tür war offen, kein Licht schien durch die Fenster.

»Vielleicht ist das unser Platz«, sagte Alvin. »Wollen wir es versuchen?«

»Wenn du meinst.«

Sie drückten die Tür weiter auf und betraten den düsteren Raum. Alvin versuchte, etwas zu erkennen. Eine Bank mit Werkzeugen war vor ihnen, im Hintergrund stand ein großer Ofen, daneben war ein Kohleberg.

»Wir sind doch nicht etwa in einer Schmiede?«, sagte Alvin und fuhr mit der Hand über einen Amboss.

»Offensichtlich«, antwortete Ramon in dunklem Ton.

»Dann ist es seltsam, dass das Haus leer ist. Hier sind noch alle Werkzeuge. Niemand würde sie zurücklassen.«

Sie gingen weiter, eine Treppe hoch, wo sich die Wohnstube befand. Auch hier war es dunkel. Wie schon in der Werkstatt unten schien nichts entfernt worden zu sein. Sogar ein angeschnittenes Brot lag auf dem Küchentisch.

»Das Haus kann nicht verlassen worden sein«, sagte Alvin und zündete eine Öllampe an. »Irgendetwas stimmt hier nicht.«

Sie suchten die Räume ab. Das Bett war leer und zerwühlt. Doch niemand war zu sehen. Alvin ging wieder die Treppe hinunter und leuchtete in die Werkstatt. Er hielt inne, als er ein verhaltenes, stöhnendes Geräusch hörte. Es musste aus der hinteren Ecke kommen. Er eilte hin und sah einen älteren Mann auf dem Boden liegen, der offenbar vor dem Ofen zusammengesackt war.

Ramon kam dazu. Alvin stellte die Lampe ab und hob den Kopf des Mannes. Ganz langsam und von erneutem Stöhnen begleitet öffnete der Mann die Augen und schloss sie sogleich wieder. An den Schläfen traten die Adern dick hervor.

»Schnell!«, rief Alvin. »Es ist noch nicht zu spät!«

Er packte den Mann, trug ihn die Treppe hinauf und legte ihn auf sein Bett. Er zog ein Fläschchen aus der Tasche und schob es dem Alten zwischen die Lippen. Die Flüssigkeit tropfte in seinen Mund, woraufhin er kurz aufschaute und qualvoll schluckte.

Alvin sah ihm ununterbrochen in die Augen. War das der Anblick des Todes? In der Schreckensnacht, die er vor Kurzem erlebt hatte, war ihm die Gestalt des Todes so nahe gekommen wie nie zuvor. Sie hatte sich für immer in sein Gedächtnis gebrannt, als er die bodenlose Angst in den Augen des Jungen gesehen hatte, ehe der Tod über ihn hereingebrochen war. Jetzt, wo der Mann vor ihm lag, erkannte er die Zeichen des Todes viel deutlicher als damals bei der Wirtin. Er sah sie und zugleich setzte er alles daran, nicht an sie zu denken.

Er merkte kaum, dass er unentwegt die Hand des Mannes festhielt und sich nach einigen Minuten der Schweiß darin sammelte.

»Schau«, riss ihn Ramon irgendwann aus seiner Versunkenheit, »ich glaube, sein Gesicht entspannt sich.«

Jetzt bemerkte Alvin es auch. »Das Blut strömt wieder normal«, sagte er. »Bring ihm ein feuchtes Tuch.«

Noch in derselben Nacht konnte sich der Mann wieder im Bett aufrichten und seine beiden Retter anschauen. Ramon gab ihm einen Brei zu essen.

»Ich danke Euch«, sagte er mit schwacher Stimme. »Das war wohl sehr knapp.«

»Das war es«, antwortete Alvin. »Das war es.«

»Vorhin habe ich noch am Ofen gestanden. Die Hitze wurde immer unerträglicher. Irgendwann muss ich hingefallen sein. Es fühlte sich an, als würde mir der Kopf platzen.«

»Eure Blutgefäße waren verdickt. Ihr hättet es nicht überlebt … die letzte Stufe der Seuche«, sagte er zu Ramon gewandt.

»Ich bin froh, dass Ihr gekommen seid. Wer auch immer Ihr seid …«

Sie blieben bei dem Mann, bis er einschlief. Am nächsten Morgen war er zu neuen Kräften gekommen und stellte sich ihnen mit dem Namen Ortwin vor. Alvin und Ramon erzählten ihre Geschichte und Ortwin bot ihnen an, so lange zu bleiben, wie sie wollten.

17. Kapitel

Briangard, Jahr 304 nach Stadtgründung

Es schien, als wäre keiner in seinem Haus geblieben. Jetzt erst wurde Levin bewusst, wie viele Menschen im Vorhof von Briangard lebten. Sie füllten den großen Platz zwischen dem Festungstor und dem Tor zum Innenhof. Die Wachen sorgten dafür, dass sie bis zum Holzpodest auf der linken Seite eine Gasse ließen. Levin musste sich durchdrängeln, um nicht zu weit von der Gasse entfernt zu sein. Es erstaunte ihn, dass die Menschen schon seit Minuten nicht mehr redeten, sondern nur noch murmelten. Während sie in ihren alltäglichen Gesprächen häufig temperamentvoll und ungezwungen miteinander umgingen, schienen sie auf einmal in einen feierlichen Bann getaucht zu sein. Sie trugen ihre besten Kleider und am Morgen hatte ein jeder sich offenbar herausgeputzt. Gearbeitet wurde nur dort, wo es nötig war.

Levin hatte rechtzeitig von diesen Gepflogenheiten erfahren und den Morgen dazu genutzt, sich ein ordentliches Kleid zu beschaffen. Vermutlich gehörte es einem der Soldaten, denn er hatte es aus einer Truhe in der Kaserne gefischt. Für Elena wollte er auch eines besorgen, doch sie wehrte ab. Sie würde schon einmal die Sachen zusammenpacken, damit sie gleich losziehen konnten, wenn das Schauspiel vorbei sei.

»Es ist unnötig, die Sachen zu packen, wir werden länger bleiben«, sagte Levin.

»Wie du meinst«, antwortete Elena. »Ich werde trotzdem nicht hinausgehen und du wirst mich nicht umstimmen.«

Er fragte nicht weiter nach, weil er in Gedanken zu sehr damit beschäftigt war, wie er weiter vorgehen würde. Er merkte, dass er seinen endgültigen Plan erst dann festlegen konnte, wenn er den Grafen gesehen hatte.

Das gibt mir ziemlich wenig Zeit zum Nachdenken, machte er sich klar. *Aber ich bin es ja gewohnt, schnelle Entscheidungen zu treffen. Es ist meine letzte Möglichkeit und ich darf jetzt keinen Fehler machen.*

Er stand in der zweiten Reihe, von hier aus konnte er das Tor zum Innenhof und zugleich das Holzpodest beobachten. Vor ihm waren zwei Frauen, die den Kopf bedeckt hatten. Er fragte den Knecht neben sich, was man denn zu beachten habe, wenn der Graf – nein, der Erbauer – in den Hof käme.

»Es ist wichtig«, flüsterte der Knecht zurück, »stets zu schweigen. Die Wachen hören jedes zu laute Wort.«

»Was geschieht dann?«

»Wagt es nicht, daran zu denken.«

»Muss man hier irgendwie auf die Knie gehen?«

»Natürlich gehen wir auf die Knie. Nur das erweist dem Erbauer die Ehre, die ihm gebührt. Sobald er durchs Tor zieht, müssen alle Untergebenen unten sein. Dort bleiben wir so lange, bis er uns das Zeichen gibt, dass wir uns erheben dürfen.«

»Verstehe«, tat Levin interessiert. »Verzeiht, dass ich so unwissend bin. Für mich ist es die erste Begegnung mit dem Grafen.«

»Nennt es nicht eine Begegnung! Es ist mehr als genug für einen niedrigen Diener, auch nur der entfernten Gegenwart des Erbauers beizuwohnen. Eine Begegnung ist den Auserwählten vorbehalten. Niemand von uns gehört dazu.«

»Wird der Erbauer zu uns sprechen?«

»Das wird er sicher.« Die Stimme des Knechts wurde hastiger. Immer öfter schaute er zum Tor hinüber. »Meistens spricht er Worte zu uns. Aber ich kann Euch nicht sagen, was …« Er brach ab und beeilte sich, auf die Knie zu fallen. Er war nicht der Einzige. Schnell schloss Levin sich an und blickte zum Tor hinüber. Die Flügel waren schon seit geraumer Zeit offen, jetzt erschien ein bärtiger Mann mit hellen Kleidern und einer leichten Metallrüstung. Er trug einen schlichten Helm, überall war das Metall mit Tierfellen gesäumt. Ihm folgten Jason und zwei Wachsoldaten, die ähnlich gekleidet waren wie der erste Mann.

»Der Hauptmann der inneren Wache«, flüsterte ihm der Knecht zu, verstummte aber sogleich, als bereue er seine riskante Hilfsbereitschaft.

Die Stille über dem Platz war atemberaubend. Sie war so vollkommen, dass man eine Kuh aus einem weit entfernten Stall ebenso hörte wie die Schritte der hereinziehenden Männer am Tor und das Klirren ihrer Rüstungen.

Auf die beiden Wachen folgten zwei weitere Wachen und man erkannte, dass sie etwas hinter sich hertrugen. *Das muss er sein*, dachte sich Levin, als er mit demütig gesenktem Kopf aus den Augenwinkeln das Gestänge erkannte, das die beiden Wachen und zwei weitere Männer durch das Tor schleppten. Der Graf saß auf einem gepolsterten Stuhl in der Mitte des Gestänges, sein weites blaues Gewand bedeckte den größten Teil des Stuhls. Levin konnte von seinem Platz aus noch nicht viele Einzelheiten erkennen. Aber er sah die lila Kappe auf dem Haupt des Grafen, Silber und Gold waren darin verarbeitet und winzige Edelsteinchen bildeten feine Linien. Er machte wenige Gesten, schaute nur abwechselnd nach links und rechts zu den Leuten und nickte schwach.

Bald näherte sich der Zug der Stelle, an der Levin kniete. Seine Augen hafteten auf dem Gesicht des Grafen, das er nun immer besser erkennen konnte. Es war umrahmt von dunkelgrauen Haaren, die an der Seite herabhingen und oben von der Kappe bedeckt wurden. Sie schienen in Form buschiger Augenbrauen und eines Vollbarts in das gut genährte Gesicht hineinzuragen. Die Nase war knollig, über die Stirn zogen sich markante Längsfalten. Zwei runde braune Augen ließen einen äußerst wachen und weitläufigen Blick über die Menschenmenge schweifen. Nichts, empfand Levin, was in diesem Hof geschah, schien diesen Augen auch nur einen Moment zu entgehen.

Levin senkte den Kopf noch tiefer und ließ seinen Blick vorsichtiger werden. Im Moment ging von diesem Gesicht weder Schrecken noch Glück aus. Es war völlig unbewegt wie ein ruhendes Meer und verlieh seinem Besitzer eine unermesslich scheinende Autorität, denn man konnte sich vorstellen, dass das Gesicht des Erbauers zu einem außergewöhnlich erhebenden wie auch zu einem unendlich vernichtenden Ausdruck fähig war. Dass er diese Fähigkeit momentan nicht im Geringsten einsetzte, machte seine Erscheinung umso wirkungsvoller.

Lächerlich, dachte Levin, *keine hundert Meter sind es bis zum Podest und er lässt sich tragen. Wie sie sich alle davon beeindrucken lassen. Nur weil einer auf zwei Holzstangen sitzt.*

Als der Graf an Levin vorüber war und den restlichen Weg bis zum Podest die Huldigungen seines Volkes entgegennahm, dachte Levin nach, welche der vielen Vermutungen über den Grafen wohl stimmen könnten. Er war sich unsicher. *Vielleicht*, sagte er sich, *muss ich ihn erst sprechen hören. Eine Stimme verrät viel über einen Menschen.*

Bald war der Graf am Podest angekommen. Seine Männer setzten die Sänfte oben ab, sodass er von allen Seiten gesehen werden konnte. Er machte keine Anstalten, die ehrfürchtige Stille allzu eilig zu beenden. Seine Augen schienen jeden der vielen Hundert Menschen im Hof zu mustern. Erst nachdem ein unscheinbares Lächeln über sein Gesicht gehuscht war, begann er mit rauer Stimme zu reden.

»Meine lieben Söhne und Töchter.« Er machte eine erste Pause. »Ich freue mich, wieder unter euch zu sein. Danke, dass ihr gekommen seid, um eurem Erbauer die Ehre zu erweisen. Treue und Hingabe, das ist es, was ihr mir nun schon seit vielen Jahren erweist. Eure Treue erweist sich darin, dass kein Wort des Unmuts, des Zweifels, der Entwürdigung je über eure Lippen gekommen und an mein Ohr gedrungen ist. Eurer Hingabe ist es zuzuschreiben, dass ihr mit eurer Leibeskraft diesen Ort, Briangard, stets bewahrt, beschützt und gepflegt habt. Nicht *einem* Menschen, der es in der Verwirrung seiner Seele wünschte, diesen Ort und seinen Erbauer fallen zu sehen, ist dies je gelungen. Durch euren Kniefall bezeugt ihr mir heute, dass *eure* Seele nicht verwirrt ist und ihr die Loyalität zu eurem Erbauer nicht verloren habt.«

Er machte eine längere Pause. Über die Gesichter zog ein Hauch von Entspannung und – wie Levin zu bemerken glaubte – Selbstzufriedenheit. Der Graf machte eine Geste und sie erhoben sich alle. Levin schloss sich ihnen an.

»Und doch, meine lieben Söhne und Töchter, muss ich euch mitteilen, dass ich euretwegen traurig und betrübt bin. Und auch Zorn ist in mir. *Nichts* scheint ihr verstanden zu haben!

Mit all eurer Hingabe tut ihr eure Arbeit und dabei scheint ihr nicht zu wissen, worum es wirklich geht. Euer Blick reicht bis zu den Mauern dieser Festung. Was dahinter geschieht, scheint es für euch nicht zu geben.«

Sie schauten betroffen auf, einige zur Innen-, andere zur Außenmauer.

»Wie oft habe ich zu euch über die Bestimmung dieses Ortes geredet. Wie oft habe ich euch gesagt, dass ich mehr von euch brauche als das Wissen um die *Fünf Ehernen Regeln*. Ihr kennt sie gut, ich weiß, und eure Kinder kennen sie seit frühestem Alter. Ich habe sie in eine Sprache gefasst, die ihr versteht, ebenso wie ich gerade in einer Sprache rede, die ihr versteht. Aber ich fürchte, ihr kennt meine *wirkliche* Sprache nicht! Oft habe ich versucht, euch diese Sprache zu lehren, aber ihr wollt sie nicht lernen. Euch genügt es, nur das zu hören, was ihr schon immer gehört habt. Ihr glaubt, das würde euch für immer Zufriedenheit und Sicherheit geben.

Aber ihr täuscht euch. Lange wird das nicht mehr möglich sein. Zu ernst ist die Lage. Zu groß ist die Aufgabe, die vor uns liegt. Die Zeit drängt und der Feind ist stark. Seid ihr auch noch auf meiner Seite, wenn euch eure Sicherheit genommen wird? Ich brauche Söhne und Töchter, die meine Ziele verstehen und denen ich wirklich vertrauen kann.

Ihr glaubt, dass ich unsterblich bin? Ja, ihr glaubt das Richtige. Aber was nützt das, wenn ihr nicht wisst, was es bedeutet, mich *herrschen* zu sehen?

Ich sehe es an euren Gesichtern, dass ihr betroffen seid und doch nicht verstanden habt, worum es geht. Und das lässt meine Trauer nicht vergehen. Die Zeit drängt und doch weiß ich, dass ich nichts erzwingen kann. Ich muss warten. Ich habe gelernt zu warten. Ich habe gelernt, *euch* zu erwarten. Und hiermit sage ich auch heute: Ich er*warte* euch, meine Söhne und Töchter.«

Er machte eine wehmütige Geste, suchte in den Gesichtern nach Reaktionen. Er fand dieselbe Betroffenheit, die sie schon gezeigt hatten, als er angefangen hatte.

Levin lehnte sich ganz vorsichtig zu dem Knecht hinüber und flüsterte: »Was meint er mit dem letzten Satz?«

Nervös biss der Knecht die Zähne zusammen und schaute weiter unauffällig nach vorne, während er antwortete: »Das hat nichts weiter zu bedeuten. Die Einladungsformel. Damit schließt er die Rede ab.«

»Eine Einladung in den Palast?«

»Ja doch.« Der Knecht schien nicht gewillt, noch weitere Silben zu riskieren.

»Dann darf also jeder kommen?«, fragte Levin, doch er erhielt keine Antwort mehr.

Der Graf zog wieder durch die Gasse. Wo er vorbeikam, verbeugten sich die Leute. Seine Wehmut war jedoch nicht aus seinem Gesicht verschwunden. Levin sah genau, dass er nach einem Menschen Ausschau hielt, jemandem, der ihm Grund gab, anders dreinzublicken.

Einen stolzen Mann muss man bei seinem Wort nehmen, sagte sich Levin, als der Graf näher kam. *Er mag ein Tyrann sein. Er mag das Unheil in Person sein. Aber ich habe nur diese eine Möglichkeit. Wenn ich ihn vorbeiziehen lasse, habe ich verloren.* Das sagte er sich und ein kalter Schauer überfiel ihn bei dem Gedanken daran, was er gleich tun würde. War es nicht genau das Gegenteil dessen, was ihn all die Jahre anderen Menschen gegenüber überlegen gemacht hatte? War nun also der Zeitpunkt gekommen, dass ihm keine andere Wahl blieb, als seine so vertraute Lebensweise hinter sich zu lassen?

Wenn es denn sein muss, schloss er sein hektisches Grübeln ab. *Auf ins Ungewisse!*

Er schob die beiden Frauen vor sich beiseite, sprang auf die Gasse und stellte sich breitbeinig dem Zug des Grafen entgegen, der augenblicklich zum Stehen kam.

Noch ehe die Soldaten herbeigeeilt kamen, rief er dem Grafen zu: »Ich nehme Eure Einladung an!«

Kurz darauf fand er sich rücklings auf dem Boden wieder. Zwei Soldaten drückten ihre Spieße gegen seine Brust. Die Stille war gebrochen. Levins Vorstoß hatte ein Raunen ausgelöst, jetzt murmelten alle wild durcheinander. Jason eilte herbei und befahl, den Störenfried augenblicklich fortzuschaffen.

»Halt!«, ertönte es von der Sänfte. »Was ist hier los?«

»Ein Attentäter«, meldete Jason. »Wir werden ihn sofort wegschaffen.«

»Ein Attentäter ohne Waffen?«

Jason fiel nichts ein, was er antworten sollte, und der Graf sagte: »Richtet ihn auf!«

Sie packten Levin an den Oberarmen und zerrten ihn vor die Sänfte. Levin hob den Kopf.

»Moment mal!«, rief Jason aus, als er Levins Gesicht erkannte. »Das ist ein Alsuner. Ich kenne ihn, großer Erbauer.«

»Du kennst einen Alsuner?«, fragte der Graf ernst. Doch er schien keine Antwort zu erwarten, sondern richtete die ganze strahlende Kraft seiner braunen Augen auf Levin. »Weißt du eigentlich, was du eben getan hast, Alsuner?«

»Ich denke schon.« Levin versuchte jeden Anflug von Unsicherheit aus seiner Stimme fernzuhalten.

Der Graf hob die Augenbrauen, um sich ein weiteres Nachfragen zu ersparen.

»Ich habe, … Erbauer, Euch nur beim Wort nehmen wollen. Ihr spracht davon, dass Ihr uns erwartet.«

»So ist es.«

»Nun ist es so, dass ich Eurer Einladung gerne Folge leisten würde. Leider verhindern das Eure Leute.«

»Tatsächlich?«, fragte der Graf mit dem Anflug eines Lächelns und schaute abwechselnd in die Gesichter seiner Begleiter.

»Nicht nur, dass mir der Zutritt in Euren Palast verboten ist«, fuhr Levin fort. »Nein, nachdem ich Euch einen großen Dienst erwiesen habe, werde ich zum Dank gezwungen, den Schutz von Briangard zu verlassen, obwohl mich in Alsuna mein Unheil erwartet.«

»Das reicht!«, brüllte Jason und riss Levin zurück. »Ihr habt den Erbauer lange genug belästigt.«

»Nein, wartet«, sagte der Graf. »Ist das wahr, Jason?«

»Herrlichkeit, Ihr wisst, wie es gewesen ist. Dieser Mann hat uns auf den *Ritter von Alsuna* aufmerksam gemacht, der in unsere Festung eingebrochen ist. Er hat es mir nicht leicht gemacht, seinen Worten zu glauben. Offensichtlich hatte ich mit meinem Zweifel recht.«

»Ja, ich erinnere mich«, sagte der Graf.

»Herrlichkeit, mit Eurer Erlaubnis werde ich diesen Eindringling einsperren lassen und ihn so lange foltern, bis er die Wahrheit sagt.«

»Nun, mein lieber Jason. Du leistest mir einen guten Dienst. Das hast du oft genug bewiesen. Als Hauptmann der äußeren Wache musst du besonders streng sein. Aber ich sehe nicht, weshalb wir diesem Mann unseren Schutz entziehen sollten, wenn er uns geholfen hat. Sagtet Ihr nicht, dass er sich durch den Mantel des Ritters ausgewiesen hat?«

»So ist es«, sagte Jason stumpf.

»Dann soll er so lange auf Briangard bleiben, wie es seine Sicherheit erfordert. Gebt ihm eine Unterkunft, in der er sich wohlfühlen kann, und hetzt ihm nicht ständig die Wachen nach. Was Eure andere Bitte angeht, Alsuner: Ich gebe euch recht. Meine Einladung galt jedem. Ich habe nie behauptet, dass mein Palast nur bestimmten Menschen geöffnet ist. Ich erwarte Euch morgen Abend in meinen Gemächern.«

»Ich danke Euch«, sagte Levin mit einem versteckten Grinsen.

»Ich bitte Euch, das noch einmal zu bedenken, Herrlichkeit«, warf Jason ein. »Er ist ein Alsuner.«

»Offensichtlich. Das sagtet Ihr bereits. Was meint *Ihr*, Norman?«

Der Hauptmann der inneren Wache, der bislang schweigend dabeigestanden hatte, zeigte nur wenig Regung, als er sich Levin anschaute. »Der wird nichts Schlimmes tun. Wir passen schon auf.«

»Dann sagt mir noch Euren Namen«, forderte der Graf.

»Ich bin Linus.«

»Es ist lange her, dass ich mit einem gewöhnlichen Alsuner gesprochen habe. Lange her.« Er blickte im Hof um sich. Das Gemurmel verstummte. »Das war doch einmal etwas anderes. Und nun macht den Weg frei.«

18. Kapitel

Alsuna, Jahr 295 nach Stadtgründung

Ortwins Schmiede war in der letzten Zeit nicht besonders erfolgreich gewesen. Sein Alter und die Krankheit forderten ihren Tribut. Oftmals hatten Kunden ihm einen Auftrag erteilt und ihn dann wieder zurückgezogen, weil er ihnen nicht schnell genug arbeitete.

»Ich habe schon seit einer ganzen Weile das Gefühl«, sagte Ortwin mit ernster Stimme zu seinen neuen Freunden, »dass es mit dieser Schmiede bald ein Ende hat. Mein Großvater wäre traurig darüber, aber ich kann es nun mal nicht aufhalten.«

Alvin versprach ihm, dass sie ihm bei der Arbeit helfen würden. Doch Ramon sperrte sich dagegen. Er bestand darauf, die Küchenarbeit zu tun, und mied es, die Werkstatt zu betreten. Eine Weile lang ließ Alvin ihn in Ruhe. Eines Tages trat er zu ihm in die Kammer und sagte: »Heute musst du Ortwin helfen. Er hat mich zu einem kranken Freund geschickt.«

»Ich werde ihm nicht helfen«, sagte Ramon schroff. »Ich tue alles, aber ich werde nicht in dieser Schmiede arbeiten.«

»Du bleibst also bei deinem Schwur?«

»Ja.«

»Wie könnte ich dich davon abbringen?«

»Gar nicht.« Ramon schaute demonstrativ zur Wand.

»Wie du meinst«, sagte Alvin und holte etwas hervor. »Und ich dachte, du würdest langsam darüber hinwegkommen.«

Jetzt sah Ramon den Schmiedehammer. Er fauchte: »Verschwinde! Ich will das nicht sehen!«

»Ortwin braucht jemanden, der ihm Holz spaltet. Du weißt schon, er ist nicht mehr besonders kräftig in den Armen. Nimm den Hammer und den Keil, hinterm Haus liegt der Stapel.«

»Und dann?«

»Bringst du ihm das Holz in die Werkstatt. Das ist alles.«

Ramon warf einen Blick auf den Hammer. Dann wehrte er wieder ab und bat Alvin, das Zimmer zu verlassen.

»Na schön. Du trauerst ewig einem toten Jungen nach, während du zusiehst, wie ein alter Mann sich zu Tode schuftet.«

Als Alvin an der Tür war, um zu gehen, hielt Ramon ihn auf und nahm widerwillig den Hammer. »Dieses eine Mal«, sagte er.

Die nächsten drei Tage hackte Ramon Holz und brachte es Ortwin, der ihm immer dankbar zulächelte. Bald musste Ramon ihm helfen, einige Dinge in der Werkstatt umzustellen, bald musste er ein langes Eisenstück auf dem Amboss festhalten.

Alvin kam nur noch selten in die Werkstatt. Nachdem er einen Freund Ortwins von seinen Schmerzen befreit hatte, schickte dieser ihn zu einem weiteren Freund, der an der Seuche litt. Schon bald kannte man ihn als den, der das Mittel gegen die Seuche hatte. Stets sagte er dazu, dass es nur den Tod vertreibe und nicht dauerhaft wirke. Doch die Schmerzen waren meist so stark, dass man für jeden Menschen dankbar war, der sie lindern konnte.

In manchen Häusern wurde er abgelehnt, weil ihm der schlechte Ruf vorauseilte, den der Wirt des *Alten Junkers* ihm eingebrockt hatte. Dann spürte er von Neuem, dass er im Grunde ein Fremder in dieser Stadt war.

Abends saßen sie oben beim Essen zusammen und Ramon fing allmählich wieder an, seine Scherze zu machen. Sie stellten fest, dass Ortwin ein überraschend quiekendes Lachen hatte, wenn man es hervorzulocken wusste. Wenn er genug gelacht hatte, schlug er Ramon auf den Hinterkopf und sagte: »Immer nur Flausen im Kopf, dieser Nichtsnutz.« Dann erzählte er alte Geschichten oder fragte Alvin, was er den Tag über gemacht habe. Es dauerte nicht lange, da nannte er Ramon offiziell seinen Lehrling und keiner fragte mehr, wie lange sie eigentlich noch bleiben wollten.

Eines Abends saß Alvin in seiner Kammer und erhitzte eine Schale mit gläsernem Granulat. Seit er in der Schmiede war, standen ihm endlich die gewünschten Geräte zur Verfügung und einige Zutaten hatte er sich nun auch besorgt. Diamanten zu schleifen hatte ihm Spaß gemacht. Aber Diamanten zu *machen* war noch viel schöner; eine erfreuliche Abwechslung.

Ramon wusch drüben das Geschirr und Ortwin rief ihm irgendeinen Spott zu. Bald darauf klopfte er an der Tür.

»Komm rein«, sagte Alvin und drehte sich um.

»Darf ich fragen, was du da so heimlich tust?«

»Ein Geschenk für Ramon. Ich habe mir deine Geräte geborgt. Tut mir leid, dass ich dich nicht gefragt habe.«

»Schon gut. Du weißt, dass ihr hier zu Hause seid.«

»Ja, das weiß ich. Und ich bin dafür sehr dankbar, Ortwin.« Alvin wies ihn zu seinem provisorischen Bett. Ortwin setzte sich auf die Kante und fuhr mit der Hand über ein geschnitztes Stück Holz.

»Nicht *du* musst mir danken. Jeden Tag, den ich lebe, habe ich euch zu verdanken.« Er hielt das Holzstück, das offenbar ein Pferd darstellte, Alvin entgegen. »Hier, das hat er für mich gemacht. Ist er nicht großartig?«

»Du magst ihn sehr, oder?«

»Er wächst mir ans Herz wie ein Sohn. Und er ist unverschämt talentiert. Verflucht, wenn ich damals so viel gekonnt hätte wie er!«

»Wenn man ihm Freiheit gibt, dann zeigt er, was in ihm steckt.«

»Ich will, dass er bleibt.« Jetzt sah Ortwin ihm direkt in die Augen. Schweigend blickten sie sich an.

»Als dein Lehrling.«

»Als mein Nachfolger.«

»Aber … du denkst schon so weit?«

»Du brauchst mir nichts vorzumachen, Alvin. Ich bin nicht nur alt, ich bin auch krank. Ich bin glücklich über jeden Tag, den du mir geschenkt hast. Und ich werde jeden mir verbleibenden Tag so führen, als wäre er ein ganzes Leben. Es gibt noch einiges zu tun. Dieser Bengel muss ordentlich gezügelt werden, um zu verstehen, was der Alltag eines Schmieds bedeutet. Und dennoch: Viel Zeit wird mir nicht mehr bleiben, stimmts?«

Alvin nickte bedrückt.

»Ich habe das von Anfang an gespürt. Die Seuche ist in mir und wird es auch bleiben, bis sie mich umbringt. So ist das nun mal. Aber ich kann meinen Teil dazu beitragen, das Unheil zu lindern.«

Jetzt schaute Alvin ihn fragend an. Ortwin wies auf die Gefäße, die vor Alvin auf dem Tisch standen.

»Ich weiß doch, was du vorhast. Ich habe zwar keine Ahnung, woher du dieses Mittel hast und wie du es anstellst. Aber die letzten Tage haben mir gezeigt, dass du mit großer Verzweiflung versuchst, den Menschen zu helfen. Nichts anderes scheint dich zu interessieren.«

»Du hast recht, Ortwin. Ich bin noch nicht lange hier. Aber das Leid, das ich bisher gesehen habe, ist schrecklich genug. Es muss Menschen geben, die einen Anfang machen und das Unheil bekämpfen.«

»Dafür wirst du noch andere Menschen brauchen.«

»Das weiß ich. Und ich habe schon einige im Blick.«

»Dann fehlt dir nur noch ein Ort, von dem aus du handeln kannst. Lass mich das wenige tun und dir diesen Ort schenken.«

»Du meinst …«

»Ich werde dir und Ramon die Schmiede überlassen. Sie ist nicht groß, die alte Dame. Und sie muss dringend ausgebessert werden. Ich habe sie stets wie meine Ehefrau behandelt.«

Alvins Augen leuchteten. Schon am ersten Tag hatte er gespürt, dass dies ein besonderer Ort war. Sofort begannen sich in seinem Kopf zahlreiche Pläne zu spinnen. »Das wäre eine große Ehre.«

»Es ist ein bescheidener Anfang«, sagte Ortwin und erhob sich. »Ich weiß, dass du nicht ewig bleiben wirst.«

»Tatsächlich?«

»Natürlich nicht. Ramon wird bleiben. Aber du wirst weiterziehen. Du hast ein Ziel und ich würde eine Menge darum geben, wenn ich nur das Geringste darüber wüsste. Aber deine Augen sagen mir, dass du es nicht preisgeben kannst.«

»Das ist wahr«, sagte Alvin und schaute zu Boden. »Das ist wahr. Wenn ich erreicht habe, was ich erreichen will, möchte ich zurück.«

Ortwin nickte lächelnd. »Zu einer Dame, nicht wahr?«

»Du bist klüger, als man es dir ansieht.«

»Du vergisst, dass ich ein erfahrener Mann bin.«

»Darf ich dich etwas fragen?«

Ortwin nickte.

»Hättest du für die Liebe deines Lebens gewagt, dich gegen deinen Vater zu stellen?«

»Ich hatte nie das Glück, zu wissen, dass ich diese Liebe gefunden habe. Und ich hatte meinen Vater sehr gern.«

»Ich auch.«

»Aber diese Liebe hat euch getrennt.«

»Sie ist eine Fremde für ihn. Dabei kennt er sie kaum. Sie ist … das liebenswerteste Geschöpf, das ich kenne. Wer nur einen Augenblick ihre unschuldige Stimme hört, ihre Unbeschwertheit sieht … Ich würde alles tun …«

»Hast du deine Frage damit nicht schon beantwortet?«

Alvin dachte nach. Es half ihm, was Ortwin sagte, auch wenn es nicht viel war. Es war mehr die Art, wie er es sagte.

»Vielleicht habe ich das. Eigentlich tue ich schon alles, um sie zu bekommen.«

Ortwin nickte und legte ihm die Hand auf die Schulter. »Danke. Es bedeutet mir etwas, dass du mir davon erzählst. Jetzt verstehe ich deinen Eifer.«

Für eine Weile genoss Alvin die Gegenwart des Freundes, sog seine Zuwendung in sich auf. Dann wandte Ortwin sich ab und ging zur Tür. Ehe er draußen war, drehte er sich noch einmal um und sagte: »Willst du mir verraten, wie sie heißt?«

Alvin lächelte, es löste ein Gefühl tiefer Erregtheit in ihm aus, ihren Namen aussprechen zu dürfen: »Ihr Name ist Elena.«

19. Kapitel

Briangard, Jahr 304 nach Stadtgründung

Ein schlicht gestalteter Garten, bestehend aus Rasenflächen, Bäumen, Sträuchern, kleinen Beeten und Hecken, gab dem Innenhof von Briangard eine weitaus gemütlichere Atmosphäre, als der karge Vorhof sie besaß. Trotz der hohen Mauern fiel genügend Licht herein, um die beschauliche Fläche angenehm zu erhellen.

Levin blieb nicht viel Zeit, sich den Garten anzuschauen. Er marschierte, begleitet von einer Wache, direkt über die Kiesfläche vom Innentor zur Palasttreppe. Weite, bogenförmig angeordnete Stufen führten zu einem prächtigen Portal hinauf, vor dem ihn zwei weitere Wachen erwarteten. Sie schienen wie alle anderen Bescheid zu wissen, denn ihre Gesichter waren weder alarmiert noch befremdet, als er die Stufen hinaufstieg. Vermutlich war er seit seinem waghalsigen Vorstoß eine Berühmtheit auf Briangard.

Elena hatte ihn für verrückt erklärt, als er ihr erzählt hatte, was passiert war. Keiner wage es, den Grafen ungebeten anzusprechen, schon gar nicht ein Fremder. »Deinetwegen werfen sie mich noch in den Kerker«, hatte sie gesagt. »Das ist nicht im Preis enthalten.«

»Ich hoffe, dass ich möglichst schnell bekomme, was ich brauche. Dann verschwinden wir«, war seine Antwort gewesen.

»Sag mir, wenn du Hilfe brauchst.« Dann war sie hinausgegangen und Levin hatte sie den ganzen Tag nicht mehr gesehen.

Nun war er hier. Die Wache klopfte an die Tür und meldete ihn an. Als sich das Portal öffnete, erblickte er zuerst die bunte Robe eines unbewaffneten Mannes, offenbar war es ein Diener des Palastes. Hinter ihm konnte Levin die riesige Halle erkennen, die vom Tageslicht durchflutet wurde.

»Ihr seid also der Alsuner, den der Erbauer erwartet«, sagte der Diener und bat Levin herein. »Habt Ihr Waffen bei Euch?«

»Nein.«

Er begutachtete Levin von Kopf bis Fuß, tastete ein wenig sein Gewand ab und bat ihn dann, ihm zu folgen.

Der Diener musste hölzerne Schuhsohlen haben, denn jeder Schritt auf die violetten und schwarzen Bodenplatten schickte ein durchdringendes Hallen durch den Raum. Vermutlich konnte man sie schon von Weitem hören und möglicherweise war das auch die Aufgabe dieser Schuhe, überlegte sich Levin.

Als sie die Mitte der Halle erreicht hatten, wo vier silbern schimmernde Säulen ein Quadrat bildeten, wurden Levin die Ausmaße des Gebäudes erst bewusst.

Sieben Stockwerke umringten die Eingangshalle jeweils mit einer Galerie, die durch ein helles Marmorgeländer abgeschlossen wurde. Nur ganz oben, direkt unterm Dach, flutete von den Seiten das Licht herein. Das Dach wurde von den vier Säulen gestützt, die sich wie ein schmaler Hals über die ganze Höhe der Halle erstreckten. An der Hinterseite der Halle begann die breit angelegte Treppe und führte in immer abwechselnder Richtung von einem Stockwerk zum nächsten.

Für einen Moment blieb Levin zwischen den Säulen stehen und bewunderte die ungewöhnlichen Baumaterialien, die hier verwendet worden waren. Sie gaben dem Raum eine eigentümliche Atmosphäre von Unendlichkeit und Klarheit. Alles schien besonders und doch völlig harmlos, so als könnte es gar nicht anders sein.

Schwierig, sich hier zu verstecken, überlegte er sich. *Von irgendeiner Seite werde ich auf jeden Fall gesehen. Außerdem müsste ich hier wahnsinnig leise sein.*

Dann entdeckte er auf dem Boden schmale Rinnen, die sich in der Mitte des Säulenquadrats trafen und in einem Loch endeten. Der Diener hielt an und erkannte seinen fragenden Blick.

»Unsere Wasseradern. Wenn es regnet und sich oben im Dach das Wasser sammelt, läuft es entlang der Säulen in die Halle hinunter. Es ist ein besonderer Anblick, wenn die Säulen von einer fließenden Wasserschicht überzogen sind. Wenn es unten ankommt, fließt es in die Rinnen und durch das Loch in den Keller.«

»Wozu soll das gut sein?«

»Unten wird das Wasser gesammelt und für trockene Zeiten aufbewahrt.«

»Das ist viel Aufwand für eine sehr einfache Sache.«

»Es ist eine wichtige Sache. Die wichtigsten Dinge sollten auch die schönsten sein, sagt der Erbauer.«

Levin folgte dem Diener zur Treppe. Ab und zu sah er eine Wache oder einen anderen Diener vorübergehen. Sie schienen keine festgelegen Wege zu haben. Überhaupt machten sie nicht den Eindruck, besonders streng zu beobachten. Einer grüßte ihn sogar auf der Treppe. Zum ersten Mal fiel Levin dabei auf, dass sie das Bussardwappen auf ihren beigefarbenen Stoff genäht hatten. Hier drinnen trugen sie keine Helme und auch der Panzer fehlte. Hätten sie nicht das Schwert am Gürtel und die Armbrust auf dem Rücken gehabt, hätte Levin sie schwerlich als Wachen eingestuft – schon gar nicht als brianische Wachen.

Sie stiegen bis zum dritten Stock hinauf. Ein Stück gingen sie auf der Galerie entlang, dann führte ihn der Diener in einen Gang, der von Fackeln beleuchtet war. Noch immer waren die Wände und der Boden großzügig angelegt und bestanden aus edlen Gesteinen. Der Gang machte einen Knick und endete schließlich vor einer von vielen Türen. Zwei Wachen patrouillierten in diesem Bereich des Gebäudes.

»Hier sind die Gemächer des Erbauers«, sagte der Diener. »Er hat mich vermutlich schon kommen hören. Er erwartet Euch in der Bibliothek.«

Er öffnete die Tür, warf einen kurzen Blick in den Raum und winkte Levin herein. »Euer Gast, Herrlichkeit«, sagte er und schloss die Tür von außen.

Zunächst sah Levin nur die Menge an Bücherregalen, die kaum noch etwas von der Wand erkennen ließen. Nur von den hohen Fenstern wurden sie stellenweise unterbrochen. Es war ein länglicher Raum, in dessen Mitte sich ein langer Eichentisch erstreckte. Am Ende des Tisches stapelten sich einige Büchertürme und dahinter, jetzt erst sah er es, steckte ein grauer Kopf in einer Schriftrolle.

Eine Weile stand Levin einfach da und fühlte sich beklommener, als wenn er die Wachen in seinem Rücken gehabt hätte. Er war allein mit dem Grafen. Oder war das überhaupt der Graf?

Irgendwann grummelte es hinter den Bücherstapeln hervor: »*Manche Mineralien müssen bis aufs Kleinste zerlegt werden, damit man den kostbaren Stoff aus ihnen gewinnen kann. Die anfängliche Ernüchterung verwandelt sich in schier unbändige Faszination.* Interessant, es so auszudrücken. Aber vermutlich kann man ihm recht geben, nicht wahr?«

Levin blieb stehen und schaute nur befremdet zurück.

»Allgemeine Erkenntnisse sind eben immer durch die eigene Erfahrung gefärbt. Schön hell hier, nicht?« Endlich schaute er auf.

»Sicher doch«, sagte Levin schnell.

»Ich liebe diesen Raum, weil man hier ins Gebirge und hinunter in den Hof sieht.« Er hielt inne und machte ein säuerliches Gesicht. »Also wollt Ihr nun näher kommen oder nicht? Soll ich den ganzen Tag durch den Raum schreien?«

»Nein, natürlich nicht.« Levin schritt zum Grafen hinüber, blieb aber in angemessenem Abstand stehen. Der Graf war schon wieder in seinen Text vertieft. Erst jetzt konnte Levin erkennen, dass er seine langen grauen Haare zu einem Zopf zusammengebunden hatte.

»Es ist äußerst selten, dass ich einen solchen Schatz unter unseren Schriften entdecke. Die meisten kenne ich und die allermeisten sind Auslegungen der *Fünf Ehernen Regeln*; das, was die Brianer am besten können. Hier haben wir es mit einem zwar jungen und ungehobelten, aber durchaus talentierten Forscher zu tun.« Er schaute wieder auf. »Lest Ihr auch gerne in wissenschaftlichen Schriften?«

»Eher selten«, log Levin, der nie über die Überschrift hinausgekommen war.

»Solltet Ihr. Auch wenn Ihr kein Forscher seid. Schon das Wissen um die Dinge kann einem ungeahnte Vorteile bringen.« Er rollte das Papier zusammen. »Ihr schaut etwas verdutzt.«

»Verzeiht, Herrlichkeit. Ich bin noch ein wenig irritiert, dass wir so …«

»… ungestört sind?«

»Ja.«

»Ich bin nun einmal gerne mit meinen Gästen allein. Alles andere fühlt sich doch sehr ungemütlich an. Wenn es Euch lieber ist, kann ich auch gerne die Wachen hereinholen.«

»Nein, nein.«

»Wollt Ihr etwas zu trinken?«

Levin lehnte ab. Was im Moment geschah, war alles andere als das, worauf er sich eingestellt hatte. Nirgends war der Thron, keine Bediensteten schwirrten um sie herum, es gab keine Audienzregeln, der Graf trug ein braunes Hausgewand, mit dem Levin sich nie in der Öffentlichkeit gezeigt hätte.

Sein Plan war es gewesen, den Grafen in ein harmloses Gespräch zu verwickeln, das möglichst wenig Verdacht aufkommen ließ und ihm einige nützliche Informationen lieferte. Dabei wollte er sich die Räume genau anschauen, um festzustellen, wo er heimlich eindringen und sich verstecken konnte. Nichts von alledem schien jetzt noch bedeutend. Es wäre für ihn ein Leichtes gewesen, sich auf den Grafen zu stürzen und ihn zu überwältigen; so leicht, dass ihm angst wurde. In keinem Haus, das er bislang beraubt hatte, war es ihm so leicht gemacht worden. Doch genau das verwirrte ihn so sehr, dass er ausschließlich damit beschäftigt war, nach dem Haken zu suchen.

»Lasst mich raten: Ihr wollt nicht riskieren, dass Euch die Blase drückt, wenn Ihr zu viel trinkt. Ein ärgerliches Problem, wenn man zu Besuch ist.« Er lachte. Levin erschrak, als er feststellte, wie ungekünstelt und lustvoll das Lachen war.

Levin fiel keine witzige Erwiderung ein, auch wenn er sie in diesem Moment als angebracht empfunden hätte.

»Also gut«, setzte der Graf fort. »Wie wollt Ihr mich nun nennen?«

»Ist *Erbauer* das falsche Wort?«

»Nicht unbedingt. Irgendwie haben die Brianer eine besondere Freude an diesem Namen, deshalb beschwere ich mich nicht. Aber nenne ich Euch etwa *Winzer*? Vielleicht wenn ich mit einem anderen über Euch rede. Dann rede ich von dem Winzer oder dem Alsuner. Aber hier? Nein. Wenn wir hier zusammen sind, dann ist das etwas seltsam, oder nicht?«

»Ein wenig. Wie soll ich Euch dann nennen?«

»Sucht es Euch aus. Nennt mich Herrlichkeit, Majestät, Hoheit, Hochwohlgeborener – was eigentlich nicht der Wahrheit entspricht – Gebieter, mein Herrscher oder« – er kniff ein Auge halb zu – »wie wäre es einfach mit Thanos?«

»Thanos?«

»Habe ich mir's doch gedacht, dass keiner mehr meinen richtigen Namen kennt. Wie sagen sie denn in Alsuna zu mir?«

»Man nennt Euch den *Grafen*.«

»Meine Güte, wie einfallslos! Das hört Ihr ja wohl selbst. Es wundert mich nicht, dass sich da unten niemand mehr für mich interessiert. Können wir also bei Thanos bleiben?«

»Wie Ihr wünscht, Thanos.«

Wie Ihr wünscht, Thanos! – Was macht dieser Kerl mit mir?!, fragte Levin sich wütend. *Entweder will er mich zum Narren halten oder er hat ein seltsames Bedürfnis nach Eigentümlichkeiten. Er muss sich hier oben sehr einsam fühlen … Oder aber er ist vollkommen durchtrieben. Sein Auftritt im Hof unten zeigt doch, was für ein guter Schauspieler er ist. Nicht mit mir, mein lieber Thanos.*

»Ich habe eine Frage«, setzte Levin fort. »Was würdet Ihr tun, wenn ich nun doch ein Feind wäre und Euch angreifen wollte?«

Thanos lächelte. »Ein interessanter Gedanke. Auch wenn er sehr abwegig ist.«

»Weshalb?«

»Nun, mein lieber Linus, Ihr hättet mich auf dem Hof ermordet, wenn Ihr das wirklich gewollt hättet. In der Sänfte saß ich als wehrlose Beute und euer Fluchtweg wäre deutlich kürzer gewesen.«

»Wozu diese Sänfte?«

Thanos lachte. »Wahrscheinlich, weil es ein besonderes Gefühl ist, anderen Menschen die Kontrolle über sich zu geben und dann zu erleben, dass sie doch tun, was ich will. Ich meine, sie könnten mich sonstwohin tragen. Aber ehrlich: Könnt Ihr Euch vorstellen, dass das jemand tun würde?«

»Ich kann es mir schwer vorstellen.«

»Seht Ihr? Die Menschen hier haben alle Freiheit und doch tun sie, was *ich* möchte.«

Levin kribbelte es im Bauch. Sein ursprünglicher Plan rückte in immer weitere Ferne. Keines der befürchteten Hindernisse war in Sicht und doch fühlte er sich, als wäre ihm alle Kontrolle aus den Händen genommen.

Er schaute sich den seltsamen Mann in dem schlichten Gewand genauer an. *Eine elende Erscheinung*, sagte er sich. *Der Größenwahn hat ihn eingehen lassen und zu einer lächerlichen Figur gemacht. Allein sein früherer Ruf ist es, der ihm noch Respekt verleiht. Darauf würde ich wetten.*

Er näherte sich dem Grafen, setzte einen höhnischen Blick auf und sagte: »Ja, die Menschen sind schon blöde. Es scheint ihnen völlig egal zu sein, wem sie gehorchen. Hauptsache, sie haben jemanden, der ihnen vorgibt, was sie zu tun haben, so närrisch es auch sein mag; und das nur, weil sie von einem Hirngespinst geblendet sind. Nichts als Täuschung.«

Kaum hatte Levin ausgesprochen, da schoss Thanos hoch. Seine Augen weiteten sich bedrohlich, die Oberlippe spannte sich und überall traten Adern hervor. »Nie – wieder – will ich in diesen Räumen das Wort *Täuschung* hören!«, brüllte er so laut, dass Levin das Gefühl hatte, ihm bliese ein Sturm um die Ohren. »Nie – wieder!«

Thanos fixierte Levin mit einem feurigen Blick, der sich in Levins Magen zu brennen schien. Ungewollt erblasste Levin und ließ den Kopf hängen.

Drei Sekunden dauerte der Blick, dann lehnte Thanos sich zurück, sein Gesicht entspannte sich und Levin wusste, dass er kein weiteres Mal mit dem Gedanken spielen würde, den Grafen respektlos zu behandeln.

Das weitere Gespräch war ruhig und launig. Sie beschlossen die förmliche Anrede hinter sich zu lassen. Je mehr sich Levin auf die Art des Grafen einließ, umso entspannter wurde er und umso unwahrscheinlicher erschien es ihm, dass sich ein Ausbruch wie der vorige wiederholen würde. Bald saß er neben Thanos am Tisch, lachte mit ihm, stellte Fragen und erzählte von Alsuna, wenn Thanos ihn danach fragte. Als Levin berichtete, wie die Leute auf dem Markt sich zankten, wurde Thanos ganz ruhig, so als höre er alles zum ersten Mal. Irgendwann sagte er: »Zum Heulen; eine Stadt, die nicht verstanden hat, wozu sie eigentlich da ist.«

»War es nicht schon immer so?«, fragte Levin ernsthaft.

»Ja, vielleicht ist das schon sehr lange so. Je mehr Menschen einwanderten, umso schwieriger wurde es für mich, ihnen meine Ziele zu vermitteln.«

»Die Menschen haben ihre eigenen Ziele. Das ist doch nichts Schlechtes, oder?«

»Du kannst dir nicht vorstellen, wie es noch vor ein paar Generationen war. Es gab keinen Unterschied zwischen dem eigenen Willen und dem, was um einen herum geschah. Das Denken der Menschen und ihr Handeln waren eins, und dies wiederum war eins mit den Zielen der ganzen Stadt.«

»Das ist schwer vorstellbar.«

»Ich verstehe dich. Man muss es erlebt haben.«

»Und es hörte auf?«

»Ja. Alles entwickelte sich anders, als ich es mir vorgestellt hatte«, sagte er mit Wehmut und Zorn in der Stimme.

»Und dann?«

Thanos atmete tief durch und schluckte. »Dann musste ich Maßnahmen ergreifen; Maßnahmen, die mich sehr geschmerzt haben, die aber nötig waren.«

Jetzt, dachte Levin, *jetzt darf ich keinen Fehler machen. Ich bin näher dran, als ich erhofft hatte.*

»Hast du sie bereut?«

Der Graf schüttelte langsam den Kopf. »Man kann nichts bereuen, was notwendig ist.«

»Hatte es denn Erfolg?«

Jetzt rückte Thanos seinen Stuhl zurück und zeigte einen nachdenklichen Blick. »Du bist ein wunderbarer Mann, Linus. Es tut gut, mit einem Menschen zu reden, der meine Sprache spricht und ehrlich ist; auch wenn ich merke, dass es noch viele Dinge gibt, die du mir nicht sagen willst.« Er wartete nicht auf eine Antwort, sondern stand auf und ging zu einer Tür. »Weißt du, was hinter dieser Tür liegt?«

Levin zuckte mit den Schultern.

»Es ist mein Labor. Vielleicht ist es der wichtigste Ort in diesem Palast. Hier geschehen die interessantesten Dinge. Willst du es sehen?«

»Aber …«

»Schon gut. Folge mir einfach.« Er öffnete die Tür, ging hindurch und winkte Levin, ihm zu folgen. Levin beeilte sich. Er huschte in den Raum und blieb hinter dem Grafen stehen.

»Schau dich um«, sagte Thanos, »hier gibt es eine Menge zu sehen.«

Die Aufforderung hätte Levin nicht benötigt. Erregt ließ er seinen Blick durch den weiten Raum schweifen, der eine völlig andere Atmosphäre besaß als die übrigen Räume im Palast. Das lag vor allem daran, dass es kein Fenster gab und die einzige Lichtquelle eine schmale Flamme war, die vom Boden bis zur Decke reichte. Sie war gleißend hell, man konnte kaum hineinschauen, ohne geblendet zu werden. Jeden Winkel des Raumes tauchte sie in ein weißlich gelbes Licht, nicht so trüb wie eine Fackel, aber dennoch warm. Die

Flamme flackerte nur wenig und machte es einem leicht, jeden Gegenstand aufs Genaueste zu erkennen. Sie befand sich in einer eigenen Wandnische, durch die Helligkeit konnte man nichts dahinter erkennen. Aus einem dünnen Rohr an der Decke tropfte eine durchsichtige Flüssigkeit alle paar Sekunden in ein Auffangbecken am Boden, auf dem die Flamme thronte.

»Das Meskanfeuer«, unterbrach Thanos Levins Gedanken. »Seit Jahren brennt es und gleicht keinem Feuer, das du je gesehen hast. Nichts ist belebender für den Geist, als bei einem solchen Licht zu arbeiten.«

Levins Blick wanderte weiter. Im hinteren Teil des Raumes glitzerte es ihm entgegen. Auf Wandregalen standen allerlei bunte gläserne Gefäße und Figuren, in denen sich das Licht vielfach spiegelte. Einige davon waren nur Klumpen, deren Schönheit darin lag, dass sie unregelmäßige und doch harmonische Lichtmuster an die Wand warfen. Ein paar waren an einem Faden aufgehängt und ließen ihr Farbspiel immerzu über die Wände und den Boden gleiten.

»Ach, meine Gläschen. Das ist nur ein Spiel. Du siehst, was sich mit dem Meskan alles machen lässt. Egal, welchem Material man es beimischt: Alles wird brillanter als das, was man gewohnt ist. Sehen sie nicht aus wie Edelsteine?«

Levin konnte ihm nur zustimmen. Er dachte an den roten Stein, den er in seinem Gepäck versteckt hatte. Stets war er der Überzeugung gewesen, dass es in der ganzen Stadt keinen zweiten dieser Art gab. Offensichtlich hatte er sich getäuscht. Er stellte sich von Neuem die Frage, woher sein Freund ihn damals gehabt haben mochte.

In anderen Regalen sah er viele weitere rätselhafte Gegenstände, die Thanos ihm erläuterte: ein metallenes Musikinstrument; ein vulkanartiges Gefäß, aus dem eine gelbe Flüssigkeit immer wieder von Neuem hervorbrach; eine Schwertklinge, so dünn wie ein Papyrus. Levin ging im Raum umher und betrachtete die Regale aus der Nähe, glitt mit der Hand über die Objekte und stellte fest, dass sie sich nicht so ungewöhnlich anfühlten wie sie aussahen. Thanos sah wohlwollend zu und gab so manchen stolzen Kommentar von sich.

Der Raum besaß fünf Ecken. Eine Wand schien die linke hintere Ecke schräg einzudrücken. Sie verlief bogenförmig und erst nach kurzem Nachdenken kam Levin darauf, dass es sich um ein Stück des Hauptturmes handelte.

»Der Turm befindet sich genau zwischen dem Labor und der Meskanhalle. Durch die Tür dort gelangst du in die Halle.«

»Und was ist hinter *dieser* Tür?«, fragte Levin und deutete auf die breite Holztür, die in den Turm hineinführte.

Thanos zögerte. Dann sagte er: »Das ist mein Gemach.«

Sie schauten sich eine Weile an und redeten kein Wort. Alles, was Levin in diesem Raum überwältigt hatte, rückte in den Hintergrund. Er sah im hellen Licht das Gesicht des Grafen. Er sah *ihn*. Jede Einzelheit konnte er erkennen, die einzelnen weißen Strähnen im Haar, einen braunen Hautfleck unterm Ohr, ein Gerstenkorn am rechten Lid und die spröde gewordene Unterlippe. Auf dem Handrücken hatte Thanos viele blasse Härchen, die sich teilweise ringelten. Levin konzentrierte sich auf diese Kleinigkeiten und machte sich bewusst, dass sie schon vor dreihundert Jahren genauso ausgesehen hatten. Kurz darauf stellte er mit Schrecken fest, dass Thanos ihn ebenfalls musterte. Seine Augen waren nicht von Levin gewichen und ergründeten unermüdlich sein Gesicht.

»Weißt du, was deinen Gesichtsausdruck so gewinnend macht? Es ist das Verhältnis zwischen Kinn, Mund und Nase. Würdest du eine Linie ziehen und sie mit Punkten markieren, wären die beiden oberen Punkte deutlich näher beisammen. Das hebt den Teil deines Gesichtes hervor, der besonders ausdrucksstark ist. Damit fällt es dir leicht, die Aufmerksamkeit eines Menschen zu gewinnen.«

Levin wandte seinen Blick instinktiv zu den beiden Tischen in der Mitte des Raumes und sagte nur: »Ach ja? Das ist interessant.« In Wirklichkeit hatte er angefangen sich zu fragen, was er hier eigentlich tat. Zum ersten Mal verspürte er das Verlangen, den Palast zu verlassen und in einer ruhigen Ecke nachzudenken, wie er an die nötigen Informationen kommen würde. Thanos hatte ihm mehr gezeigt, als er sich hätte wünschen können. Doch zugleich war alles, was Levin eigentlich von ihm wissen wollte, in einen noch dichteren Schleier gehüllt worden. Gab es nun diese Kontaktleute, mit denen er eine Verschwörung vorbereitete? Wann und wo traf er sie, wenn alles in diesem Haus so offen war? Er hatte das Gefühl, dass er mit jedem Schritt, den er weiterkam, tiefer im Sumpf des Ungewissen versank. Ahnte Thanos etwa schon, was er vorhatte? Führte er ihn an der Nase herum? Wenn er das tat, konnte sein Ziel nur darin liegen, Levin auszuhorchen und ihn dann, wenn er genug erfahren hatte, zur Strecke zu bringen. Das würde sein seltsames Verhalten erklären, dachte er sich.

Das würde aber auch bedeuten, dass Levin umso gefährdeter war, je weiter er vordrang.

Schau, dass du hier rauskommst!, war das Ergebnis seiner Überlegungen. *Mach dir zu Hause einen guten Plan und erwische den Kerl im richtigen Moment.*

Jetzt schaute Levin den Grafen wieder selbstsicher an; dieser hatte den Blick noch immer nicht von ihm abgewandt.

»Nun gut. Es war mir eine große Ehre, deine Gemächer kennenzulernen.«

Thanos ignorierte Levins Aufbruchgeste. »Weißt du, weshalb ich sie dir gezeigt habe?«

»Wenn du es mir verrätst?«

»Wer das Vertrauen eines Menschen sucht, sollte zuerst bereit sein, sein eigenes zu geben.« Er bewegte sich zu einem der Tische und wies auf die Ansammlung von Reagenzgläsern, Karaffen und Instrumenten. »Hier verbringe ich die meiste Zeit. Hier tue ich das, was ich für das Wichtigste halte. Ich wollte, dass du es siehst.«

»Wieso wolltest du das?« Levin schaute hilflos drein.

»Es ist nicht so, dass es niemanden gibt, dem ich diese Dinge jemals gezeigt habe. Aber ich kenne doch nur sehr wenige Menschen, die sich die Zeit für so etwas nehmen.«

»Aber all die Menschen auf Briangard …«

»Es sind gute Menschen. Gewiss. Sie verehren mich. Aber sie sind unfähig, mit mir zu reden. Sie brauchen mich als den unerreichbaren Herrscher, dem sie huldigen können. Alles andere verstehen sie nicht.«

»Dann ist das ganze Zeremoniell auf dem Hof also ein einziges Theater.«

»Sag so etwas nicht!« Thanos' Gesicht nahm einen Ausdruck an, der sehr an seinen vorherigen Wutausbruch erinnerte. »Es ist ehrlich und redlich. Die Menschen auf Briangard bringen mir den Respekt entgegen, den *du* leider vermissen lässt. Aber ich kann es dir nicht verübeln, du bist ein Alsuner und warst dein Leben lang darauf bedacht, dein eigener Herr zu sein. Du wirst noch lernen, dass es auch eine andere Seite gibt.«

»Das werde … ich … lernen …?«

»Ja, das musst du lernen. Du glaubst, das Leben völlig im Griff zu haben und eigentlich zerrinnt es dir in den Händen. Wenn hier jemand spielt, dann bist du es. Du machst dir dein eigenes Schauspiel.«

»Das sehe ich anders«, unterbrach ihn Levin. »Du magst hier der große, weise Herrscher sein. Du magst viele Menschen unter deiner Gewalt haben. Aber *mein* Leben hast du noch lange nicht und du wirst es auch nicht bekommen.« Er wandte sich ab, ging zur Tür und fragte sich im selben Moment, ob das ein kluger Abgang war.

»Verzeih«, sagte Thanos ruhig. »Das wollte ich auch nicht behaupten. Du kannst natürlich tun und lassen, was du willst. Ich habe noch nie einen Menschen zu etwas gezwungen. Also entscheide dich: Geh wieder nach Hause oder bleibe hier und arbeite für die Palastwache.«

Levin blieb stehen.

Ein Teufel ist er. Palastwache. Das ist noch mehr, als ich mir hätte erträumen können. Ich würde den ganzen Tag hier sein und könnte das Gebäude untersuchen. Und es ist zugleich der nächste Schritt in seine Fänge. Mitten hinein ins Unheil. Also gut. Er drehte sich um und lächelte den Grafen an. »Meinst du das ernst?«

20. Kapitel

Mit der Uniform der inneren Wache mochte Levin sich nicht recht anfreunden. Eng lag der Stoff auf seiner Haut und brachte ihn schnell zum Schwitzen. Doch das war nicht sein größtes Problem. Die Zeit seiner ungezwungenen Gespräche auf dem Vorhof war nun vorbei. Wenn er auch nur in die Nähe eines Untergebenen kam, schlug ihm augenblicklich eine Welle von Unterwürfigkeit und Schüchternheit entgegen. Überall kannte man Linus, den Auserwählten des Erbauers. Das brachte ihm zwar einige Vorteile – was er brauchte, bekam er problemlos –, jedoch war es kaum mehr möglich, unbemerkt Nachforschungen auf der Festung anzustellen. Selbst wenn er nach Dienstablösung in unscheinbaren Kleidern durch den Hof schlich, wurde seine Gegenwart wahrgenommen. Sogar der dicke Torhüter grüßte ihn mit einem schweigenden Nicken und vorsichtigem Blick.

Man hatte Levin und Elena ein eigenes Häuschen direkt neben der Kaserne eingerichtet. Es lag zwar noch im Vorhof, aber Levin brauchte nur die Passage im Erdgeschoss der Kaserne zu durchqueren, um in den Innenhof zu gelangen. Dann ging er über den Hintereingang in den Palast und ließ sich von Norman, dem Hauptmann, oder dessen Vertreter Anweisungen geben. Jeder Tag verlief anders. Mal musste er eine ganze Schicht lang im Garten patrouillieren, mal vom siebten Stockwerk aus die Eingangshalle beobachten, ein anderes Mal hütete er das Tor zum Vorhof. Norman begrüßte ihn morgens immer freundlich, stand von seinem Schreibtisch auf und rückte ihm die Uniform zurecht. Dann holte er ihm das Schwert und die Armbrust aus der Waffenkammer. »Denke daran: Die Waffen sind dein unwichtigstes Instrument. Viel wichtiger sind deine Augen und deine Ohren. Ein Wächter des Palastes zeichnet sich dadurch aus, dass man ihn zwar bemerkt, er aber nicht auffällt; dass ihm nichts entgeht, er aber keinen beunruhigt. Die Männer, die hier arbeiten, sind die besten auf Briangard. Einige von ihnen sind vom Erbauer persönlich ausgewählt worden. Das sind nicht die Raubeinigen wie draußen im Vorhof. Hier haben wir scharfe Beobachter, die nachdenken und stets im Voraus wissen, was ein Gegner tut. Wir bewegen uns geschickt, kennen jeden Winkel des Gebäudes und darum kann uns niemand entgehen.

Der Erbauer muss diese Fähigkeit in dir erkannt haben, sonst hätte er dich nicht ausgesucht. Du bist der erste Alsuner hier. Darauf kannst du stolz sein.«

Norman zeigte ihm die verborgenen Winkel in der Eingangshalle, die Levin bei seinem ersten Besuch nie wahrgenommen hätte. Fast in jedem Raum des Palastes gab es Nischen oder Ecken, in denen er sich platzieren konnte, ohne dass man ihn bemerkte. Zu keinem Zeitpunkt war ein Besucher unbeobachtet, selbst wenn er sich allein glaubte. Nur zu den persönlichen Gemächern des Grafen sagte Norman nichts.

Levin genoss seine Dienstzeiten, besonders die Nachtwachen. Zwölf Stunden hatte er zu arbeiten, doch er entspannte sich dabei weitaus mehr als draußen im Vorhof. Die Männer und Frauen der Palastwache gingen freundlich miteinander um und einige schienen tatsächlich den Grafen wie einen Freund zu behandeln. Beim Essen hatte Thanos gerne den ein oder anderen bei sich am Tisch und viele Unterredungen gingen weit über die Mahlzeiten hinaus. »Man muss die Menschen kennen, die täglich um einen herum sind«, antwortete ihm Thanos, als Levin ihn darauf ansprach. »Wie sollen sie einem zuverlässige Dienste leisten, wenn man sie wie Fremde behandelt?«

Nach seinen Dienstzeiten ging Levin ins Haus zurück, wechselte die Kleider und legte sich meistens bald ins Bett. Elena erwartete ihn bereits und fragte ihn, ob er vorangekommen sei. Dann erzählte Levin ihr von seinem Dienst und erntete dafür einen prüfenden Blick.

»Was hast du vor, Levin? Du wolltest doch etwas erledigen und dann wieder verschwinden.«

»Die Sache ist nicht so einfach, wie du dir vorstellst.«

»Woran liegt es? Du kannst dich doch jetzt im ganzen Palast bewegen.«

»Je länger ich das tue, umso weniger glaube ich, dass ich etwas entdecke.«

»Kannst du den Grafen nicht alles fragen?«

»Du kennst Thanos nicht. Er ist ein offenes Buch und doch voller Geheimnisse. Man freundet sich mit ihm an und hat das Gefühl, immer weniger zu wissen.«

»Bist du dir sicher, dass du zum Ziel kommst, wenn du dich nur auf ihn konzentrierst?«, fragte Elena. Dabei hatte sie ganz glühende Augen, die Levin nicht recht einzuordnen wusste.

»Worauf sollte ich mich sonst konzentrieren?«

Sie zuckte die Schultern. »Wenn du mir nicht mehr über deine Ziele verrätst, kann ich dir keine Antwort geben. Ich weiß nur, dass mir hier oben todlangweilig ist.«

»Es ist wohl nicht dein Ding, eine Ehefrau zu sein«, sagte er lächelnd.

»Genauso wenig wie es dein Ding ist, ein Weinbauer zu sein.« Als sie das sagte, starrte sie auf den Boden, ganz nachdenklich, als sei ihr eben ein Einfall gekommen. »Es macht dir sicher nichts aus, wenn ich hier mal ein paar Bekanntschaften mache?«

21. Kapitel

Nach zwei Wochen hatte Levin das Gefühl, den Palast in- und auswendig zu kennen. Seine Dienstzeiten wurden zur Routine, die Gemächer des Grafen zu seiner zweiten Wohnung. Oft setzte er sich nach Dienstschluss zu Thanos in die Bibliothek oder leistete ihm beim Abendessen Gesellschaft. Er wusste, dass es nichts gab, was Thanos zu persönlich war, um darüber zu reden. Wenn er etwas nicht erzählen wollte, wand er sich nicht lange, sondern schwieg einfach. Es war auch nicht schwer herauszufinden, wodurch Thanos in Wut geriet: Es geschah, wenn Levin sich über die Bewohner von Briangard, die *Fünf Ehernen Regeln* oder den Zustand von Alsuna lustig machte. Er unterließ es bald, denn er hatte die Befürchtung, dass ihn solche Momente das Vertrauen kosten würden, das er gerade mühsam aufbaute.

Dennoch wurde er nach einiger Zeit unzufrieden. Seit seinem ersten Tag im Palast war er seinem eigentlichen Ziel nicht ein Stück nähergekommen. Er erfuhr nichts über eine Verschwörung, eine unterirdische Schmiede, einen geheimen Treffpunkt. Und das Schlimmste: Vier Tage blieben ihm noch, dann erwartete ihn Darius und er musste sein Ergebnis vorlegen. Eine Nacht lang grübelte Levin fieberhaft, welche entscheidenden Hinweise ihm Thanos in ihren vielen Gesprächen möglicherweise gegeben hatte. Oder war seine Tarnung so vollkommen, dass es nicht einmal die geringste Spur gab?

Eine Aussage von Thanos ließ ihn nicht los: dass das Labor der wichtigste Ort im Palast sei. Der Graf verbrachte den größten Teil seines Tages in diesem Raum, experimentierte mit allerlei Stoffen und präsentierte Levin gelegentlich eine neue Erfindung. Levin hatte dieser Beschäftigung zuerst nicht viel Bedeutung beigemessen. Doch je länger er darüber nachdachte, umso weniger konnte er glauben, dass dieser mächtige und intelligente Mann seine kostbare Zeit für ein sinnloses Vergnügen verschwendete. Wenn es einen Hinweis gab, dann musste er hier verborgen liegen.

Am nächsten Morgen ging er ins Labor und sagte zu Thanos: »Ich kenne nun das ganze Haus. Aber noch kein einziges Mal habe ich die Meskanhalle von innen gesehen.«

»Tatsächlich? Hat Norman sie dir nicht gezeigt?«

»Er meinte, da gäbe es nichts zu sehen. Nur ein paar Kübel und schwitzende Arbeiter.«

»Da hat er sicher nicht ganz unrecht. Trotzdem lohnt sich ein Besuch. Immerhin sind das die Ursprünge dieser Stadt.«

Er ging zur Tür im hinteren Teil des Labors, schloss sie auf und sagte: »Komm mit.«

Eine dämmrige Treppe führte abwärts, sie mussten sich am hellen Ende und an den immer lauteren Geräuschen orientieren. Wenig später standen sie am Rand einer wuchtigen Halle, die durch lange schmale Fenster erhellt wurde. Das schlichte Mauerwerk und der Steinboden unterschieden sich auffallend vom Palast. Wie Norman schon verraten hatte, war der Raum gefüllt von Reihen runder Metallkübel, vor denen muskulöse Männer mit schmutzigen Gesichtern arbeiteten. In der Mitte erhob sich ein Schmelzofen, der regelmäßig ein ohrenbetäubendes Zischen von sich gab.

Sie gingen weiter und kamen an eine Holzbrücke. Vor ihnen erstreckte sich inmitten der Halle ein Graben und Levin musste sich vorbeugen, um zu erkennen, dass dort unten ein Fluss war. Thanos erklärte ihm, dass es sich um die Stilla handelte, die unter der Meskanhalle hindurchfloss. Nicht weit von ihnen schöpfte man mit einer Winde und großen Behältern das Wasser ab, das in Briangard benötigt wurde.

Thanos führte ihn über die Brücke zum Ende der Halle, das zum großen Teil offen war und ins Freie führte. An Seilsträngen wurden steinbeladene Wagen in die Halle gezogen und abgeladen.

»Hier draußen ist der kleine Vorhof«, erklärte Thanos. »Du hast ihn noch nie gesehen, weil er von allen anderen Teilen der Festung abgeschottet ist. Die meisten Minenarbeiter leben hier. Nach einigen Metern geht es steil ins Gebirge hinauf. Über diesen Pfad gelangen sie zu den Meskanminen. Sie klopfen das Mineral aus dem Fels und laden es in die Holzwagen. Mit dem Seil werden die Wagen hinauf- und hinunterbewegt. Da drüben werden die Steinbrocken zerkleinert und schließlich in den Ofen geworfen. Das flüssige Metall läuft in die Kübel und wird unterschiedlich weiterverarbeitet. Das meiste ist Rohmetall, das wir lagern und in andere Städte von Baldurien verkaufen. Ohne dieses Metall wäre Alsuna nie entstanden.«

»Was kann man mit dem Metall sonst noch anfangen?«, fragte Levin, der bislang nichts Neues gehört hatte.

»Komm mit.« Thanos führte ihn ins Freie hinaus. Um sie herum waren einfache Hütten und unmittelbar vor ihnen erhob sich das Bergmassiv. Es erstaunte ihn, dass die vorübergehenden Menschen nicht mehr als einen freundlichen Gruß für den Erbauer übrighatten. Thanos erklärte, dass er öfter hier sei und es doch sehr umständlich wäre, wenn sie sich ständig verbeugten.

Sie gingen in ein kleines Steinhaus neben der Halle, das einen offenen Eingang hatte. Levin empfand es als angenehm, dass es hier etwas ruhiger war.

»Also schön, mein guter Linus. Du bist in der Tat noch höchst ahnungslos.« Thanos führte ihn zu einer Reihe von Behältern, in denen sich unterschiedliche Flüssigkeiten befanden. »Hier habe ich damals angefangen, vor dreihundert Jahren. Noch immer ist es ein besonderes Gefühl.« Er griff nach einem Fläschchen mit einer hellen gelben Flüssigkeit und schüttete etwas davon in einen Behälter mit noch dampfendem Zinn. »Ich habe damals entdeckt, dass es nicht schwer ist, das Meskan in unterschiedliche Zustände zu versetzen. Für die meisten Menschen ist Meskan nichts anderes als ein besonders stabiles Metall. Sie holen das Erz aus den Minen, schmelzen das Meskan heraus und mischen es mit anderen Metallen. So wird es vermutlich auch in der Meskanhalle in Alsuna unten gemacht. Nur wenige haben verstanden, was Meskan wirklich ist. Hast du gesehen, was ich eben getan habe?«

Levin runzelte die Stirn und schaute in den Behälter hinein. Es hatte kurz aufgezischt, die heiße Zinnflüssigkeit hatte eine bräunliche Färbung angenommen.

»Was ist daran Besonderes?«

»Noch nichts. Aber lass das Zinn einmal abkühlen, nachdem du es in eine Form gegossen hast. Dann erhältst du so etwas.« Er griff nach einem metallenen Stab, der auf dem Tisch lag, holte damit aus und schlug ihn gegen den Türrahmen. Das Metall sang einen hohen Ton, während von der Steinkante eine ganze Ecke abbröckelte. Levin schaute ungläubig auf die Stelle, wo der Stein durchgebrochen war.

»Das ist doch eher ungewöhnlich, nicht wahr? Jahrhunderte haben diese

Steine den schwersten Unwettern widerstanden und eine einfache Zinnstange kann so etwas anrichten?«

»Wie hast du das gemacht?«

»Das Entscheidende ist die gelbe Flüssigkeit. Es ist Meskan in einem der konzentriertesten Zustände, die man sich vorstellen kann. Aber nun kommt das Geheimnis: Es gibt kein reines Meskan. Meskan ist keine Substanz, die sich vollständig herauslösen lässt. Nenne es, wie du willst. Jedenfalls ist es keine Substanz. Es ist immer darauf angewiesen, an einen Trägerstoff gebunden zu sein. Für gewöhnlich ist es das Metall, das man fälschlicherweise als das eigentliche Meskan bezeichnet. Richtig wäre es zu sagen, das Metall trägt Meskan in sich. Die Kunst ist, das Meskan von seinem ursprünglichen Träger zu lösen und an einen anderen zu binden. Das ist nicht unkompliziert, aber möglich.«

»Einen Moment. Du behauptest, es handelt sich nicht um eine Substanz. Was ist es dann?«

»Vielleicht werden wir es nie genau herausfinden. Manchmal muss man akzeptieren, die Ursprünge einer Sache nicht zu kennen. Wir können nur seine Wirkungen und sein Verhalten beobachten. Ich sagte, nenne es, wie du willst. Ich meinte damit, dass es sich im Grunde um eine Form von Leben handelt. Es unterstützt nicht das Leben, sondern es ist tatsächlich Leben in *sich*; eine Form von Leben, die im Innern des Reimutgebirges pulsiert. Bitte frag mich nicht, was Leben ist. Leben ist … nun ja, Leben. Vermutlich können wir es nur als das beschreiben, wie wir es erfahren.«

»Es ist nicht gerade leicht, sich das vorzustellen.«

»Aber sicher ist es das. Wie nennen wir den Zustand, wenn das Leben abwesend ist?«

»Du sprichst vom Tod?«

»Richtig. Es ist doch erstaunlich, dass du offenbar vom Tod eine klarere Vorstellung hast als vom Leben. Wenn das so ist: Stell dir das Leben vor als all das, was dich und die Welt derzeit vom Tod unterscheidet. Mehr gibt es dazu nicht zu sagen. Was das Meskan anbelangt: Meistens ist es in Bewegung. Wir sehen die Bewegung nicht, aber sie findet naturgemäß statt.«

»Das heißt, das ganze Reimutgebirge ist in Bewegung?«

»Im Inneren, ja.«

»Dann glaubst du also, wir sind der Macht der Natur unterworfen?«

»Unsinn. Das habe ich nicht gesagt. Es geht um Leben oder Nichtleben. Das hat nichts mit der Natur zu tun. Meskan ist nicht ein Teil der Natur, ebenso wenig wie es ein Teil von uns ist. Es ist einfach nur Leben, ist das wirklich so schwer zu verstehen?«

»Was, wenn das Meskan sich nicht mehr bewegt?«

»Das kommt darauf an. Es gibt verschiedene Richtungen, in die sich etwas bewegen kann. Leben ist es dann, wenn es sich in eine Richtung bewegt, die den Zustand vollkommener Ordnung anstrebt. Wenn es diesen vollkommenen Zustand erreicht hat, braucht es sich nicht weiter zu bewegen. Umgekehrt gibt es auch eine zerstörerische Bewegung, die das Ziel hat, in die Starre zu führen. Dann ist es nichts anderes als Tod.«

»Etwa in metallischer Form?«

»Wenn du das gewöhnliche Meskanmetall meinst: nein. Es ist zwar ungemein stabil, aber das Meskan darin verursacht nicht einen Zustand der Starre, sondern der vollkommenen Ordnung. Denk immer an den Unterschied zwischen Starre und Ordnung. Aber schau dir diese Zinnstange an. Sie ist noch um einiges härter als das gewöhnliche Metall, und das, obwohl es sich um Zinn handelt. Die Flüssigkeit in dem Fläschchen war der Saft einer besonders aggressiven Pflanze, den ich mit Meskan verbunden habe. Es hat eine Todeskraft in dem Zinn entfaltet, wie du sie dir nicht vorstellen kannst.«

»Eine Pflanze hat Todeskraft?«

»Diese besondere Pflanze, ja. Sie greift auf andere Pflanzen über und entzieht deren Nährstoffe. Das Meskan wird, wenn es mit dem Saft dieser Pflanze in Verbindung gerät, mit einem Todesstreben aufgeladen. Dort, wo es dann beigemischt wird, entfaltet es wiederum diese Todeskraft. Die Stange ist nicht einfach nur hart. Sie hat eine faszinierende Zerstörungswut in sich.«

Levin starrte die Stange ablehnend an. All dies klang befremdlich und war nichts, womit er sich gern beschäftigte.

»Ich habe in deinem Labor aber auch andere Dinge gesehen. Schöne Dinge. Hat das auch mit irgendwelchen Pflanzen zu tun?«

»Nein, nicht immer. Manchmal ist es ein bloßes Herumhantieren mit verschiedenen Stoffen, denen man Meskan beimischt. Denk an die schönen

Gläser. Mir ist es gelungen, einfaches Glas mit Meskan zu versetzen. Es ist glänzender und stabiler als jedes gewöhnliche Glas und doch hat das nichts mit den Triebkräften eines Lebewesens zu tun. Doch stell dir ein Getränk vor, in dem sich Meskan befindet, das entweder mit Milde oder mit Aggressivität aufgeladen wurde. Was wird es wohl mit dem Menschen machen, der es zu sich nimmt?«

»Ich kann es mir vorstellen.«

»Wenn das Meskan im Körper ist, wird es von den Blutbahnen angezogen, denn das sind die Straßen des Lebens. Dort kann es eine ganze Menge ausrichten.«

Levin schaute Thanos tief in die Augen und machte kein Geheimnis daraus, dass er eine tiefere Wahrheit darin suchte. Was bezweckte er damit, dass er ihm all das erzählte? *Will er mir alles sagen und mich dann töten? Will er mich in seine finsteren Machenschaften hineinziehen? Warum bleibt er dann so uneindeutig?*

»Dann kann das Meskan also einen Menschen heilen oder schädigen«, flüsterte Levin.

»Ich denke, du hast es verstanden.«

Wieder fielen Levin die zahlreichen Einzelheiten im Gesicht des Grafen auf, unbedeutende Stellen, die man nur dann wahrnahm, wenn man begann, das Gegenüber als einen Fremden zu betrachten.

»Deine Unsterblichkeit … hat sie damit zu tun?«

»Es stecken unendliche Rätsel dahinter, die kaum zu verstehen sind. Nur so viel: Ich war zum richtigen Zeitpunkt am richtigen Ort. Und ich hatte die richtigen Gedanken. Ich habe dem Tod ins Auge gesehen und dabei am Leben festgehalten. Seitdem ist keine Zelle meines Körpers mehr gealtert.«

Es wurde ganz ruhig und sie schauten durch das Fenster in den Hof hinaus.

»Du wirst nie jemandem verraten, was damals geschehen ist, nicht wahr?«, fragte Levin.

»Nein. Wie gesagt: Manchmal muss man es akzeptieren, die Ursprünge nie zu erfahren. Das, worauf es ankommt, habe ich dir gesagt. Die Einzelheiten wird kein Mensch jemals hören. Dass ich unsterblich bin, ist nun einmal so bestimmt, nicht von der Natur, nein, die Bestimmung liegt in mir selbst. Und dennoch ist es nicht etwas, was ein Mensch sich aussuchen kann. Nie wieder soll jemand versuchen, es mir nachzumachen.« Das Ende seines Satzes verschluckte er fast. »Nie wieder.«

»Du bist ein Mann voller Geheimnisse, Thanos.«

Thanos wandte ihm den Blick zu, seine schwermütige Miene verwandelte sich in ein Lächeln und er sagte: »Das mag sein. Aber die wirklich wichtigen Geheimnisse liegen doch im Offensichtlichen.«

22. Kapitel

Thanos hatte Levin für die Nacht freigegeben. Er sagte, dass morgen Mittag ein wichtiges diplomatisches Treffen mit zwei Senatoren stattfinde und er ihn gerne als Wächter dabeihabe. Levin schöpfte Hoffnung aus dieser Nachricht, vielleicht führte es ihn noch rechtzeitig auf eine entscheidende Spur. Dass er Darius in zwei Tagen treffen sollte, drückte zunehmend auf sein Gemüt. Gelegentlich dachte er daran, was wohl passierte, wenn er einfach auf Briangard bliebe. Er wäre außer Reichweite des *Otusnetzes* und könnte einer privilegierten Arbeit nachgehen. Doch schnell drängten sich ihm die damit verbundenen Probleme auf: Wenn der Graf wirklich einen Angriff auf die Stadt plante, würde es als Soldat in seinen Reihen sehr ungemütlich werden. Außerdem wäre er an ein Leben gebunden, das er für den Moment vielleicht genoss, das ihn auf Dauer aber quälen würde. Er dachte an seinen Keller mit den Schätzen, an die ungewissen Nächte in fremden Häusern, an seine Rolle als Blinder, der genüsslich das armselige Leben der Menschen durchschaute. Nein, er hatte nicht die Absicht, sein freies Leben in Alsuna aufzugeben. Thanos zu entlarven war seine einzige Chance, das zurückzuerlangen, was er am meisten liebte.

Gedankenverloren spazierte Levin um die Ecke, öffnete die Tür zu seinem Haus und warf das Obergewand ab. Er nahm den Wasserkrug, bespritzte sich das Gesicht und betrat das Schlafgemach. Als er das Licht bemerkte, blieb er stehen. Erschrocken wandte Elena sich zu ihm um. War es überhaupt Elena? Sie saß auf dem Bett, hielt einen Spiegel in der Hand und war gerade dabei, ihr Gesicht zu pudern.

Levin erschrak bei ihrem Anblick, denn sie zeigte das gleiche Bild wie damals, als er sie zum ersten Mal gesehen hatte: ihr Ornamentkleid, die hochgesteckten Haare, ein übermäßig geschminktes Gesicht. Nur ihr Blick war ein anderer. Verängstigte, überraschte Augen schauten ihn an und wirkten immer gequälter, je länger die Stille zwischen ihnen anhielt.

»Du kommst …«, stammelte sie, »… jetzt schon?«

»Ich habe frei bekommen«, sagte Levin. Es folgte eine ernste Pause. Sie ließ den Spiegel sinken.

Nein, das ist sie nicht. Es ist eine andere Frau, eine närrische, sture Frau, sagte er sich.

Zugleich suchte er hinter ihrer Verkleidung die Elena, die er in den letzten Wochen kennengelernt hatte.

»Was tust du da?«, fragte er.

»Ich … nun ja …« Sie zögerte, dann kapitulierte sie. »Siehst du nicht, was ich tue?«

»Ja. Aber für wen? Wieso?«

»Das brauchst du nicht zu wissen.«

»Ich brauche das nicht zu wissen?!« Seine Stimme war lauter geworden, sein Blick unausweichlich.

»Noch nicht. Ich hätte es dir hinterher gesagt, ganz sicher.«

»Wieso nicht jetzt?«

»Du hättest mich nicht gehen lassen, nicht wahr?«

»Ich *werde* dich nicht gehen lassen«, antwortete er ohne jede Milde in seiner Stimme.

»Du *lässt* mich nicht gehen?« Ihre Augen schärften sich. »Wie kommst du dazu, mir etwas zu befehlen?«

»Weil du mir unterstehst.«

»Was tue ich!?« Elena sprang auf und warf den Spiegel aufs Bett.

»Du hast mir zu gehorchen.«

»Ich – habe *keinem* zu gehorchen!«

»Oh doch, das hast du!«

»Was fällt dir ein! Mir hast du es zu verdanken, dass du es bis hier geschafft hast. Ohne mich hättest du keine Ahnung gehabt, wie du in die Festung kommst. Jetzt tust du so, als wäre ich ein lästiges Anhängsel, das keinen Mucks machen darf.«

»Was hast du die letzten Tage getan, als du allein unterwegs warst?«, fragte er und kniff die Augen zusammen.

»Nichts, worüber du dir Sorgen machen müsstest.«

»Dann sag mir, für wen du dich geschminkt hast!«

»Wenn du es wissen willst: Sein Name ist Tobes. Er arbeitet für die Innenwache.«

Levin erschrak. Tobes war einer der zuverlässigsten Männer der Truppe, ruhig und unauffällig. Man dachte nicht über ihn nach, wenn es keinen besonderen Anlass dafür gab. Den gab es nun.

»Du wirst mir jetzt alles erzählen«, sagte Levin eisern.

Elena begann mit sachlichen Worten: Sie habe Tobes einige Tage beobachtet, gesehen, wie er aus dem Palast gekommen sei, und herausgefunden, dass er einsam lebte. Dann sei sie eines Nachts verhüllt vor seinem Quartier umhergegangen und er habe sie angesprochen. Sie habe sich als Magd ausgegeben und eine Stunde hätten sie sich im Dunkeln vor seinem Quartier unterhalten.

»Er hat dich nicht hereingebeten?«, fragte Levin.

»Ich wollte nicht. Ich sagte, das könne Schwierigkeiten geben, weil mein Herr mich bald erwarte. Er wollte mich aber unbedingt bei sich haben. Also habe ich ihm versprochen, diese Nacht wiederzukommen. Er ist ein sehr einsamer Mann.«

»Und dann? Was hättest du bei ihm getan?«

»Ich hätte ihm gegeben, was er wünschte.«

»Wieso?«, fragte Levin und merkte, dass es ihm immer schwerer fiel, die Kälte in seinen Worten aufrechtzuerhalten.

»Deinetwegen«, antwortete sie.

Er reagierte mit einem fragenden Blick.

»Levin, du hast mir nie verraten, was du hier oben tust. Aber ich bin nicht dumm. Ich weiß, dass du es auf Thanos abgesehen hast. Glaubst du, ich würde nur tatenlos zusehen und warten, bis wir wieder gehen können? Du hast meine Künste nie wertgeschätzt, das will ich dir nicht verdenken. Wahrscheinlich vertraust du nur deinen eigenen. Aber ich weiß, dass du mir dankbar sein wirst, wenn ich dir etwas liefere, was dich weiterbringt.«

»Ich weiß nicht, wovon du redest.«

»Tobes ist der Mann, der die Gemächer des Grafen beobachtet. Er hat es mir verraten.«

Levin tat, als müsse er lachen. »Die Gemächer des Grafen werden nicht beobachtet.«

»Du täuschst dich. Thanos lässt alles beobachten. Glaubst du, er geht ein Risiko ein?«

»Norman hat nichts davon …«

»Norman hat die Aufgabe Tobes zugeteilt und keinem anderen. Er will nicht, dass sonst jemand von dem Posten erfährt. Dabei ist es ganz einfach. Das Bücherregal in der Bibliothek hinter dem Platz des Erbauers liegt im Schatten. An einer Stelle gibt es keine Bücher, sondern ein kleines Fenster. Dahinter steht Tobes, wenn der Erbauer Besuch hat. Eine falsche Bewegung wäre tödlich.«

»Und das Labor?«

»Wird auch beobachtet.«

Levin wurde ruhig. Doch innerlich begann er zu fluchen. Dieser Graf hatte ihm tatsächlich weisgemacht, dass er ihm vertraute. In Wirklichkeit war offenbar in jedem Augenblick ein Pfeil auf Levin gerichtet gewesen. Kühne Worte hatte der alte Mann in den Mund genommen – doch nur deshalb, weil er sich hinterrücks bestens abgesichert hatte. Zugleich ärgerte sich Levin, als er in Elenas blasses Gesicht schaute. Ausgerechnet sie hatte hinter die Kulissen geblickt, auf die er selbst hereingefallen war.

»Was versprichst du dir von *dieser* Nacht?«, fragte er kleinlaut.

»Tobes wird weiterreden, ganz sicher. Wenn er die Wärme einer schönen Frau auf seiner Haut spürt, wird er seine Pflichten vergessen und mir verraten, wo dieser Beobachtungsposten zu finden ist. Ich vermute, das interessiert dich.«

Levin nickte kaum merklich. Dann begann er auf und ab zu gehen. »Du meinst also, du müsstest dich ihm hingeben, um das herauszufinden?«

»Ich vermute es.«

»Aber du weißt es nicht sicher?«

»Nein.«

»Verstehe.« Er grübelte und sagte sich, dass seine hauptsächliche Sorge ihrer beider Sicherheit galt. Doch so ganz konnte er nicht sein grundsätzliches Unbehagen darüber verdrängen, dass sie heute Nacht im Bett eines fremden Mannes liegen würde. Weil er nicht wusste, woher dieses Unbehagen rührte, machte er seinen Stolz dafür verantwortlich. *Nein, ich möchte nicht auf einen so schändlichen Dienst angewiesen sein; nicht in einer Sache, die ich auch selbst herausfinden kann.*

»Hier oben gibt es keine Prostitution«, sagte er in scharfem Ton. »Das solltest gerade du als Brianerin wissen.«

»Umso größer ist daher das Verlangen.«

»Hast du dir einmal überlegt, was los ist, wenn die Sache bekannt wird? Du wirst einen Skandal auslösen.«

»Eine Magd, die sich ein paar Makel dazuverdienen will, ist nichts Besonderes.«

»Wenn aber diese Magd zufälligerweise meine Ehefrau ist?«

Elena mischte Gift in ihren Blick. »Du weißt so gut wie ich, dass Tobes mich nicht erkennen wird. Und wenn er es täte, würde er in seinem eigenen Interesse schweigen.«

»Wenn auch nur *ein* Mensch erfährt, dass meine Frau nachts zu fremden Männern geht, ist alles ruiniert. Jason wird uns nachspüren und alles herausfinden. Ich habe keine Ahnung, ob man Spione hier erhängt oder köpft. Aber auf keines davon habe ich große Lust. Du vermutlich auch nicht.«

»Wovor hast du wirklich Angst, Levin?«, fragte sie so eindringlich, dass er wegschauen musste.

»Ich … ich habe keine Angst. Nicht um mich …«

Sie verzichtete darauf, ihn weiter zu fragen. Der Satz, den Levin nicht mehr ausgesprochen hatte, hing offen im Raum.

»Ich wollte dir nur helfen«, sagte sie mürrisch.

Levin versuchte, sie freundlicher anzusehen. »Hör zu: Ich schaffe das schon. Ich muss nur noch eine Sache herausfinden. Danach verschwinden wir von hier.«

»Bist du dir sicher?«

»Du musst mir einfach vertrauen.«

»Dir vertrauen?« Sie zog die Augenbrauen hoch.

»Der Graf sagt, man muss zuerst selbst vertrauen, wenn man das Vertrauen eines Menschen gewinnen will.«

»Der Graf!« Sie gab ein höhnisches Zischen von sich. »Hüter aller menschlichen Weisheit! Du lässt dich also von ihm belehren.«

»Ich sehe schon, du hast ein Problem damit, wenn Männer dir etwas sagen wollen.«

»Männer lügen.«

Levin lachte laut auf. Endlich fand er seine Elena wieder. »Das ist ja wohl eine sehr große Weisheit.«

»Na schön, nicht alle. Du bist eine Ausnahme. Du verschweigst mir zwar viel, aber du lügst mich nicht an.«

»Wer hat dich belogen?«, fragte Levin.

Elena warf sich mit dem Rücken aufs Bett und schaute zur Decke. »Alle. Der Letzte von ihnen war mein Vater. Danach habe ich mich von keinem mehr belügen lassen.«

»Was hat er dir versprochen?«

»Nicht viel – ein sehr kleines Versprechen in meiner Kindheit: ›Ich werde immer für dich da sein und mein Leben lang zu dir stehen.‹ Das hat er durchgehalten – so lange, bis ich eines Tages mit nichts in der Hand vor seiner Tür stand und um Gnade flehte. Da hat er dem Druck meiner Mutter nachgegeben und mich weggeschickt.«

»Wenigstens kennst du deinen Vater«, sagte Levin. Er hatte sich von der anderen Seite aufs Bett gelegt, sein Kopf ruhte nun neben ihrem. »Ich meine: Besser, man kann jemanden hassen, als dass man immer im Ungewissen bleibt, wie er wirklich ist.«

»Was du nicht sagst. Du bist also ein Findelkind.«

»So ähnlich.«

»Glaube mir: Es lohnt sich nicht, ihn zu suchen.«

»Ich suche ihn auch nicht. Ich war genug damit beschäftigt, meinem Ersatzvater aus dem Weg zu gehen.«

Elena drehte ihm den Kopf zu, lächelte ihn sanft an und sagte: »Endlich lerne ich dich kennen, Levin.«

Levin erwiderte den Blick. Ein warmer Schauer, gegen den er machtlos war, durchdrang ihn.

Nicht nur du lernst mich kennen, Elena, dachte er.

Er genoss es, dass ihre Augen kein erotisches Spiel mehr mit ihm trieben, sondern Ruhe und ehrliche Zuneigung ausstrahlten.

23. Kapitel

Alsuna, Jahr 296 nach Stadtgründung

Vor seinem inneren Auge zogen Bilder von Elena vorüber. Sie saß auf einem Holzfass auf dem Ochsenkarren und ließ die Füße baumeln. Dazu schnitt sie Grimassen und zeigte sie jedem, an dem sie vorbeifuhr. Das war das erste Mal, dass Alvin sie gesehen hatte. Er war damals sechzehn gewesen, ein paar Jahre älter als sie. Als Elena dann sechzehn war, sah er sie wieder. Sie sah schon fast erwachsen aus, trieb ihre Späße mit den Wachen und half ihrem Vater bei den Verhandlungen. Alvin beobachtete sie, wie sie am Brunnen Wasser für die Tiere holte und dabei einen kleinen Jungen nass spritzte. Er ging zu ihr, nahm ihr den Eimer ab und rang um Worte.

»Du bist aber ein schüchterner Kerl«, sagte sie. »Ich wette, bei dir im Palast darf man keinen Laut von sich geben.«

Von da an war er in sie verliebt gewesen. Immer wenn der Winzer Gregor seine Lieferung brachte, machte der Prinz seinen Spaziergang im Hof. Mit jedem Mal kamen ihm Elenas Haare schöner und ihre Stimme anziehender vor. Als sie achtzehn war, konnte er durchsetzen, dass sie über Nacht im Palast bleiben durfte. Bei Mondlicht saßen sie nebeneinander auf dem Dach des Kornspeichers und sahen in die Stadt hinunter. Er redete immer noch nicht viel mit ihr, aber wenn sie ihn anblickte, wusste er, dass sie von ihm fasziniert war.

Alvin unterbrach seinen Ausflug in die Vergangenheit. Jetzt war nicht der richtige Zeitpunkt dafür. Gleich würden seine Freunde kommen und er wollte zu ihnen sprechen. Sosehr er Elena liebte: Nun waren andere an der Reihe. Vielleicht gehörte es ja zu Elenas Liebenswürdigkeiten, gerade dann aufzutauchen, wenn man sie nicht erwartete, überlegte er sich. Aber nein, jetzt brauchte er Disziplin.

Er kämmte sich die Haare, strich sein Gewand glatt und ging nach unten.

Nicht lange danach war es so weit. Eine Rede halten. Wie sein Vater das machte, das wusste Alvin. Der Erbauer von Briangard war bekannt dafür, dass er reden konnte. Doch konnte es auch sein Sohn?

»Meine Freunde«, begann er und brachte sie so zum Schweigen. »Es macht mich stolz, euch hier zu sehen. Ich betrachte das nicht als selbstverständlich. Jeder von euch weiß, welcher Gefahr er sich aussetzt, wenn er hier ist, um den Kampf gegen die Seuche zu führen. Jeder von euch ist bereit, seinen Ruf aufs Spiel zu setzen für eine Sache, deren Erfolg alles andere als gewiss ist.« Er schaute in ihre Gesichter und glaubte darin zu erkennen, dass er ihre Aufmerksamkeit hatte.

»Und doch möchte ich versuchen, eure Hoffnung und euren Glauben aufleben zu lassen. Ich möchte euch wissen lassen, dass ich fest mit einem Erfolg rechne, scheint er auch noch fern zu sein. Ihr fragt euch, woher ich diese Hoffnung nehme. Nun, zuerst sehe ich sie, wenn ich die Augen öffne und mich umschaue. Ich sehe sie in den frischen Wänden, Balken und Türen. Nicht nur eure Mühe und euer Schweiß stecken darin, sondern das erste Stück Hoffnung, das ihr bereit wart, für dieses Haus zu verschwenden. Doch ich habe in den letzten Wochen noch mehr Hoffnung gesehen.«

Er hielt inne und ließ wieder seinen Blick schweifen. Fünf Zuhörer. Es war nicht unbedingt ein großes Publikum. Aber es war anspruchsvoll und es verdiente das Beste, was man ihm bieten konnte. Sie verdienten seine Ermutigung.

»Ich habe sie in zahlreichen Gesichtern gesehen. Menschen, die Qualen erlitten und sich dem Tod nicht fern glaubten, bekamen Trost und Linderung. Sie konnten ihren Blick wieder dem Leben zuwenden, auch wenn sie wissen, dass es begrenzt ist. Ihr wisst, dass es zum Leben ein Weg ist, ebenso wie es zum Tod ein Weg ist. Wir sind auf dem Weg zum Leben und es ist ein guter Weg. Ich werde euch nie versprechen, dass es leicht wird. Wir werden neben den dankbaren Freunden immer auch Feinde haben, Menschen, die uns nicht trauen oder die so geblendet sind von alten Vorstellungen, dass sie uns nicht ertragen können. Ihr *müsst* sie ertragen, wenn ihr nicht aufgeben wollt.

Ich wünsche mir für jeden von uns, dass er auch noch in hohem Alter bereit ist, sein Leben für etwas einzusetzen, was größer ist als er selbst. Dafür ist der Mann, der uns dieses Haus hinterlassen hat, der Mann, der die letzten Monate seines Lebens mehr eingesetzt hat als je zuvor, ein Vorbild. Lasst uns unserem Freund Ortwin nacheifern und beschließen, dass wir das Beste aus seinem Vermächtnis machen.«

Alvin beschloss die Rede, sie umarmten ihn und sagten ihm ihre Hilfe zu. Sie aßen zusammen, plauderten und genossen die Musik von Ramons Drehorgel.

Vier Wochen lag Ortwins Beerdigung nun zurück. Sie hatten ihn alle noch kennengelernt. Ortwin war in Frieden und mit wenig Schmerzen gestorben, noch ehe er miterleben durfte, wie seine Schmiede in neuem Glanz erstrahlte.

Sie alle hatten ihr Bestes gegeben. Unter ihnen war ein Zimmermann, der die morschen Balken auswechselte. Ein Färber mischte das Weiß zusammen, das sie an die Wände strichen. Ramon hatte bereits in Ortwins letzten Lebenswochen die Werkstatt allein geführt. Außer dem Ofen hatte er ziemlich alles umgestellt. Ein neues Fenster war in die Wand geschlagen worden, sodass die Werkstatt den ganzen Tag mit Licht durchflutet war. Oben hatten Alvin und Ramon ihre Kammern, doch Alvins Kammer war zugleich der Planungsraum. Auf dem Tisch lagen Aufzeichnungen, dort standen Flaschen und Schalen. Das Serum wurde unten hergestellt, wo früher der Stall gewesen war. Ein früherer Minenarbeiter und seine Frau kamen regelmäßig und mischten die Zutaten zusammen, die Alvin ihnen vorgab. Ein Glaser brachte ihnen die Fläschchen, mit denen sich alle ausrüsteten.

Es waren besondere Leute, dachte Alvin, als er abends allein in der Kammer saß. Er hatte wieder mit seinen Aufzeichnungen begonnen.

Es ist erstaunlich, schrieb er auf einen rauen Papierbogen, *wie sehr sie sich für meine Idee begeistern konnten. Manchmal denke ich, dass ich ihnen noch recht wenig anvertraut habe. Der junge Glaser sagte mir, meine Art, wie ich mit ihm umgegangen sei, habe ihn überzeugt. Dieses Kompliment nehme ich an, auch wenn ich noch nicht sehr viel getan habe. Ich war oft zum Essen bei ihnen, habe ihnen zugehört. Ich habe versucht, ihnen zu zeigen, dass sie nicht nur für ihren Lebensunterhalt arbeiten müssen. Und je mehr ich mit ihnen darüber rede, umso mehr scheinen sie es zu verstehen. Manchmal streiten sie sich noch um Kleinigkeiten. Das lässt sich wohl nicht vermeiden, wenn man so häufig beisammen ist. Aber wenn sie arbeiten, dann tun sie das mit ganzem Herzen.*

Ich weiß nicht, wann der Zeitpunkt ist, ihnen mehr anzuvertrauen. Noch scheinen sie nicht reif zu sein, mit den großen Dimensionen konfrontiert zu wer-

den. Sie würden es nicht verstehen. Deshalb halte ich mich bedeckt. Sie ahnen nicht, dass mein Vater der Graf von Briangard ist. Vermutlich würden sie es nicht verkraften, wenn ich es ihnen mitteilte. Ich könnte versuchen, ihnen zu erklären, dass ich der Sohn und nicht der Graf bin. Aber ihre Abneigung gegen den Grafen ist so groß, dass sie meinen guten Absichten nicht mehr trauen würden, aufgrund der bloßen Tatsache, dass er mein Vater ist. Sie würden mich ebenso hassen wie ihn und alles würde sich ins Gegenteil verkehren. Nein, sie müssen noch eine Weile lernen, mir zu vertrauen. Bis dahin werden wir sicherlich so mächtig sein, dass sie das eigentliche Ziel erfahren dürfen, für das ich gekommen bin.

Neulich habe ich eine Frau kennengelernt, deren Mann schwer an der Seuche erkrankt ist. Sie scheint sehr klug zu sein und die Zusammenhänge schnell zu verstehen. Ich denke daran, dass auch sie einen Platz unter uns finden könnte. Ich brauche eine Vertraute, wenn der Zeitpunkt kommt, dass ich bis zum Äußersten gehen muss.

Er setzte ab und legte das Blatt beiseite. Er hatte zwei ganze Seiten vollgeschrieben. Vermutlich war eine Menge davon überflüssig und würde in vielen Jahren niemanden mehr interessieren. Seit er wieder zu schreiben begonnen hatte, flossen die Worte nur so aus ihm heraus. Vielleicht war im Moment das Papier der einzige Gesprächspartner, dem er alles anvertrauen konnte.

24. Kapitel

Briangard, Jahr 304 nach Stadtgründung

Das diplomatische Treffen versetzte Diener und Wachen von Briangard gleichermaßen in Aufregung. Jason ließ die Mauerposten doppelt besetzen und stellte auf dem Weg vom Außen- zum Innentor alle paar Meter eine Wache auf. Die Bewohner des Vorhofs waren angehalten, während des Treffens in ihren Häusern zu bleiben.

Im Palast reinigten die Diener den Marmorboden und entzündeten alle Lichter, die vorhanden waren. Norman ließ sämtliche Mitglieder der Palastwache zusammenkommen und unterrichtete sie, was im Falle eines Übergriffs zu tun sei. Er forderte, dass sie alle im Haus sein müssten, ihre Präsenz jedoch nicht spürbar sein dürfe.

»Wir werden auf jeder Galerie einen zusätzlichen Mann postieren. Ihr werdet aber nicht herumlaufen, sondern euch stets in Deckung halten. Zu jedem Zeitpunkt müssen mindestens zwei Schützen die Gäste im Auge haben.« Er schaute Levin an. »Sie werden jedoch das Gefühl haben, dass nur ein Wächter um den Grafen ist. Und bis auf einen Dolch am Gürtel wird Linus unbewaffnet sein. Ich hoffe, du wirst gut mit den Stadtwachen auskommen, die die Senatoren mitbringen.«

»Ich kenne die Stadtwachen besser als jeder andere hier«, sagte Levin und lockerte die angespannte Stimmung durch seinen ironischen Tonfall auf. »Die tun nichts, wenn man sie in Ruhe lässt.«

»Ich will, dass jeder Raum beobachtet wird. Selbst wenn sie vermutlich nur im Empfangssaal sein werden.«

Levin sah zu Tobes hinüber und dachte nach. Der schweigsame Blonde hatte auf Normans Anweisung hin genickt, was nur heißen konnte, dass er den geheimen Posten aufsuchen würde. In Gedanken bedankte sich Levin bei Elena.

Die Versammlung löste sich auf, Levin war der Letzte. Er ließ sich von Norman den Panzer und die Ausrüstung geben. Dass er nur ein Messer bei sich trug, fühlte sich gut an. Es war ihm lieber, als ständig mit der Armbrust auf dem Rücken durch den Palast zu gehen. Den Panzer, so empfand er, trug er nur des äußeren Eindrucks wegen. Eine wirkliche Gefahr erwartete er nicht.

Auf Normans Gesicht zeigte sich keine Spur dieser Gelassenheit. »Ich sage dir: So langsam werde ich zu alt für all das.«

»Wie lange wirst du es noch machen?«

»Bis der Erbauer mich nicht mehr will. Also wohl bis zu meinem Lebensende.«

»Dann bist du also gebunden?«

»Nein. Ich hätte jederzeit die Freiheit aufzuhören.«

»Und warum tust du es nicht?«

»Wahrscheinlich, weil ich nicht davon loskomme. Und vielleicht auch, weil ich verhindern will, dass Jason den Posten erhält. Er würde den ehrwürdigen Palast in eine Kaserne verwandeln. Versteh mich nicht falsch: Jason ist ein guter Mann. Ihm bedeutet die Sicherheit des Grafen alles. Aber er glaubt nun einmal, dass er der Einzige ist, der ihm diese Sicherheit bieten kann.«

»Dann ist er bei der äußeren Wache ja gut aufgehoben.«

»Nun, wir Brianer sind davon überzeugt, dass es eine Frage des Verdienstes ist, möglichst nahe beim Erbauer dienen zu dürfen. Wenn Jason Anführer der Palastwache wird, ist das in seinen Augen die gerechte Belohnung dafür, wie er all die Jahre geschuftet hat. Und er schuftet viel, glaub mir.«

»Wie gut, dass das hier noch keine Kaserne ist«, beendete Levin das Gespräch und wandte sich zum Gehen.

»Denk daran: Ich verlange von euch mehr, als Jason es tun würde. Ich will, dass der Erbauer vollkommen geschützt ist und sich dennoch wohlfühlt.«

»Verstehe.« Levin sah dem Anführer tief in die Augen, fühlte sich ermutigt durch den Zuspruch, der darin lag, und ging hinaus.

Noch waren alle damit beschäftigt, sich für ihre Aufgabe vorzubereiten. Unauffällig spazierte Levin auf der Galerie umher und beobachtete Tobes, der sich mit einem Kameraden unterhielt. Irgendwann stieg Tobes die Treppen hinauf, Levin folgte ihm in den vierten Stock und sah, dass er im leer stehenden Kaminzimmer verschwand. Die Lage der Räume ließ nur einen Schluss zu. Ein leer stehendes Zimmer als Einstieg zum Beobachtungsposten für das Labor – das war klug.

Zufrieden ging er in den dritten Stock, schlenderte durch den Gang in den Bereich des Grafen und klopfte an der Doppeltür zum Empfangssaal.

Wie erwartet saß Thanos bereits auf dem erhöhten Holzstuhl am Ende des Tisches. Er war gekleidet wie an dem Tag, als er sich seinen Untergebenen im Vorhof gezeigt hatte. Der Raum strahlte eine ähnliche Pracht aus. Geschwungene Säulen stützten die gewölbte Decke des Saals. Die Beleuchtung bestand aus einer Mischung zwischen trübem Tageslicht und dem Kerzenschein vom Kronleuchter.

»Ich will, dass du nachher hier an der Seite stehst«, sagte Thanos.

»Ist es nicht üblich, schräg hinter dir zu stehen, um die Gäste im Blick zu haben?«

»Nein, ich will dir in die Augen schauen können.« Seine Pause kündigte an, dass der ernst gemeinte Teil des Satzes nun zu Ende war. »Wenn du bei meinen Worten einschlafen solltest, merke ich das wenigstens rechtzeitig.«

»Du scheinst keine großen Erwartungen an das Treffen zu haben.«

»Die Sache ist die, dass ich nichts Neues seitens des Senats gehört habe, seit es diese Treffen gibt. Entsprechend eintönig fallen meine Antworten aus.«

»Forderungen, die du nicht erfüllen willst?«

»Nicht erfüllen kann – wenn ich mich nicht selbst aufgeben will.«

»Wozu dann noch diese Treffen?«

»Es ist doch etwas Schönes, Gäste zu haben. Ich habe die Hoffnung noch nicht aufgegeben, dass es hier eines Tages etwas Aufregendes zu bereden gibt.« Er schaute über die Tischfläche, die bis auf einen silbernen Krug, drei Becher und etwas Obst leer war. »Vielleicht lassen sich die beiden irgendwann endlich zu einem richtigen Bankett einladen. Das wäre lustig. Bisher lehnen sie immer dankend ab.«

»Kennst du sie schon länger?«

»Das kann man wohl sagen. Senatorin Thekla ist eine sehr umgängliche Frau, auch wenn man sich vor ihrer Raffinesse hüten muss. Sie weiß genau, was sie will, und man darf sich nicht dem Irrtum hingeben, dass man sie zu etwas umstimmen könnte. Und Senator Gereon? Ich glaube, er hat sein Leben lang keine wirklichen Feinde gehabt, wenn man von einigen konkurrierenden Kaufleuten absieht. Im Vergleich zu seinem Großvater ist er etwas vernünftiger.«

Levin runzelte die Stirn, dann sagte er: »Ich vergesse immer wieder, dass du alle unsere Vorfahren wie gewöhnliche Zeitgenossen erlebt hast.«

»Verrückt, nicht wahr? Der Großvater war damals als hitziger Jungspund mein Schüler. Heute ist sein Enkel ein alter Mann, der mich um meine grauen Haare beneidet.«

Levin wollte weiter nach dem Großvater fragen, da öffneten sich die Flügeltüren. Ein Diener kündigte die Gäste an.

Gereon und Thekla schritten, gefolgt von vier Stadtwachen, so unbeeindruckt in den Raum, als sei es der Senatssaal. Levin stand aufrecht an seinem Platz und stellte beruhigt fest, dass Thekla ihn nicht erkannte. Die beiden Senatoren wussten offenbar bereits, wo ihre Plätze waren, denn sie gingen an unterschiedlichen Seiten den Tisch entlang und grüßten. Der Graf erhob sich, grüßte zurück und setzte sich. Ehe Thekla ihren Platz einnahm, überreichte sie dem Grafen ein in Fell eingewickeltes Päckchen.

»Verehrter Graf, dieses Geschenk soll ich Euch im Namen einer Gruppe überreichen, die Euch sehr verehrt.«

»Ich danke Euch, Senatorin. Schön zu wissen, dass es so etwas auch noch in Alsuna gibt«, scherzte er und wandte sich an Levin. »Ich bitte dich, Linus, das Geschenk in die Bibliothek zu bringen. Ich möchte es mir später in aller Ruhe anschauen.«

Levin nahm das Päckchen, nickte überrascht und ging davon. An der Tür musste er zwischen zwei der Stadtwachen hindurch, die sich rechts und links postiert hatten. Ein ihm vertrautes Gefühl der Verachtung, vermischt mit Nervenkitzel, überkam ihn. Wie sehr hatte er es doch vermisst. Wie zwei alte Freunde kamen sie ihm vor, diese Gestalten, die pflichtbewusst dastanden und glaubten, er sei so etwas wie ein Artverwandter. *Zu schade*, dachte er sich, *dass ich mich jetzt zusammenreißen und den Dienstboten spielen muss.*

Er ging hinaus, überquerte den Flur und betrat die Bibliothek. Niemand war hier, doch er war sich bewusst, dass er aus der Bücherwand von Tobes angestarrt wurde. Zunächst wollte er das Päckchen auf dem Tisch an Thanos' Platz ablegen und schnell in die Halle zurückkehren. Da merkte er, dass sich das Päckchen vertraut anfühlte. Es waren das Gewicht und die Form. Ein Buch. Sicher, sonst hätte es Thanos nicht gleich in die Bibliothek bringen lassen. Aber woher wusste er, dass es sich um ein Buch handelte?

Er konnte nicht anders. Levin stellte sich so vor den Tisch, dass Tobes nur seinen Rücken sehen konnte, und schlug vorsichtig eine Ecke des Fells zurück. Zuerst sah er nur einen blauen Ledereinband, dann erkannte er den Schriftzug: *Gefährliche Pflanzen des Reimutgebirges.*

Er wollte das Fell rasch zurückklappen, da entdeckte er, dass ein gelbes Stück Papier mit eingewickelt war. Wenn er es entfaltete, würde Tobes sicher misstrauisch werden.

Schnell zog er das Papier heraus, klappte das Fell zurück und entfernte sich von dem Päckchen, so als habe er nichts weiter getan, als es besonders sorgfältig an den Platz des Grafen zu legen.

Als er den Raum verlassen hatte, wollte er das Papier öffnen, doch er kam nicht dazu. Eine Wache schlenderte vorbei, grüßte ihn und fragte, warum er nicht drinnen sei. Levin gab eine rasche Erklärung und kehrte in den Empfangssaal zurück. Während er langsam zu seinem Platz zurückkehrte, musterte er Thekla von oben bis unten.

Von wegen diplomatisches Treffen. Dieses Teufelsweib! Schwingt sich zur Hüterin der Stadt auf und beliefert den Grafen mit Giftbüchern. Er hat recht, sie ist gerissen. Keiner im Senat würde so etwas vermuten. Wenn ich das gewusst hätte, hätte ich Thanos den Schmöker persönlich gebracht, sagte er sich und unterdrückte das zynische Zucken seines Mundwinkels.

»Nein«, sagte Thanos und fügte hinzu: »Meine Antwort hat sich nicht verändert.«

»Wir hätten es auch nicht anders erwartet«, sagte Gereon. »Manche Dinge bleiben wohl, wie sie sind. Aber der Senat hat diesmal auch Forderungen formuliert, die Ihr noch nicht kennt.«

»Ich bin gespannt.«

»Punkt fünf: Der Senat fordert den Grafen auf, seine Kenntnisse zur Verfügung zu stellen, die uns helfen, ein wirksames von einem betrügerischen Heilmittel unterscheiden zu können.«

Thanos lachte laut auf. »Ihr habt recht. Diese Forderung ist neu. Ich will sie euch gern erfüllen. Meine Kenntnis besagt, dass es kein einziges wirksames Heilmittel gegen die Seuche gibt. Ein einfacheres Kriterium kann ich euch nicht geben.«

»Natürlich geht es nicht um eine vollständige Heilung«, fiel ihm Thekla ins Wort. »Es geht um die Frage, mit welchen Mitteln der Schmerz gelindert und der Tod hinausgezögert werden kann.«

»Verstehe. Aber ist das nicht einfach? Wenn es den Leuten hinterher besser geht, ist das ein guter Hinweis darauf, dass ein Mittel wirkt.«

Eine Weile setzten sie die Diskussion auf diese Weise fort. Gereon verlas einen Punkt nach dem anderen, Thanos antwortete, wenn nicht mit einem Nein, dann mit einer nahezu inhaltsleeren Aussage. Die beiden Gäste tauschten frustrierte Blicke aus, ehe der Graf sagte: »Darf ich zwischendurch auch eine Forderung stellen?«

Gereon schaute irritiert auf. »Einen Punkt haben wir noch.«

»Der kann warten. Also darf ich?«

»Bitte schön.«

»Ich fordere meine Stadt zurück. Wie sieht es aus?«

Gereon und Thekla schauten sich gequält an, Thanos setzte ein bittersüßes Lächeln auf. »Verzeiht mir diese Forderung. Aber diesmal seid *Ihr* diejenigen, die keine hilfreiche Antwort geben können.«

Die beiden Senatoren schwiegen verlegen.

»Ich will unseren diplomatischen Bemühungen wirklich nicht im Wege stehen. Aber wir gehen jeweils von Grundannahmen aus, die schwer miteinander zu vereinen sind.«

»Lasst Ihr mich dennoch meinen letzten Punkt verlesen?«, fragte Gereon.

»Aber gerne doch.«

»Der Senat bittet den Grafen um eine Stellungnahme. Als symbolisches Oberhaupt dieser Stadt soll er deutlich machen, dass er gewalttätige Auseinandersetzungen, die seiner Person wegen geführt werden, nicht gutheißt.«

Gereon legte die Liste ab und schaute den Grafen wenig erwartungsvoll an. Thekla schien auch diesen Punkt schnell hinter sich bringen zu wollen.

»Gewalttätige Auseinandersetzungen«, sagte Thanos nachdenklich.

»Ja. Vielleicht habt Ihr hier oben keine Vorstellung davon«, ergänzte Gereon. »In Alsuna gibt es äußerst unschöne Konflikte zwischen den befeindeten Gruppen – Euretwegen. Das mag Euch stolz machen, doch wenn Ihr beweisen wollt, dass es Euch wirklich um die Stadt geht, wie Ihr immer sagt, dann solltet Ihr hier ein Zeichen setzen. Der *Orden der Redlichkeit* hält sich mit Gewalttaten zurück, wiegelt aber das Volk auf. Der *Meskanbund* dagegen kennt keine Hemmungen, Anschläge auf Menschen zu verüben, die sich gegen den Grafen äußern. Von den *Rittern von Alsuna* brauche ich Euch ja nicht zu erzählen. Der Senat wäre genauso froh wie Ihr, wenn diesen selbst ernannten Rittern das Handwerk gelegt würde.«

Levin studierte die Gesichter. Besonders die Blicke von Thekla und Thanos interessierten ihn. War es denn so einfach? Genügte es, dass Thekla ihm gegenüber die größte Gleichgültigkeit zeigte, um nicht als seine Partnerin erkannt zu werden? Levin musste sich eingestehen, dass er nichts gemerkt hätte, wenn ihm nicht das Buch in die Hände gefallen wäre. *Dass ich hier stehe und mich einmische, damit hättest du nicht gerechnet, liebe Witwe.*

»Wenn ich eine solche Erklärung abgäbe«, setzte der Graf fort, »würde es dann nicht aussehen, als nähme ich die Schuld für die Konflikte auf mich?«

»Keineswegs«, sagte Thekla. »Es ist eine Frage, wie Ihr Euch ausdrückt.«

»Hm …« Thanos kratzte sich am Bart. Sein Blick sagte, dass er nicht darauf eingestellt war, zum ersten Mal eine Forderung des Senats zu erfüllen. Doch sein Zögern schürte die Spannung. Er wandte sich an Levin. »Was würdest du sagen, mein lieber Linus?«

Plötzlich richteten sich alle Blicke auf ihn. Levin setzte seine ganze Willenskraft ein, um die Röte zu bezwingen, die in sein Gesicht steigen wollte. Der Graf hatte seinen Leibwächter in eine politische Diskussion einbezogen. Gereon fand ein anerkennendes Lächeln, Thekla schaute ihn befremdet, aber nur flüchtig an. Die Gesichter der Stadtwachen sah er nicht, aber insgeheim weidete er sich an der Überlegenheit, die Thanos ihm verschafft hatte.

»Nun … äh … Gewalt zu verhindern ist immer ein Ziel des Erbauers gewesen. Nicht umsonst finden sich in diesem Palast so gut wie keine Waffenträger. Der Erbauer glaubt an friedliche Lösungen. Es wäre eine Gelegenheit, diesen Glauben in die Stadt zu tragen.«

Gereon nickte anerkennend, Thanos hob die Augenbrauen. Er fixierte den Zinnbecher vor sich und antwortete erst nach einer Weile: »Gut. Ich gebe diese Erklärung ab.«

Jetzt schauten sich Thekla und Gereon überrascht an. Sobald sie die Sprache wiedergefunden hatten, erörterten sie mit dem Grafen das weitere Vorgehen. Man beschloss, die Erklärung des Grafen bei einem nächsten diplomatischen Treffen in drei Wochen entgegenzunehmen. Bis dahin werde sich der Senat darauf vorbereiten, das Schreiben möglichst schnell in Alsuna publik zu machen.

Sie leerten ihre Becher bei einem lockeren Plausch, dem die Gezwungenheit des diplomatischen Gesprächs fehlte. Später erhoben sie sich und schritten zum Eingang. Thanos ging an Theklas Seite und schien sich über etwas Witziges mit ihr zu unterhalten. Levin folgte ihnen schweigend. Gereon gesellte sich zu ihm und sagte: »Beachtlich. Ihr habt mit Eurer Stimme tatsächlich den Grafen bewegt.«

»Ich bin sicher, der Erbauer hätte auch allein so entschieden.«

»Sicher doch. Ihr seid noch nicht lange sein Leibwächter, oder?«

»Nein. Es ist eine Ehre, der Palastwache dienen zu dürfen.«

»Ja, es sind die besten Leute hier. Trotzdem ist an Euch ein großartiger Politiker verloren gegangen.«

»Ich bitte Euch, Senator. Von Politik verstehe ich nicht besonders viel.«

»Es geht nicht darum, wie viel Ihr schon versteht. Politik ist eine Sache des Instinktes. Entweder habt Ihr ihn oder Ihr habt ihn nicht.«

»Die Weisheit des Erbauers genügt.«

»Nun, bei uns in der Stadt denken wir ein wenig anders. Wir glauben daran, dass die Wahrheit nicht von einer Person besessen wird. Sie muss gemeinsam errungen werden.«

»Wessen Wahrheit ist es dann?«, fragte Levin, als sie die Treppe in der Eingangshalle hinunterstiegen. Immerzu schaute er zu Thekla und Thanos und versuchte etwas von ihrem Gespräch zu erhaschen. Doch sie schienen immer noch zu scherzen.

»Es ist die Wahrheit, die allen am meisten dient. Ist es nicht schade, wenn eine so große Stadt wie Alsuna nur dem Willen *einer* Person unterliegt?«

»Euer Senat scheint ein Wunderwerk der Harmonie zu sein. Dreißig Politiker und jeder möchte das Beste für die Stadt.«

»Ihr werdet zynisch. Aber glaubt mir, dass der Senat die Stadt vielfältiger und freier gemacht hat. Ich wünschte, es gäbe die Möglichkeit, dass ihr Brianer euch hin und wieder die Stadt ansehen und das alles miterleben könntet.«

»Wir fühlen uns eigentlich sehr wohl hier.«

»Das ist auch ein schöner Palast«, sagte Gereon und ließ seinen Blick über die vier Säulen wandern.

Am Tor verabschiedete der Graf seine Gäste. Levin blieb hinter ihm stehen und beobachtete, wie sie mit den vier Stadtwachen abzogen.

»Das war doch ein sehr schönes Treffen, Linus.«

»Bewundernswerte Menschen.«

»O ja, das sind sie. Aber nun möchte ich mir das Geschenk ansehen.«

Levin erschrak. Er hatte noch immer das Papierstück in der Tasche und brannte auf eine Gelegenheit, seinen Inhalt kennenzulernen. Um jeden Preis musste er vor dem Grafen das Geschenk in die Hände bekommen, um den Zettel zurückstecken zu können.

»Wenn du gestattest, werde ich dir den Becher und den Weinkrug in die Bibliothek stellen.«

»Das ist sehr zuvorkommend. Und sorge bitte dafür, dass ich ungestört bin.«

»Nichts lieber als das.«

Levin eilte die Treppe hinauf, schickte die Wachen weg, holte den Wein aus dem Empfangssaal und stellte ihn in die Bibliothek. Mit dem Rücken zur Bücherwand zog er unauffällig den Zettel aus der Tasche und las:

> Zwei unserer Leute werden dich morgen eine Stunde vor Mitternacht in deinem Gemach besuchen. Es gibt einiges zu bereden.
> Thekla.

Das ist deine letzte Chance, Levin, deine letzte Chance.

25. Kapitel

Es regnete. An den vier Säulen der Eingangshalle rann das Wasser kunstvoll herab. Der Graf hatte angeordnet, dass man ihn über Nacht in seinen Gemächern allein lassen solle. Von einem Besuch war nicht die Rede. Levin war darüber nicht verwundert. Alles war so, wie er es erwartet hatte. Seine Schicht war gegen Abend zu Ende gegangen. Mit Husten und Schweiß auf der Stirn hatte er sich von Norman verabschiedet. Dieser hatte ihm befohlen, einen Tag lang zu Hause zu bleiben. So lag er nun im Bett und kurierte seine Grippe aus – dachten sie …

In Wirklichkeit stand Levin im Schatten hinter einer Säule des Flurs, der zu den Gemächern des Grafen führte. Sein dunkelgrauer Anzug mit der tiefen Kapuze hüllte ihn ein. So konnte er alles um sich herum beobachten, ohne selbst bemerkt zu werden.

Jetzt war es eine Stunde vor Mitternacht.

Es war einfach gewesen. Durch die Passage an der Kaserne war er in den Innenhof gelangt; die Tür hatte er angelehnt. Er hatte sich von einem Schlupfwinkel zum nächsten zum Palast geschlichen, war vom Garten aus durch ein Fenster, das er tagsüber offen gelassen hatte, in den Keller gestiegen, von dort einen Kaminschacht hinauf in ein Zimmer im dritten Stock, dann hatte er sich mit lautlosen Schritten die Galerie entlang bis auf die andere Seite gearbeitet, während die Wache ahnungslos umherging. Jetzt stand er in seinem sicheren Versteck, eine Wache ging vor den Gemächern auf und ab und schien in dieser Nacht keine Besonderheiten zu erwarten.

Levin schon. Immerzu schaute er in Richtung der Galerie, von wo sie kommen mussten, wenn sie zu Thanos wollten. Einen anderen Weg, außer vielleicht noch den durch die Meskanhalle, gab es nicht. Doch die Halle wurde über Nacht abgesperrt.

Als fünf Minuten vergangen waren, wurde er nervös. Als sich die Zeit verdoppelt hatte, begann er nachdenklich zu werden. Wenn sie nicht über diesen Weg in den Palast gekommen waren, dann musste es einen Weg geben, den er noch nicht kannte. Eines stand fest: Durchs Labor waren sie auf jeden Fall gegangen, denn das Gemach des Grafen hatte nur diese Tür ins Labor, wie man ihm gesagt hatte.

Verflucht, das hätte mir auch früher einfallen können!, schimpfte er sich.

Wenn der Graf ungestört sein wollte, dann war auch der Beobachtungsposten beim Labor unbesetzt. Warum war er nicht sofort dort hingegangen?

Er blickte sich um, wartete, bis die Wache um die Ecke verschwunden war, huschte aus seinem Versteck, rannte zur Galerie und duckte sich unter das Geländer. Es war ungewohnt, mit Wachen zu spielen, die er kannte. Aber es war ein Vorteil. Auf der anderen Seite der Galerie spazierte der Wächter, der bald seine Umrundung beendet hatte und die Nebenräume untersuchte. Als es so weit war und er in einer der Türen verschwand, stieg Levin auf das Marmorgeländer, sprang hoch und krallte sich in der Unterkante der nächsthöheren Galerie fest. Bedrohlich schwankte er in der Luft. Er wusste, dass er leicht zu sehen gewesen wäre, wenn es nicht Nacht gewesen wäre. Nur die Fackeln an den Wänden gaben Licht.

Er klammerte sich an die Streben des Geländers, zog sich hoch und hörte auf einmal, wie ein Wächter näher kam. Das war der Posten im vierten Stockwerk. Er blieb hinter dem Geländer versteckt und wartete. Der Wächter machte vor ihm halt und schaute flüchtig in die Halle hinunter. Die Zeit schien ewig zu dauern, Levin schmerzten die Hände. Sein Gewicht zog ihn unerbittlich nach unten in Richtung Halle. Endlich setzte der Wächter seinen Weg auf der Galerie fort. Levin kletterte vollends das Geländer hinauf und eilte mit sachten Schritten in die Gegenrichtung. Unbemerkt erreichte er die Tür zum Kaminzimmer, öffnete sie leise und verschwand in dem düsteren Raum.

Drinnen zündete er sich eine Kerze an und blickte sich um. Jetzt, wo er an den Wachen vorbei war, wurde seine innere Unruhe spürbar. Seine Hände zitterten, sein Atem ging schneller. *Ich darf nicht zu spät sein! In dieser Nacht muss ich Darius treffen und Bericht erstatten.*

Schnell war ihm klar, wo er zu suchen hatte. Er ging zum Kamin, fand nach kurzem Abtasten die Kerbe, mit der er die Holzplatte anheben konnte, und sah kurz darauf in einen zwei Meter breiten Schacht hinunter. Etwa vier Meter weiter unten war der Boden. Offenbar war der Kamin zu keinem anderen Zweck errichtet worden, denn an der oberen Seite endete der Schacht nach einem halben Meter.

Vorsichtig stieg er hinein, eine Holzleiter machte es ihm leicht. Bald war er unten, durch ein kleines Fenster fiel Licht herein. Ein enger Gang mündete von der linken Seite in den Schacht, vermutlich führte er zum Posten hinter der Bücherwand. Doch Levin interessierte sich nur für das Fenster. Als er hindurchschaute, erblickte er, wie erwartet, das ihm vertraute Labor. *Eine geschickte Lösung*, dachte er. Das Fenster war hinter dem Regal in die Wand gelassen, auf dem die Glasfiguren standen. Es fiel kein bisschen auf, wenn man im Labor war. Dagegen ließ sich vom Beobachtungsposten aus jeder Teil des Labors bestens erkennen.

Links neben Levin hing eine Glocke. Sofort wusste er Bescheid. An jedem wichtigen Ort im Palast gab es eine solche Glocke. Sobald die Wachen ihren Klang hörten, waren sie alarmiert. Doch er konzentrierte sich auf das, was er durch das Fenster sah.

Die Tür zu Thanos' Gemach war geschlossen. Wenn die Besucher – über welchen Weg auch immer – nicht zu spät waren, dann waren sie sicherlich schon drinnen. Er konnte also nur warten, bis sie wieder herauskamen.

Es dauerte etwa eine halbe Stunde. Levin hatte Mühe, nicht einzuschlafen. Endlich bewegte sich die Türklinke und heraus trat ein dunkelhaariger Mann, gefolgt von einem blonden. Thanos war der Letzte, der das Labor betrat.

»Ich freue mich immer, wenn ihr mich besuchen kommt. Ihr seid zwei tapfere junge Männer.«

Der Blonde reagierte verlegen, der andere legte seine Hand auf die Schulter des Grafen und sagte: »Thanos, wir wissen, dass es nicht leicht ist. Aber wir wissen auch, dass andere Zeiten kommen werden. Jetzt sind wir mehr auf dich angewiesen als je zuvor.«

»Ich weiß, meine Kinder. Aber habt Mut. Ich spüre, dass die neue Zeit bald anbrechen könnte.«

»In der Stadt wird schon viel über die unterirdische Schmiede geredet«, sagte der Blonde.

»Darauf solltet ihr nicht zu sehr achten. Ich weiß, dass ihr eure Arbeit gut macht und das Geheimnis bewahrt, bis die Zeit kommt.«

»Das werden wir«, sagte der Dunkelhaarige und fügte hinzu, dass es nun Zeit sei zu gehen.

Jetzt, dachte Levin, *jetzt werden sie mir zeigen, wie sie hier hereingekommen sind. Endlich. Ich werde Darius sogar einen Geheimgang bieten können.* Er lehnte sich weiter nach vorne, versuchte sich ihre Gesichter einzuprägen. Thanos wollte sich eben verabschieden, da drehte er sich langsam zum Gläserregal um.

»Mir war so, als wäre da …«

Levin zuckte zusammen. Die Kerze! Er hätte sie löschen sollen. Vermutlich hatte Thanos das Flackern bemerkt. Sein misstrauischer Blick ging zum Fenster hinüber. Ruckartig riss Levin den Kopf zur Seite und drückte sich an die Wand.

Das war ein Fehler.

Mit der Schulter stieß er gegen die Glocke, wie ein Donnerschlag erklang es in seinem Ohr; einmal, zweimal, dreimal, dann packte er sie und sie verstummte.

»Was ist das?«

»Ein Eindringling!«

»Ihr müsst weg!«

»Du musst weg!«

»Schnell in den Gang hinaus!«

Levin hörte nicht auf die Stimmen, sein Puls hämmerte gegen die Schläfen und trieb ihn an. Hastig kletterte er die Leiter hinauf. Als er oben aus dem Kamin stieg, hörte er bereits die Aufregung in der Halle. Schritte kamen auf das Kaminzimmer zu. Er hielt inne. Sie näherten sich der Tür. Schnell drehte er sich um, stieg in den Kamin zurück, kletterte hoch und klemmte sich oberhalb des Schachtes mit Händen und Füßen fest. *Eine Minute,* sagte er sich. *Eine Minute, mehr nicht.* Er stellte sich vor, wie seine Hände oder die Füße erschlafften und sein Körper wie ein Mehlsack den Schacht hinunterstürzte.

Jetzt waren sie im Raum. Er hörte zwei oder drei Männer. Tobes war dabei. Sie eilten zum Kamin. »Hier muss er sein.«

Levin hielt die Luft an. Auf seiner Stirn bildeten sich Schweißperlen. Einen halben Meter unter ihm schob sich ein Kopf in den Kaminschacht und schaute nach unten. Eine Weile verharrte Tobes, dann sagte er: »Da ist er nicht mehr. Alles leer.« Er nahm eine Fackel, hielt sie in den Schacht und wiederholte seinen Satz. Die Hitze stach Levin ins Gesicht, er kniff die Augen zusammen und sah das Lodern in Form von gelben Flecken auf schwarzem Grund. Seine Beine begannen zu schmerzen, seine Hände bebten. Er würde nur noch ein paar Sekunden durchhalten. Er fühlte sich wie auf einem Scheiterhaufen.

Verdammt, verschwinde hier endlich! Du hast doch gesehen, dass ich weg bin!

Als das Feuer und der Kopf aus dem Schacht verschwanden, kniff Levin die Augen fest zu. Sein Gesicht kühlte ab, er spürte, wie der Ruß sich auf dem Schweiß absetzte.

»Er muss irgendwo in der Halle sein. Oder in einem der Nebenräume. Sofort alles durchsuchen und das Tor schließen!«

Endlich waren sie draußen. Sie hatten die Tür offen gelassen. Levin öffnete die Augen, nahm seine letzten Kräfte zusammen und löste sich mit unbeholfenen Bewegungen aus seiner Position. Er drückte sich durch die Kaminöffnung und ließ sich kraftlos auf den Teppichboden plumpsen. Er atmete schnell und tief, zweimal musste er husten. In diesem Moment wollte er für den Rest seines Lebens kein Glied mehr rühren.

Die lauten Befehlsrufe aus der Halle drangen an sein Ohr. Zuerst schwammen sie an ihm vorbei, dann begannen sie ihn mehr und mehr zu alarmieren.

Sie werden das Tor schließen. Und ich bin hier.

Diesmal hatte er keine Minute Zeit. Sie würden warten, bis die Verstärkung eintraf, dann würden sie zuschließen.

Wie aus dem Nichts kamen frische Kräfte über ihn, durchfuhren seine Glieder und ließen ihn aufstehen. Einmal wischte er sich übers Gesicht, dann sprintete er los.

Er sah nicht um sich, als er durch den Raum, die offene Tür, über die Galerie rannte, dann ein Bein ausfuhr, mit einem Satz auf dem Geländer landete und mit einem weiteren Satz in die Halle hinuntersprang. Ein halbes Stockwerk segelte er hinab, dann bekamen seine Hände eine der vier Säulen zu fassen.

»Da war was!«

»Wo?«

»Keine Ahnung!«

Er klammerte sich fest, zog die Füße nach und rutschte an dem nassen Silberstein hinunter. Die kühlen Spritzer taten ihm gut. Ehe er am Boden ankam, ließ er los, flog ein Stück durch die Luft und rannte ohne zu zögern weiter. Das Tor war noch offen. Er stürzte sofort darauf zu.

Jetzt sah ihn der Wächter an den Türflügeln. Geistesgegenwärtig schlug er den ersten Flügel zu und griff nach dem zweiten. Levin raste der Tür so schnell entgegen, wie er noch nie in seinem Leben gerannt war. Als der zweite Flügel sich schloss, streckte er die Arme aus, riss den Wächter zurück und schlüpfte durch den verbleibenden Spalt.

Die verregnete Treppe flog er mit zwei Sprüngen herab, und ehe sich die verwirrten Männer im Innenhof nach ihm umsahen, war er bereits durch die Kasernen-Passage zum Vorhof geeilt. Er hörte Schreie hinter sich, Warnungen, Drohungen, doch er hatte Vorsprung. Seine Lederschuhe zischten im Kies und trugen ihn zu den Ställen. Erst nach und nach formte sich in seinen Gedanken so etwas wie ein Plan – besser gesagt, passte sich sein eigentlicher Plan der neuen Situation an.

Er erreichte die Pferde. Bei Tag hatte er sich überlegt, welches er nehmen würde. Das Braune. Es stand an seinem Platz und schnüffelte im Heu. Levin band es los, zog das verwirrte Tier aus dem Stall in den Regen hinaus und sprang auf. Er ritt am Stall entlang und schnappte sich die Axt, die an der Wand hing. Dann galoppierte er dem Haupttor entgegen. Ein Wächter vor ihm riss die Augen auf und brüllte. Von hinten sah er Jason herbeieilen. Das Tor war nicht mehr weit. Unaufhaltsam raste er der Stelle entgegen, wo sich die Seilwinde befand. Levin holte mit der Axt aus, der Wächter hechtete zur Seite, die Axt durchtrennte das Seil und fiel ihm aus der Hand. Die Zugbrücke bewegte sich nach unten.

»Haltet ihn!«

Levin musste warten, bis die Brücke unten war. Von hinten hörte er ein anderes Pferd herbeigaloppieren. Von vorne rannte ein Wolfshund auf ihn zu. Ungeduldig starrte er auf das herabsinkende Tor, während Schweiß und Regen an ihm hinunterrannen. Der Hund bellte hysterisch, schoss auf ihn zu, packte ihn am Bein. Levin stieß einen Schmerzensschrei aus. Wild schüttelte er das Bein, ein Hautfetzen riss sich los, dann stieß er dem Pferd die Fersen in die Flanke. Es setzte sich in Bewegung. Die Brücke lag noch schräg, als er darüber hinwegritt. Der Hund blieb hartnäckig und biss immer wieder zu, während er neben Levin herrannte. Als er das Ende der Brücke erreichte, machte das Pferd einen Satz, setzte auf der anderen Seite auf und jagte kurz darauf die Straße nach Alsuna hinunter.

Nach einigen Metern, als das Pferd an Tempo gewonnen hatte, vergrößerte sich der Abstand zu dem Hund, das Bellen wurde leiser und bald gab sein Verfolger auf.

Doch statt des Gebells hörte er nun die Hufe eines anderen Pferdes. Er drehte sich um und sah einen Reiter in schwarzer Lederrüstung hinter sich.

Elende Wachen! Was musste Jason ihnen auch das Reiten beibringen!

Er trieb das Pferd noch stärker an und bekam beinahe Angst, es würde sich auf der steinigen, abschüssigen Straße überschlagen. In den Kurven musste er sich scharf zur Seite neigen, um nicht aus dem Sattel geschleudert zu werden. Endlich erreichte er den Fuß des Berges und ritt auf die ersten Häuser zu. Wieder drehte er sich um, aber der Abstand zu seinem Verfolger war nicht größer geworden.

Er begann wieder zu schwitzen, der Regen spülte sofort sein Gesicht frei und der Wind kühlte ihn. Unkontrolliert flatterte seine Kapuze hinter ihm her. Jetzt tauchten die ersten Häuser auf. Die Straßen waren wie leer gefegt. Nur ein paar Fässer, Kisten und verlassene Stände standen auf dem nassen Pflaster. Er überquerte den alten Marktplatz im Galopp. Unruhig prasselte der Regen in den offenen Brunnen. Es ging weiter die breite Hauptstraße Richtung Süden hinab. Er hatte freie Bahn und nur hier und da sah er am Straßenrand ein paar einzelne Leute. Unzählige Häuser, von denen ihm die meisten bekannt waren, schossen an ihm vorbei. Wieder drehte er sich um.

Nun schwirr doch endlich ab! Du hast nichts in dieser Stadt verloren.

Allmählich spürte er, wie das Pferd nachließ.

Na los! Lass mich jetzt nicht im Stich. Ich schenke dir auch bald die Freiheit.

In kurzer Zeit hatten sie die Mitte der Stadt erreicht und Levin sah ein, dass er seinen Verfolger so nicht abhängen würde. Er musste sich etwas überlegen, bevor die Straße Richtung Westen in die Hauptstraße mündete.

Warum eigentlich nicht?, sagte er zu dem Gedanken, der ihm durch den Kopf schoss. Es würde die Sache abrunden. Riskant war es. Aber was blieb ihm anderes übrig?

Seine Entscheidung war gefallen.

Er riss das Pferd herum, als er die Einmündung erreichte, und ritt durch das Bürgerviertel Richtung Weststadt. Wie erwartet blieb ihm sein Verfolger beharrlich auf den Fersen. Nach einigen Minuten hatte er das Bürgerviertel durchquert und erreichte die Flusspromenade. Er jagte an der Stilla entlang bis zur nächsten Brücke, überquerte sie und ritt entschlossen ins Kaufmannsviertel hinein.

Der arme Sallas hat nicht den Hauch einer Ahnung, für was ich sein gutes Haus missbrauche. Ein echter Glücksfall, dass ich die Rittersonne bei ihm gefunden habe.

Die breiten Straßen und die Laternen machten ihm die Orientierung leichter. Ein paar Ecken musste er hinter sich bringen, dann sah er das wuchtige Haus von Sallas auf sich zukommen. Er drehte sich zu seinem Verfolger um – ein letztes Mal.

Erst auf den letzten Metern vor dem Haus ließ er das Pferd abrupt langsamer werden, ritt nahe ans Tor heran und donnerte mit der Faust mehrmals dagegen.

»Macht schnell!«, rief er. »Ein Wächter der Brianer ist hinter mir her!«

Ein Flügel wurde geöffnet, ein Kopf streckte sich heraus und schaute zu Levin, dann zu dem zweiten Reiter, der auf das Haus zukam. »Himmel, Ihr habt recht! Brianer im Anmarsch! Sofort die Schützen!«

Es wurde laut im Hof, oben auf dem Dach erschienen Männer. Augenblicklich zügelte Levins Verfolger sein Pferd. In ausreichendem Abstand blieb er stehen und sah ratlos zu dem Haus hinüber. Dann machte er rasch kehrt, als ihm die ersten Pfeile entgegenflogen. Levin atmete tief durch, als er das Pferd um die Ecke verschwinden sah.

»Danke, Ihr habt mich gerettet.«

26. Kapitel

Der Tumult am brianischen Hof war grenzenlos. Der Regen hatte aufgehört und die Menschen waren aus ihren Häusern gekommen. Die Nachricht machte die Runde, dass *er* wieder hier gewesen sei. Bis zu den Gemächern sei er vorgedrungen, um ein Haar hätte er den Erbauer erschossen. Bei manchen wurde ein Messerangriff daraus, andere sprachen von einem Kampf und erzählten, dass der Erbauer sich gegen den Angreifer habe wehren müssen. Und einige fragten die Soldaten besorgt, ob es dem Erbauer gut gehe, ob er noch lebe und ob man den Teufel schon gefasst habe.

Jason marschierte schnurstracks zwischen der lärmenden Menge im Hof hindurch auf das Innentor zu. Er ignorierte jeden, der ihn ansprach, ob Bauer oder Soldat.

Jetzt gab es nichts Wichtigeres als seine Besprechung mit dem Erbauer. Als er an seinem Stellvertreter vorbeikam, befahl er, alle verfügbaren Männer zu versammeln, die ganze Waffenausrüstung und sämtliche Pferde bereit zu machen.

Er setzte einen finsteren Blick auf, und dies bewirkte, dass ihm eilig das Palasttor geöffnet wurde, ohne dass er etwas sagen musste. Wenig später riss er die Tür zum Empfangssaal auf, marschierte hinein und zog die Blicke des Erbauers, Normans und dreier Berater auf sich.

»Herrlichkeit, soeben ist der Mann zurückgekehrt, der den Eindringling verfolgt hat.«

»Und?!«, fragte er Erbauer erwartungsvoll.

»Der Eindringling fand Unterschlupf im Haus des Kaufmanns Sallas. Unser Mann wurde angegriffen und musste schleunigst umkehren. Er kam gerade noch mit dem Leben davon.«

»Sallas«, sagte einer der Berater. »Dann ist es also wahr, dass wir es mit einem *Ritter von Alsuna* zu tun haben.«

»Herrlichkeit, ich habe keinen Zweifel, dass es sich um denselben Mann handelt, der Euch schon einmal nach dem Leben trachtete.«

»Und was macht Euch da so sicher?«, fragte der Erbauer.

»Es ist seine Art, sich zu bewegen, sein Vorgehen. Ich würde ihn jederzeit wiedererkennen.«

»Dann hat sich also die Aussage von Linus bestätigt«, ergänzte Norman, »dass sich in Sallas' Haus ein wichtiger Stützpunkt der *Ritter von Alsuna* befindet.«

»So scheint es zu sein«, sagte Jason.

Der Erbauer legte die Hand ans Kinn und grübelte. Jason wurde ungeduldiger mit jeder Sekunde, die er schwieg. »Herrlichkeit«, fing er an, »ich will Euch nicht drängen. Aber es scheint mir unvermeidlich, noch in dieser Nacht dem Treiben ein Ende zu setzen. Wenn der Eindringling es bis in den Palast geschafft hat, dann ist Euer Leben ernsthaft in Gefahr.« Er schaute zu Norman, der den Blick beschämt nach unten richtete. »Wir wissen, wo sich der Mann befindet. Das ist eine einmalige Gelegenheit, ihm seine gerechte Strafe zukommen zu lassen.«

»Habt Ihr darüber nachgedacht, dass die Ritterschaft nun all ihre Kräfte im Haus von Sallas bündeln wird?« Die Stimme des Erbauers war schneidend. »Sie haben einen von uns gesehen, also werden sie noch mehr von uns erwarten.«

»Dann haben wir alle Ritter an einem Ort versammelt«, antwortete Jason kalt. »Die Gefahr ließe sich mit einem Schlag beseitigen.«

Jetzt wurde der Erbauer laut: »Und habt Ihr darüber nachgedacht, welche Folgen es haben wird, wenn eine Armee des Grafen mitten in Alsuna auftaucht und einen Krieg beginnt?«

»Es wird kein Krieg sein, Herrlichkeit. *Ein* Kampf und es ist vorbei. Die Alsuner werden der Ritterschaft nicht nachtrauern.«

Der Erbauer schaute unzufrieden und schien kurz davor, eine endgültige Ablehnung auszusprechen. Unerwartet hob Norman den Kopf und sagte: »Es lag in meiner Verantwortung, dass der Eindringling bis zum Labor gelangen und wieder fliehen konnte. Herrlichkeit, es ist uns eine Ehre, Euren Leib wie unseren eigenen zu beschützen. Wir neigen dazu, uns in diesem Gemäuer zurückzuziehen, um Euch möglichst nahe zu sein. Doch manchmal scheint es mir ein Vorwand zu sein, sich der Bedrohung nicht zu stellen.« Er räusperte sich und rang um Worte. »Herrlichkeit, erlaubt mir, dem Heer voranzureiten und es anzuführen. Es geht darum, eine Gefahr zu bekämpfen. Bislang ging diese Gefahr von *einem* Mann aus. Ihn gilt es zu fassen. Ich selbst will mit den Rittern verhandeln und seine Herausgabe fordern. Sollten sie mit einer Kampfansage antworten, hätten wir ein schlagkräftiges Heer, um ihnen entgegentreten zu können. Doch ich glaube an eine Lösung ohne Blutvergießen.«

Jason schluckte. Norman. Sie waren bestens gerüstet, das Heer war bereit, der Feind stand so klar vor ihnen wie nie zuvor. Er hatte sich auf den Kampf seines Lebens eingestellt, auf die Nacht, in der er seinem Erbauer die Sicherheit zurückschenkte. Und nun rückte wieder Norman in den Vordergrund, der Mann, dessen Strategie soeben versagt hatte. Wie lange erduldete der Erbauer ihn noch? Wie lange musste er selbst ihn noch erdulden?

Der Erbauer begann zu nicken, zuerst unmerklich, dann immer deutlicher. »Ich sehe keinen anderen Weg. Die Gerechtigkeit fordert es, dass wir diesen Mann entlarven und bestrafen. Nehmt ihn fest und bringt ihn nach Briangard. Setzt alles daran, unnötiges Blutvergießen zu vermeiden. Ich vertraue Euch, Norman.«

Das war also beschlossene Sache. Jason nickte widerwillig und betonte, dass sie sich zu beeilen hätten. Der Erbauer kehrte zu seinem Stuhl zurück und sagte, er würde wach bleiben und ihre Rückkehr erwarten. Jason spürte einen Hauch von Bitterkeit, als er feststellte, dass der Erbauer ihn nur flüchtig anschaute. Aber er würde dafür sorgen, dass sich das bald änderte. Vielleicht schon heute Nacht. Er würde etwas vollbringen, was dem Erbauer keine andere Wahl ließ, als ihn mit seinem väterlichen Lob zu überschütten.

Sie beeilten sich. Norman legte Rüstung und Schwert an und nahm zwei seiner Männer mit. Im Vorhof stiegen sie auf die Pferde, zweihundert Mann, behelmt und in schwerste Panzer gehüllt. Über die Hälfte der Außenwache von Briangard machte sich auf den Weg in die Stadt, deren Zutritt ihnen eigentlich verwehrt war.

Norman und seine beiden Begleiter ritten voran, Jason folgte unmittelbar, begleitet von seinem Wolfshund. Der Boden unter ihnen dampfte. Sie bewegten sich im Galopp die Straße hinab, ein wuchtiger Zug, der mit seinem lauten Gepolter vermutlich alles aufweckte, was sich in der Nähe befand.

Das Haus von Sallas lag, losgelöst von den Nachbarhäusern, vor einem gepflasterten Platz in einem großzügig angelegten Viertel der Weststadt.

Eine drei Meter hohe Mauer umgrenzte den Hof, dahinter erhob sich ein prächtiges Gebäude mit zahlreichen Fenstern und Holzpfeilern. Das flache Dach besaß ein kunstvolles Steingeländer und überall ragten heroische Figuren auf.

Als das brianische Heer die Einmündung zu dem Platz erreichte, sandte Jason zwei Späher los, die das Gebäude von den Flanken her und von hinten begutachten sollten.

Etwa hundert Meter standen sie mit dem Heer entfernt und sahen, dass auf dem Dach Fackeln umhergetragen wurden.

»Wie erwartet«, sagte Jason. »Sie haben ihre ganzen Leute versammelt.«

»Und sich vermutlich bestens eingenistet«, ergänzte Norman. »Kaum absehbar, wie viele das sind.«

»Wir sind mehr.«

»Und wir sind klüger«, sagte Norman und stieg vom Pferd. »Ich will, dass die Soldaten keinen Mucks machen, solange der Feind sich nicht rührt.«

»Ich könnte zur Sicherheit schon einmal die Schützen postieren.«

»Nein, das würde sie verunsichern. Solange unsere Männer in dieser Seitenstraße stehen, kann ihnen nichts passieren. Ich möchte nicht, dass die *Ritter* eine Heeresfront vor Augen haben.«

»Es würde den Druck erhöhen.«

»Wenn ich als Hauptmann allein zu ihnen komme, wird ihnen das mehr Respekt einflößen.«

Jason antwortete nicht darauf. Die weiteren Vorkehrungen malte er sich nur noch in Gedanken aus. Er gab die Nachricht weiter, dass die Männer auf ihren Pferden bleiben sollten. Die Schützen sollten dennoch ihre Waffen bereithalten.

Norman nahm den Helm ab und reichte seine Waffen einem Soldaten. »Ihr seid treue Männer. Es ist mir eine Ehre, Euer Hauptmann zu sein.«

»Was tut Ihr?«, fragte Jason entsetzt.

»Wenn ich unbewaffnet komme, verleihe ich meinen Absichten größeren Nachdruck. Was würde mir schon mein Schwert nützen, allein unter Feinden?«

Er kehrte ihnen den Rücken zu und schritt über den Platz. Auf dem Dach des Hauses waren die feindlichen Schützen postiert und Jason glaubte zu erkennen, dass ein großer Mann, begleitet von zwei Wächtern, an das Geländer trat.

»Ich rufe Sallas, den Kaufmann!«, rief Norman ihnen zu. Nach einigen Schritten wiederholte er seinen Ruf.

»Verschwindet, Brianer!«, tönte es zurück.

»Ich möchte mit Euch reden!«

»Ich sagte, verschwindet! Wagt es nicht, näher an mein Haus zu treten!«

Norman blieb stehen, er war noch gut dreißig Meter vom Tor entfernt. »Ich bin Norman, Hauptmann der brianischen Palastwache. Ich bitte Euch, mich hereinzulassen!«

Was tat er? Jason presste die Fäuste gegen die Zügel. Es war nicht abgemacht, dass er hineingehen würde. Er sollte vor dem Tor verhandeln.

»Was wollt Ihr von uns?«

»Ich möchte mit Euch verhandeln. Es geht uns nur um *einen* Mann.«

»Die *Ritter von Alsuna* verhandeln nicht mit Brianern.«

»Ich bin unbewaffnet. Aber hinter mir wartet ein bis an die Zähne bewaffnetes Heer, das groß genug ist, Euch zu vernichten. Ich denke, wir wollen das beide vermeiden.«

»Da irrt Ihr Euch«, brüllte Sallas. »Noch einen Schritt und Ihr seid tot!«

»Ihr wisst, dass es keinen anderen Weg gibt«, sagte Norman und bewegte sich weiter. Jason biss die Zähne aufeinander.

»Ich warne Euch, Brianer! Wir verhandeln nicht. Kehrt sofort um und schert Euch fort!«

Norman ließ sich nicht aufhalten, sein Blick war unerschütterlich auf Sallas gerichtet.

»Ihr wollt nicht hören, gut. Dann ist das Euer Todesurteil.«

»Ich fordere Euch auf, die Tore zu öffnen!«, sagte Norman auf den letzten Metern.

»Schützen – anlegen!« Sieben Armbrustschützen richteten ihre Waffen auf den bulligen Hauptmann. Norman marschierte unbeirrt weiter. »Schießen!« Fast gleichzeitig zischten die Waffen, einen Augenblick später bohrten sich sieben Pfeile in den Oberkörper von Norman und durchstachen den Panzer. Norman wurde nach hinten gerissen, er schwankte, drohte umzufallen, fing sich wieder und bestritt die letzten Meter bis zum Tor. Die mächtigen Hände voraus stürzte er gegen das Holz, es polterte, er sank in sich zusammen und blieb reglos am Boden liegen.

Jasons Miene fror ein. Seine Fäuste schienen eins mit den Zügeln zu werden. Die Kälte der Nacht kroch auf einmal an seinen Beinen hoch.

Ein Pferd wieherte. Ohne sie zu sehen, spürte er die entsetzten Gesichter der Männer hinter sich.

»War's das?«, schrie Sallas aus der Ferne. »Oder will noch einer?«

Die Worte drangen an Jasons Ohr, weckten ihn aus seiner Starre und riefen alle Instinkte wach, die er die Jahre über entwickelt hatte. Er stand vorne. Jetzt war es *sein* Kampf.

Er ritt ein paar Meter vor, wendete das Pferd und schaute in die benommenen Gesichter der Soldaten.

»Ja! Es ist wahr, was ihr gesehen habt. Sie haben ihn erschossen. Euren Hauptmann erschossen.« Er hielt inne, ihre Gesichter veränderten sich nicht. »Brianer, ihr seht den Feind mit eigenen Augen. Ihr seht den Feind von Briangard. Seine Unerbittlichkeit, seine Boshaftigkeit. Es wird eine Zeit der Trauer kommen um den Mann, der unserem Erbauer am nächsten stand. Aber nun, Brianer, seid ihr angehalten, eure Trauer zu zügeln und sie eurem Zorn zu unterwerfen. Zieht die Schwerter!«

Er war der Erste. Sein Langschwert schoss in die Luft, überall taten sie es ihm nach. Jason sah ein Heer von blitzenden Schwertern und eisernen Mienen vor sich. »Nun seid ihr nicht mehr Verteidiger. Nun seid ihr Kämpfer. Nun wird sich zeigen, dass all eure Mühe und Hingabe dem einen Ziel dienen werden: jede Gefahr für unseren Erbauer im Keim zu ersticken. Brianer, tragt euer Brandmal mit Stolz! Es wird euch schützen.«

Ihr Zorn entlud sich in einem gellenden Kriegsgeschrei. Fünfzehn Männer ritten voraus, gefolgt von zwanzig Armbrustschützen. Jason blieb mit dem Rest des Heeres am Rand des Platzes stehen und heizte das Geschrei weiter an. In der Mitte des Platzes blieben die Schützen stehen, reihten sich auf und lenkten die Aufmerksamkeit des Gegners von den fünfzehn Reitern weg, die sich dem Gebäude näherten. Ein Pfeilregen ergoss sich über das Dach, die Steinmauer, das Geländer und die Gegner duckten sich. Kurz darauf standen sie wieder auf und schossen auf die Angreifer. Zwei der fünfzehn Reiter, die weitergeritten waren, wurden aus dem Sattel gehoben. Die restlichen erreichten das Tor und schwangen sich von den Pferden. Zwei packten Normans Leichnam und luden ihn auf ein Pferd, die anderen rammten mit den Schilden voraus gegen das Tor. Mit jedem Stoß wackelte es stärker, während über ihnen die Pfeile hin und her pfiffen.

Jason beriet sich mit den beiden Spähern und formierte einen Sondertrupp, der um den Häuserblock reiten und sich von der anderen Seite dem Haus nähern sollte.

Bald löste sich das Tor aus der Verankerung, die vordersten Männer traten gegen das Holz, ein Flügel kippte nach innen und zog den anderen mit sich. Fast im selben Augenblick flogen ihnen vom Haus her Speere, Pfeile und Steine entgegen. Fünf Männer wurden zu Boden gestreckt, die anderen wichen zurück.

Jason winkte nach vorn, brüllte einen Befehl und stürmte mit dem restlichen Heer über den Platz. Begleitet von lautem Geschrei sprengten sie dem Tor entgegen, durchquerten die Toröffnung und ritten ungebremst in den Hof hinein. Die Sallas-Anhänger, die sich im Hof postiert hatten, wurden von den heranstürmenden Massen völlig überrumpelt. Aufgeschreckt liefen sie umher und waren ein leichtes Opfer für die berittenen Schwertkämpfer. Bald schon hatten die Brianer den Vorhof gänzlich in der Hand.

»Runter von den Pferden und rein ins Haus!«, brüllte Jason in den Tumult hinein. Die Männer folgten seinem Befehl und stürmten das Gebäude von den drei Eingängen her. Überall entstanden kleine Gefechte, das Klirren der Schwerter ertönte von jeder Seite. Jason war abgestiegen und zum Haupteingang geeilt. Das Langschwert hatte er beim Pferd gelassen; stattdessen bahnte er sich mit dem Kurzschwert in der Hand seinen Weg ins Innere. Jeden feindlichen Ritter in seiner Umgebung schaute er sich genau an.

Er ahnte, dass sich die meisten Ritter in den oberen Gemächern verschanzten. Doch immer, wenn ein Trupp Brianer hinaufging, musste er sich kurz darauf geschlagen zurückziehen. Die besten Männer der *Ritter von Alsuna* hielten sich da oben auf. Sicher auch *er*.

Ein breiter Krieger stellte sich ihm entgegen. Jason parierte hauptsächlich und fragte sich, wie weit der Sondertrupp wohl sein mochte. Bald hatten sie hier unten alles gesichert. Doch zum entscheidenden Schlag brauchten sie Hilfe. Er duckte sich, der Gegner zog sein Schwert über ihm hinweg und bot ihm seine rechte Flanke. Blitzartig stach er zu, zog das Schwert sofort wieder heraus und half einem Kameraden, der am Boden lag.

Später, als die meisten Gefechte beendet waren, hörte er alarmierte Rufe von oben. Kurz darauf stieg ihnen Rauch entgegen.

Endlich. Der Sondertrupp war von der Hinterseite über die Mauer geklettert und hatte die Scheune in Brand gesteckt. Das Feuer arbeitete sich über die Holzpfeiler an den Obergeschossen ins Gebäude hinein und trieb die Ritter aus ihrer Verschanzung. Bald stürmten sie verwirrt und von Rauchschwaden begleitet die Treppe herunter. Jasons Männer erwarteten sie einen nach dem anderen, stürzten sich auf sie und gaben ihnen keine Gelegenheit, sich zu wehren.

Jason hatte nicht aufgehört, sich jeden Einzelnen von ihnen anzuschauen. Noch immer war *er* nicht dabei; keiner trug den grauen Mantel, keiner bewegte sich wie *er*. Irgendwann erwischten sie Sallas. Bis zu dem Moment, als ein brianisches Schwert ihn durchbohrte, brachte er es nicht über sich, um Gnade zu flehen.

Ein schwerer Dunst, der Geruch von Blut, Schweiß und Rauch erfüllten das Haus. Man hörte die ersten Teile des Gebäudes einstürzen.

»Wir müssen raus!«, schrie einer der Männer zu Jason. »Da oben sind keine mehr.«

»Ist gut. Alle Mann ins Freie! Bringt euch in Sicherheit.«

Mit ein paar letzten Schwerthieben nach den verbliebenen Gegnern machte sich einer nach dem anderen schleunigst auf den Weg nach draußen. Jason blieb als Letzter in der Eingangshalle stehen und schaute beharrlich zur Treppe hoch. Warum kam er nicht? Seinetwegen waren sie hier. Er konnte ihnen nicht entkommen sein.

Dann sah er, wie die Feuerzungen das Treppengeländer einnahmen, Teile des einstürzenden Daches polterten die Treppe hinunter. Neben Jason schlugen die ersten brennenden Teile auf den Boden und wirbelten Staub auf.

»Kommt heraus, Herr!«, rief jemand von draußen.

Zuerst hörte er die Stimme nicht und schaute nur benommen um sich. Dann kehrte sein Verstand zurück, er duckte sich und rannte hustend zur Tür hinaus. Hinter ihm krachte es und kurz darauf stürzte eine große Wand ein. Sofort eilten Männer zu ihm und warfen ihm eine Decke über. Er beachtete es kaum und schaute sich im Hof um. Mittlerweile dämmerte es. Sie hatten die halbe Nacht hindurch gekämpft. Grauer Dunst umgab sie. Jason schaute sich die unzähligen Leichen auf dem Hof an. Sein Wolfshund rannte herbei, huschte umher und beschnupperte die Toten. Bei dem Dunst konnte Jason nur wenig erkennen, doch bald war ihm klar, dass *er* nicht dabei war.

Die meisten seiner Männer waren draußen auf dem Platz, versorgten ihre Wunden oder ruhten sich an der Mauer aus. In der Ferne standen einzelne Bürger, die benommen auf das brennende Gebäude blickten. Keiner wagte es, dem fremden Heer näher zu kommen.

Als sie zum Aufbruch bereit waren, bestieg Jason sein Pferd und ritt voraus. Allmählich folgten ihm die Männer. Sie ritten nicht schnell, denn auf zweiunddreißig Pferden führten sie je einen Toten mit sich.

»Wir haben gesiegt, Herr«, sagte ein Mann, der neben Jason ritt.

»Ja.« Er schaute ihn nicht an. Seine Augen brannten, er war müde und erschöpft. Sein Wolfshund trabte treu neben ihm her. Er rätselte, mit welcher Botschaft sie nach Briangard heimkehren würden. Freude über den Sieg? Trauer um Norman? Wut, weil sie den Eindringling nicht erwischt hatten?

Als sie das Ende des Platzes erreichten und an einer Seitengasse vorbeikamen, scherte der Hund aus und fing zu bellen an. Jason pfiff ihn zurück. Der Hund reagiert nicht, sondern verschwand in der Gasse.

»Was ist mit dir los? Komm zurück!«

Er gehorchte nicht. Verunsichert wendete Jason, befahl den anderen weiterzureiten und folgte dem Tier. Der Hund huschte unbeirrt die Gasse entlang. Jason versuchte etwas auf dem feuchten Boden zu erkennen. »Jetzt komm schon! Wir müssen raus aus der Stadt!«

Irgendwann blieb der Hund stehen, fixierte eine Stelle auf dem Boden und bellte. Jason stieg vom Pferd, eilte zu ihm und sah die Blutlache, noch ehe er sich gebückt hatte. Sie verschwamm mit dem Wasser, aber sie war deutlich zu erkennen. Dann sah er vereinzelte rote Tropfen auf dem Weg, den er zurückgelegt hatte. Wie ein Schlag traf es ihn.

Der Kerl lebte noch! Das Blut musste aus der Wunde stammen, die der Hund ihm zugefügt hatte. Sofort drängten sich etliche Fragen auf. Wieso war er nicht in Sallas' Haus bei den anderen Rittern gewesen? Gab es noch einen Stützpunkt? Wie lange war es her, dass er durch diese Gasse geflohen war? Er erhob sich und schaute sich um. Das Bellen hörte nicht auf. »Ist ja gut! Ich habe verstanden. Ein wunderbares Tier bist du. Na los, führ mich weiter.«

Er stieg wieder aufs Pferd und folgte dem Hund, der ohne Unterbrechung der Spur nachschnupperte. Eine schier endlose Strecke über den Fluss, das Bürgerviertel und in die Oststadt mussten sie zurücklegen. Der Weg führte über breite Straßen und durch enge Gassen. Der Kerl musste genau gewusst haben, wie er zu reiten hatte.

Als es schon hell war und der Regendunst sich allmählich verzog, eilte der Hund auf eine Tür zu und streckte ihr die Schnauze entgegen. Jason pfiff ihn zurück. Aus sicherer Entfernung schaute er sich das Gebäude an, bei dem es sich offensichtlich um eine Weberei handelte. Hier musste der Mann eine ganze Weile geblieben sein, denn keine Spur führte von dem Haus weg. Am Holzgatter für die Pferde stand kein Tier, er war also weitergeritten. Sicher hatte er drinnen seine Wunde verarztet und war dann davongezogen. Er überlegte, was das bedeutete. Wenn dies ein Stützpunkt der Ritterschaft war, dann war ihr Feind mächtiger, als er erwartet hatte. Es bedeutete aber auch, dass er jetzt nichts weiter unternehmen konnte. Er hatte in dieser Nacht erlebt, wie schnell die sogenannten *Ritter* handelten.

Im Trab machte er sich auf den Weg Richtung Norden. Noch ehe das Leben in der Stadt erwachte, wollte er wieder auf Briangard sein.

27. Kapitel

Alsuna, Jahr 304 nach Stadtgründung

Levin glaubte, die Dunkelheit hätte ihn verschluckt und unauffindbar gemacht. Ohne weiter auf den Torwächter einzugehen war er von Sallas' Haus auf schnellstem Wege in die Oststadt geritten. Vor der Weberei hatte er das Pferd angebunden und noch ehe er anklopfen konnte, hatte man ihm die Tür geöffnet.

Nun saß er auf einem Holzbock vor einem Webstuhl und ließ sich von Nadal die Wunde am Fuß verbinden. Ihm fehlte die Lust, die ganze Geschichte zu erzählen, deshalb beließ er es bei einer reizlosen Variante.

»Ich bewundere Eure exakte Zeiteinteilung«, sagte Darius und ging mit verschränkten Armen auf und ab. »Ich gab Euch einen Monat Zeit und Ihr trefft kaum verspätet, nicht einmal eine halbe Stunde nach Mitternacht, ein.«

»Verzeiht. Ich brauchte zu lange für meine Haare. Ihr wisst schon, meine Eitelkeit …«

»Eure Haare sehen furchtbar aus. Der Rest auch. Aber lassen wir das. Ich will Ergebnisse.«

Von wegen furchtbar! Er sollte sich seine fettigen dünnen Strähnen einmal ansehen. Nach diesem Tag kriegt mich niemand mehr klein.

»Wenn man es genau betrachtet, habe ich Euch einen doppelten Dienst erwiesen. Neben den Informationen, die ich eingeholt habe, ist es mir gelungen, den Grafen zu einem friedensstiftenden Schritt zu bewegen. Das ist doch in Eurem Interesse.«

»Eure politischen Erfolge interessieren mich nicht! Was habt Ihr herausgefunden?« Darius war lauter geworden und stehen geblieben.

»Eine ganze Menge. Die Nacht würde nicht ausreichen, Euch das alles zu berichten.«

»Dann fangt endlich an. Und zwar mit den wichtigen Dingen.«

Levin beugte sich zu Nadal hinunter. »Ihr könnt ruhig fester binden. Bin ich ein Weib?« Nadal blickte störrisch hoch, dann zog er die Binde ruckartig so fest, als bisse der Hund erneut zu. Levin jaulte auf und verfluchte Nadal so milde, wie er es in diesem Moment vermochte.

»Ich denke, das Wichtigste ist, dass ich das Vertrauen des Grafen erworben habe. Ich kann im Palast herumlaufen, wie es mir beliebt – sofern mir niemand meinen Fuß ramponiert«, zischte er zu Nadal hinunter. »Ich konnte auch so einiges in Erfahrung bringen, was den alten Mann bewegt.«

»Und wozu habt Ihr dieses Vertrauen eingesetzt, wenn ich fragen darf?« Die Ungeduld stand Darius ins Gesicht geschrieben. Ein bisschen wunderte es Levin, dass der Mann von seinem überraschenden Erfolg beim Grafen so wenig Notiz nahm.

»Ich habe jeden Winkel des Palastes erforscht. Ich kenne die Anzahl der Wachen, ihre Laufwege, ihre Befehle. Ich kenne die Mentalität der Brianer, weiß, womit man sie reizt oder wie man sie einlullt. Und das Wichtigste: Ich weiß, wie man mit dem Grafen umzugehen hat.«

Darius beugte sich über Levin und hielt den Kopf schräg. Levin musste darauf achten, beim Anblick des lückenhaften Gebisses nicht breit zu grinsen. »Was ist mit den Dingen, um die ich Euch gebeten habe?«

»Ihr meint wohl … ein paar geheime Aktivitäten, die da oben laufen sollen.«

»Ja, die meine ich. Wer ist beteiligt, was haben sie vor, wann schlagen sie zu?!«

Levin lächelte ihn freundlich an. »Ihr wisst doch nicht einmal, ob es diese Verschwörung überhaupt gibt.«

»Dann klärt mich auf!«, brüllte Darius.

Levin schob ihn beiseite, stand auf und ging zum Tisch. Die Wunde brannte bei jedem Schritt. »Also gut. Es gibt die unterirdische Schmiede. Ich habe gehört, wie sie davon gesprochen haben.« Levin schenkte sich den Becher voll und nahm einen langen Schluck.

»Und weiter?«

»Das alles ist weitreichender, als Ihr Euch das vorstellt.«

»Hört auf mit Euren Spielchen!«, schrie Darius und stieß ihm den Becher aus der Hand. »Wir hatten eine klare Abmachung. Euch scheint nicht bewusst zu sein, was Euch blüht, wenn Ihr sie nicht einhaltet.«

»Ich mache Euch einen Vorschlag: Meine Informationen sind wertvoll und ich kann Euch noch weitaus mehr bieten, als Ihr gefordert habt … wenn Ihr mir die Zeit gebt.«

»Was sollte das sein?«

»Zum Beispiel ein Geheimgang, der von draußen direkt in die Gemächer des Grafen führt.«

»Das glaubt Ihr ja wohl selbst nicht.«

»Ich habe die beiden Männer gesehen. Sie konnten nur auf einem Weg in den Palast gelangt sein, der unbeobachtet ist. Wären nicht ein paar Dinge schiefgelaufen, hätte ich …«

»Wie heißen die Männer?«

»Auch die Namen werde ich Euch liefern. Und zu guter Letzt werde ich Euch die Giftmischung des Grafen präsentieren.«

Darius, Nadal und Merkus, der die ganze Zeit in der Ecke stand, schauten sich an.

»Ihr lügt doch«, kam es tonlos von Darius, als meinte er es ganz anders.

»Ich fordere den doppelten Lohn, wenn ich Euch all diese Dinge liefere; und einen weiteren Monat Frist.«

»Einen Dreck werdet Ihr bekommen«, sagte Merkus.

»Womit wollt Ihr beweisen, dass Ihr die Wahrheit redet und Euch nicht einfach aus dem Staub machen wollt?«, fragte Darius und blickte Levin eindringlich an.

Jetzt hatte er sie so weit. Entschlossen griff er in seine Tasche. »Hiermit.« Er hielt Darius seinen roten Stein entgegen. »Mein wertvollstes Stück. Wenn Ihr Euch ein klein wenig auskennt, dann wisst Ihr, dass es einen solch feinen Stein kein zweites Mal in Alsuna gibt.«

Darius nahm den Stein entgegen, runzelte die Stirn, dann reichte er ihn misstrauisch an Merkus weiter. Der trat ins Licht und erforschte den Stein eine Minute lang. Ihm blieben nur die schlichten Worte: »Er lügt nicht.«

Erneut schaute Darius ihn prüfend an. »Ein durchtriebener Bursche seid Ihr. Ich hatte immer geglaubt, Euch zu durchschauen. Sei's drum, solange Ihr uns das liefert, was wir wollen, könnt Ihr sein, was Ihr wollt. Zwei Wochen gebe ich Euch. Dann will ich Euch sehen. Hier. Keine halbe Stunde zu spät. Ihr werdet uns alles liefern, was Ihr versprochen habt. Ihr bekommt Euren Stein zurück, doppelten Lohn und Eure Freiheit. Denkt nicht einmal daran, sie Euch jetzt schon zu nehmen. Ihr habt keine Ahnung, wie lang unser Arm ist. Nicht einmal auf Briangard braucht Ihr Euch vor uns in Sicherheit zu wähnen. Wenn sich herausstellen sollte, dass Ihr uns an der Nase herumführt, ist das Euer Todesurteil. Habt Ihr das verstanden?«

»Ich denke doch«, sagte Levin.

Als Levin wieder auf dem Pferd saß und Richtung Westen ritt, machte sich ein Gefühl der Zufriedenheit in ihm breit. Mehr war nicht drin gewesen. Immerhin hatte er nichts ausspielen müssen, was ihm noch wertvolle Dienste leisten konnte: sein Wissen über das Meskan und Theklas Beteiligung. Es auszuplaudern hätte ihm nicht mehr gebracht als das, was er nun erreicht hatte. Zwei Wochen, das konnte er schaffen. Es war genau der Zeitraum, den er sich versprochen hatte.

Bei seinem Ritt merkte er, wie die Müdigkeit ihn heimsuchte. Immerzu musste er sich ins Bewusstsein rufen, dass er in dieser Nacht noch einen aufwendigen Plan für die Rückkehr nach Briangard hatte. Er würde ihn noch einmal alle Kräfte kosten, auch die, die er eigentlich nicht mehr hatte.

Doch etwas trieb ihn, weiter nach Westen zu reiten. Es war sein Instinkt, der in dieser Nacht schon einiges vollbracht hatte und ihm nun sagte, dass etwas Besonderes bei Sallas' Haus geschah. Je länger er ritt, umso klarer konnte er sich das mögliche Szenario vorstellen. Ganz nebenbei keimte eine Idee, wie er möglicherweise viel einfacher nach Briangard gelangen konnte.

Als er den Platz vor Sallas' Haus erreichte, neigte sich die Nacht gerade ihrem Ende zu. Schon von Weitem sah er die leuchtende Rauchfahne über dem Gebiet.

Meine Güte, was haben sie angestellt! Sie sind gründlich, die Brianer. Aber sie sind auch berechenbar.

Aus der Ferne konnte er das Kampfgetümmel erkennen, er hörte die schmerzverzerrten Aufschreie und die Befehlsrufe. Langsam ritt er an den Menschen vorbei, die aus der Distanz beobachteten, was hier geschah. Im Schutz der verbleibenden Dunkelheit näherte er sich dem Haus, ritt aber nicht zum Tor, sondern in die Straße, die an der Seitenmauer entlangführte. Als er etwa die Mitte erreicht hatte, hielt er an.

So, mein gutes Tier. Dein letzter Dienst für mich. Danach kannst du machen, was du willst.

Er stellte sich auf den Rücken des Pferdes und sprang von dort an der Mauer hinauf. Über den Rand konnte er in den Hof blicken, in den gerade ein Soldat nach dem anderen gerannt kam, während das Gebäude ächzte und krachte. Ein letztes Mal wandte er sich zu seinem Pferd zurück, schnalzte und sah ihm nach, wie es die Straße hinuntergaloppierte.

Der Rauch und die Panik verhinderten, dass er bemerkt wurde, als er die Mauer hinunterkletterte, einen toten Brianer um die Ecke zog und kurz darauf in dessen Helm und Rüstung zurückkehrte. Sein Gesicht hatte er mit Erde und Ruß unkenntlich gemacht.

Später sah er Jason zu, wie er mit dem Hund über den Hof wanderte und die Leichen untersuchte. Levin sorgte dafür, dass sein Abstand zu Jason möglichst groß war. Als sie losritten, reihte er sich ganz hinten ein.

Während des ruhigen Ritts hinauf nach Briangard gönnte er sich einen Halbschlaf. Er war froh, dass ihn niemand ansprach. Bei Morgengrauen durchquerten sie das Tor. Er hatte nicht gemerkt, dass Jason irgendwann verschwunden war. Doch im Vorhof war er froh, ihm nicht zu begegnen.

Er stellte das Pferd im Stall ab und trottete Richtung Kaserne. Das entsetzte, schwermütige Treiben im Hof nahm er kaum wahr. Erst als er an einer Menschengruppe vorbeikam, die mit ersticktem Schweigen um ein Pferd herumstand, schaute er auf. Über die Schultern einer weinenden Frau hinweg beobachtete er, wie man Normans Leichnam vom Pferd hob.

Der Schreck durchzuckte Levin wie ein Blitz. Alle Zufriedenheit über das, was er in dieser Nacht erreicht hatte, erstarb in diesem Moment.

Ein trüber, ein sehr trüber Morgen war angebrochen.

28. Kapitel

Alsuna, Jahr 296 nach Stadtgründung

Man hatte ihn gewarnt. Die Frauen hier seien zuchtlos, verführerisch und ansteckend. Schon die Luft in einem Freudenhaus könne einen krank machen. All das konnte Alvin nicht aufhalten.

Es war der Tag, an dem er endgültig beschlossen hatte, dass es keinen anderen Weg gab. Sicher war es nicht seine Wahl gewesen, dass er gerade einer solchen Frau das Blut abnehmen würde, das er brauchte. Aber am Ende machte es keinen Unterschied. Er saß am Bettrand, sie atmete schwer, die üblichen Fieberanfälle und Blutstauungen. Bevor er das Serum hervorholte, nahm er ein leeres Gläschen zur Hand. In der anderen hielt er eine Nadel.

»Keine Angst, das geht ganz schnell.«

Auf seine Bemerkung reagierte sie vor lauter Schmerzen gar nicht. Eigentlich hatte sie auch mehr den zwei anderen Frauen gegolten, die in der Nähe der Tür standen und mitzitterten. Eine von ihnen hatte auffallend helle Haut. Sie war es gewesen, die am Nachmittag in die Schmiede gekommen war. Normalerweise hätte Alvin ihr einfach ein Fläschchen mitgegeben und erklärt, wie sie es zu verabreichen habe. Doch stattdessen hatte er sie freundlich angeschaut, ihr gesagt, dass er persönlich vorbeikommen werde und sie sich noch bis zum Abend gedulden solle. Ramon und andere hatten versucht, ihn davon abzubringen. Das Haus sei im ganzen Stadtviertel verrucht. Man höre die ekelhaftesten Dinge. Wenn ihn jemand dort erwische, könnte das ein schlechtes Licht auf sie alle werfen.

Ja, das könnte es, wie so vieles. Aber wozu war er denn hier? Sicher nicht, weil er um seinen guten Ruf besorgt war.

Er hielt ihren Arm fest und stach die Nadel ein. Ein dicker Blutstropfen wölbte sich empor und rann an ihrem Arm herab. Levin hielt das leere Fläschchen darunter und wartete, bis es etwa zur Hälfte gefüllt war. Dann band er ihr ein Stück Stoff um und verabreichte das Mittel.

»Wie lange wird es dauern, bis es ihr wieder gut geht?«, fragte die hellhäutige Frau, als sie draußen im Gang waren.

»Üblicherweise eine Nacht.«

»Und wann kann es wieder ausbrechen?«

»Jederzeit. Ihr solltet wissen, dass es dann meist schlimmer kommt.«

»Und … wird sie daran sterben?«

Er blickte sie ernst an. »Jeder stirbt einmal.«

»Sehr bald, oder?«

»Man kann nicht wissen, wie lange es noch dauert. Aber eines steht fest: Sie darf nie mehr … Ihr wisst schon …« Sie nickte und schwieg. »Die Gefahr, jemanden anzustecken, wäre zu groß.«

Am Ende des Flurs verabschiedete er sich, nahm ihren Dank entgegen und ging nach draußen. Er grüßte die beiden Männer, die an der Tür saßen, und machte sich auf den Weg nach Hause.

Na so etwas, der Sohn das Grafen, sagte er sich, als er durch den Türspalt in den Gang hinausspähte. Es war eine ganze Weile her, seit er ihn zum letzten Mal gesehen hatte. Da war er gerade mal ein Junge gewesen, der soeben seinen Stimmbruch hinter sich gehabt hatte. Aber das Gesicht und die rotblonden Haare, nein, da täuschte er sich gewiss nicht.

Wenn das wirklich der Mann war, für den er ihn hielt, hatte er eine echte Entdeckung gemacht. Seit einer Weile schon ging das Gerücht um, der junge Prinz von Briangard sei spurlos verschwunden. Die wildesten Vermutungen wurden in Umlauf gebracht: Feinde des Grafen hätten ihn getötet, der Prinz sei vor dem Vater geflohen, der Graf selbst hätte ihn beseitigt.

Nichts davon hatte er sich wirklich vorstellen können. Ihm war aber auch keine Idee gekommen, was die wahre Ursache sein konnte. Nun wusste er wenigstens eines: Prinz Alvin lebte.

Soeben verabschiedete er sich. Seltsam, dass die Frau sich bei ihm bedankte. Normalerweise war es umgekehrt. Er lachte in sich hinein. Wenn der Graf wüsste, wo sein Sohn sich herumtrieb …

»Komm doch endlich.«

Er drehte sich zu der Frau um, die auf der Polsterbank saß und ihn erwartete. Selbst jetzt, wo er mit den Gedanken weit weg war, bewunderte er ihre unübersehbare Grazie. Er war nicht hier, um auf schnellstem Wege das zu bekommen, was die anderen Männer wollten. Er hatte Geschmack. Er ließ sich betören, vorsingen, massieren. Das reichte ihm. Es war mehr als das, was die anderen bekamen, sagte er sich. Wenn sie es brauchten, bitte. Er brauchte es nicht. Nicht der Körper bestimmte das Leben, sondern der Geist.

»Warte einen Moment. Ich habe noch etwas zu erledigen.«

Er ging hinaus in den Gang und traf auf die Hellhäutige.

»Nanu, wieso kommt Ihr schon wieder heraus? Ist Santa nicht gut zu Euch?«

»Keine Sorge, sie ist liebreizend wie immer. Ich muss nur meinen Männern etwas sagen. Der junge Mann scheint Euch viel Freude bereitet zu haben.«

»O ja, das hat er«, sagte sie schmunzelnd und ging davon.

Er schüttelte spöttisch den Kopf und öffnete die Tür. Seine beiden Männer richteten sich rasch auf.

»So so, habt ihr euch mal wieder ausgeruht.«

»Herr, wir hatten alles im Blick, keine Sorge.«

»Schon gut. Aber jetzt gibt's was zu tun. Ihr habt eben diesen Mann davonspazieren sehen.« Sie nickten. »Bleibt an ihm dran und lasst euch nicht von ihm erwischen. Ich will wissen, wo er wohnt und was er tut. Gebt mir Bericht, so schnell ihr könnt.«

Damit ging er ins Haus zurück.

29. Kapitel

Briangard, Jahr 304 nach Stadtgründung

Drei Tage hüllte sich Briangard in Trauer. Der Hauptmann und einunddreißig Soldaten wurden am Fuß des Reimutgebirges beigesetzt. Auf dem Weg dorthin stimmten sie alle den *Gesang des Lebens* an. Der Graf ging voran und fand nur wenige Worte, als er die Grabrede hielt.

Als die drei Tage um waren, ging alles wieder seinen gewohnten Gang. Levin hatte seine letzten Wachdienste im Palast mit hängendem Kopf und völlig übermüdet durchgeführt. Elena hatte ihre mütterliche Seite gezeigt, seine Wunde versorgt und ihn nicht weiter danach gefragt. Die meiste Zeit blieb sie im Haus, bei Dienstschluss erwartete sie ihn schon. Er war dankbar für den freudigen Blick, mit dem sie ihn empfing. Wenn sie den Verband von seinem Bein abnahm und die Wunde mit festen Händen einrieb, wünschte er sich, sie würde nicht mehr aufhören. Er sah ihren sorgsamen Bewegungen zu, lächelte über die Haarsträhne, die sich jedes Mal aus der Frisur stahl, und war versucht, sie ihr hinters Ohr zu streichen. Es wärmte ihn innerlich, wenn sie sagte: »Du siehst schon besser aus als gestern«, auch wenn er das nicht glaubte.

Heute wäre er nach seinem Dienst am liebsten gleich zu ihr zurückgekehrt, doch Thanos wollte ihn sehen. Er wusste nicht, weshalb, doch er befürchtete, dass es um die jüngsten Ereignisse gehen würde. Diesem Thema hätte er derzeit alles vorgezogen.

Kraftlos klopfte er an die Tür und betrat das Labor. Thanos stand an den Tischen bei seinen Instrumenten. Unweigerlich musste Levin seinen Blick nach hinten zu den Gläserregalen richten, hinter denen das dunkle kleine Fenster sich versteckte. Der Gedanke an sein Missgeschick und alles, was darauf gefolgt war, versetzte ihm einen stechenden Schmerz.

»Gut, dass du gekommen bist. Verzeih mir, dass ich so vertieft bin. Manchmal verliere ich mich ganz in der Arbeit.«

»Kein Problem.« Levin war noch immer mit den Erinnerungen an die

Nacht seines Ausbruchs beschäftigt. *Ohne diese Alarmglocke wäre Norman noch am Leben!*, war der Satz, der sich unentwegt wiederholte. Er musste kämpfen, um die Bilder in seinem Kopf zu verdrängen.

»Manchmal packt es mich«, sagte Thanos, während er zwei Flüssigkeiten zusammenschüttete. Eine davon kochte und ein milder Dampf stieg aus dem Glas empor. »Da kommen mir auf einmal neue Gedanken und dann ich stelle mich hin und arbeite so lange, bis ich sie umgesetzt habe.«

Eher beiläufig, um die Stille zu vermeiden, fragte Levin: »Was braust du da?«

»Nichts Gezieltes. Ich habe ein paar neue Pflanzen entdeckt und will wissen, wie sie reagieren. Dieses Gebirge ist wahrlich ein Ort unendlicher Überraschungen.«

»Und was machst du damit?«

»Abwarten. Zunächst geht es mir nur um die Erkenntnisse.« Er schaute endlich zu Levin auf. »Seit vielen Jahren mache ich diese Untersuchungen. Wenn ich mich jedes Mal fragen würde, was ich damit anfangen soll, hätte ich wohl schon bald aufgeben müssen.«

»Dann suchst du also etwas Bestimmtes?« Allmählich wachte Levin auf.

»So könnte man es sagen, ja. Es ist kein Geheimnis: Ich suche eine Pflanze, die eine bestimmte Wirkung hat. Im Grunde genommen muss sie ein Wunder vollbringen und eigentlich besteht nicht die Aussicht, dass es diese Pflanze gibt.«

Levin schaute ihn befremdet an.

Thanos wurde schwermütig. »Ich weiß, das klingt absurd. Aber manchmal muss man sich auch an die letzte Hoffnung klammern, die einem bleibt. Du kennst doch dieses Gefühl, dass alles vollkommen wäre, wenn du nur noch diese eine kleine Sache hättest, diese eine Sache, die so schwer zu bekommen ist.«

»Vielleicht kenne ich das«, sagte Levin viel unbeteiligter, als sein Herz es fühlte.

»Und am schwierigsten ist es dann, wenn es nicht in der eigenen Hand liegt, diese Sache zu bekommen, sondern wenn du das Gefühl hast, auf etwas anderes angewiesen zu sein, etwas, was du nicht beeinflussen kannst.«

»Was hat das mit deinen Pflanzen zu tun?«

Thanos lachte. »Nichts. Ich spreche viel allgemeiner. Du kennst mich doch. Ich lande immerzu bei den großen Fragen des Lebens.«

Es hatte jetzt keinen Sinn, mit Thanos zu philosophieren. Natürlich kannte Levin das Gefühl, von dem er sprach, auch wenn er es in der Regel verleugnete. Meist stellte er sich zufrieden, indem er sagte: *Wenn ich nicht dieses Gefühl in mir hätte, dass noch etwas fehlt, würde mir jeder Antrieb fehlen. Völlige Zufriedenheit wäre der Tod.*

Diese Erklärung reichte meist, um einschlafen zu können und sich auf den nächsten Raubzug zu freuen. Doch in seinen wenigen ehrlichen Momenten gestand er sich ein, dass sein Leben sich als überflüssig erweisen würde, wenn er eines Tages von der Bildfläche verschwand. So war es nun einmal, sagte er sich dann. Besser, als sich von irgendwem etwas geben zu lassen, was die armseligen Wesen in der Stadt »Sinn« nannten. Gefangen waren sie, nichts als gefangen. Er war frei.

»Etwas bedrückt siehst du heute aus«, sagte Thanos.

»Wie kommst du darauf?«

»Nun ja, nicht unbedingt bedrückt. Vielleicht eher nachdenklich, beschäftigt. So als würdest du mit etwas nicht fertig.«

»Ach, da weißt du mehr als ich«, lenkte er ab.

Thanos hielt einen Becher hoch, musterte die Flüssigkeit, als habe er das Gespräch schon wieder hinter sich gelassen, und sagte dann: »Es muss wahnsinnig auf der Seele drücken, sich für den Tod eines Hauptmanns verantwortlich zu fühlen.«

Levin erbleichte. Zumindest hatte er das Gefühl. Wie konnte Thanos so etwas sagen? »Wie meinst du das?«

»Schau dich doch an. Du läufst seit drei Tagen missmutig durch den Palast, trägst deine Waffen, als hättest du sie nicht verdient, und während die anderen ernsthaft trauern, grübelst du. Das tut nur jemand, der einen Grund sucht, warum er vielleicht doch nicht schuldig ist. Und dabei gerät er immer tiefer in die Überzeugung, wie groß seine Schuld ist.«

»Pah, welche Vorwürfe sollte ich mir schon machen? Ich lag in der Nacht krank zu Hause.«

»Eben das ist es. Kann es sein, dass du dir vorstellst, wie es gewesen wäre, wenn du dich trotzdem hinausgeschleppt hättest, als der Alarm ausbrach?

Vielleicht hättest du den Einbrecher erwischt, denn jeder hier weiß, dass du von allen Wachen den besten Spürsinn hast. Alles wäre ganz anders gekommen.«

Levin setzte sich auf einen Tisch und ließ demonstrativ die Füße baumeln. »Nehmen wir an, du hättest recht: Was willst du mir nun damit sagen?«

»Nichts weiter. Ich wollte nur wissen, wie es dir geht.«

»Es geht mir gut.«

»Verstehe. Dann möchte ich dir noch eines sagen: In dieser Nacht ist vieles falsch gemacht worden. Aber dass Norman tot ist, hat alleine er zu verantworten.«

»Ach. Und das sagst du einen Tag nach seiner Beerdigung.«

»Ich hätte es auch einen Tag davor gesagt. Ich habe mir genau berichten lassen, was bei Sallas' Haus geschehen ist. Norman ging hin und wusste, dass er mit der allergrößten Wahrscheinlichkeit sterben würde. Er wusste es sogar schon, als er hier von Briangard losritt. Er war nicht mehr jung und er lebte für eine Überzeugung.«

»Dass man einen Konflikt friedlich lösen muss?«

»Nein. Dass man einem Feind ohne Falschheit ins Auge sehen muss. Vielleicht war er der kühnste Mann, den ich kannte.«

»War es nicht auch kühn von Jason, den Feind anzugreifen?«

»Nun, er hat ihn angegriffen. Aber das tat er nur, um dem Feind nicht ins Auge sehen zu müssen. Er ist erfüllt von Angst und sein Kampfesmut ist nichts anderes als eine Tarnung. Norman war anders. Er war nicht sehr ambitioniert. Aber wenn ich ihm begegnete, dann wusste ich genau, mit wem ich redete. Er versteckte sich nicht.«

»Aber warum ließ er sich töten? Es war sinnlos.«

»Ich weiß es nicht genau. Aber mir scheint, Norman wollte eine Botschaft senden. Er spürte, dass seine Zeit abgelaufen war. Es gab nicht mehr viele Gelegenheiten, sich zu offenbaren. Ich sprach von seiner Furchtlosigkeit. Genau das war seine Botschaft, als er über den Platz ging. Jeder konnte es sehen und jeder würde es sich merken. Man versteckt sich nicht im Dunkeln. Wer sich seiner Sache wirklich sicher ist, der hat auch keine Angst, alles vorzuzeigen.« Thanos machte eine Pause, wusch das Glas aus und stellte es in ein Regal. Dann nahm er die Schürze ab, die er sich umgebunden hatte.

Das ist doch Unsinn, sagte sich Levin. *Jeder ist für sich selbst verantwortlich. Warum sollte Norman sich anmaßen, anderen vorzugeben, wie sie sein müssen? Ich würde mein Leben von Norman abhängig machen, wenn ich seinen Tod als Botschaft verstünde.*

»Ich glaube, es ging ihm nicht einfach um die anderen«, sagte Thanos, als habe er Levins Gedanken gehört. »Ich vermute, es war eine gezielte Botschaft für seinen Nachfolger.«

»Seinen Nachfolger?«

»Norman machte sich Sorgen, auf welche Weise dieses Amt weitergeführt würde, wenn es ihn nicht mehr gab. Sein Nachfolger sollte sich die Botschaft tief ins Herz schreiben.«

»Jason scheint aber nicht so reagiert zu haben, als habe er die Botschaft verstanden.«

»Ich spreche auch nicht von Jason.«

Levin runzelte die Stirn.

»Ich spreche von dir.«

Die großen Augen des Grafen ruhten auf Levin, dem es vorkam, als nähmen sie ihn gefangen. Er hätte sich abwenden und davonlaufen können und hätte trotzdem nicht das Gefühl gehabt, ihm zu entkommen.

Vorsichtig glitt er vom Tisch, zeigte auf sich und fragte: »Von mir?«

Thanos nickte. Dann trat er zu der bogenförmigen Wand, öffnete die Tür und wies in den Raum.

»Mein Gemach. Nur der Hauptmann ist befugt, es zu betreten. Ich möchte es dir gerne zeigen.«

Zögernd folgte Levin seiner Aufforderung. Mit leisen, fast schleichenden Schritten näherte er sich dem Raum. Vor der Schwelle blieb er kurz stehen, Thanos nickte ihm ermunternd zu und Levin ging hinein.

»Du machst Witze, nicht wahr?«

»Keineswegs.«

Levin schaute sich um. Er hatte sich schon immer gefragt, wie es wohl in diesem Raum aussah. Dabei hatte er sich alles Mögliche vorgestellt. Die Wirklichkeit überwältigte ihn nicht gerade. Erwartungsgemäß war das Gemach rund, zwei Fenster zeigten nach draußen, ein prächtiges Bett stand im Hintergrund. Sofort sah Levin die ihm bekannte Alarmglocke beim Bett.

Daneben führte eine Wendeltreppe aus dem Raum. Natürlich, hier ging es zum Turm hinauf. Wie er wusste, gab es keinen anderen Zugang zum Turm als diesen. Er sah hölzerne Schränke, eine Truhe und überall Fellteppiche auf dem Boden. Das Farbenprächtigste, was ihm in die Augen fiel, war die Obstschale auf dem niedrigen Tisch in der Mitte. Nichts war zu sehen vom Marmor der anderen Räume. Es war ihm, als hätte er ein anderes Land betreten, ein Land, das sich jedoch wie ein Heimatland anfühlte. Gemütlich und intim war es hier und man spürte, dass kaum ein Mensch je diesen Raum betrat. Hätte er alle Umstände ausgeblendet, hätte er sich wohl ausgemalt, wie es sein würde, in diesem Gemach zu leben.

Erst auf den zweiten Blick fiel es ihm auf: Es gab doch etwas höchst Prächtiges und Kunstvolles in diesem Raum. An der rechten Wand hing es und leuchtete ihm entgegen. Er ging ein paar Schritte darauf zu. Seine ganze Aufmerksamkeit ruhte nun darauf. Es war ein Mantel, einer, wie er ihn noch nie gesehen hatte. Der Stoff glänzte weitaus brillanter als jeder Seidenstoff. Formvollendet waren die Ränder geschnitten und mit feinsten Stickereien konturiert. Am meisten beeindruckten ihn die Farben. Er konnte nicht sagen, welche Farbe der Mantel im Ganzen besaß, jede ihm bekannte schien irgendwie in dem Muster eine Rolle zu spielen. Trotzdem traten sie nicht wild und beliebig auf, sondern erschienen in einer Anordnung, die man für die einzige mögliche in dieser Welt halten konnte. Der Mantel war – Levin fiel kein besseres Wort ein – vollkommen.

Thanos gesellte sich zu ihm. »Er gefällt dir wohl.«

»Es ist ein besonderes Kleidungsstück.«

»Das ist es in der Tat. Vor zehn Jahren habe ich ihn machen lassen. So lange ist das schon her.«

»Du trägst ihn aber nicht.« Levin fuhr vorsichtig mit den Fingern über den Stoff.

»Er ist auch nicht für mich. Es ist ein Prinzenmantel.«

Levin drehte sich fragend um. Alle möglichen Gerüchte über den Grafen und seinen Sohn kamen ihm auf einmal wieder in Erinnerung.

»Es gibt einen Prinzen?«

»Es gab. Er ist … nicht mehr hier.«

»Also war er dein … Sohn?«

»Ja. Das war er. Er sollte diesen Mantel tragen.«

»Was … was ist geschehen?«

Thanos wandte sich ab und ging zum Fenster. Er öffnete es und fütterte einen heranfliegenden Vogel. »Der Mantel erinnert mich an eine wichtige Sache: Es ist immer riskant, jemandem viel anzuvertrauen. Möglicherweise überfordert es ihn.«

»Was meinst du damit?«

»Linus, es ist kein kleines Angebot, das ich dir mache. Du sollst wissen, dass andere vor dir an dem Vertrauen gescheitert sind, das ich ihnen gegeben habe. Das ist das Schlimmste, was passieren kann.«

»Wieso gehst du dieses Risiko dann ein?«

»Wieso tue ich das? Ich kann es dir nicht erklären. Ich bin jemand, der es mehr als alle anderen vermag, zu warten. Ich warte auf Zeitpunkte. Als du im Hof mutig vor mich getreten bist, habe ich erkannt, dass eine neue Zeit angebrochen ist; eine Zeit, wieder etwas zu riskieren. Vieles wird in der nächsten Zeit geschehen. Und ich habe meine Ziele niemals aufgegeben.«

»Du möchtest die Herrschaft zurück.«

»Das geht nicht so leicht, wie du es dir vorstellst. Ich kann nicht einfach wieder über die Menschen herrschen. Sie müssen sich beherrschen lassen wollen. Sonst ist es keine Herrschaft. Wenn ich die Menschen nicht mehr selbst entscheiden lasse, habe ich die Stadt schon verloren.«

»Du möchtest sie also dazu bringen, dich wieder herrschen zu lassen.«

»Wenn du von ›ihnen‹ sprichst, dann musst du dich selbst mit einbeziehen.«

Levin wollte eine Antwort geben, doch er wusste, dass sie vorschnell gewesen wäre. Erst jetzt begriff er die Tragweite dessen, was er gerade tat. Immer mehr gewann er den Eindruck, sein eigenes Schicksal war mit dem von Alsuna stärker verbunden, als er geglaubt hatte.

Was Thanos sagte, hörte sich nicht an, als wollte er ein Tyrann sein. Immer lächerlicher erschien ihm das Bild, das die Bürger von Thanos hatten. Es machte den Grafen primitiv und verschleierte die wahre Macht, die Thanos ausstrahlte. Keiner von ihnen kannte sie wirklich. So wie Levin das einschätzte, wollte Thanos nicht einfach über die Leute hinweg herrschen, nein, er wollte sie *ganz* in seinen Bann ziehen. Er wollte über sie verfügen, nachdem sie ihm ihren Willen ausgeliefert hatten. Unmündige Lämmer sollten sie werden, die nur das taten, was ihm gefiel und dabei das Gefühl hatten, das Richtige zu tun.

Und nun war er, Levin, der Mensch, der ihm am nächsten sein sollte. Ihn schauderte.

»Ich weiß, du bist noch sehr jung, Linus. Du fragst dich, warum ich dich und nicht Jason ausgewählt habe.«

»So ist es. Jason ist erfahren.«

»Aber dich habe ich ausgewählt. Das ist der entscheidende Unterschied.«

»Würden die Brianer es akzeptieren, dass ein Alsuner der zweite Mann auf Briangard ist?«

»Das ist in der Tat ein Problem. Aber ich sehe eine einfache Lösung: Du wirst Brianer.«

»Du meinst, ich soll …«

»Es wird etwas wehtun. Wenn du den Bussard auf der Schulter hast, wirst du ihn für immer tragen. Du wirst an diesen Ort gebunden sein.«

Levins Knie fingen an zu zittern. Er war weiter, viel weiter geraten, als er hatte gehen wollen. Er hatte nicht mehr gewollt, als seine Freiheit zurückzuerobern. Es war nur ein Spiel gewesen. Aber konnte er es noch gewinnen, wenn er jetzt ablehnte? Riskierte er nicht das ganze Vertrauen, das er sich mühevoll erworben hatte?

Er stellte sich vor, wie es sein würde, als Hauptmann durch das Haus zu gehen. Mit »Hauptmann Linus« würden sie ihn ansprechen, keiner würde ihn noch als den fremden Alsuner betrachten. Das hatte seinen Reiz. Sicher würde er noch eine ganze Weile diese Rolle spielen können, ohne dass ihn jemand entlarvte. Jederzeit konnte er hier bei Thanos sein, dessen Gegenwart ihn – das musste er sich eingestehen – magisch anzog. Wenn Thanos so weitermachte, verriet er Levin bald jedes Geheimnis, das noch verblieb. Er würde alle Informationen bekommen, die er brauchte, und dann konnte er rechtzeitig verschwinden. Also war es eigentlich immer noch das alte Spiel. Was war schon der Bussard auf seinem Arm? Wenn er nötig war, um seine Freiheit zu retten, dann sollten sie ihn seinetwegen auf Levins Schulter brennen.

»Darf ich dir noch eine Frage stellen, ehe ich dir eine Antwort gebe?«

»Ja.«

»Du kennst mich nicht. Hast du keine Angst, enttäuscht zu werden?«

»Nein, Angst habe ich nicht.« Er schluckte, seine Augen wurden feucht. »Aber ich bin mir über das schreckliche Angesicht der Enttäuschung bewusst. In jedem Augenblick. Und ich wünsche mir, ihm nie wieder begegnen zu müssen.«

»Verstehe«, sagte Levin. Er musste sich die Leichtfüßigkeit seiner Worte hart erkämpfen. »Ich habe es mir überlegt. Mach mich zu deinem Hauptmann.«

Thanos lächelte nicht wie erwartet, sondern ging auf Levin zu, nickte und schloss ihn in die kraftvollste Umarmung, die er je erlebt hatte.

30. Kapitel

Alsuna, Jahr 296 nach Stadtgründung

Sein Weg zurück zur Schmiede führte Alvin durch eine Verkäufergasse und über die Hauptstraße. Immer wieder befühlte er seine Tasche, in der das Gefäß steckte. Brauchte er es wirklich? Gab es keinen anderen Weg? Sooft er darüber nachgrübelte, sah er doch nur diese Möglichkeit. Eigentlich hatte er – tief in seinem Innern – immer gewusst, dass es so war. Alles, was er bisher versucht hatte, war nur zu dem Zweck gewesen, sich die unausweichliche Wahrheit klar vor Augen zu führen.

Immer wenn er über das Schreckliche nachdachte, das ihn erwartete, rief er sich sogleich die Belohnung ins Bewusstsein. Ja, es gab eine Menge, auf das er sich freuen konnte; und das reichte, um für alles bereit zu sein.

Mehr als sonst sog er die Gerüche der Obst- und Gewürzstände auf. Oft störte es ihn, wenn viele Menschen sich um ihn drängten. Heute genoss er es. Sie schoben sich aneinander vorbei, berührten sich gegenseitig an den Gewändern, manchmal drückten sie den anderen beiseite. Er war mittendrin und es war schön. Es waren Menschen und sie lebten. Alle hatten sie eine Geschichte, Erfahrungen, Wünsche, Ziele. Wenn er sie berührte, war er Teil ihrer Geschichte. Was konnte sich schöner anfühlen?

Er kaufte nichts, aber er schnupperte an einem Dutzend Früchte, Brote und Käsestücke. Sein Weg durch die Verkaufsstraße dauerte dreimal länger als sonst. Als er das Ende erreicht hatte und die Hauptstraße überquerte, griff er wieder nach dem Fläschchen in seiner Tasche – es war sein Schicksal, das ihn begleitete.

Es war weg.

Er fühlte noch einmal, zweimal, doch es war weg. Er öffnete die Tasche, schaute hinein, wühlte darin herum, drehte sich um und schaute die Straße entlang – nichts.

Warum musste ich auch durch diese volle Straße gehen?, warf er sich vor. *Ausgerechnet dann, wenn ich so etwas Wichtiges bei mir habe.*

Er fing an zu schwitzen und machte sich auf den Weg zurück. Doch er gönnte sich wenig Hoffnung, das Gefäß in diesem Getümmel wiederzufinden. Was wohl derjenige damit machte, der es fand? Er wollte eben in die Menge eintauchen, da hörte er einen Pfiff. Er glaubte nicht, dass er ihm galt, doch der Pfiff wiederholte sich und dann hörte er die Stimme: »Hey, Rotschopf!«

Verwirrt schaute er in alle Richtungen.

»Rotschopf!«

Die Stimme kam von oben. Alvin erblickte einen dunkelhaarigen Jungen, kaum älter als vierzehn Jahre, der auf einem Vordach saß und die Füße baumeln ließ.

»Was ist?«, fragte Alvin.

»Ist dir was aufgefallen?«

»Was meinst du?«

»Du wirst verfolgt.«

»Was du nicht sagst.«

»Der eine da hinten, der sich gerade unauffällig die Tücher anschaut, und der dort, der an der Hauswand lehnt.«

Alvin gab sich keine Mühe, seinen Blick zu tarnen. Als er die Männer betrachtet hatte, erschrak er. Für einen Moment musste er nachdenken, dann erinnerte er sich an die beiden. Vorhin vor dem Haus hatte er sie noch gegrüßt.

»Woher weißt du, dass sie mich verfolgen?«

»Sie halten immer den gleichen Abstand zu dir. Wenn du stehen bleibst, tun sie es auch. Gerade hast du sie ganz schön in Verlegenheit gebracht, als du hierher zurückgekehrt bist.«

»Wer bist du?«

Der Junge sprang vom Dach. »Jemand, der sich sehr gut auskennt. Komm mit.«

Alvin zögerte.

»Na los, komm schon. Oder willst du sie nicht loswerden?«

Der Junge rannte voraus, Alvin hängte sich an seine Fersen. Zuerst verschwanden sie in einer engen Gasse, dann führte der Junge ihn durch einen Wirrwarr von Abzweigungen. Irgendwann sprang er auf eine Mauer und bot

Alvin die Hand. Der ließ sich hochziehen und duckte sich mit dem Jungen hinter die Mauer. Kurz darauf hörten sie, wie die beiden Männer wild diskutierend vorbeizogen.

»Die bist du los.«

»Danke, mein Freund.«

Sie setzten sich gegen die Mauer, Alvin keuchte.

»Du bist nicht gerade vorsichtig«, sagte der Junge.

»Wieso auch? Wann wurdest du das letzte Mal verfolgt?«

»Oh, das war wohl letzte Woche. Die Stadtwachen mal wieder.«

»Alles klar. Ich will es gar nicht wissen. Jedenfalls bin ich froh, dass du mir geholfen hast.«

»Schon gut. Die Kerle sahen ein bisschen trottelig aus. Es hat mich gereizt.«

Er überlegte, ob er ihn nach der kleinen Flasche fragen sollte. Aber was konnte er verlieren? »Sag mal, du hast nicht zufällig gesehen, wie ich etwas verloren habe?«

»Du meinst das hier?« Er hielt ihm das Fläschchen entgegen.

Alvin machte große Augen und ergriff es schnell. »Genau das. Wo hast du es gefunden?«

»In deiner Tasche.«

»Du hast es geklaut?!«

»Ich sagte doch: Du bist unvorsichtig.«

»Das gibt dir noch nicht das Recht, mich zu bestehlen.«

»Du sahst aus, als hättest du etwas sehr Wertvolles in der Tasche. So oft, wie du sie befühlt hast.«

»Vielleicht ist das ja auch etwas Wertvolles für mich.«

»Das bisschen Blut?«

Alvin schaute die Flasche genau an. »Du hast sie doch nicht geöffnet?«

»Nein. Wieso auch? Aber es hat mich interessiert, was du damit vorhast.«

»Das geht dich nichts an.« Alvin erhob sich. »Ich muss zurück.« Als er gehen wollte, blickte er sich ratlos um. »Ich wäre dir sehr dankbar, wenn du mir aus diesem Straßenlabyrinth hinaushelfen würdest.«

»Du scheinst hier wirklich nicht allein klarzukommen«, sagte der Junge und führte Alvin wieder durch zahlreiche Gassen, die er sich nie hätte merken können.

31. Kapitel

Briangard, Jahr 304 nach Stadtgründung

Trotz der Betäubung war es ihm, als wüteten Dolche in seinen Gliedern. Sie schnitten und stachen und schienen jeden Nerv zu reizen, der Schmerzen fühlen konnte. Das heiße Metall zischte auf seiner Schulter. Sie hielten ihn zu viert von allen Seiten, er krümmte sich, begleitet von einem Schrei, den er nur für Sekunden hatte unterdrücken können. Dann brüllte er kurz und heftig auf und es war vorbei.

Das musste der Schmerz des Todes sein.

Zuerst spürte er nichts mehr. Dann merkte er, dass ihm der Schweiß in Bächen übers Gesicht lief. Er schlug die Augen auf und wusste, dass er – auf welche Weise auch immer – noch lebte.

Später saß er auf der Liege in einer Ecke der Meskanhalle, seine Augen ruhten auf der Schulter, mit den Fingern fuhr er über die dunkelbraune, knorrig gewordene Hautstelle. Den Bussard hatte es vorher nicht gegeben. Jetzt war er für immer da.

»Er gehört zu dir und du gehörst zu ihm. Wenn du das vergessen solltest, dann befühle deine Schulter und spüre ihn«, sagte Thanos mit leuchtendem Gesicht.

Levin nahm kaum etwas von den Worten auf. Es brannte und brannte und nichts anderes war in diesem Moment wichtig.

»Warum hast du das getan?«, fragte ihn Elena, als er zu Hause auf dem Bauch lag und sie ihn mit Salbe einrieb. Sie fragte es weniger vorwurfsvoll als anteilnehmend.

»Es – ist – doch nur – ein – Zeichen«, brachte Levin hervor.

»Damit bist du nun ein echter Brianer. Du spielst es nicht mehr.«

»Ach ja?«

»Oder hast du noch immer nicht verstanden, welche Bedeutung diese Dinge hier haben?«

»Ich denke schon. Was ist so schlecht daran, ein Brianer zu sein?« Er drehte sich um und schaute sie an. Sie schloss das Fläschchen mit der Salbe.

»Nichts ist schlecht daran. Aber ist es das, was du wolltest?«

»Es ist … nicht unbedingt das, was ich wollte. Aber es lag nun einmal auf dem Weg zu meinem Ziel.«

»Verstehe.« Sie näherte sich ihm. Eine unvorstellbare Last schien sie zu beschweren, alle Leichtigkeit und Frechheit der letzten Zeit waren verschwunden. Vorgestern noch hatte sie ihn spät abends angestoßen und gesagt: »Willst du mit?« Sie waren nach draußen gegangen, über den Hof und zum Kornspeicher. Sie kannte den Weg zum Dach hinauf. Oben hatten sie dann gesessen und in die Stadt und in den Himmel geblickt. »Man muss weit oben sein, wenn man einmal alles vergessen will.« Fast die halbe Nacht hatten sie geredet. Er hatte ein paar Mal bemerkt, wie sich beim Reden entzückende Grübchen auf ihren Wangen formten. Sie lockten Worte aus ihm hervor, für die er sich tagsüber geschämt hätte.

Da philosophierte er tatsächlich über die Sterne und die Dächer: dass sie ihm alle gehörten und er sich doch heimlich wünschte, fest unter einem von ihnen zu wohnen. Und wenn sie ihn mit leuchtenden Augen ansah und ihre Grübchen sich formten, frohlockte etwas in ihm. Diese Grübchen suchte er heute vergeblich.

»Levin, du musst tun, was du für richtig hältst. Aber achte darauf, dass du nicht dich selbst verlierst.«

»Geht es dir wirklich um mich oder hast du deinetwegen Angst?«

Sie schaute weg. »Manchmal sind diese Dinge nah beieinander. Und es hängen andere Dinge daran, von denen man nichts ahnt.«

»Mach dir keine Sorgen. Ich habe alles im Griff.«

Elena streichelte seine Wange und das Brandmal auf seiner Schulter. Kurz zuckte Levin zusammen.

»Du musst dich jetzt ausruhen«, sagte sie.

Er schlief zehn Stunden, wachte auf, versuchte durch Bewegungen den Schmerz zu vertreiben und legte sich nach wenigen Stunden wieder schlafen. Nach zwei Tagen hatte er das Gefühl, dass er bereit war.

Seine Einsetzung zum Hauptmann geschah auf dem Vorhof. Vor den Bürgern von Briangard schworen alle Mitglieder der Palastwache ihm durch eine förmliche Umarmung Gehorsam. Zuletzt reichte ihm Jason die Hand und sprach die Formel: »Unser Leben für das Wohl des Erbauers.« Levin wiederholte die Formel und achtete auf Jasons Augen. Sie waren wach und leidenschaftlich verachtend.

Doch dank Thanos' Bemerkungen im Hinterkopf sah er noch andere Dinge: Verwirrung, Neid und Selbstanklage. So unpassend ihm diese Mischung erschien, so machtvoll gebündelt wirkte sie in diesem Moment, als Jason ihm fest die Hand drückte.

Alles geschah unter den Augen des Grafen, der auf einer Erhöhung saß und immer wieder in die vorderste Menschenreihe schaute. Elena stand dort, geschickt in ein festliches Kleid gehüllt, ein buntes Tuch kunstvoll um den Kopf gewickelt und das Gesicht bis zur Unkenntlichkeit geschminkt. Sie mied jeden Blickkontakt mit dem Grafen, sosehr dieser ihn auch suchte.

Levin stellte sich neben sie, als Thanos aufstand und die Menge in seinen Blick nahm. Verwundert schauten sich einige an, war es doch das erste Mal, dass er sich zum Reden erhob.

»Meine lieben Söhne und Töchter. Ihr erlebt an diesem Tag, dass etwas Gewöhnliches höchst ungewöhnlich sein kann. Es ist im Sinne unserer Ordnung, dass die höchste Aufgabe innerhalb dieser Mauern einem Brianer zufällt. Nichts anderes ist heute geschehen. Und doch ist es für viele von euch ein Schock. War nicht dieser Mann eben noch ein Fremder für euch? Gehörte er nicht einer Welt an, die der unseren feind ist? Ja, so ist es. Und doch scheint mir dieser Mann weniger fremd als mancher, der schon sein Leben lang das Abzeichen des Bussards trägt.

Ihr habt es nicht glauben wollen, obwohl ich es euch gesagt habe: Es werden Dinge geschehen, die euch in euren Gewohnheiten herausfordern. Ihr werdet nicht so weiterleben können, wie ihr es die letzten Jahre getan habt. Und wisst ihr, warum ihr es nicht tun könnt? – Weil es euch in die Starre führen würde. Ihr glaubt, es sei eine Ordnung. In Wahrheit ist es das Gegenteil. Dieser Ort war niemals dazu bestimmt, in Erstarrung zu verenden. Er ist dazu bestimmt, die Ordnung zurückzuerobern, die vor langer Zeit verloren ging. Was heute geschehen ist, ist ein Schritt auf diesem Weg.

Meine lieben Söhne und Töchter, ein weiteres Mal fordere ich euch heraus, diesen Weg mit mir zu gehen. Ein weiteres Mal biete ich euch an, euren

Erbauer kennenzulernen und ganz auf seine Seite zu treten. Meine lieben Söhne und Töchter«, er wurde ruhig und sagte das Folgende so, als sagte er es zum ersten Mal: »Ich erwarte euch.«

Die Ruhe, die sich über den Platz legte, war die gewohnte. Doch manche Gesichter, so glaubte Levin wahrzunehmen, zeigten mehr als die einstudierte Betroffenheit; sie zeigten eine Betroffenheit, die zu Taten drängte. Wären sie nicht auf allen Seiten dem starren Blick der Soldaten begegnet, wer weiß, ob nicht einer aus dem Publikum seine Stimme erhoben und wie Levin damals die Einladung des Grafen angenommen hätte.

Mit Jubeln und Klatschen wurden sie verabschiedet und zogen Richtung Palast. Levin ging neben Thanos her. Aus seiner Sänfte heraus sagte Thanos: »Du hast eine schöne Frau. Warum begleitet sie dich nicht zum Bankett?«

»Sie fühlt sich nicht ganz passend unter all den Männern.«

»Sie scheut die Soldaten?«

»Die Soldaten und, wie mir scheint, den ganzen Palast.«

»Das wird sich beheben lassen. Ich würde gern die Frau kennenlernen, die dich zum Mann hat. Bitte bring sie im Lauf der nächsten Woche, wenn es etwas ruhiger zugeht, zum Essen mit.«

»Sehr gern werde ich das tun.«

Die Woche wurde alles andere als ruhig. Levin stellte fest, dass es den Wachen bei allen Gehorsamsschwüren schwerfiel, sich Levin unterzuordnen. Wo er Neuerungen in den Tagesablauf und ihre Aufgaben anbrachte, schienen sie wie mit Ketten an Normans Ordnungen gebunden. Sie sollten nur noch die Hälfte der Fackeln in der Eingangshalle anzünden und dafür lernen, den Schutz der Schatten zu nutzen. Doch offenbar brauchte es viele Ermahnungen, um ihnen das gemütliche Herumschlendern abzugewöhnen. Nur noch die strategisch wichtigsten Posten bekamen eine Armbrust. Die Besetzung für jede Schicht wurde verringert, dafür mussten sie zweimal die Woche im Innenhof ihre Runden drehen.

Am schwersten taten sie sich mit Levins Anweisung, das Tor zum Innenhof tagsüber offen zu lassen. An einem Morgen kam er vorbei, sah, dass die beiden Wächter vor geschlossenem Tor standen und wetterte: »Was ist los! Kennt Ihr die Befehle nicht?«

»Herr, die Außenwachen wollen das Tor geschlossen halten.«

Levin stieg die Röte ins Gesicht. Seine Stimme wurde ungewohnt laut. »Wer gibt Euch die Befehle, die Außenwachen oder ich?!«

»Ihr, mein Herr.«

»Warum zögert Ihr dann noch?«

Beschämt wandten sich die Wachen zum Tor und schoben es mit hastigen Bewegungen auf.

»Na also«, sagte Levin und spazierte in den Vorhof. Als einer der Außenwächter ihn erblickte, ließ er seinen Einwand fallen, zu dem er eben angesetzt hatte.

Aus der Ferne sah Levin Jason herbeikommen. Er wollte sich umdrehen, doch Jason war schon so nah, dass es nach Flucht ausgesehen hätte.

»Darf ich fragen, was hier los ist?«, fragte Jason, noch ehe er bei Levin angekommen war.

»Nun, Euch ist sicher bewusst, dass eine Tür zwei verschiedene Zustände haben kann. Ich habe mich für diesen entschieden.«

Jason machte ein saures Gesicht. »Ich dachte immer, eine Tür wäre dazu da, das Dahinterliegende zu beschützen.«

»Falsch. Sie ist dazu da, eine Mauer durchlässig zu machen.«

»Ich bin mir nicht im Klaren, was Ihr vorhabt, Hauptmann.«

»Betrachtet es als einen Beitrag, Briangard zu vereinen. Vielleicht werden sich die Brianer bald nicht mehr fühlen, als lebten sie in zwei Welten.«

»Ich muss darauf bestehen«, versuchte es Jason wieder auf sachliche Weise, »dass das Tor geschlossen bleibt. Ich kann die Sicherheit des Grafen nur dann garantieren, wenn der Vorhof keine durchlässige Stelle hat.«

»Wenn ich mich recht erinnere, Hauptmann, wurde *mir* die Aufgabe übertragen, für die Sicherheit des Erbauers zu sorgen. Also steht mir bitte dabei nicht im Weg.«

»Wie Ihr meint«, sagte Jason, der seine Blicke nicht mehr kontrollieren konnte. Wären es Dolche gewesen, hätte Levin ihnen ausweichen müssen. »Lasst Euch nur eines sagen: Es gibt an diesem Ort Grundsätze, nach denen sich selbst der Erbauer richtet. Sein Sohn hätte sich damals auch besser an sie gehalten. Egal, welche Position Ihr habt, nichts berechtigt Euch dazu, diese Grundsätze zu übertreten, und nichts schützt Euch vor der Strafe.«

»Wollt Ihr mir einen dieser Grundsätze nennen?«

»Ich hüte mich davor, Euch zu belehren. Als Hauptmann der Palastwache solltet Ihr sie besser kennen als jeder andere.«

»Dann könnt Ihr mich ja in aller Ruhe meine Arbeit machen lassen«, sagte Levin und lächelte bitter.

Jason wandte sich um, als sein Hund herbeigelaufen kam. »Wieso sollte ich Euch daran hindern?« Er streichelte den Hund am Nacken. Der streckte seine Schnauze in die Richtung von Levins Fuß und fing zu bellen an.

»Aber, aber!«, sagte Levin. »Ihr habt ihn nicht gerade zu meinem Freund erzogen.«

»Er ist bei allen Fremden misstrauisch«, antwortete ihm Jason und schaute Levin so nachdenklich an, dass ihm angst wurde.

»Ist gut. Einen schönen Tag Euch noch«, sagte Levin und ging rasch davon. Von Weitem hörte er noch immer das Bellen.

32. Kapitel

Alsuna, Jahr 304 nach Stadtgründung

»Nichts, aber auch gar nichts spricht dafür, dass der Graf sein Angebot ernst meint«, sagte Alkis mit glühenden Augen und musterte jeden der Senatoren. »Die Gnadenlosigkeit und Brutalität, mit der er Sallas' Haus ohne erkennbaren Anlass verwüsten ließ, zeigt seine wahre Natur. Er will nicht den Frieden, er will Krieg!«

Eine Frau sprang auf: »Ihr verschweigt das Ergebnis, das die Untersuchung der Stadtwache zutage gebracht hat. Ich selbst habe einige der Berichte ausgewertet und veröffentlicht. Niemand scheint sie zur Kenntnis genommen zu haben. Beim Großteil der Leichen, die aus dem zerstörten Haus geborgen wurden, fand man die Sonne der *Ritter von Alsuna.* Es ist eindeutig, dass sich dieser Orden im Haus von Sallas versammelt hatte. Wie einige von Euch wohl wissen, war auch Senator Kassandro unter den Opfern. Auch bei ihm wurde die Sonne gefunden. Die Soldaten von Briangard haben eine Gruppierung angegriffen, die für den Frieden dieser Stadt eine große Bedrohung darstellte.«

»Erstens«, versuchte Alkis sachlich zu erwidern, »ist es nicht gesagt, dass damit der Orden endgültig zerschlagen wurde. Zweitens sind die Untersuchungen noch nicht vollständig abgeschlossen. Ein mir gut bekannter Arzt äußerte bereits den Verdacht, dass die Männer nicht in einem gleichwertigen Kampf, Mann gegen Mann, gestorben sind. Eher scheinen sie auf grausamste Weise niedergemetzelt worden zu sein. Eine Gruppe von Ärzten, der ich möglicherweise auch angehören werde, wird diese Sache demnächst vollends aufklären. Sollte sich der Verdacht bestätigen, wirft das ein eindeutiges Licht auf die Vorgehensweise des Grafen. Soweit ich die Gesetze dieser Stadt kenne, wird ein Verdächtiger zuerst angehört, ehe man ihn verurteilt und bestraft. Die Brianer scheinen dies für unnötig erachtet zu haben, obwohl die Möglichkeit bestanden hätte, Gefangene zu machen.«

Zwei Vertreter aus der Fraktion der Minenarbeiter erhoben die Stimme,

Philus unterbrach sie streng. »Ich möchte heute nicht noch einmal erleben, dass dieser Senat sich in ein Tollhaus verwandelt. Haltet die Regeln dieses Hauses ein oder Ihr werdet aus der Sitzung verbannt. Senator Gwydion hat das Wort.«

Gwydion erhob sich, warf dem Vorsitzenden einen entschuldigenden Blick zu und setzte dann mit dem Feuer in der Stimme fort, das ihn schon dazu gebracht hatte aufzustehen.

»Was Ihr sagt, Senator Alkis, ist verleumderisch und verlogen. Die *Ritter von Alsuna* haben jahrelang gemordet und geplündert. Sowohl der Graf als auch seine Anhänger wurden durch diese Verbrecher bedroht. Der Senat hat nichts dagegen unternommen. Die Stadtwache hat stillschweigend zugesehen. Es wurde höchste Zeit, dass die Brianer kamen und uns von dieser Bedrohung befreiten.«

Ein Kaufmann meldete sich und beschimpfte Gwydion als einen primitiven Fanatiker, der nichts in einem Senat verloren habe. Gwydion wehrte sich mit Beschimpfungen, zwei Leute sprangen ihm bei. Thekla wollte etwas sagen, kam aber nicht zu Wort, weil ein anderer Gelehrter mit lauter Stimme forderte, Gwydion hinauszuwerfen. Nachdem Philus endlich für Ruhe gesorgt hatte, war Alkis wieder an der Reihe.

»Nun, diese ganze Diskussion – wenn wir es als eine solche bezeichnen wollen – hat doch wohl eine Sache unter Beweis gestellt: dass der Graf spaltet, wo er kann. Selbst wenn er nicht anwesend ist, bilden sich seinetwegen feindliche Lager, die sonst niemals entstanden wären. Wollen wir das noch länger in unserer Stadt dulden?«

»Worauf spielt Ihr an?«, fragte Thekla. »Wollt Ihr etwa den Grafen vollends ins Gebirge verbannen?«

»Mir ist klar, dass dies nicht realistisch ist. Mir ging es lediglich darum, dass wir dem Grafen nicht trauen sollten, wenn er eine Stellungnahme zu mehr Frieden in dieser Stadt verfasst. Im Gegenteil: Es sollte uns zutiefst misstrauisch machen.«

»Dann sagt uns endlich, was Ihr wirklich wollt!«, forderte Thekla.

»Wenn Ihr so direkt fragt: Ich fordere nicht nur die Ablehnung des Schreibens, sondern den Abbruch der diplomatischen Beziehungen zu Briangard. Der Senat soll nicht länger den Täuschungsmanövern des Grafen Vorschub leisten. Und zuletzt fordere ich«, und damit blickte sich Alkis im Raum um und schien nach Unterstützung zu suchen, »ich fordere eine Verstärkung der städtischen Truppen. Sollten brianische Soldaten – wovon ich ausgehe – in Zukunft erneut in Alsuna auftauchen, müssen wir bereit sein, ihnen gegenüberzustehen.«

Damit setzte er sich. Es folgte ein schockiertes Schweigen, das aber nicht lange dauerte. Der Streit entbrannte erneut, diesmal konnte Philus ihn nicht unter Kontrolle bringen.

»Ihr hasst den Grafen! Nichts anderes ist Euer Motiv! Vernichten wollt Ihr ihn und mit ihm alle, die noch an ihn glauben!«, fauchte ein Bauer.

Aus dem Publikum begann man hineinzurufen, die Wachen schritten ein und schleppten Störenfriede hinaus. Vier Senatoren standen gleichzeitig auf und versuchten sich gegenseitig zu übertönen.

»Geistloses Arbeitervolk aus den Bergen!«, schimpfte einer. »Arrogante Westküstler!«, kam es zurück. Irgendwann stand Gwydion auf und sagte: »Ich habe Euch gewarnt. Noch ein Wort gegen uns oder den Grafen und ich gehöre diesem Senat nicht mehr an. Es ist so weit, ich gehe.« Demonstrativ schob er den Stuhl zurück, wandte sich ab und zog davon. Drei Leute folgten ihm. »Wurde auch Zeit«, schallte es ihnen nach.

»Ruhe jetzt!«

Es brauchte noch einige Minuten und zwei Verweise, ehe es Philus gelang, den Senat zur Ruhe zu bringen. Er verkniff sich weitere Kommentare zu ihrem würdelosen Umgang miteinander und schien nur noch daran interessiert, die Sitzung einigermaßen anständig zu Ende zu bringen.

»Eine weitere Forderung, die Senator Alkis noch nicht ausgesprochen hat, scheint mir unausweichlich«, sagte Maxim aus der Reihe der Kaufleute. »Alle Gruppierungen in dieser Stadt, die sich öffentlich oder im Verborgenen zum Grafen bekennen, sollten überwacht werden. Es geht mir nicht um ein Verbot. Aber nehmen wir an, der Graf beabsichtigt tatsächlich, mit Gewalt die Herrschaft zurückzuerobern. Wie naheliegend wäre es, dass diese Gruppierungen ihm plötzlich zur Seite stehen und sich gegen die Vertreter dieser Stadt wenden. Dann hätten wir nicht nur einen Krieg, sondern wir hätten einen verlorenen Krieg.«

Gereon kam an die Reihe. »Das werden mir so langsam etwas zu viele

Forderungen auf einmal. Ihr wollt das Friedensangebot des Grafen ausschlagen, die diplomatischen Treffen beenden, Truppen gegen ihn formieren und seine Anhänger überwachen. Zu jeder dieser Forderungen ließe sich eine Menge einwenden. Belassen wir es bei der wichtigsten Sache: Ihr würdet damit die Stadt entzweien und genau das Gegenteil dessen erreichen, was Ihr beabsichtigt. Sollte Euer abstruses Szenario wirklich eintreffen und der Graf einen Angriff starten, hätten wir ihm nichts entgegenzuhalten, weil wir uns schon im Voraus gegenseitig verdächtigt und auseinandergeredet haben. Unser Verhältnis zum Grafen mag uns trennen. Was uns aber eint, ist unser gemeinsames Leid. Die Seuche trifft Anhänger und Gegner des Grafen. Sie zu besiegen ist unser gemeinsames Ziel. Lasst uns darauf konzentriert sein, dann können wir zusammen auch jede andere Bedrohung abwenden.«

»Schöne Worte wie immer, Senator«, sagte Alkis. »Aber der Wunsch allein löst keine Probleme. Es gibt nun einmal verblendete Menschen, die sich nicht mehr vom Licht Eurer Vernunft locken lassen. Ist es nicht nötig, ihnen Einhalt zu gebieten, wenn sie sich innerlich schon längst gegen diese Stadt gewandt haben?«

»Versteht mich nicht falsch«, entgegnete Gereon. »Ich lehne nicht jede Eurer Forderungen gänzlich ab. Ihr solltet nur ein wenig sauberer trennen. Die meisten Anhänger des Grafen sind harmlose Bürger, die wir von Neuem gewinnen sollten. Wir sollten sie davon überzeugen, dass sie für das Wohl von Alsuna kämpfen, wenn sie die Stadtwache unterstützen. Überwachen, und zwar mit umso größerer Anstrengung, sollten wir nur die wenigen, die bereits aktiv dabei sind, eine Machtergreifung des Grafen vorzubereiten.«

»Ihr sprecht von diesen Gruppierungen, über die es bislang nur Gerüchte gibt. Wie lautete der Name doch gleich? *Unterirdische Schmiede*. Sehr abenteuerlich, das Ganze.«

»Nennt sie, wie Ihr wollt. Es gibt genügend Indizien, dass solche Aktivitäten in Alsuna vonstattengehen. Wenn alles so offenliegen würde, wie Ihr Euch das wünscht, wären sie nicht so gefährlich«, sagte Gereon.

»Wir haben in der Tat vermehrte Hinweise auf Menschen, die sich als Freunde des Grafen bezeichnen und sich von den uns bekannten fanatischen Gruppen unterscheiden«, sagte die Frau, die für die Stadtwache arbeitete. »Senator Gereon spricht hier nicht nur von Hirngespinsten. Allerdings ist noch nicht klar, welche Gefahr von ihnen ausgeht. Ihr könnt Euch aber sicher sein, dass es bereits Menschen gibt, die sich ihrer annehmen.«

Es dauerte noch eine Stunde, bis die vier Forderungen zu Genüge diskutiert waren. Dann wurde abgestimmt. Philus klammerte die letzte Forderung aus, da über sie noch zu wenig Gewissheit herrschte.

Mit knapper Mehrheit stimmte man dagegen, die Stellungnahme des Grafen anzunehmen. Hingegen wurde beschlossen, die diplomatischen Treffen beizubehalten. Mit noch knapperer Mehrheit – verschuldet durch das Fehlen der vier Abtrünnigen – entschied der Senat, die Truppen der Stadtwache zu stärken und sich auf einen möglichen Angriff des brianischen Heeres vorzubereiten.

Das Feuer im Kamin glühte nur noch, als die Senatoren sich erhoben und den Raum verließen. Niemand sah, dass Thekla eine Nachricht verfasste und sie draußen einem Boten in die Hand drückte.

33. Kapitel

Briangard, Jahr 304 nach Stadtgründung

Selten hatte Levin einen so fein gedeckten Tisch gesehen: zwei Silberplatten, auf denen Rinderbraten, Gänse- und Lammkeulen sowie Schweinekoteletts appetitlich angeordnet waren, Schüsseln mit Kartoffeln und Kraut, kunstvoll geschnittenes Gemüse, alles beleuchtet von einem mehrstufigen Kerzenständer in der Mitte des Tisches. Der appetitliche Duft von Bratensaft stieg Levin in die Nase. Hinter ihm klapperten die Holzschuhe des Dieners, der einen Krug hereinbrachte und auf dem niedrigen Tisch im Gemach des Grafen abstellte. Thanos nickte ihm zu und bat ihn, die Tür zu schließen.

»Willkommen, mein lieber Linus. Es wird höchste Zeit, dich zum Essen hier zu haben«, sagte er und machte zugleich ein enttäuschtes Gesicht. »Wo hast du deine Gemahlin gelassen? Hatte ich sie nicht ausdrücklich eingeladen?«

»Es tut mir leid, Thanos. Sie wollte kommen, doch heute wurde sie krank. Sie musste sich ins Bett legen.«

»Hoffentlich nichts Ernstes«, sagte Thanos und klang etwas gekränkt. Sie hockten sich am Tisch auf den Boden. Der Teppich war angenehm warm. »Greif zu. Wie du siehst, dürften wir heute satt werden.«

Sie begannen zu essen. Levin ließ sich von Thanos jede Hemmung ausreden und genoss das Mahl trotz der Gedanken, die in seinem Kopf kreisten. Es sollte der Abend sein, an dem er die letzten noch fehlenden Informationen einholte. Langsam wurde es Zeit. Seit vier Tagen war er Hauptmann und ihm blieben nur wenige Tage, bis Darius ihn erwartete. Ein gemütliches Abendessen und viel Wein waren die beste Voraussetzung, um Thanos das zu entlocken, was er noch nicht preisgegeben hatte. Er hatte sich ein paar Strategien zurechtgelegt.

Doch schon am Anfang warf Thanos die erste Strategie über den Haufen. Nicht er redete, sondern er bat Levin zu erzählen. Eine halbe Stunde lang beschränkte sich Thanos darauf zu kauen, zu schlucken und zu lauschen. Er gab kaum einen Ton von sich. Levin sollte von seinen ersten Erfahrungen als Hauptmann erzählen, von seinen Plänen und mit welchen Schwierigkeiten er zu kämpfen hatte. Levin berichtete von seinem Problem, dass man ihn als Anführer noch nicht anerkannte und vieles nicht verstand, was er anordnete. Erst nach einer Weile sagte Thanos ganz unvermittelt: »Das ist interessant. Offenbar gilt es auch für dich.«

»Was gilt für mich?«

»Dass man erst dann führen kann, wenn man die Leute für sich gewonnen hat. Ansonsten wird man ein Tyrann.«

»Du behauptest, ich wäre ein Tyrann?«, fragte Levin entrüstet.

»Wenigstens klingt es so, als könntest du einer werden. Du bist es nicht gewohnt, Verantwortung für andere zu tragen. Deshalb willst du sie durch Strenge gefügig machen.«

»Ist es bei dir nicht dasselbe? Ich sage nur: *Fünf Eherne Regeln.*«

Thanos wurde nachdenklich. »Ein guter Einwand. Die Alsuner mögen die Regeln nicht, hab ich recht?«

Levin nickte.

»Das kann ich mir gut vorstellen. Sie waren auch nicht dazu gedacht, für sich allein zu stehen. Was die Leute verloren haben, sind nicht die Regeln, sondern die Vision dahinter.«

»Und die hängt mit dir zusammen, stimmts?«

»So könnte man es sagen. Weil sie ihrem Herrscher nicht mehr vertrauten, vertrauten sie zunächst nur noch den Regeln, so wie einige Brianer. Da die Regeln für sich genommen ziemlich trocken sind, fingen sie verständlicherweise an, die Regeln und ihren Urheber zu hassen. Hätten sie mich herrschen lassen und meine Vision für Alsuna geteilt, dann hätten die Regeln der Ordnung gedient. Jetzt führen sie zur Starre.«

»Du machst es dir sehr leicht, Thanos. Ich meine: Du behauptest, den Menschen würde es gut gehen, wenn sie dich wieder über sich herrschen ließen. Wenn sie aber unabhängig sein wollen, zerstören sie sich selbst. Glaubst du das wirklich oder machst du dir das vor?«

Thanos stellte den Becher ab und wischte sich den Mund. »Donnerwetter. Das hat sich schon lange keiner mehr getraut. Diese Ehrlichkeit. Ich danke dir dafür.« Er ließ den Diener hereinkommen und die Süßspeisen auftragen.

Dabei empfahl er Levin dringend, das Pflaumenkompott mit Sahne zu probieren. Schmatzend sagte er: »Nun gut. Lass uns darüber sprechen, wer es sich hier leicht macht. Du sprachst von Unabhängigkeit. Ist es nicht naiv zu glauben, man könne völlig unregiert sein? Gib es zu: Es gibt immer etwas oder jemand, der dich bestimmt. Wenn es keinen offensichtlichen Herrscher gibt, dann herrscht derjenige, der am meisten Einfluss hat – wegen seines Geldes, wegen seines Charismas, wegen seiner Schlauheit. Er herrscht und keiner merkt es, eine Herrschaft aus dem Schatten sozusagen. Ist das nicht viel willkürlicher und gefährlicher?«

»In Alsuna gibt es einen Senat.«

»Einen Senat, den *ich* vor Generationen ins Leben gerufen habe. Darüber staunst du, nicht wahr? Es war mein erklärter Wunsch, die Regierung der Stadt mit den Bürgern zu teilen. Sie sollten ihre Gedanken und Vorstellungen einbringen und mit mir gemeinsam die Vision weiterentwickeln. Das Problem ist nicht, dass es einen Senat gibt. Das Problem ist, dass seine Mitglieder aufgehört haben, an eine gemeinsame Bestimmung für die Stadt zu glauben. Und so hat jeder angefangen, für seine eigenen kurzfristigen Ziele zu leben. Heute ist der Senat nur noch darum bemüht, die vielen unterschiedlichen und oft widersprüchlichen Interessen zu ordnen.«

»Du gehst hart ins Gericht mit dem Senat. Ist die Stadt nicht eher wie ein Sohn, der erwachsen geworden ist und nun seine eigenen Wege geht?«

Thanos widmete sich demonstrativ seinem Nachtisch. Der Vergleich ging ihm sichtlich nahe. *Hoffentlich habe ich ihn nicht gegen mich aufgebracht*, sagte sich Levin und aß von dem Kompott.

Das Schweigen dauerte unangenehm lange. Sie hörten einander kauen und schlucken, jeder schien darauf zu warten, dass der andere weitersprach. Schließlich begann Thanos: »Linus, du magst in vielem recht haben. Ich wünschte, ich könnte dir genauer erklären, wie ich die Dinge sehe. Vielleicht würde dann manches bei dir anders ankommen. Aber du sollst wissen, dass ich es genieße, dich bei mir zu haben.«

»Danke, das … ist mir eine Ehre«, sagte Levin verschämt und unsicher, wie man auf so etwas antwortete.

»Willst du mir sagen, was deiner Frau fehlt? Ihr Name ist doch Elena. Ich kannte auch eine Elena.«

»Sie ist unendlich müde, hat Schweißausbrüche und atmet schwer. Sie sagt, das käme seit einiger Zeit gelegentlich vor. Es sei nichts Schlimmes.«

»Treten die Adern an der Schläfe hervor?« Thanos hatte aufgehört zu kauen.

»Ein bisschen, ja.«

Es wurde still. Thanos schaute ihn auf einmal mitleidig an und schluckte.

»Vermutest du etwa …?«

»Ja, es ist möglich«, sagte er, um Nüchternheit bemüht. »Zumindest sprechen die Anzeichen dafür.«

Levin kämpfte mit den Tränen. »Und wie kann man das feststellen?«

»Nicht sofort. Es ist wohl nur ein Anfall, der schon wieder vorbei sein dürfte. Erst wenn die Krankheit zunimmt, werden die Zeichen deutlicher.«

In Gedanken malte Levin sich aus, was passierte, wenn die Vermutung stimmte. Vielleicht würde er zum ersten Mal seit vielen Jahren um einen Menschen trauern; ein Gefühl, das er nicht kannte. Nein, wieso sollte das geschehen? Er würde bald verschwinden und Elena nie wiedersehen.

Er merkte, wie er die Kontrolle über seine Gedanken verlor und seine Strategien für diesen Abend vollends vergaß. Nervös um Konzentration ringend schaute er im Raum umher, versuchte, beängstigende Vorstellungen zu vertreiben und richtete schließlich einen scharfen Blick auf Thanos. »Hast *du* nicht diese verfluchte Seuche in die Welt gesetzt? Du hast doch dieses Gift zusammengebraut und jetzt wird Elena dafür büßen!«

»Das glaubst du also.« Thanos' Gesicht verfinsterte sich.

»Warum sollte ich es nicht glauben? Du hast mir nie das Gegenteil bewiesen.«

»Du glaubst den Menschen mehr als deinen eigenen Gefühlen.«

»Woher willst du wissen, was ich fühle?«

Thanos griff nach Levins Hand. Seine Augen wurden feucht. »Zumindest weiß ich, wie es sich anfühlt, die eigene Frau zu verlieren.« Levin schaute fragend auf. »Freilich, als Unsterblicher wusste ich, dass der Tag kommen würde, an dem sie geht und ich hierbleibe. Aber ich fand, dass es zu früh war. Sie konnte ihren Sohn gerade einmal in Händen halten, ehe sie starb. Aber nun ja, dafür habe ich ihn umso mehr geliebt.«

»Das wusste ich nicht«, sagte Levin beschämt.

»Nur wenige wissen das noch. Man redet wenig darüber auf Briangard. Damals gab es nichts, was man hätte tun können. Für dich gibt es wenigstens Hoffnung.«

»Was meinst du damit?«

»Lass uns ins Labor gehen.« Während er zur Tür schritt, schien Thanos sich wieder zu fangen und zu einem sachlichen Ton zurückzufinden. »Ich hoffe, das zerstört dir nicht den gemütlichen Abend.«

Sie betraten das Labor. Thanos stellte einige Gefäße auf, betrachtete ein Glas und zeigte es Levin. »Dies hier ist das Gift, wie du es bezeichnest. Trink einen Schluck daraus und die Seuche ist in dir.«

Levin schaute sich das Glas entsetzt an. Die Flüssigkeit war fast durchsichtig und sah völlig harmlos aus.

Wie viel man davon wohl in den Fluss kippen musste, um die Stadt ins Unglück zu stürzen?

Thanos schien Levins Gedanken zu ahnen. »Weißt du, wie es zustande kommt?«

»Ich kann es mir denken. Es hat mit Meskan zu tun.«

»So ist es. Aber Meskan allein richtet nichts aus. Das Reimutgebirge besitzt eine Menge giftiger Pflanzen. Einige davon sind, wie ich dir schon gesagt habe, äußerst aggressiv. Es gibt da eine Pflanze, die nichts anderes tut, als sich um ihre Nachbarpflanzen zu schlingen, sie sterben zu lassen und dann die nächste anzugreifen. Vermische den Saft dieser Pflanze mit Meskan und du hast die Seuche. Das Meskan wird vom aggressiven Geist der Pflanze erfasst und beginnt, sich auf die Blutbahnen zu stürzen, wenn es in einen Menschen gelangt.«

»Und kein Mensch ist bisher darauf gekommen?«

»Oh doch. Es ist leicht, diesen Stoff herzustellen. Wer die Wirkung der Pflanze kennt und ein bisschen etwas von Meskan versteht, hat es nicht schwer.«

»Warum hast du dieses Gift in deinem Labor?«

»Ich kann den Feind nur bekämpfen, wenn ich ihn kenne. Seit Jahren tue ich nichts anderes, als den Stoff zu suchen, der die Seuche endgültig besiegt. Vielleicht gibt es ja irgendwo eine Pflanze, die eine Gegenwirkung besitzt. Aber bislang war das aussichtslos. Dann gibt es da noch einen unmöglichen

Weg: Das Blut eines Sterblichen, der die Seuche besiegt hat, könnte neue Lebenskraft im Meskan erzeugen und damit ein Gegenmittel ermöglichen.«

»Aber die Seuche ließe sich nur mit diesem Mittel besiegen. Ein Teufelskreis.«

»Genau das ist es.« Thanos stellte das Glas ab und atmete schwer durch. »Genau das ist es.« Er redete immer langsamer, seine Stimme hörte sich kratzig an. Levin traute sich nicht, weiterzufragen.

Zu seiner Überraschung fasste sich Thanos wieder. »Wenn wir versuchen, durch das Meskan Dinge zu erreichen, zu denen wir nicht bestimmt sind, dann hat das schlimme Folgen. Ich sage dir das, weil ich dich warnen will. Du hast ein hohes Amt. Aber glaube nicht, dass du mehr sein kannst, als es für dich bestimmt ist.«

»Wie es schon einmal geschehen ist?«

»Ich habe dir von Gereons Großvater erzählt. Tychon. Ich mochte ihn sehr. Ich habe ihm alles über das Meskan beigebracht und ihm viele Freiheiten geschenkt. Doch er konnte nicht damit umgehen. Er wollte mehr. Er wollte meine Unsterblichkeit. Weil er sie nicht selbst erschaffen konnte, glaubte er, er könne sie mir irgendwie abnehmen. Ein Narr!«

»Was hast du mit ihm gemacht?«

»Ich habe ihn verbannt. Er sollte wieder ein normales Leben in der Stadt führen und lernen, nicht höher von sich zu denken, als ihm gebührt. Soweit ich weiß, hat er am Ende seines Lebens eingesehen, dass meine Unsterblichkeit nicht zu erlangen ist. Es hat gewirkt: Tychons Söhne und Enkel sind diesem wahnsinnigen Einfall nicht nachgegangen.«

Während Levin zuhörte, begann er seinen eigenen Gedanken zu misstrauen. Nicht das erste Mal verlor er die Orientierung.

Hörte er nun die Wahrheit oder wurde er mehr und mehr von der Willenskraft dieses Mannes aufgesogen? Wo war der selbstsichere Levin, der dem anderen immer einen Schritt voraus war, der kühl über die Dinge hinwegsehen konnte?

Aber nein, es war sein Weg. Wenn er den alten Levin zurückhaben wollte, musste er an Thanos vorbei. Und bislang war der direkte, offene Weg der erfolgreichste gewesen. Jetzt war seine Gelegenheit.

»Du sprachst von Hoffnung für Elena. Was meintest du damit?«

»Damit meinte ich, dass ich noch nicht aufgegeben habe, nach dem rettenden Heilmittel zu suchen. Sollte wieder ein Anfall kommen, dann schick sie zu mir. Ich kann ihr ein Mittel geben, das ihr die Schmerzen nimmt und den Tod vorerst vertreibt.«

»Das würde ich gern tun, Thanos. Aber ich habe ein Problem.« Levin nahm jetzt allen Mut zusammen, der in ihm steckte, und sah Thanos in die Augen. »Ich weiß nicht, ob ich dir trauen kann.«

Thanos erwiderte den Blick. Ganz ruhig und ernst waren seine Augen. Keine Regung zeigte sich auf seinem Gesicht.

»Wie soll ich es sagen? Du redest und erzählst und alles klingt einleuchtend. Aber jedes Mal habe ich das Gefühl, es gäbe immer noch ein tieferes Geheimnis, das alles andere als Lüge entlarvt.«

»Du denkst also, ich täusche dich.«

Sofort wurde sich Levin über das verbotene Wort bewusst, das Thanos benutzt hatte. Bahnte sich ein neuer Wutausbruch an? Doch jetzt konnte er nicht mehr zurück.

»Ich befürchte es manchmal, ja.«

»Und wo vermutest du noch ein finsteres Geheimnis?«

»Ich … du fragst mich so direkt. Also will ich dir antworten. Ich habe erfahren, dass hin und wieder Leute in dein Gemach kommen, die nicht hier auf Briangard zu Hause sind. Aber als Palastwächter habe ich festgestellt, dass sie nicht auf normalem Weg hereingekommen sein können. Du kannst dir vorstellen, dass mich so etwas misstrauisch macht. Ich meine: Ich bin der Hauptmann deiner Palastwache und du empfängst Menschen, von denen ich nichts weiß.«

Thanos fing an zu lächeln. »Also das meinst du.« Er lächelte noch mehr. »Und deshalb glaubst du mir nicht trauen zu können.« Jetzt verwandelte sich das Lächeln in ein Kopfschütteln. »Mein lieber Linus, ich habe die Befürchtung, dass du vieles noch nicht verstanden hast. Dabei habe ich dir doch gesagt, dass die wichtigsten Dinge die offensichtlichsten sind.«

»Und dennoch verschweigst du mir etwas.«

»Also schön. Ich will dich nicht länger quälen, auch wenn ich normalerweise gewartet hätte, bis du mir wirklich vertraust. Ich möchte, dass du diese Leute kennenlernst, wenn sie wiederkommen. Sie werden dir eine Menge interessanter Dinge erzählen. Danach wirst du hoffentlich frei von deinen Zweifeln sein.«

»Sind das nicht Dinge, die du mir selbst erzählen könntest?«

»Ich habe dich soeben zu etwas Besonderem eingeladen und das solltest du wertschätzen.«

»Und wie kommen diese Leute nun in den Palast?«

»Du fragst mich etwas sehr Wichtiges, Linus. Nur wenige wissen darüber Bescheid.«

»Ich bin der Hauptmann. Und ich werde es ja doch erfahren.«

»Du wirst also kommen?«

»Selbstverständlich werde ich kommen.«

»Und du bist dir bewusst, welches Wissen du mit dir tragen wirst?«

»Ich denke doch.«

»Dann komm in einer Woche in diesen Raum.« *In einer Woche. Mist. Das wäre zu spät.*

»Also gibt es einen direkten Weg von draußen ins Labor«, bohrte er weiter nach.

»So ist es.«

»Und wo ist die geheime Tür?«

»Meine Güte, du scheinst wirklich nichts verstanden zu haben. Hier gibt es keine geheime Tür. Der Zugang ist völlig offen.«

»Ich sehe nichts.«

»Weil du geblendet bist. Du glaubst noch immer, dass Dunkelheit und Schatten das beste Versteck sind. Du verachtest das Licht, obwohl es den größten Schutz bietet.«

Levin blickte um sich. Zuerst wollte ihn die Wut über die Andeutungen des Grafen überwältigen. Dann hielt er auf einmal inne, blinzelte zweimal, fasste es nicht und machte einen Schritt nach vorn.

»Ich glaube, du kommst der Sache näher«, sagte Thanos lächelnd.

Levin ging weiter, schärfte seinen Blick und konnte endlich etwas erkennen. Es war so einfach.

Er hatte den Geheimgang gefunden.

34. Kapitel

Drei Tage lang war Levin wie apathisch. Wenn er allein war, ging er in seinem Haus auf und ab. Immerzu schaute er aus dem Fenster in den Hof hinaus, beobachtete die Menschen bei völlig unbedeutenden Vorgängen. Wenn er Dienst hatte, ging er manchmal schweigend durch den Palast, sah seine Untergebenen mit schwermütigem Blick an und freute sich gleichzeitig insgeheim, wenn sie seine Vorgaben umsetzten. Einige konnten sich schon sehr unauffällig bewegen, manchmal wurde er selbst von ihnen überrascht.

In seinen Gedanken spielten sie aber nur eine nebensächliche Rolle. Was ihn beschäftigte, waren große, dringende Fragen. Es war vor allem die Frage, ob er wohl noch oft durch diesen Palast gehen würde. Mit jedem Streifzug durch sein neues Reich schien ihm der Verlust größer, den er in Kauf nahm, wenn er zu Darius ging. In kürzester Zeit war er zum Herrn über mehrere Dutzend Männer und Frauen geworden, früher war er nur Herr über sein eigenes Leben gewesen. Das hatte ihm immer ausgereicht, zumal er das Gefühl gehabt hatte, ein erfolgreicher Herr zu sein. Würde es ihm weiterhin reichen, jetzt, wo er all das erlebt hatte?

Und Thanos. Er würde ihn nie wiedersehen. Nie mehr würde er dem einzigen Mann begegnen, der es immer wieder schaffte, ihn zu verunsichern, indem er ihm Sicherheit anbot. Levin hasste Sicherheit, die er sich nicht selbst erschaffen hatte. Sie war für ihn das Gefährlichste von allem. Aber weil er zugleich die Gefahr liebte, reizte ihn jeder Schritt in die Welt, die Thanos ihm öffnete. Was er darin entdeckte, faszinierte ihn. Es war der abenteuerlichste Einbruch, den er jemals unternommen hatte. Tür um Tür drang er tiefer in das Gebäude ein und immer herrschte das Gefühl, dass er es noch ein kleines bisschen weiter schaffen konnte. Ein kleines bisschen, dann würde er umkehren und mit seiner Beute fliehen.

Doch wann hatte er die Stelle erreicht, an der die Tür hinter ihm zuschlug? Wann würde er vom Einbrecher zum Gefangenen werden? Sie konnte nicht mehr weit sein, diese Tür. Vermutlich – dahin führten ihn seine Gedanken in diesen Tagen immer wieder –, vermutlich schnappte die Falle zu, wenn er nächste Woche das Treffen besuchen würde. Dann war er ein Eingeweihter, dann gehörte er zu ihnen – oder er musste sterben.

So betete er sich bei allen Grübeleien immer wieder den einen Satz vor: *Entweder gehe ich zu Darius oder ich gehe zu dem Treffen und bin womöglich für immer hier eingesperrt.*

Viel weiter kam er nicht. Je näher der Tag rückte, umso schwerer lastete die Tatsache auf ihm, dass er sich zwischen diesen beiden Dingen entscheiden musste. Er hatte alles beisammen, was er für Darius brauchte. Er hatte Theklas Namen, er kannte den Geheimgang und wusste von der Giftmischung. Darius würde ihm einen ungeheuren Lohn auszahlen, von dem er Elena einen beträchtlichen Teil abgeben würde. Er würde seinen Stein zurückbekommen, von denen es auf Briangard freilich eine Menge gab. Und dann würde er wieder seinen Mantel überziehen und in den unzähligen, unüberschaubaren Winkeln der Stadt zu Hause sein. Man würde wieder über den *Schattensucher* sprechen und gleichzeitig wäre er selbst keinem Menschen mehr bekannt. *Freiheit*, so hatte er das immer genannt. Ja, er hatte alles beisammen, was er für seine Rückkehr brauchte. Was ihm fehlte, war die Vorfreude auf seine Freiheit.

Wenn Elena zu Hause an ihm vorüberging, durchzuckte ihn immer ein stechender Schmerz. Er wusste nicht recht, woher das kam. Aber er redete sich ein, dass es wohl eine Art Mitleid war. Elena hatte keine Ahnung, welches Schicksal ihr blühte. Vielleicht wäre es gnädig gewesen, es ihr zu sagen. Doch was dann? Was änderte das? Niemand konnte sie retten, außer Thanos vielleicht – aber auch das war höchst unwahrscheinlich.

Häufig fragte er sie, wie es ihr gehe und ob die Schmerzen wiedergekommen seien. Sie verneinte immer und schaute ihn verwundert an. »Mit mir ist alles in Ordnung«, sagte sie. Doch Levins sorgenvolles Nachfragen schien sie zu berühren, denn jedes Mal wandte sie sich schnell um und ging weiter, ehe ein warmes Leuchten über ihr Gesicht ziehen konnte und ihre Grübchen sich zeigten. Wenn Levin die Grübchen im Augenwinkel erahnte, konnte auch er einen warmen Schauer nicht unterdrücken und musste sich eingestehen, dass das alles nichts mit Mitleid zu tun hatte.

In dieser Nacht waren die zwei Wochen um. Levin machte sich klar, dass er seine Grübeleien beenden und zu Taten übergehen musste. Eigentlich war es ganz einfach. Er packte alle Dinge, die er brauchte, in seinen großen Beutel. Ein paar Nebensächlichkeiten ließ er im Haus. Elena schlief fest im Zimmer nebenan. Er warf sich die Uniform über und legte sich den grauen Mantel in seinem Beutel zurecht. Jetzt kam das Schwerste. Vorsichtig öffnete er die Tür zu Elenas Zimmer und spähte hinein. Vom Mondlicht beschienen lag sie halb aufgedeckt auf der Seite, ein paar Haare waren ihr übers Gesicht gefallen. Ihr Atem ging ungleichmäßig und leise. Levin schluckte krampfhaft und spürte den Druck in seiner Kehle.

Auf Wiedersehen, meine Liebe. Du hast viel durchgemacht mit mir. Ich wäre dir gern ein anderer Mann gewesen, aber dazu wäre ein anderer Levin nötig gewesen.

Ehe der Druck auf seinen Magen überging, schloss er rasch die Tür und legte seinen Brief vor die Schwelle. Sie würde darin alles lesen, was sie wissen musste: dass er nun seinen Auftrag erledigt habe, wie sie aus der Festung entkommen würde und an welcher Stelle er ihren Lohn in Alsuna für sie verstecken würde.

Dann gab es da noch eine Passage, in der er ihr mitteilte, was Thanos über die Krankheit gesagt hatte. Wenn sie mutig sei, solle sie zu Thanos gehen und ihn um Hilfe bitten, ehe sie Briangard verließ.

Er hatte die Zeilen so sachlich verfasst, wie er nur konnte. Vielleicht würde ihr das die Sache erleichtern. Doch eigentlich konnte sie froh sein, dass es nun vorbei war. Er würde ihr viel mehr Geld bereitlegen, als sie ausgemacht hatten, sodass sie vielleicht nicht mehr in ihren alten Beruf zurückkehren musste. Bestimmt würde sie bald zu der Erkenntnis gelangen, dass sich der ganze Aufwand gelohnt hatte.

Nachdem er den Brief abgelegt hatte, entfernte er sich rasch und blickte nicht zurück. Zügig ging er aus dem Haus, marschierte durch die Passage der Kaserne in den Innenhof und von dort in den Palast. Er grüßte die Wachen am Tor, in der Eingangshalle und im Gang vor den Gemächern von Thanos.

»Der Erbauer ist in der Bibliothek«, antwortete ihm ein Wächter auf seine Frage. »Soll ich Euch anmelden?«

»Nein. Ich muss nur etwas im Labor nachsehen.«

»Verstanden«, sagte der Wächter und trat ab. Levin nickte zufrieden und ging ins Labor. Es war so hell wie zu jeder Stunde. Im Raum nebenan saß

Thanos und studierte vermutlich wieder einmal eine Schrift. Zum letzten Mal würde er ihm so nahe sein. Auch wenn er ihn nicht mehr sah, kam es ihm vor, als berühre er ihn zum Abschied.

Ich danke dir für alles, mein Freund, log er sich vor. Er wusste eigentlich, dass er einen Akt höchster Undankbarkeit beging. Aber was sollte er anderes tun? Vielleicht stimmte alles, was Thanos ihm erzählt hatte. Vielleicht war aber auch alles gelogen. Letzteres konnte er nicht riskieren. Nein, er musste einfach seinen Weg gehen, und wenn diese Nacht vorbei war, würde er sich nicht mehr mit der Frage beschäftigen müssen, ob er Thanos Unrecht tat.

Es war Zeit. Er rückte seinen Beutel zurecht und ging auf die linke Wand zu. Lächelnd sah er in das Meskanfeuer, das ihn immer begeistert hatte, auch wenn es für ihn bisher lediglich ein Hintergrund gewesen war. Heute nicht. Er kam näher, es wurde wärmer. Als er einen Meter davon entfernt stand, empfand er es als heiß.

Nun denn.

Er schloss die Augen, sprang mit einem Bein voraus, eine stechende Hitze durchfuhr ihn für einen Moment, dann landete er auf der anderen Seite des Feuers.

Er öffnete die Augen wieder. Vor sich sah er nur eine Wand, die man von außen für die Rückwand der Feuernische hielt. Doch nach rechts ging ein kleiner Gang ab. Ohne zum Feuer zurückzuschauen, machte er sich auf den Weg. Es ging eine steile Treppe abwärts Richtung Hauptturm. Nach einigen Metern war er ein Stockwerk tiefer, direkt unter dem Gemach des Grafen. Nun brauchte er eine Kerze, denn die Treppe mündete in eine Wendeltreppe, die im Innern des Turms hinabführte.

Die Stufen waren eng. Je tiefer er kam, umso mehr nahmen Kälte und Feuchtigkeit zu. Einmal blieb er stehen und horchte an der Wand. Nichts. Seinem Gefühl nach war er nun auf Höhe des Hofes. Zu seinem Erstaunen ging die Treppe noch ein langes Stück weiter. Bald konnte er kaum mehr einschätzen, wie tief er war. Er wusste nur, dass er sich irgendwo im Innern der Anhöhe befand, auf der Briangard thronte.

Nach einer schier endlosen Spirale hörte die Treppe schließlich auf. Levin musste kurz durchatmen, dann folgte er dem schmalen Gang, der sich anschloss. Er war ins Felsmassiv gehauen, an allen Seiten ragten Steinspitzen herein. Wenigstens war der Gang so hoch, dass er sich kaum bücken musste. Selten ging es auf oder ab und nur ein paar schwache Biegungen erwarteten ihn.

Durch die Wendeltreppe hatte Levin völlig die Orientierung verloren. Deshalb holte er seinen Kompass hervor, der ihm sagte, dass er sich konstant in Richtung Westen bewegte. Das beruhigte ihn, denn das führte zumindest nicht gänzlich von der Stadt weg.

Der Gang endete schließlich in einer feuchten Steinkammer, nicht länger als drei Meter. Levins Kerze war fast heruntergebrannt. Der Raum war schlicht und zeigte keine Besonderheiten. Schnell sah Levin, dass es nur nach oben weitergehen konnte. Eine Holzleiter führte ihn fünf Meter die Wand hinauf. Als er oben stand, sah er, dass er sich in einer Grube innerhalb einer noch größeren Kammer befunden hatte. Auch hier gab es außer kahlen Steinwänden fast nichts. Erst beim zweiten Blick sah er den Türrahmen, der von einer Steinplatte ausgefüllt war.

Zunächst war er ratlos. Dann zog er am hölzernen Hebel neben der Tür. Augenblicklich schob sich der Stein zur Seite. Sein Blick fiel auf von hellem Mondlicht beschienenen Waldboden. Erleichtert trat er hinaus und sog die frische Luft ein. Nur die Bäume gaben Geräusche von sich. Er war ganz allein.

Nachdem er sich umgeschaut hatte, wusste er, wo er sich befand. Vor ihm erstreckte sich ein Meer von Grabmalen, die in den Hang eingelassen waren. Er war mitten auf dem alsunischen Bergfriedhof, westlich von Briangard und nördlich der Stadt. Nur die Reichen wurden hier bestattet. Mit einem runden Stein wurden die Grabkammern üblicherweise abgeschlossen. Kaum einer kam hier je vorbei.

Eine wirklich kluge Lösung, dachte Levin. *Wer kommt schon auf die Idee, alle Hundert Gräber nach einem Geheimgang zu durchsuchen? Ein Ort, für den sich keiner interessiert, führt direkt zum Gemach des Grafen. Schlau ist das.*

Mit ein paar tastenden Handbewegungen fand Levin heraus, dass der Stein auf einer Metallschiene lag, die sich durch einen Mechanismus kippen ließ. Der Stein rollte zurück und versperrte den Eingang wieder. Mit ein paar Blättern verdeckte er die Metallschiene.

Dann schritt er zwischen den Bäumen den Hang hinab. Der Wald endete dort, wo die Bauernhöfe anfingen. Einen weiten Weg hatte er noch vor sich. Gut, dass er rechtzeitig losgezogen war. Er streifte sich den grauen Mantel über und marschierte die Straße hinab.

Eine Stunde dauerte es, bis er die Weberei im Osten von Alsuna erreicht hatte. Er blieb eine Hausecke entfernt stehen und spähte hinüber. Hinter den Fenstern war Licht, sie erwarteten ihn also. Diesmal war er rund eine Stunde zu früh dran. Immerhin. Er atmete durch und konnte sich nicht entschließen hinüberzugehen. Er musste an das ekelhafte Grinsen von Darius denken, an die vernichtenden und zugleich hilflosen Blicke von Nadal. Keiner von ihnen hatte eine Ahnung, was Levin hinter sich hatte. Sie würden nur das hören, was er herausbekommen hatte, und ihn dann für immer wegschicken. Das war es ja, was er gewollt hatte. Erledigen und verschwinden. Es war so einfach und jetzt schaffte er es nicht um diese elende Hausecke herum – so als hielte sie ihn fest. An seiner Schulter spürte er den Bussard.

Ich bin Hauptmann von Briangard, sagte er sich. *Und es ist ein wahnsinnig guter Geheimgang, den ich entdeckt habe.*

Langsam schritt er auf die Weberei zu. Als er vor der Tür stand, zog er ein Stück Papier und einen Kohlestift hervor.

Er hatte sich geschworen, nicht mehr als sechs Stunden am Tag zu schlafen – und zwar nur während der Dienstzeiten von Linus. Seine eigenen Aufgaben hatte er auf ein Minimum reduziert, sodass er den größten Teil des Tages damit verbringen konnte, Linus zu beobachten. Solange Linus im Hof war, spazierte Jason auf der Mauer, von wo er jede seiner Bewegungen sehen konnte. War Linus zu Hause, setzte Jason sich ans Fenster im Haus gegenüber und wartete.

Nur sein Hund leistete ihm Gesellschaft. Ansonsten war er mit seinen Gedanken allein. Mit jeder Dienstzeit, die Linus in seiner Uniform antrat, wuchs Jasons Hass ein Stück mehr. Neulich war er ihm nachgegangen, als Linus außerhalb der Dienstzeit in den Palast ging. Dann fand er durch den Diener heraus, dass Linus zu einem festlichen Abendessen im Gemach des Erbauers war.

Ein Abendessen im Gemach des Erbauers. Eine Schande war das. Ein Alsuner durfte nicht weiter als zum Vorhof von Briangard gelangen. Nicht einmal er, Jason, der jahrelang dem Erbauer treu gedient hatte, war jemals in dessen Gemach gewesen. Zum Essen hatte er nur dreimal den Palast besucht und es waren jedes Mal offizielle Anlässe gewesen. Der Erbauer hatte ihn dabei nur wenig beachtet, viel öfter war er ins Gespräch mit anderen Leuten vertieft gewesen, Leuten, die einen niedrigeren Rang hatten als er. Wenn der Erbauer wüsste, wie häufig Jason schon gehungert hatte, nur um länger arbeiten zu können – er hätte ihn schon längst einmal zum Essen eingeladen.

Vermutlich war der Erbauer noch immer zornig wegen der Sache mit Sallas. Deshalb konnte er ihm wohl auch nicht dankbar sein dafür, dass Jason die teuflischen *Ritter* vernichtet hatte. Der Erbauer hatte ihn stattdessen getadelt, angeblich deshalb, weil Jason sich nicht an die Vorgaben gehalten hatte. Aber eigentlich, da war Jason sich sicher, war der Erbauer nur enttäuscht darüber, dass er ihm noch immer nicht den Eindringling gebracht hatte.

Jedes Mal, wenn Jason an diesen Kerl dachte, durchlief ihn ein Schauer. Die nächste Begegnung, das hatte er beschlossen, würde *er* nicht überstehen. Er hatte seit Tagen so eine Ahnung, auch wenn er sich nie getraut hätte, sie vor einem anderen zu äußern. Der Hund hatte ihn darauf gebracht und schließlich seine Beobachtungen: wie er sich bewegte, überhaupt seine Statur. Und vieles würde auf einmal Sinn ergeben. Wie sollte beispielsweise der Eindringling den geheimen Beobachtungsposten beim Labor entdeckt haben? Wenn diese Ahnung ihn nicht täuschte, würde er seinem Erbauer bald das große Geschenk machen, das er schon so lange wünschte. Und er, Jason, würde mit einem umso größeren Geschenk belohnt werden. Es fehlten nur noch die Beweise.

Seine Augen brannten, als er in den nächtlichen Hof hinunterschaute. Ab und zu lief eine Wache vorbei. Ansonsten sah er nur eine ruhige, unbewegte Kiesfläche.

Etwa zwei Stunden vor Mitternacht hörte er ein Geräusch. Alles in ihm wurde hellwach. Die Tür öffnete sich und Linus trat heraus. Er wirkte unsicher, schaute um sich. Und das Merkwürdigste: Er trug einen großen Beutel. Jason sah ihm nach, wie er in der Passage verschwand, dann eilte er hinunter, rannte über den Hof, durch die Passage und sah gerade noch, wie Linus im Palast verschwand. Langsamen Schrittes näherte Jason sich dem Tor und bat um Einlass.

Drinnen wandte er sich an einen Diener. »Ich möchte Hauptmann Linus sprechen. Er ist doch hier, nicht wahr?«

»Ja, Herr. Er ist gerade zu den Gemächern des Grafen hinaufgegangen.«

»Sagte er, was er dort möchte?«

»Nein, Herr.«

»Ich danke Euch.« Er ging die Treppe zum dritten Stock hinauf. Dabei unterdrückte er den Groll, der in ihm aufsteigen wollte. *Schon wieder empfängt ihn der Erbauer außerhalb der Dienstzeit. Aber wieso dieser Beutel?*

Im Gang vor den Gemächern traf er einen Wächter an. »Ich möchte Hauptmann Linus sprechen.«

»Er ist eben ins Labor gegangen.«

»Danke. Ist der Erbauer bei ihm?«

»Nein. Der Erbauer ist in der Bibliothek.«

»So? Interessant. Ich danke Euch.«

Der Wächter ging weiter, Jason öffnete vorsichtig die Tür zum Labor. Er hatte sich einen Vorwand überlegt, den er anbringen konnte, falls er sich geirrt haben sollte. Wenn er Linus jedoch bei etwas Verbotenem erwischte, brauchte er diesen Vorwand nicht.

Er hob die Augenbrauen, als er feststellte, dass das Labor leer war. Das konnte nicht sein. Kurz untersuchte er einige Schlupflöcher, die es hier geben mochte, doch es kam ihm albern vor. War er drüben in der Bibliothek? Er spähte durchs Schlüsselloch. Der Erbauer saß in ein Buch vertieft an seinem Tisch, kein Mensch in der Nähe. Auch im Gemach des Erbauers konnte er nicht sein, denn der Erbauer war der Einzige, der einen Schlüssel dafür hatte.

Jason überlegte, dachte an den Beutel, dann dämmerte es ihm. Von einem Geheimgang zum Labor hatte er mindestens einmal etwas gehört. Er hatte das nicht geglaubt und schnell wieder vergessen. Jetzt schien es ihm die einzige Möglichkeit. Und wenn es ein Gang war, der nach draußen führte, war Linus womöglich schon außerhalb von Briangard.

Den habe ich verloren, dachte er sich. Aber nein. Eine Chance blieb ihm. Sollte sein Verdacht wahr sein, kannte Jason zumindest einen Ort, wo er sich aufhalten konnte. Es war bei Weitem keine sichere Sache, aber es war eine Möglichkeit. Außerdem beschloss er, dass er sich nun auf seinen Instinkt verlassen musste.

Schnurstracks verließ er das Labor und ließ alle verwunderten Wachen hinter sich, als er die Treppe zur Eingangshalle hinunterstürmte. Er ging über den Vorhof, durch die Passage in der Kaserne und zu den Ställen. Linus konnte nur zu Fuß unterwegs sein. Mit dem Pferd konnte Jason den Rückstand aufholen. Er schnappte sich einen Rappen, ritt zum Tor und sagte, er müsse etwas Wichtiges in der Stadt erledigen.

»Falls ich im Lauf der Nacht nicht zurückkehren sollte, dann formiert ein Heer und kommt zur Weberei im Ostviertel.« Damit ritt er über die Zugbrücke und in die Stadt hinunter.

Er kannte den Weg noch. Diesmal trieb ihn die Eile voran. Eine halbe Stunde dauerte es, dann hatte er die Straße erreicht, die er suchte. Er stieg ab, band das Pferd an ein Geländer und schritt vorsichtig zum Nachbarhaus der Weberei. Von dort arbeitete er sich näher heran und spähte mit einem Auge durchs Fenster. Fünf Männer sah er. Sie schienen zu warten. Einer ging nervös auf und ab. Ein anderer schnitzte an einem Holzmännchen. Linus war nicht dabei.

Eine Weile beobachtete er sie, dann hörte er bei einem der Häuser ein Geräusch. Schnell verschwand er hinter einer dunklen Ecke. Zuerst tat sich nichts. Ein paar Minuten musste er ausharren.

Schließlich schritt ein in Grau gekleideter Mann auf das Haus zu. *Er.* Sofort erkannte er seinen Gang, seine Statur. Auf seinem Rücken trug er einen Beutel – Linus' Beutel.

Ich wusste es doch. Verflucht, ich wusste es! Immer hatte ich diese Ahnung, aber ich habe mich viel zu spät auf sie eingelassen. Ich habe nur auf meinen verblendeten Verstand gehört. Was für ein Schock für den Erbauer, wenn er die Wahrheit erkennt. Und was für eine Dankbarkeit, wenn er merkt, dass ich es war, der ihn vor diesem Betrüger beschützt hat.

Fieberhaft beobachtete er Linus, der vor der Tür stehen blieb und ein Stück Papier beschriftete, was auch immer das sollte. Schließlich steckte Linus das Papier in den Türspalt und ging davon.

Was sollte er tun? Sollte er ihn verfolgen? Vermutlich war das zu gefährlich. In diesen Gassen war Linus ihm deutlich überlegen. Nein, ihm fiel etwas Besseres ein.

Als er sich sicher war, dass Linus sich weit genug entfernt hatte, schlich

Jason zur Tür, zog das Papier heraus und entfaltete es. Große, unförmige Kohlebuchstaben formten die Worte: *Ihr könnt mich mal. Der Schattensucher*

Was sollte das? Hatte er die falsche Entscheidung getroffen? Wäre er Linus besser nachgeschlichen? Es war zu spät. Nun blieb ihm nur noch eine Möglichkeit.

Er drückte die Türklinke herunter, schob vorsichtig die Tür auf und sah in fünf erwartungsvolle Gesichter, die bei seinem Anblick schlagartig einen enttäuschten Ausdruck zeigten.

»Ich grüße Euch, meine Herren. Ich hoffe, ich störe nicht.« Er schloss die Tür hinter sich. »Bevor Ihr über mich herfallt, möchte ich Euch versichern, dass ich Euch nichts tun werde. Mein Name ist Jason, ich bin Hauptmann der äußeren Wache von Briangard. Vorige Woche zerschlug mein Heer das Hauptquartier der *Ritter von Alsuna*. Wenn Ihr Euch als hilfsbereit erweist, wird Euch dieses Schicksal erspart bleiben.« Er hob das Papier hoch. »Ich möchte alles über den *Schattensucher* erfahren.«

35. Kapitel

Alsuna, Jahr 296 nach Stadtgründung

Alvin hatte sie zusammengerufen – den Minenarbeiter mit seiner Frau, Ramon, dessen Knecht, drei ihrer jüngsten Helfer und den Färber. Sie schauten beklommen drein, als sie am Esstisch saßen. Nur Ramon wusste schon Bescheid. Ein vorläufiger Abschied würde es sein, hatte Alvin gleich am Anfang angekündigt. Es fiel ihm schwer, die richtigen Worte zu wählen.

»Ein bisschen habe ich Angst, dass ihr ohne mich aufgebt. Dabei weiß ich im Grunde, dass eure Herzen entschlossen sind, unter allen Umständen weiterzumachen. Das gibt mir die nötige Kraft für meine Entscheidung.« Er hielt inne und hoffte, dass sie ihn nicht gleich mit Fragen überhäuften. Lieber wollte er ihnen alles langsam erklären und dann irgendetwas anderes tun. »Ihr wisst, dass mich vor wenigen Tagen zwei Männer verfolgten. Ich weiß nicht, zu wem sie gehörten und was sie vorhatten. Aber mir ist klar geworden, dass wir so nicht weitermachen können. Irgendwann würde ich sie zur Schmiede führen und wir alle wären gefährdet. Es ist nun einmal so, dass wir mittlerweile eine Menge Aufsehen erregen. Das bemerken auch unsere Feinde. Es ist besser, wenn ich für eine Weile aus ihrem Blickfeld verschwinde.«

»Aber da gibt es doch sicher eine andere Lösung«, protestierte einer der Neuen. »Du kannst hier im Haus bleiben. Wir werden dich versorgen und beschützen.«

»Danke, das ist ein großherziges Angebot. Aber es gibt noch einen anderen Grund, weshalb ich gehen muss. Wir haben viel erreicht in der Zeit, die wir nun schon diesen gemeinsamen Weg gehen. Vielen Menschen wurde durch uns geholfen. Einige wurden ermutigt, die Hoffnung nicht aufzugeben. Oft war es mehr unsere Botschaft als unser Heilmittel, das die Menschen veränderte. Das ist sehr viel. Doch es geht um mehr. Die Stadt muss von einem Bann befreit werden, sonst wird sie niemals Frieden finden. Ich kann die nötigen Vorbereitungen nur dann treffen, wenn ich alleine bin. Ihr werdet Näheres erfahren, wenn ich zurückkomme.«

»Wie lange wird das dauern? Und wo wirst du sein?«, schallte es ihm entgegen.

»Fragt mich nicht weiter. Es ist wichtig, dass niemand meinen Aufenthaltsort kennt. Wann ich zurückkomme, weiß ich noch nicht. Aber keine Sorge: Ihr werdet auf jeden Fall von mir hören. Sollte mir etwas zustoßen, dann …« Er zögerte und setzte neu an. »Ich habe vor einer Weile eine Frau kennengelernt, die ich für äußerst vertrauenswürdig halte. Sie weiß alles. Sie wird auch meinen Aufenthaltsort kennen. Sollte jemand an eure Tür klopfen und sagen: ›Öffnet der Botin der Hoffnung‹, dann lasst sie herein und schenkt ihr Glauben. Sie soll euch anführen, falls ich nicht zurückkehre.«

Auf ihren Gesichtern spiegelten sich Furcht und Verwirrung. Ja, sie hatten geglaubt zu wissen, welcher Sache sie dienten. Nun musste er ihnen diese Sicherheit nehmen.

»Es fällt mir nicht leicht, euch zu verlassen. Ich werde euch jeden Tag vermissen. Aber ich bitte euch, mir zu vertrauen, dass ich das Richtige tue – auch wenn ich nicht genau weiß, wie alles enden wird.«

Um seinen Worten einen Abschluss zu geben, griff er nach dem Becher und nahm einen hastigen Schluck. Sein Blick war auf die Tischplatte gerichtet. Benommenes Schweigen war eingetreten. Sie sollten wieder reden, sich vergnügen, am besten nicht mehr an den Abschied denken, sondern sich nur seine Worte merken. Aber das war nur ein Wunsch.

Der Wein wärmte seinen Körper und unweigerlich musste er an die rote Flüssigkeit denken, die er vor zwei Tagen getrunken hatte.

36. Kapitel

Briangard, Jahr 304 nach Stadtgründung

Er schwitzte und keuchte, als er mit einem Satz durchs Feuer wieder im Labor landete. Alles war wie gehabt. Thanos lag sicherlich bereits im Bett und schlief. An einer Wasserschüssel in der Ecke erfrischte sich Levin. Er hatte sich auf dem Rückweg beeilt, um möglichst keinen Verdacht aufkommen zu lassen. Meist war er gerannt, ohne sich eine Pause zu gönnen.

Eine Weile ging er im Labor umher, bis sein Puls sich beruhigt hatte und der letzte Schweißausbruch vorüber war. Noch immer war es mitten in der Nacht, die Zeit, in der die meisten fest schliefen. Seine ungeplante Rückkehr würde kein Aufsehen erregen. Wenn er nach Hause kam, würde er den Brief vor Elenas Tür entfernen, sich ins Bett legen und am Morgen erwachen, als wäre nichts geschehen.

Dabei war sehr viel geschehen. Er hatte eine Entscheidung getroffen.

Mit ruhigen Schritten trat er in den Gang hinaus. Friedlich flackerte das Licht an den Wänden. Er tauchte in die nächtliche Ruhe des brianischen Palastes ein. Wie schön es doch war, an einem Ort zu leben, der heute so aussah wie gestern und morgen wieder so aussehen würde. Wie schön es doch war zu wissen, wo er die nächsten Nächte verbringen würde.

Der Wächter kam vorbei und sagte: »Na, seid Ihr nun fertig im Labor?«

»Ja, hat doch etwas länger gedauert«, sagte Levin in entspanntem Ton.

»Hat Hauptmann Jason Euch angetroffen?«

»Jason?«

»Er fragte nach Euch.«

»Ach so«, sagte Levin schnell. »Ja ja, das hat sich alles geklärt.«

»Na dann, noch eine gute Nacht, Hauptmann!«

»Gute Nacht.«

Er ging weiter und fragte sich, was Jason wohl mitten in der Nacht von ihm gewollt haben mochte. Offensichtlich war Levins Fehlen jedoch nicht bemerkt worden, sonst hätte Jason sicher die Wachen alarmiert. Keine Spur davon. Er beschloss, nicht weiter darüber nachzudenken.

Als er unten im Hof über den Kies spazierte, merkte er, wie die Müdigkeit durch seine Glieder zog. Jetzt, wo alles entschieden war und er alles erledigt hatte, sehnte sein Körper sich nach der verdienten Ruhe. Drei friedlose Tage gingen zu Ende. Endlich konnte er sich in seinem Bett, *seinem* Bett niederlassen.

Leise öffnete er die Tür zu seinem Haus. Er gab sich Mühe, kein unnützes Geräusch zu machen. Die Bodendielen und der Tisch wurden durch die Fenster in blaues Dämmerlicht getaucht, ansonsten war es dunkel. Levin legte seinen Beutel auf dem Tisch ab und schlich langsam zu Elenas Zimmertür. Er lauschte. Es war mucksmäuschenstill. Ein Lächeln huschte über sein Gesicht. Wie sehr freute er sich darauf, sie morgen zu sehen, wenn sie verschlafen herauskam und leidenschaftlich gähnte. Er würde sie bitten, für sie beide Frühstück zu machen, damit er gestärkt seinen Dienst antreten konnte. Die ganzen Wochen über war das nur eine Notwendigkeit gewesen wie vieles andere. Er wäre kaum auf den Gedanken gekommen, dass er sich einmal daran erfreuen würde.

Er nahm den Beutel vom Tisch und legte ihn unter seine Pritsche. Sicher würde Thanos ihnen bald eine feine Unterkunft im Palast verschaffen. Levins Rücken würde es ihm danken. Am liebsten hätte er sich samt Kleidern auf die Pritsche geworfen. Sicher wäre er sofort eingeschlafen. Doch wenigstens auskleiden sollte er sich. Und ach ja, den Brief musste er noch wegnehmen. Beinahe hätte er es vergessen.

Er trottete zu Elenas Zimmertür, bückte sich im Dunkeln, wollte gerade den Boden nach dem Brief abtasten, da durchbrach ein krachendes Geräusch die Stille. Aufgeschreckt fuhr Levin herum und sah zur Haustür, die schwungvoll aufgerissen wurde. Eine Gestalt huschte herein und beeilte sich, die Tür wieder zu schließen. Mit hektischen Bewegungen nahm sie die Kapuze ab und schritt auf das Zimmer zu.

Levin stand wie angewurzelt da, blickte sie nur verdutzt an. Sie schien ihn nicht zu bemerken, näherte sich und prallte schließlich gegen seine Brust. Aufgeschreckt sprang sie zurück und stieß einen gedämpften Seufzer aus. Es war eine weibliche Stimme.

Seine Augen wurden größer, ihr Mund war geöffnet.

»Was machst *du* denn hier?!«, fragte Elena in die Stille hinein.

»Ich … wieso?« Levins Augen hatten sich an die Dunkelheit gewöhnt, sodass er ihr verwirrtes Gesicht sehen konnte.

»Ich meine, du wolltest doch …«

»Und du? Wo kommst du her?«, fragte er zurück.

»Ich war draußen, ich … meine Güte, hast du mich erschreckt.« Sie stieß ihm gegen die Brust. Dann setzte sie sich an den Tisch. »Was stehst du auch hier in der Dunkelheit?«

Jede Ausrede erschien ihm lächerlich. Was sollte er sagen, wenn er mitten in der Nacht in der Uniform vor ihrem Zimmer stand?

»Es tut mir leid, ich wollte dich nicht erschrecken«, sagte Levin, um Zeit zu gewinnen. Mit den Augen suchte er den Boden vor ihrer Tür ab.

Der Brief war nicht mehr da.

Er schaute auf den Tisch, wo sie schweigend saß und ihn ernst anstarrte. Vor ihr lag das ausgebreitete Papier mit den Zeilen, die er am Abend verfasst hatte. Verlegen starrte er zurück und begann mit den Zehen zu spielen.

»Kannst du mir das erklären?«, fragte sie ihn nach einiger Zeit.

»Elena, es war nicht so gemeint. Ich musste das tun. Aber ich habe mich geirrt. Zerreiß den Brief und vergiss ihn.«

»Als ich ihn gelesen habe, hab ich vor Wut die Lampe umgestoßen. Nicht einmal verabschieden konntest du dich von mir.«

Er ging zu ihr hinüber, wollte ihre Schultern umfassen, doch sie entzog sich. »Elena, hör mir zu.«

»Ich habe schon verstanden«, sagte sie mit erhobener Stimme. »Ich war nur deine Gehilfin. Mehr hast du auch nie behauptet.«

»Das ist nicht wahr.«

»Warum bist du hier? Du wolltest doch längst fort sein.«

»Elena, ich habe es mir anders überlegt. Ich werde bleiben. Ich werde Hauptmann bleiben.«

»Und ich soll weiterhin dein Weib sein?«

Er schwieg. Nein, das sollte sie natürlich nicht. Oder doch, natürlich sollte sie es. Aber wenn sie es nicht wollte, dann würde ihm schon etwas anderes einfallen.

»Du kannst tun, was du möchtest. Wenn du nicht hierbleiben willst, dann geh nach Hause. Ich komme hier schon zurecht«, sagte Levin.

Ihr Blick wurde sanfter. »Levin, ich verstehe dich nicht. Erst willst du Hals über Kopf verschwinden und jetzt willst du für immer bleiben. Was geht in dir vor?«

»Ich weiß es nicht. Ich war in der Stadt. Aber ich konnte nicht bleiben.«

»Aber mich hier allein zurücklassen, das hättest du fertiggebracht.«

»Ich hatte es eilig. Und ich wollte, dass du vorerst hierbleibst, damit du vielleicht …« Er brachte die Worte nicht heraus.

Sie half ihm. »… damit ich zu Thanos gehe und mich heilen lasse?«

»Ja. Es ist deine letzte Hoffnung.«

Ihr Blick wurde eisig. »Und warum hast du mir das mit der Krankheit nicht ins Gesicht gesagt?«

Levin wandte sich von ihr ab und schwieg die Wand an. *Nein, Elena, du wirst nicht von mir hören, dass ich zu schwach war, dir das zu sagen. Auch wenn es stimmen mag.* Er rang um die richtigen Worte, brachte aber nichts heraus.

Elena erlöste ihn und sagte: »Es war unnötig. Ich habe es schon länger gewusst.«

Levin drehte sich langsam zu ihr um. »Du hast es gewusst?«

»Ich kannte genug Menschen, die an der Seuche gestorben sind. Ich kenne die Anzeichen. Glaube mir, in meinem Beruf passiert so etwas schnell.«

»Es tut mir so leid.« Seine Worte hatten kaum einen Ton.

»So ist es nun einmal. Irgendwann endet das Leben. Ich genieße die Tage, die mir bleiben. Besser, als wenn ich ewig leben und meine Zeit verschwenden würde.«

»Aber du kannst es doch wenigstens versuchen. Ich werde Thanos morgen bitten …«

»Vergiss es!«, zischte sie. »Ich will nichts von diesem Mann haben! Eher würde ich sterben.«

»Aber wieso? Was hast du gegen ihn?«

»Levin, du begehst einen großen Fehler. Warum bist du zurückgekehrt? Er überhäuft dich mit Geschenken und redet dir gut zu, damit du ihm glaubst. In Wirklichkeit will er nichts anderes, als dich zu unterwerfen und für seine

Ziele zu missbrauchen. Zum Henker, ich hätte nicht gedacht, dass gerade du dich von ihm verführen lässt.«

»Was redest du da?«

»Du hast keine Ahnung, in welche Gefahr du dich begibst. Noch sieht es aus, als würde er dir Gutes tun. Aber sobald du in seinen Fängen bist, ist es vorbei. Und wenn du ihm zu gefährlich wirst, überlebst du es nicht.«

»Hör auf, so über ihn zu reden! Du kennst ihn doch gar nicht!«

»Und ob ich ihn kenne!« Sie machte eine Pause und ließ den Satz wirken.

Levin schaute sie entgeistert an und in seinem Blick stand die Frage, ob sie das ernst meinte.

»Setz dich«, sagte sie zur Beruhigung. Er nahm den Platz ihr gegenüber ein. »Willst du das wirklich hören?«

»Ja.«

»Na schön. Ich habe einmal geglaubt, Thanos könnte so etwas wie ein zweiter Vater für mich werden. Ich schätze, diese Idee hattest du auch schon. Am Anfang denkt man sich solche Dinge. Aber irgendwann zeigt er sein wahres Gesicht.

Ich habe seinen Sohn geliebt, Alvin. Wir wollten heiraten. Solange Thanos davon nichts wusste, war alles gut. Dass sein Sohn sich mit einer Halbbrianerin im Hof herumtrieb, machte ihm wenig aus. Aber als Braut? Das hatte er nicht vorgesehen. Dafür war ich ihm wohl zu fremd und zu bäuerlich. Alvin wollte um mich kämpfen. Er sorgte dafür, dass ich im Palast wohnen durfte, damit ich mich an alles gewöhnen konnte. Es war ihm ernst und mir auch. Als ich meinen Eltern sagte, dass ich auf Briangard bleiben würde, schrie mich meine Mutter an und verbot mir, ihr jemals wieder vor die Augen zu treten. Mein Vater war schwach und widersprach ihr nicht. Es gab kein Zurück, ich hatte nur noch Alvin. Aber die Brianer schienen mich nicht zu wollen und Thanos verbarg seine Ablehnung nicht. Alvin ließ sich davon nicht beirren. Wann auch immer es erforderlich war, stellte er sich hinter mich.

Ich glaube, da fing es an, dass Thanos Angst vor ihm bekam. Bis dahin hatte er Alvin blind vertraut, hatte ihm große Aufgaben übertragen und ihn überall als seinen wunderbaren Sohn gepriesen. Alvin wurde sehr beliebt. Aber auch sein Einfluss wuchs. Ich glaube, dass Thanos Furcht bekam, dass sein Sohn nach seiner Herrschaft trachtete.«

»Wie sollte das gehen?«, fragte Levin. »Thanos ist unsterblich. Er wird nie seine Herrschaft abgeben.«

»Nicht auf natürliche Weise. Aber was, wenn man sich gegen ihn verschwört und ihn beseitigt? Genau diese Angst hat Thanos wohl immer mehr zu einem Tyrannen gemacht, der sich nur noch in seinen Palast zurückzieht und nichts von den Menschen draußen wissen will. Er will treu ergebene Diener, aber sie dürfen ihm nicht zu mächtig werden. Und je länger er der Graf ist, umso tiefer steigert er sich hinein. Er glaubte, Alvin wollte seine Unsterblichkeit erlangen und ihm dann die Macht streitig machen.«

Levin verstand. Sofort hatte er den prächtigen Mantel vor Augen, hörte er Thanos' ausweichende Worte, als sie von seinem Sohn geredet hatten.

War es vielleicht das, das tiefe, dunkle Geheimnis, vor dem Levin sich gefürchtet hatte?

»Stimmte das? Wollte Alvin seine Herrschaft?«

»Ich habe mich damals wenig in diese politischen Dinge eingemischt. Aber ich weiß, dass es Alvin immer um das Wohl der Stadt ging. Sein Herz war nicht verdorben vom Wunsch nach Macht, das weiß ich genau.«

Sie hielt inne, unterdrückte die Tränen und nahm Levins Brief zur Hand. »Das ist nicht das erste Mal, dass ich einen solchen Brief bekomme. Vor ungefähr zehn Jahren fand ich eines Tages vor meiner Zimmertür einen Brief von Alvin. Er verabschiedete sich und sagte, dass er für eine Zeit weggehen müsse. Eine wichtige Aufgabe, die nur er vollbringen könne. Er versprach mir, zurückzukehren … und dann – würde alles gut werden.«

Sie begann zu weinen. Levin schob unsicher seine Hand über den Tisch und griff nach der ihren. Sie wehrte sich nicht. Er wusste nicht, wie fest er sie halten musste, ob er sie streicheln oder nur berühren sollte. Wie ein ahnungsloser Junge kam er sich vor. Doch sein Trost schien bei ihr anzukommen. Elena schöpfte Kraft für die nächsten Worte, die sie mit leerem Ausdruck sagte: »Er kam nicht mehr zurück.«

Der schwerste Teil schien hinter ihr zu liegen. »Über ein Jahr lang habe ich gewartet und gebangt. Ich habe Thanos angefleht, mir zu sagen, wo Alvin war. Er sagte nur, dass ich warten müsse. Bald würde ich alles erfahren. Es waren die furchtbarsten Monate meines Lebens. Ich erfuhr immer nur das, was man auf Briangard redete. Angeblich hatte Alvin in Alsuna Leute um sich versammelt. Manche sagten, er würde gegen seinen Vater intrigieren. Aber ich glaube etwas anderes.«

Levin schaute sie fragend an.

»Ich glaube, er wollte sich seine Unsterblichkeit verdienen. Du schaust verwundert. Aber so war es. Thanos hat seinem Sohn erzählt, er habe die Unsterblichkeit seines Vaters im Blut. Sie würde aber erst dann wirksam werden, wenn er für ihn eine Aufgabe in Alsuna erledigte. Es war eine Falle. Alvin nahm die Aufgabe an, daraus schloss Thanos, dass sein Sohn unsterblich werden und seinen Platz einnehmen wollte. Das ließ ihn endgültig glauben, dass er Alvin beseitigen musste. Ich weiß nicht genau, wie er es tat. Soweit ich herausfinden konnte, setzte er einen seiner Leute in Alsuna auf Alvin an. Er sollte sein Vertrauen gewinnen. Alvin ging darauf ein und nicht viel später … war er verschwunden.«

»Thanos hat seinen Sohn ermordet?«

Sie nickte. Ihr Blick schien zu gefrieren. »Die ganze Zeit hatte ich es geahnt. Ich hatte geahnt, dass er nicht zurückkommen würde, aber ich wollte es nicht wahrhaben; wollte nicht wahrhaben, dass Thanos ein solches Scheusal ist, ein Unmensch, der alles aus dem Weg räumt, was ihm zu nahe kommt.«

»Was hast du getan, als du von Alvins Tod hörtest?«

»Ich habe mich auf Thanos gestürzt und ihn angeschrien. Die Wachen haben mich davongezerrt. Ich konnte mich befreien und floh von Briangard, weil ich vermutete, Thanos würde mich ebenfalls umbringen. Ich hatte gehofft, wieder zu meinen Eltern zurückkehren zu können. Aber sie wiesen mich an der Tür ab. Es war mir gleich – ich wollte nicht mehr leben. Gleichzeitig beschloss ich, dass ich weiterleben musste. Ich musste weiterleben, um Alvin zu rächen. Nichts anderes hält mich seitdem am Leben. Sollten die Männer in Alsuna doch meinen Körper bekommen. Im Herzen habe ich sie alle verachtet und gehasst, so wie ich Thanos hasse.«

Levin atmete schwer und schloss die Augen. Seine Gedanken kreisten um die letzten Wochen, um die Gespräche mit Thanos und alles, was sie bei ihm ausgelöst hatten. Alles Lügen. Hätte er die Möglichkeit gehabt, er hätte diese Wochen aus seinem Leben gewischt.

»Es tut mir leid, Elena.«

»Levin, wir müssen ihn vernichten.«

37. Kapitel

Alsuna, Jahr 296 nach Stadtgründung

Es blitzte und donnerte. Alvin schleppte sich durch den Regen den Hang hinauf. Seine Schritte waren schwer, an jeder Stelle seines Körpers spürte er die Nässe. Die Straßen im Nordwesten waren lehmig und er glaubte manchmal stecken zu bleiben. Ein paar Schritte noch. Er hustete. Sein Atem wurde schwerfälliger. Es fühlte sich an, als hätte jemand eine tonnenschwere Decke über ihn gelegt. Warum war er heute nur so weit aufs Feld gegangen?

Endlich erreichte er die Scheune. Er schloss die Tür hinter sich und genoss das dumpfe Geräusch des Regens, der von außen gegen das Holz trommelte. Es roch nach Heu und Tierexkrementen. Friedlich kauten die Kühe vor ihren Trögen.

Alvin schleppte sich die Leiter zur Tenne hinauf. Hier oben war es am wärmsten. In seiner Ecke zwischen den Strohballen bewahrte er seine Sachen auf. Er holte den Beutel hervor und prüfte, ob noch alles da war. Danach sank er kraftlos zu Boden und zog die Decke über sich. Eine halbe Stunde lang konnte er nur daliegen und sich nicht bewegen.

Später zündete er sich die Lampe an und trank aus seiner Wasserflasche. Mit zittrigen Händen griff er nach Papier und Feder. Ein Strohballen diente ihm als Unterlage.

Ich bin traurig, sie nicht zu sehen. Sie sind ein Teil meines Lebens geworden. Wenn es doch möglichst bald alles vorbei wäre und ich noch einmal bei ihnen sein könnte! Die Tage fühlen sich länger an als vorher. Ich versuche dem Bauer so gut es geht zu helfen. Aber mit jedem Tag wird es anstrengender. Ich habe das Gefühl, mein Körper wird immer schwächer. Es ist gut, dass ich nicht vorher gewusst habe, wie das alles sein würde.

Er setzte ab und schüttelte die Hand aus. Trotz der Kälte schwitzte er. Aber ein bisschen weiterschreiben wollte er noch.

Man fragt sich, was mit einem geschieht. Alles, was immer so selbstverständlich gegangen ist, fängt auf einmal an zu stocken. Die Ordnung, die Sicherheit des täglichen Lebens gerät ins Wanken. Ein unbeschreibliches Gefühl ist das. Es ist, als würde sich alles, was man den Tag über an Schlechtem erlebt hat, auf einen legen. Gestern bin ich an einer Abfallgrube vorbeigekommen. Die Leute werfen alles hinein, was ihnen nutzlos geworden ist: Speiseabfälle, zerrissene Kleider, sogar Tierkadaver. Ein bisschen fühlt man sich so. Der Bauer behandelt mich nicht gut. Und je schwächer ich werde, umso häufiger droht er mir, dass ich gehen muss. Dabei ist das hier der beste Ort, um allein zu sein. Niemand wird mich hier finden.

Thekla hat gesagt, sie könnte mich besuchen. Aber das möchte ich nicht. Sie weiß alles und deshalb ist es nicht gut, wenn sie in meiner Nähe ist. Aber sie weiß auch, dass sie mein Vertrauen hat. Sie wäre in der Lage, alles in guter Weise fortzuführen.

Seine letzten Worte waren kaum mehr leserlich. Die Feder fiel ihm aus der Hand, sein Atem stockte. Am ganzen Körper schwitzte er. Er ließ sich ins Heu zurückfallen und wartete.

Elena, meine Elena, wenn du nur hier wärst. Ich hätte dir so viel zu sagen. Mein Herz hat nicht aufgehört für dich zu schlagen. Halte noch eine Weile durch. Vertraue mir, dass ich zurückkomme.

Er fasste sich mit der Hand an die Schläfe und spürte die Erhebungen. Sie würden noch stärker werden. Nach einer Weile nahmen die Schmerzen ab. Unfähig, sich die Decke vollends hochzuziehen, schlief er unter dem dröhnenden Donnern von draußen ein.

Ein weiterer Tag war vorüber.

38. Kapitel

Briangard, Jahr 304 nach Stadtgründung

»Du bist wahnsinnig, Elena. Ich verstehe dich ja, du hasst ihn. Aber wie stellst du dir das vor? Wir gehen da hoch, murksen ihn ab und verschwinden wieder?«

»Wenn du ihn nicht beseitigst, wird er irgendwann dich beseitigen«, sagte Elena kalt.

»Das hättest du schon lange versuchen können. Wieso kommst du erst jetzt damit?«, fragte Levin und fing an, klarer über alles nachzudenken. Auf einmal erhoben sich eine ganze Menge Fragen.

Elena war sichtlich verlegen. »Levin. Es geht mir nicht darum, Thanos einfach zur Strecke zu bringen. Ich will … – es geht um das Ganze hier, um Briangard. Es ist eine Gefahr für die Stadt. Solange es Briangard gibt, wird Thanos immer in den Köpfen lebendig sein, selbst wenn er tot wäre.«

»Was hast du vor?« Er schaute sie an, als habe er eine Fremde vor sich. »Moment. Du wusstest, dass die Seuche in dir ist? Und du wolltest neulich mit Tobes das Lager teilen.«

Sie schaute beschämt nach unten.

»Du wolltest ihn infizieren.«

»Ich weiß nicht, ob ich das wirklich wollte. Vielleicht hätte ich im entscheidenden Moment Skrupel gehabt. Du hast dich immer nur mit Thanos beschäftigt und ich wollte meinen Teil beitragen. Mir ging es wirklich um den Geheimposten … aber ja, vielleicht wollte ich auch einfach Thanos schaden und die Seuche nach Briangard bringen. Ein Teil von mir wollte das.« Sie hörte auf zu reden und ballte die Fäuste. »Ich hasse ihn und ich hasse diesen Ort!«

»Warst du seit Ausbruch der Krankheit mit einem Mann zusammen?«, fragte Levin mit strengem Blick. Er witterte eine Spur, die ihn Schmerzliches befürchten ließ.

»Nein«, antwortete Elena, die immer kleinlauter wurde. »Ich habe seit Monaten keinen Mann mehr an mich herangelassen.«

»Du hast also gar nicht mehr als Hure gearbeitet.«

Sie schüttelte den Kopf.

»Aber an dem Abend, als wir uns im Gasthaus begegnet sind, da warst du auf der Suche nach Kundschaft.«

Sie wusste offenbar nicht, was sie antworten sollte. Levin lief ein Schauer über den Rücken.

»Du hast keine Kunden gesucht. Du hast *mich* gesucht. Du hast das alles geplant.«

»Levin. Es ging mir nicht um dich. Es ging mir um die Sache. Ich wusste, du wolltest nach Briangard gelangen. Da habe ich gedacht, ich könnte dir helfen.«

Levin sprang auf und schlug mit der Faust auf den Tisch. »Belüg mich nicht! Woher wusstest du, dass ich nach Briangard wollte? Keine Ausflüchte mehr! Du wirst mir jetzt alles sagen.«

»Ich hatte dich beobachtet. Von dem Moment an, als du aus der Weberei kamst, wusste ich immer, wo du warst. Ich kannte deine Unterkunft, habe gesehen, wie du die Festung untersucht hast und wie du versucht hast einzubrechen. Als du hinter der Mauer von Briangard verschwunden warst, habe ich dich aus den Augen verloren. Aber ich wusste, du würdest, falls du scheiterst, bestimmt in deinen Keller zurückkehren. Und das hast du auch getan. Wie ein begossener Pudel hast du ausgesehen. Du hast die Kleider gewechselt und bist zum Gasthaus weitergegangen. Dort habe ich dich dann getroffen.«

»Und wieso hast du mich die ganze Zeit verfolgt?«, fragte Levin laut. Sein bedrohlicher Blick war noch immer auf sie gerichtet.

»Ich wollte dir helfen, Levin. Ich hatte mir gedacht, dass du es nicht alleine schaffen würdest. Und außerdem … außerdem musste ich dich überwachen.«

»Überwachen?«

»Verflucht, ich musste aufpassen, dass nicht das geschieht, was jetzt geschehen ist.« Sie stand auf und versuchte Levin ebenso streng anzublicken. »Levin, du hast es vermasselt. Die ganze Zeit habe ich gebangt und gehofft, du würdest deinen Auftrag nicht vergessen. Ich wusste, wie gefährlich es ist, dass du so nah an Thanos herangehst. Aber ich hatte gehofft, du wärst schlau genug, das zu nutzen und die Sache sicher zu Ende zu führen. Und jetzt? Du schleichst dich in die Stadt, bist bereit, alles abzuliefern und dann kneifst du kurz vor dem Ziel und kommst hierher zurück. Was ist in dich gefahren?«

»Wer bist du?!«, fragte Levin mit großen Augen.

»Ich bin Elena. Ich war eine Hure.« Sie hielt inne. »Und außerdem bin ich die *Schleiereule*. Ich bin die beste Kundschafterin, die das *Otusnetz* hat.«

»Du arbeitest für Darius.« Levins Miene versteinerte sich. Was er im Lauf ihres Gesprächs zunehmend befürchtet hatte, bestätigte sich nun.

»Seit ein paar Jahren schon«, erzählte Elena. »Ich hatte einen Freier, der mich sehr mochte. Er wollte immer nur, dass ich ihn unterhalte oder streichle. Mehr wollte er nie. Irgendwann stellte sich heraus, dass er der Gründer einer Gruppierung war, die den Machenschaften des Grafen nachging. Ich brachte ihn dazu, mich einzuweihen und meine Fähigkeiten einzusetzen.«

»War es Darius?«

»Nein, der ist nur ein braver Anführer. Aber ich habe die meiste Zeit für Darius gearbeitet. Wir kamen irgendwann nicht weiter. Wir mussten die Kontaktpersonen des Grafen kennen. Da beschlossen wir, dass wir einen Mann mit deinen Fähigkeiten brauchen, der für uns nach Briangard geht und diese Dinge herausfindet. Aber weil du keiner von uns bist, sollte dich jemand im Auge behalten. Ich habe mich sofort für diese Aufgabe gemeldet. Briangard. Es war eine Chance, wie ich sie schon seit Jahren erwartet habe. Die letzten Wochen, Levin, waren bedeutender als die ganzen verschwendeten Jahre, seit ich von Briangard geflohen bin.«

»Und du hast so getan, als wüsstest du von nichts, du Biest.«

»Du solltest dich selbstständig fühlen. In den Zeiten, in denen du weg warst, habe ich mich davongeschlichen. Es gibt einen Erker Richtung Oststadt. Wenn man von dort Lichtsignale sendet, kann man sie vom Balkon der Weberei erkennen. Ich habe mich immer wieder mit dem *Otusnetz* verständigt. Alles lief nach Plan, jedes Mal konnten wir uns mitteilen, dass es keinen Grund zur Sorge gibt. Bis auf heute Nacht.«

»Du hattest heute mit ihnen Kontakt?«

»Gerade eben. Ich weiß alles, Levin. Du hast einen großen Fehler begangen. Warum bist du umgekehrt? Du hattest doch alles beisammen, nicht wahr? Ein Schritt und alles wäre gut gewesen.«

Levin unterbrach sie mit erhobenem Finger. »Alles wäre gut gewesen? Ich habe wochenlang mit einer Betrügerin zusammengelebt und du sagst mir, alles wäre gut gewesen?«

Er konnte nicht mehr an sich halten. Mit einer blitzartigen Bewegung stieß er den Tisch um, der mit Gepolter zu Boden stürzte. Elena hielt sich schützend die Hände vors Gesicht, während Levin sie packte und anschrie: »Dir habe ich vertraut, du Hure!«

Elena schrie zurück: »Du hast mir vertraut!? Dass ich nicht lache! Nichts hast du mir je verraten! Du hast mich behandelt wie ein ahnungsloses Mädchen!«

»Dafür habe ich dich auch gehalten. Ich hatte recht, dir nichts zu verraten. Nichts als eine schamlose Betrügerin bist du.«

»Ohne mich hättest du es doch nie geschafft.«

»Oh, ich danke dir von Herzen. Und diese ganze Geschichte von wegen: ›Levin, es ist schön, dich kennenzulernen.‹ Alles nur ein Spiel und ich wäre beinahe darauf hereingefallen.«

Sie wartete einen Moment, dann sagte sie: »Das war kein Spiel.«

Er schaute sie eine Weile mit vernichtendem Blick an, dann konnte er ihr Gesicht nicht mehr ertragen. Er ließ sie los und ging im Raum umher.

Elena schien nach dem richtigen Ton zu suchen. »Levin, es tut mir leid, dass ich dich belogen habe. Ich hatte keine andere Wahl. Bitte glaube mir, dass nicht alles gespielt war.«

»Ich glaube dir gar nichts mehr, Elena«, sagte er ruhig. »Oder stimmt der Name auch nicht?«

»Mein Name ist Elena«, protestierte sie. Sie ließ einen Moment verstreichen, damit Levins Zorn etwas verrauchen konnte. Schließlich sagte sie: »Es kann noch alles gut werden. Jetzt, wo alles auf dem Tisch liegt. Sag mir die Namen der Kontaktleute und wo der Geheimgang ist. Mehr brauchen wir nicht, um Thanos das Handwerk zu legen.«

Levin lachte höhnisch. »Ja. Dann bist du fein raus und kannst deinem Liebhaber melden, dass der Auftrag erledigt ist.«

»Er ist nicht mein Liebhaber! Ich werde dafür sorgen, dass das *Otusnetz* dich entlohnt und dir die Freiheit lässt. Du wirst also ebenfalls gewinnen.«

»Und wenn ich nicht gewinnen will?«

»Du willst doch nicht ernsthaft hierbleiben!«

»Was interessiert dich das noch?«

»Das wirst du nicht überleben.«

»Seit wann ist dir wichtig, was mit mir geschieht?«

»Gut, dann verrate ich dir jetzt etwas, damit du mir endlich glaubst: Jason weiß alles über dich.«

»Was redest du da?«

»Ich kann eins und eins zusammenzählen. Darius hat mir eben signalisiert, dass ich schnell von Briangard verschwinden soll, weil sie mich sonst erwischen. Vermutlich hast du Jason zu ihnen geführt.«

Levin traf es wie ein Schlag. Er war versucht, Elena nicht zu glauben, doch dann fiel ihm die Situation vor dem Gemach von Thanos ein. Wie auch immer Jason es gelungen war, dieser Kerl hatte ihn aufgespürt.

»Er wird eine Weile brauchen«, fuhr Elena fort, »bis er wieder hier oben ist. Er muss lange bei Darius gewesen sein, um sich alles erzählen zu lassen. Aber ich vermute, er wird bald eintreffen. Und dann sind wir beide nicht mehr sicher.«

»Und das sagst du mir erst jetzt?«, schimpfte Levin und eilte zu seinem Bett. Er zog den Beutel darunter hervor.

»Was hast du vor, Levin?«

»Na was wohl? Was bleibt mir denn schon?«

»Wirst du mir helfen?«

»Nein. Macht euren Kram allein.«

»Du willst Thanos also schützen.«

»Er hat mir nichts getan.«

»Er ist ein Scheusal!«, schrie Elena.

»Behauptest du. Ich habe keine Ahnung und ich will davon nichts wissen.«

»Du bist ein solcher Egoist. Dir ist es völlig egal, was mit Alsuna geschieht. Hauptsache, du hast deine Freiheit.«

»Ach. Und dein persönlicher Rachefeldzug gegen Thanos ist nicht egoistisch?«

»Ich tue damit etwas für alle. Du tust nichts anderes, als die Welt um dich herum aus dem Schatten zu beobachten. Du willst alles überblicken, aber mit nichts in Berührung kommen. Das ist so feige! Wahrscheinlich hast du noch nie in deinem Leben Verantwortung übernommen.«

Levin warf sich den Beutel über und schob Elena beiseite. »Ich übernehme Verantwortung für mich selbst. Das ist schwer genug.«

Er ging zur Tür, Elena versuchte ihn aufzuhalten. »Wo gehst du hin?«

»Ich verschwinde von hier.«

»Darius wird dich verfolgen und erwischen. Du kannst nicht fliehen.«

»Ich werde ganz aus Alsuna verschwinden. Und komm ja nicht auf die Idee, dich wieder an mich dranzuhängen. Machs gut, Elena.«

Damit riss er die Tür auf und eilte davon. Er drehte sich nicht um. Aber er hörte, wie sie ihm etwas nachrief, wie die Tür zugeschlagen wurde und drinnen erneut etwas zu Bruch ging.

Soll sie nur alles zertrümmern, dachte er. *Ich will sie nie wiedersehen.*

Mit großen Schritten ging er über den Hof. Noch immer trug er die Uniform, auch wenn sie stank und schmutzig war. Es war ihm egal, so wie ihm fast alles egal geworden war. Noch vor Minuten hatte er geglaubt, nach Hause gekommen zu sein. Jetzt wusste er wieder, dass er nur sich selbst hatte. Und er fühlte sich daran erinnert, dass man Menschen nicht trauen konnte. Was hatte ihn nur dazu getrieben, anderen Leuten so vieles in die Hand zu geben, was er selbst nicht mehr beeinflussen konnte? Das hatte er nun davon. Es hätte ihn beinahe alles gekostet. Heute Nacht genügte es ihm, wenn er mit seinem bloßen Leben und seiner Freiheit davonkam.

Um nicht an Elena oder Thanos denken zu müssen, stellte er sich vor, in welcher Stadt er wohl am besten weitermachen konnte. Infrage kamen Faiza in der Mitte von Baldurien oder Ghazal an der Südküste. Wie er gehört hatte, herrschte an diesen Orten am meisten Leben und – das war für Levin das Wichtigste – am meisten Durcheinander. Für beide Ziele würde er Tage brauchen, selbst wenn er mit dem Pferd reiste. Aber das fiel kaum ins Gewicht. Viel mehr Zeit würde es kosten, sich an diesen Orten neu zu orientieren. Er würde die Straßen erforschen, Schlafplätze suchen müssen. Es war alles kein Problem, solange es nur ein paar reiche Leute gab, und die gab es überall.

Er kam zu den Ställen. Welches der Pferde sah am zuverlässigsten aus? Es musste nicht schnell sein, viel wichtiger war, dass es lange durchhielt. Er band eine kräftige Stute los und wollte sie langsam über den Hof führen. Da erblickte er drüben am Tor eine Menschenansammlung. Es waren lauter Soldaten, die um einen Reiter herumstanden, der offenbar eben eingetroffen war. Levin blieb stehen, als er erkannte, dass es sich um Jason handelte.

Mist! Ich bin ein paar Minuten zu spät. Also schön, dann eben den umständlichen Weg.

Auf der Stelle drehte er sich um, ließ das Pferd los und huschte in Richtung Kaserne. Es blieb ihm nicht viel Zeit, dann würde Jason die gesamte Wache alarmieren und ihn suchen lassen. Levin ertappte sich dabei, wie er an Elena dachte. *Wird sie es rechtzeitig schaffen? Natürlich schafft sie es*, versuchte er sich einzureden. *Sie ist durchtrieben und wird immer durchkommen. Solange Jason mich nicht hat, wird ihn Elena wenig interessieren.*

Er schaute sich um, ob sie ihn vielleicht wieder verfolgte. Aber da war keiner. Durch die Kaserne gelangte er in den Innenhof und in den Palast.

Diesmal schauten die Wachen ihm verdutzt nach, als er erneut mit dem großen Beutel auf dem Rücken durch das Gebäude zog. Er hielt sich mit Erklärungen zurück und beeilte sich, nach oben zu kommen. Der Wächter vor Thanos' Gemach fragte ihn ungläubig, warum er schon wieder hier sei.

»Habe noch etwas vergessen«, sagte Levin und ging ins Labor. Wenigstens musste man sich als Hauptmann nicht rechtfertigen. Er wollte keinen Halt machen, sondern sogleich hinter dem Feuer verschwinden. Doch plötzlich schoss ihm ein Gedanke durch den Kopf. Seine Augen richteten sich auf die Tür zum Gemach des Grafen.

Ach, Thanos, du hättest mich beinahe gekriegt, sagte er sich und spürte die Demütigung, die dieser Gedanke mit sich brachte. Wäre er heute Nacht in Alsuna geblieben, wäre alles bestens gewesen. Aber nein, Levin war zurückgekehrt wie ein reumütiger Hund zu seinem Herrn. Er, Levin, hatte sich verloren. Nein, dafür konnte er Thanos nicht ungestraft lassen. Einfach verschwinden und vergessen werden? Niemals.

Entschlossen ging er auf die Tür zu und zog den Draht aus der Tasche. Er hatte nichts verlernt. Mit schnellen, gezielten Bewegungen schaffte er es in wenigen Sekunden, das Schloss zu öffnen. Ganz leise drückte er die Klinke hinunter. Er horchte ins Dunkel hinein und nahm nur ein leises Schnarchen im hinteren Teil des Raumes war. Er streckte den Kopf durch den Spalt und sah, wie neben dem Bett eine Kerze flackerte; vermutlich war Thanos über einer Schriftrolle eingeschlafen. Rasch schlüpfte Levin hinein und schloss die Tür hinter sich.

Jetzt waren sie miteinander allein. Er schlich zum Bett hinüber und betrachtete den alten Mann im fahlen Licht. Eine leichte Decke hüllte ihn ein, er lag auf der Seite, eine Hand unter seiner Wange. Es war kein wirkliches Schnarchen, eher ein kratziges Atmen. Selbst in der Nacht hatte Thanos die Haare zusammengebunden. Am Kragen sah Levin das weiße Schlafgewand hervorblitzen.

Verbohrter Sturkopf, dachte er. *Es ist eine Schande, dass du hier so ruhig schlafen kannst. Albträume solltest du haben. Darin sollten sie dich alle verfolgen: Alvin, Tychon und wen du sonst noch aus dem Weg geräumt hast. Aber stattdessen liegst du da und schlummerst vor dich hin, als sei deine Welt in bester Ordnung. Vielleicht ist sie das. Aber morgen wird sie es nicht mehr sein und dann wirst du bereuen, mich mit deinen klugen Reden umgarnt zu haben.*

Eine Weile starrte er noch auf das Gesicht des Grafen, die sich hebenden und senkenden Nasenflügel, die Falten, die das Kissen in seine Haut drückte. Nein, er war kein besonderer Mann. Er war wie jeder andere. Levin, der *Schattensucher*, war in sein Gemach eingebrochen, um seinen wertvollsten Gegenstand zu entwenden.

Voller Vorfreude ging Levin zur Wand hinüber, wo der Mantel hing. Ohne Zweifel war es das schönste Kleidungsstück, das er je gesehen hatte. All die Gewänder, die er in seinem Keller hortete, würde er sich in einer anderen Stadt wieder beschaffen können. Aber dieser Mantel würde sein besonderer Begleiter werden. Ehrfürchtig hängte er ihn ab, faltete ihn zusammen und steckte ihn in den Beutel.

Ich wünsche dir eine gute Nacht, Thanos.

Damit ging er zur Tür und öffnete sie lautlos. Er warf einen letzten Blick zum Bett, dann drehte er sich um und machte einen Schritt nach draußen.

Erschrocken blieb er stehen und riss die Augen auf.

»Schön, Euch zu sehen, Hauptmann Linus. Wir haben Euch schon gesucht«, sagte Jason zynisch. Rechts und links von ihm standen je drei Männer, die mit geladener Armbrust auf ihn zielten. Levin ließ den Beutel sinken und machte ein überraschtes, bedauerndes Gesicht.

39. Kapitel

Durch die Gitterstäbe konnte ihn wenigstens keiner berühren. Ekelhaft wäre das gewesen. Doch die Eisenschellen waren schlimm genug. Ihre scharfen Kanten schnitten in seine Haut, vor allem dann, wenn er sich zu sehr bewegte oder versuchte, seine Arme auszuruhen. Vier Ketten sorgten dafür, dass er die Arme ständig erhoben hatte und die Beine leicht gespreizt blieben. Setzen konnte er sich nicht. Wenn ihm langweilig wurde und er einen frechen Spruch von sich gab, bespuckten sie ihn durch das Gitter.

Zwei volle Tage verbrachte er in dieser Zelle. Im Raum daneben war Jasons Schreibtisch, immer wieder kamen Leute mit irgendwelchen Anliegen vorbei. Dann schauten sie zu Levin hinüber, machten ein empörtes Gesicht und taten so, als löse der Anblick nichts in ihnen aus. In Wirklichkeit sah Levin genau, wie gekränkt sie darüber waren, dass er so unverfroren mit ihren Heiligtümern umgegangen war. Jasons Wolfshund kam häufig vorbei und schien jedes Mal stolz seine Beute zu begutachten. Levin übte sich darin, ihn mit fiesen Blicken zu vertreiben.

»Es wär mal wieder Zeit für einen Schluck Wasser«, rief Levin hinüber.

»Ich bestimme, wann es für etwas Zeit ist«, kam es von Jason zurück. Wenige Augenblicke später kam er mit einem Becher herein und grinste überlegen. »Ich habe beschlossen, dass es jetzt Zeit ist.« Er reichte Levin den Becher hinein. Die Ketten ließen es gerade zu, dass er nach dem Becher greifen und ihn zum Mund führen konnte. Seine Zunge wartete auf die Flüssigkeit, doch sie kam nicht. Erst das untere Drittel des Bechers gab ihm, wonach ihn verlangte. Ein Schluck und der Becher war leer.

»Immer schön sparsam«, sagte Jason, ohne eine Miene zu verziehen.

»Ihr seid das Letzte!« Levin warf den Becher durch das Gitter gegen Jasons Brust. Diesmal erntete er nur einen verächtlichen Blick.

»Jetzt könnt Ihr Euch noch austoben«, sagte Jason. »Bald ist es auch damit vorbei. Was Euch dann erwartet, vermag nicht einmal ich Euch zu sagen. Ich weiß nur, dass es weit unangenehmer sein wird als das hier.«

»Was könnte unangenehmer sein als Eure ständige Nähe?«

»Ihr solltet froh darüber sein, mich zu haben. Es gibt nicht wenige Leute in der brianischen Wache, die Euch am liebsten sofort getötet hätten. Aber ich weiß, dass der Erbauer erst ein Urteil sprechen will, ehe ein Verbrecher bestraft wird. Glaubt mir, ich werde froh sein, wenn ich Euer falsches alsunisches Gesicht nicht mehr sehen muss.«

»Ach ja?« Levin grinste und zog sich mithilfe seiner Zähne den Ärmel über die Schulter. Er hielt Jason den Bussard hin. »Na, wie gefällt er Euch? Ist doch hübsch geworden. Wollt Ihr ihn mir ausbrennen?«

»Das hat nichts zu bedeuten«, sagte Jason und versuchte das Brandzeichen zu ignorieren. »Ihr habt ihn Euch erschlichen. Auch dafür wird der Erbauer Euch zur Rechenschaft ziehen.«

»Immerhin war er selbst dabei, als das Abzeichen gemacht wurde.«

Jetzt ging Jason bedrohlich nahe an das Gitter heran und schoss einen scharfen Blick auf Levin ab. »Jede einzelne Lüge werdet Ihr bereuen. Ich habe Euch gewarnt. Wer etwas sein möchte, was er nicht ist, den erwartet eine umso höhere Strafe. Eure Anmaßung wird sich für den Rest Eures Lebens an Euch rächen. Und ich weiß nicht, ob dieses Leben noch lange dauern wird.«

»Ich habe nie gesagt, dass ich Hauptmann werden will. Das waren alles Ideen von Thanos – ich meine, vom Erbauer.«

»Es ist beschämend, dass Ihr selbst jetzt nicht von Eurer Respektlosigkeit lassen könnt. Aber all das wird sich an Euch rächen und die Gerechtigkeit wird endlich die Dinge so ordnen, wie sie gehören.«

»Ich bin sicher, Thanos wird glücklich sein über einen so tüchtigen, loyalen Hauptmann wie Euch an seiner Seite.«

Jason machte ein säuerliches Gesicht, schien aber nichts in Levins Satz zu finden, dem er widersprechen konnte. »Macht Euch bereit, morgen früh werdet Ihr dem Erbauer gegenübertreten. Zu trinken gibt's erst wieder etwas, wenn Ihr Euren Becher aufgehoben habt.« Er drehte sich um und ging in seine Kammer zurück. Der Hund knurrte ihn an. Levin kam es vor wie die tierische Form eines hämischen Lachens.

Ja, ja, mach nur, Köter. Das ändert nichts daran, dass dein Gesicht sich kaum von deinem borstigen Hintern unterscheidet. Weißt du was: Ich gönne dir deinen Herrn.

Als Levin am nächsten Tag von drei Wächtern begleitet über den Hof geführt wurde, war er so vielen bösen Blicken ausgesetzt, dass er sie wie Fausthiebe einer Meute empfand, die in einvernehmlicher Wut auf den Sünder eindrosch. Dabei schien diese Wut vor allem dem Zweck zu dienen, die eigene Scham zu überdecken, die Scham über ihr Unvermögen, den Betrüger rechtzeitig erkannt zu haben.

Sie werden auch morgen nicht klüger sein, sagte sich Levin. *Ich würde sie noch einmal und auch noch fünfmal täuschen können.*

Als er im Empfangssaal stand, konnte er sich der bedrückenden Stimmung nicht mehr entziehen, die sich angesichts seiner Lage schon beim Aufwachen auf ihn gelegt hatte. Die Tatsache, dass er seit einem halben Tag nichts getrunken hatte und er von hämmernden Kopfschmerzen geplagt wurde, erleichterte ihm die Situation nicht gerade. Ernst und bitter fühlte sich jetzt alles an. Man entschied über sein Schicksal.

Der große Tisch war beiseitegeräumt, eine nackte, zerkratzte Fläche bildete nun das Zentrum des Saals. Neben dem Großaufgebot an Wachen waren einige Gelehrte von Briangard anwesend. Jason stand am hinteren Ende der freien Fläche. Und dann war da noch Thanos. Sein Stuhl im erhöhten Teil des Saals war im Schatten kaum zu erkennen. Sein Gesicht entzog sich dem Schein des Kronleuchters. Levin sah auf den ersten Blick nur, dass er seine festlichen Kleider trug. Aus dem versteinerten Gesicht war nahezu nichts abzulesen.

Während der Verhandlung beschränkte sich Thanos aufs Zuhören. Vom Anfang bis zum Ende lag sein Kinn in der stützenden Hand, sein Mund, seine Augen, nichts bewegte sich. Nicht einmal eine Augenbraue hob er.

Dagegen lief Jason zu Höchstform auf. Nie hatte Levin ihn so lebendig erlebt. Jason malte sämtliche Vergehen Levins mit solcher Genauigkeit aus, dass man meinen konnte, er habe die letzten Wochen jede Handbewegung seines Kontrahenten beobachtet. Und immer wieder ertönte aus seinem Mund der Kehrvers, der den Übergang zum nächsten Anklagepunkt markierte: »Eine Schande ist das für Briangard und seinen Erbauer.«

Auf insgesamt dreizehn Anklagepunkte brachte es Jason. Levin konnte nicht viel mehr tun, als sich einen nach dem anderen anzuhören. Wehrlos stand er in der Mitte des Saals, wo ihm der Kronleuchter direkt ins Gesicht strahlte. Es schien ihm sinnlos und demütigend, auf Jasons Ausführungen einzugehen. Es hatten doch alle ihr Urteil bereits gefällt.

Erst als einer der Gelehrten Jason aufforderte, seinen Argumenten auch Beweise beizufügen, schien eine Wende möglich. Doch Jason hatte eine Überraschung parat. Er rief einen Zeugen herbei, der alle Vorwürfe glaubhaft bestätigen würde. Levin erschrak, als der hagere Nadal aus dem Schatten trat und sich der Rückendeckung durch Jason offenbar bewusst zu sein schien.

»Dieser Mann gehört zu der Gruppe, die es sich zur Aufgabe gemacht hat, Briangard auszuspionieren. Es ist keine Frage, dass wir diese Leute als unsere Feinde betrachten müssen. Umso erfreulicher ist es, dass unser Angeklagter uns ungewollt zum Hauptquartier dieser Gruppe geführt hat. Ganz in Eurem Sinne, Herrlichkeit, habe ich diesmal die Gefahr nicht mit Waffengewalt bekämpft. Verhandlungen schienen mir der weisere Weg zu sein. Ich konnte mit dem Anführer der Gruppe aushandeln, dass wir auf einen Vernichtungsschlag verzichten, wenn die Gruppe von nun an jede Aktivität gegen Briangard einstellt. Außerdem wurde verabredet, dass dieser Mann uns bei der Entlarvung des Betrügers Linus behilflich sein wird.«

Er bat Nadal um eine Erklärung und Levin musste sich noch einmal sämtliche Vorwürfe anhören. Am Ende vergaß Nadal nicht zu ergänzen: »Wir hatten beschlossen, diesen Mann zu beauftragen, weil er uns unter dem Namen *Schattensucher* als der fähigste Dieb und Betrüger in Alsuna bekannt war. Unzählige Bürger der Stadt wurden bereits von ihm beraubt. Die Stadtwache hat auf seine Ergreifung einen Betrag von fünfhundert Makel ausgesetzt. Ihn würde nichts Geringeres als die Todesstrafe erwarten.« Damit richtete Nadal zum ersten Mal einen von Genugtuung erfüllten Blick auf Levin.

Eine Diskussion brach aus, vornehmlich zwischen den Gelehrten. Dass Nadals Aussage Levins Schuld endgültig besiegelte, war unumstritten. Die verbleibende Frage lag in der Höhe der Strafe.

»Es ist nicht erkennbar, dass der Beschuldigte eine todeswürdige Tat hier auf Briangard begangen hat. Er hat niemanden ermordet und auch keine Absicht dergleichen gezeigt. Was er in Alsuna verbrochen hat und welche Strafe darauf steht, darf für uns nicht relevant sein. Die angemessene Strafe für seine Verbrechen ist ein lebenslanger Verbleib im brianischen Verlies«, argumentierten die einen.

»Zu keiner Zeit hat der Erbauer seinen Anspruch widerrufen, Herrscher über ganz Alsuna zu sein. Ein Mann, der sowohl in Alsuna als auch auf Briangard schuldig geworden ist, muss vom Erbauer für beides gerichtet werden. Die Todesstrafe, die ihm in Alsuna zusteht, muss auch hier gelten«, sagte die zweite Gruppe.

Jason war in den Hintergrund getreten und hielt sich aus der Diskussion heraus. Levin hatte vollends resigniert und beschlossen, das Urteil abzuwarten. Während die Gelehrten debattierten, bemühte er sich, seinen Blick möglichst in eine neutrale Richtung zu lenken. Thanos war darin geübt, in seine Seele zu blicken. Und Levin war sich sicher, dass Thanos dort nicht allzu viel finden würde, was ihn milde hätte stimmen können.

Schließlich hob der Erbauer die Hand und brachte die Diskussion augenblicklich zum Verstummen. Alle schauten ehrfürchtig in seine Richtung, Levin blickte zu Boden. Eine lange Stille setzte ein. In wenigen Augenblicken würde alles vorbei sein, niemand würde mehr ein Wort darüber verlieren, welches Urteil angemessen sei.

Und dann ertönten aus dem Dämmerlicht die kargen Worte: »Er muss sterben.«

40. Kapitel

Alsuna, Jahr 296 nach Stadtgründung

Es war die Nacht, in der sich alles entschied.

Seit zwei Tagen lag Alvin im Stroh, mit jeder Stunde glaubte er von Neuem, das Fieber würde ihn vollends auffressen.

Er schien der Decke entgegenzuschweben und sich gleichzeitig immer weiter von ihr zu entfernen. Da waren diese Bretter mit den dunklen Figuren, die nicht über die Linien springen konnten. Sie bewegten sich und waren doch immer gleich. Redete er gerade oder waren andere Leute da? Redete jemand in ihm? Sein Kopf, sein elender Kopf drückte! Wenn er doch bald zerbersten würde! Alles staute sich in ihm und presste, presste gegen seine Augen. Ob sie bald herausfielen?

Gut, dass er allein war, sagte ihm die Stimme des verlorenen Bewusstseins von irgendwoher. *Gut, so hast du es gewollt. Keiner, der dich ansieht und dir ein Fläschchen bringt. Nur du und dein elendes Pressen. Lass es weiterpressen.*

Es presste weiter – unendliche Stunden, vielleicht auch nur Sekunden. Es presste alle Sinne aus ihm heraus, bis er bald nicht mehr sehen, nicht mehr hören, nur noch fühlen konnte. Und was er fühlte, war nichts als das Pressen. Vielleicht brüllte er, aber nein, das konnte nicht sein, sonst wäre der Bauer ja gekommen, sagte ihm wieder das immer leisere Bewusstsein.

Vor seinen Augen wurde die schwarze Fläche ausgerollt. Ein Schwamm wischte alle hellen Flecken weg. Jetzt war er beim Nichts angelangt. Und jetzt entschied sich, ob es noch schwärzer werden würde oder ob er die Fläche gestalten konnte. Zuerst wechselte es sich ab: Bilder fingen an zu entstehen und wurden sogleich vom schwarzen Nichts aufgesogen. Immer von Neuem setzte er Bilder auf die Fläche, doch keines blieb bestehen.

Dann merkte er, dass er die falsche Schlacht schlug. Er ließ die Fläche schwarz sein und bald schon war das Schwarz so finster, dass das Finstere zu einem abscheulichen Gesicht wurde. Eine faulige, modrige, brennende Fratze tat sich auf, sie bestand aus nichts als Dunkel. Ein Schlund öffnete sich vor ihm und was darin zu sehen war, war ein noch viel tieferes Schwarz als alles davor. In ihm waren in weiter Ferne jene Menschen versunken, denen er in die sterbenden Augen geblickt hatte. Sie wurden immer kleiner, doch der Schlund näherte sich ihm, selbst wenn er glaubte, dass es nicht näher ging.

Nein, sein Kampf war nicht gegen das Schwarz. Er würde seine Augen nicht davor verschließen. Er schaute mitten hinein und ließ das Dunkel Dunkel sein.

Zugleich aber öffnete er seine Ohren für die Klänge in seinem Innern. Sanft und unscheinbar traten sie hervor. Sie kamen näher, wurden lauter und bestimmter. Bald waren es keine Klänge mehr, sondern Stimmen, deutliche Stimmen. Das monströse Schwarz vor seinen Augen konnte sie kein bisschen berühren. Das war das Geheimnis, sagte er sich. Sehen da, hören dort. Und er hörte näher hin. Da war der Vater, da war Elena, da waren seine Freunde. Sie redeten und hörten nicht auf zu reden. Zuerst waren es Worte der Vergangenheit, doch schon bald waren es Worte der Zukunft. Von einer prächtigen Zukunft erzählten sie.

Aber der Schlund wurde größer und begann sich um ihn zu schließen. Die Tiefe der Dunkelheit war nun nicht mehr zu ermessen.

Weiterhören!, befahl er sich.

Er hörte Singen und Lachen, weise und leichte Worte, alles vermischt zu einer rauschenden Sinfonie. Er folgte ihr.

Aber der Schlund. Er schloss sich um ihn. Jetzt berührte er ihn schon. Das Schwarz umfing ihn.

Wo waren die Stimmen? Sie waren in einem Augenblick verstummt. Wo war die Sinfonie? Sie war noch nicht zu Ende gewesen.

Der Schlund verengte sich um ihn und drückte und presste ihn zusammen. *Nicht wegschauen!*, sagte er sich.

Da! Endlich! Eine Stimme, die allen anderen überlegen war. Nicht lauter, aber bestimmter: »Alvin!«

Das Pressen der Finsternis nahm zu. Er konnte nicht antworten. Er wurde immer kleiner und unbedeutender.

»Vertraust du mir?« Die Stimme verschwand sogleich. Nichts als die Frage blieb.

Schau hin!, sagte er sich. Jetzt war das Dunkel so dunkel geworden, hatte ihn so klein gepresst, dass er kurz davor war, darin zu verschwinden. Und in seinem kaum mehr vorhandenen Dasein ertönte auf einmal aus seinem Inneren eine Stimme, *seine* Stimme, und sagte: »Ja.«

Am Morgen erwachte Alvin und rieb sich den Schlaf aus den Augen. Noch ehe er sich erhoben hatte, stürmte der Bauer herein, stieß die furchtbarsten Schimpfworte aus und sagte schließlich: »Das hat man nun davon, dass man seine Gutmütigkeit an einen Dahergelaufenen verschwendet! Lässt sich versorgen und legt sich im Stroh auf die faule Haut. Aber nicht mit mir! Ihr habt meine Gastfreundschaft lange genug ausgenutzt. Packt Eure Sachen und schert Euch fort oder ich hole die Stadtwache!«

»Ist gut«, sagte Alvin mit einem unübertrefflichen Strahlen auf dem Gesicht. »Einen wunderschönen guten Morgen übrigens!«

Wenig später zog er mit seinem Beutel über der Schulter die Straße zur Stadt hinunter, wo sich schon bald das Leben regen würde. Sein Weg führte ihn zur Einkaufsstraße.

Noch waren die Händler dabei, ihre Waren auszubreiten. Alvin zog es heute besonders zum Stand mit den Honigtöpfen. Er wusste, dass er sich nichts leisten konnte, aber wenigstens kosten wollte er. Genüsslich leckte er den Finger ab, der Geschmack war so intensiv, als habe er einen ganzen Topf verspeist.

Ja, es war schön, hier zu sein. In diesem Moment gab es keinen besseren Ort in der Welt. Auch wenn der Himmel wolkenverhangen war, so hatte Alvin doch den Eindruck, als schicke die Sonne ihr hellstes Licht an diesen Ort und ließ alles so leuchtend erscheinen, wie er es nie erlebt hatte. War der Boden unter ihm Wirklichkeit? Berührte er ihn denn? Er fühlte es und doch schien es eine neue Empfindung in ihm zu geben, die alles andere überlagerte. Es war eine tiefe Ruhe, die sich auf alles legte, womit er in Berührung kam. Auf einmal fühlte sich alles richtig an. Was er tat, das tat er, weil es gut war, nicht nur, weil es nötig war. Wenn er sich das saftige Rot der Tomaten ansah, dann nicht, um sich zu fragen, ob sie reif waren oder ob er sie kaufen würde, sondern weil das bloße Anschauen ihm Freude machte. Jeder Schritt, den er ging, war ein guter Schritt. Er ging, weil das Gehen schön war, nicht, weil er ein Ziel erreichen wollte. Dabei hatte er ein Ziel.

Die »Kunst der Gegenwart« hätte er diese Wahrnehmung früher vielleicht genannt. Doch jetzt kam er gar nicht dazu, sich solche Gedanken zu machen. Er praktizierte diese Kunst einfach und bemühte sich nicht, ihr einen Namen zu geben. Er war sich noch nicht einmal darüber bewusst, dass er sie praktizierte. Sein Vater hatte früher gesagt: »Wir reden meist nur über die verlorenen Dinge. Über das Vorhandene gibt es nichts mehr zu sagen.«

Und so ging er durch die Einkaufsstraße, schaute, fühlte, schmeckte, stolperte einmal und wurde mehrmals angerempelt. Er wusste nicht, wie viel Zeit vergangen war, als er das Ende erreichte und eine ihm wohlvertraute Stimme hörte: »Rotschopf!«

»Ach, du schon wieder!«

»Was heißt hier schon wieder? Du warst lange nicht da.«

»Tatsächlich?«, sagte Alvin und sah dem Jungen zu, wie er vom Dach stieg.

»Was bist du heute so gut gelaunt?«, fragte der Junge.

»Es ist ein schöner Tag. Und ich habe frei.«

»Was ist das: frei haben?«

»Es ist, wenn du nicht arbeiten musst.«

»Wenn man es so sieht«, sagte der Junge, »habe ich immer frei. Ich muss nicht arbeiten, ich tue es aus Spaß.« Im nächsten Moment sah Alvin in seiner Hand einen Apfel, in den der Junge hineinbiss.

»Das nennst du Arbeit?«, fragte er. »Die anderen um ihren Lohn bringen?«

»Aber hallo! Es kostet viel Mühe, das zu lernen.«

»Und sonst hast du nie etwas gelernt?«

»Natürlich«, protestierte der Junge. »Holz hacken, Äcker pflügen, Unkraut jäten, Boden schrubben.«

»Aber nichts davon tust du gern.«

»Nichts davon war freiwillig.«

Sie zogen durch die Gassen und achteten nicht darauf, wohin sie gingen. Inzwischen hatten sie die belebten Straßen verlassen. Die Häuser hier waren eintönig und unbedeutend. Alvins Daseinsfreude hielt dennoch an.

»Sag mal, willst du eigentlich noch irgendwohin?«, fragte ihn der Junge.

»Ja. Aber das hat Zeit. Ich werde morgen meine Freunde besuchen, die ich lange nicht gesehen habe.«

»Meine Freunde sind überall. Ich brauche sie nicht zu besuchen.«

»Würde es dir nicht gefallen, meine Freunde einmal kennenzulernen?«

»Wozu?«

»Sie sind nett und gastfreundlich. Du würdest mit Sicherheit ein Stück Rosinenbrot mit einem Becher Milch bekommen. Wahrscheinlich hätten sie auch etwas Honig für dich.«

»Rosinenbrot. Ja, das klingt nicht schlecht. Und wo schläfst du heute Nacht?«

»Mal sehen«, antwortete Alvin, der sich bisher keine Gedanken darüber gemacht hatte. In seinem Kopf war der grobe Plan längst fertig. Deshalb dachte er immer nur über den nächsten Schritt nach.

»Ich könnte dir hundert Orte zeigen, wo du schlafen könntest. Wie hättest du's gerne? Warm und kuschelig, großzügig, mit Aussicht, mit Versorgung?«

»Mit Aussicht wäre schön«, antwortete Alvin. »Wirst du dabei sein?«

»Von mir aus. Dann muss ich uns aber noch etwas zu essen besorgen.«

»Wie wäre es, wenn wir einfach etwas kaufen würden?«

»In Ordnung. Dann muss ich nur noch das Geld dafür stehlen.«

Zum ersten Mal schaute Alvin ihn ernst an. »Ich habe noch einen Makel in der Tasche. Ich will nicht, dass du eines Tages im Gefängnis landest.«

41. Kapitel

Briangard, Jahr 304 nach Stadtgründung

In drei Wochen würde die Hinrichtung sein. Tod durch Enthauptung sei das Übliche hier, hatte man Levin gesagt. *Gut*, dachte er, *dann ist die Sache in einem Augenblick vorbei. Man merkt es wohl nicht einmal. Besser, als sich noch ewig an einem albernen Strick zu quälen und dabei den Leuten ein paar verdrehte Augen zu präsentieren.*

Das waren vielleicht die letzten zynischen Gedanken, die Levin in den Sinn kamen. Als er in dem nass-dunklen Gemäuer angekommen war, hatte er endgültig jeglichen Scharfsinn verloren. Von nun an verbrachte er die Tage damit, wehmütige Gedanken zu vertreiben oder die Vergangenheit aufleben zu lassen oder Stunden um Stunden zu schlafen. Letzteres brachte ihn dem Ende der drei Wochen am schnellsten näher.

Er hatte eine Einzelzelle, so groß wie ein Zimmer. Ein Gitter trennte ihn vom Gang. Von dort kam das Fackellicht, das tagaus, tagein vor sich hin flackerte. Irgendwann verlor Levin das Gefühl für die Zeit. Nur an den Mahlzeiten konnte er sich orientieren.

Der Kerker befand sich unter der Kaserne. Man musste eine steile Treppe hinter einer Eisentür hinunter und gelangte dann in den Gang, an den sich sechs Zellen anschlossen. Am Ende des Ganges ging es eine weitere Treppe hinab, wohl in den zweiten Trakt. Das Verlies war nicht gerade überfüllt. Außer ihm befand sich auf seinem Stockwerk nur ein weiterer Gefangener. Er war in der ersten Zelle und saß, wie Levin mitbekam, immer ganz hinten auf dem Boden. Levin wusste nicht einmal, ob er überhaupt reden konnte.

Fast jede Stunde tappte ein Wächter vorbei, warf einen routinierten Blick in die Zelle und ging weiter ins untere Stockwerk. Levin hatte keine Lust, sich mit den Wachen zu unterhalten. Am liebsten war es ihm, wenn er überhaupt niemanden sah und hörte.

Seine Gedanken waren ihm laut genug, auch die Stimmen, die aus seiner

Erinnerung drangen. »Du hast nie Verantwortung übernommen«, sagte Elena immerzu. »Wer etwas sein möchte, was er nicht ist, wird umso härter bestraft«, kam es von Jason. »Ihn erwartet die Todesstrafe«, sagte Nadal mit fiesem Grinsen. Sogar Thekla redete aus seinem Gedächtnis, sie sagte: »Wenn Ihr tot seid, wird sich niemand Eurer erinnern.«

Die häufigsten Worte, die durch sein Gedächtnis geisterten, kamen aber von Thanos. Wie unzerbrechliche Gefäße tauchten die Sätze im selben Wortlaut immer wieder auf: »Du machst dir dein eigenes Schauspiel«, »Die wirklich wichtigen Geheimnisse liegen doch im Offensichtlichen«, »Du verachtest das Licht, obwohl es den größten Schutz bietet«. Am meisten beschäftigten ihn die drei letzten Worte, die er von Thanos gehört hatte: »Er muss sterben.« Das hatte er mit einer solchen Sachlichkeit gesagt, dass Levin erschrocken war. Hatte er da wirklich Thanos gehört? Wenn er doch wenigstens sein Gesicht dabei gesehen hätte. Thanos hatte es im Schatten verborgen. Nur für einen kleinen Moment, als Thanos sich erhoben hatte und rasch zum Hinterausgang ging, hatte sich ein Lichtschein auf sein Gesicht gestohlen. Und da glaubte Levin gesehen zu haben, wie seine Lippen bebten und sich gegen den Schmerz wehrten, der aus ihm herausbrechen wollte.

Je mehr er darüber nachdachte und sich die Situation vor Augen malte, umso erstaunter war Levin über sich selbst. Hatte er nicht kurz davor entschieden, dass er in Thanos einen ganz gewöhnlichen und eigentlich verabscheuungswürdigen alten Mann sehen wollte? Warum kümmerte ihn dann Thanos' Reaktion so sehr?

Du hast dich von einem Menschen abhängig gemacht, sagte er sich. *Und jetzt kriegst du die Folgen davon zu spüren.* Es beschämte ihn, dass es Thanos so leicht mit ihm gehabt hatte. Ein bisschen Vertrauen hatte er über Levin ausgeschüttet, ein paar beeindruckende Dinge hatte er ihm gezeigt und schon wäre er fast bereit gewesen, ihm in die Falle zu gehen. Ja, sicher, da war offenbar ein kindlicher Mangel in ihm, den Thanos entdeckt hatte. Das konnte er nicht bestreiten.

Aber war das der Grund, weshalb er nun hier saß? War es nicht eigentlich so gewesen, dass er sich rechtzeitig wieder unter Kontrolle gebracht hatte und dann erst festgenommen worden war? Sein Eigensinn hatte ihn hierher gebracht, nicht sein übermäßiges Zutrauen. Das beruhigte ihn. *So hast du dein*

Leben begonnen, so wirst du es nun auch beenden. Nimm es mit Stolz, redete er sich ein.

Und mit eben jenem Stolz legte er sich auf die Pritsche und schlief ein. Er konnte jedoch nicht verhindern, dass sie ihn in seinen Träumen wieder aufsuchten. Und dort redeten sie nicht nur, sondern malten ihm die schlimmsten Bilder.

Einmal sah er seiner eigenen Hinrichtung zu. Es war alles andere als schmerzlos. Das Gefühl, dabei zu sein, wenn es ihn nicht mehr gab, durchzog ihn wie ein Eiswind.

In einer anderen Nacht begegnete er seinem Pflegevater. Mit Ketten hatte er Levin an den Waldboden gefesselt und ließ ihn Bäume fällen. Immer wenn Levin sich umdrehte, stand er übergroß da und schaute ihn selbstgefällig an. »Hättest eben nicht von mir abhauen dürfen«, sagte der Vater, und wenn Levin sich nicht rechtzeitig wieder an die Arbeit machte, gab es einen Hieb. Vorne sah er das Mädchen, seine Pflegeschwester, zwischen den Bäumen umherspringen. Wenn Levins Baum fiel, wich sie erschrocken aus. Keiner traf sie, aber jedes Mal hatte er eine unbeschreibliche Angst. Einen Baum nach dem anderen fällte er. Doch da waren noch so unendlich viele.

Eines Tages träumte er beim Mittagsschlaf. Es war in der dritten und quälendsten Woche. Er schlief höchst unruhig. Hinter ihm rannte ein borstiger Wolfshund her, an dessen Lefzen das Blut herabtropfte. Das Tier schien nicht im Geringsten zu ermüden, während Levin über das Dach der Meskanhalle sprintete. Das Ende wollte nicht näher kommen. Schließlich berührte ihn etwas am Rücken, eine Pfote riss ihn an der Schulter zurück und er stürzte zu Boden. »Endlich hab ich dich erwischt!« Als er sich umdrehte und sich schützend die Arme vor den Körper hielt, sah er nicht den Wolfshund, sondern Norman. Er stand über ihm, mit den Stiefeln drückte er ihm die Arme gegen den Boden.

»Hast wohl geglaubt, mich alten Hasen loszuwerden«, sagte Norman mit tiefer Stimme.

»Was hast du mit mir vor?«

»Du hast meine Uniform getragen! Wo ist sie?«

»Ich habe sie zurückgegeben, ehe ich floh.«

»Lüge. Du hast sie unter deinem Mantel.« Damit riss Norman ihm den

Mantel vor der Brust auseinander. Der Bussard auf der Uniform kam zum Vorschein. »Lüge. Alles Lüge.«

Jetzt bemerkte Levin erst die sieben roten Wunden an Normans Oberkörper. Sie schienen ausgetrocknet zu sein.

»Wo wolltest du denn hin?«, fragte Norman.

»In die Ferne.«

»Und dort wärst du mich los gewesen, was? Lüge, alles Lüge. Du wirst mich doch nicht los.«

»Lässt du mich jetzt gehen?«

»Ich habe dir eine Botschaft geschickt. Warum hast du sie nicht befolgt?«, fragte Norman, ohne auf Levins Worte zu reagieren.

»Ich habe keine Botschaft bekommen.«

»Oh doch, das hast du. Was willst du jetzt tun? Einfach davonlaufen? Ohne die Aufgabe erfüllt zu haben? Du weißt, dass ich das nicht zulassen werde.«

»Ich habe doch keine Ahnung, was du willst«, sagte Levin.

»Lüge, alles Lüge. Es ist völlig klar, was von dir erwartet wird. Nicht umsonst habe ich diese Wunden an mir. Jetzt mach etwas daraus.« Levin hatte den Eindruck, dass die Wunden größer geworden waren.

»Aber … damit habe ich doch nichts zu tun!«

Jetzt lachte Norman laut auf. »Nichts zu tun?! Ha, das ist gut, das ist sehr gut. Meinst wohl, dass du dir alles selber zu verdanken hast.«

»Aber ja doch.«

»Nicht die geringste Ahnung hast du. Was wäre denn mit mir passiert, wenn du nicht gewesen wärst? Und was wäre aus dir geworden, wenn sie mich nicht durchlöchert hätten?«

»Das habe ich nicht gewollt.«

»Wer fragt hier danach, was *du* wolltest?«

»Wenn das so ist, dann will ich sterben«, sagte Levin.

»Du willst sterben? Das ist ja wohl das Lächerlichste, was ich je gehört habe. Das ist noch lächerlicher als zu fliehen.«

»Sag mir, was du willst und lass mich in Ruhe!«, brüllte Levin und sah auf das flackernde Gemäuer.

»Es wird nicht lange dauern«, hörte er die tiefe Stimme.

»Wie?«

»Ich lasse Euch bald wieder in Ruhe. Ich wollte nur einen kleinen Besuch machen.«

Levin schreckte hoch und schaute um sich. Woher kam die Stimme, die nicht mehr Normans Stimme war?

Vor dem Gitter stand er. Die Schattengrenze lief mitten durch sein Gesicht. Auf der hellen Seite schimmerten die weißen Haare.

»Gereon?«

»Es tut mir leid, dass ich Euch geweckt habe.«

»Schon gut, ich … habe geträumt.«

»Das war nicht zu überhören. Ihr müsst Euch hier schon sehr verloren vorkommen.« Er machte einen Schritt näher ans Gitter. Levin konnte jetzt sein sanftes Gesicht erkennen.

»Und Ihr? Warum seid Ihr hier?«, fragte Levin und setzte sich vollends auf.

»Nun, ich dachte mir, dass Ihr sicher selten Besuch bekommt. Seit unserem letzten Treffen scheint sich einiges bei Euch getan zu haben.«

»Das könnt Ihr laut sagen.«

»Nun ja, es hat mir sehr leidgetan, Eure Geschichte zu hören. Da hat es mich interessiert, wie es Euch jetzt wohl geht.«

»Bitte schön. Jetzt seht Ihr's ja, Senator. Tut Euch keinen Zwang an. Ist fast wie ein Käfig hier.«

»Wenigstens stelle ich fest, dass Ihr Eure Respektlosigkeit nicht verloren habt. Das beruhigt mich.«

»Das wird mir noch genau zwei Tage lang helfen.«

»Ja, ich weiß«, sagte Gereon verständnisvoll. Seine Gegenwart brachte etwas Wohliges in den Raum, auch wenn Levin nicht auf eine Unterhaltung eingestellt war. »Man hat mir alles erzählt.«

»Wie kommt Ihr überhaupt hier rein?«

»Oh, das ergab sich einfach. Vorhin fand das diplomatische Treffen mit dem Grafen statt – wie immer eine höchst frustrierende Angelegenheit. Ich fragte nach Euch und da erfuhr ich die ganze Geschichte. Ich bat den Hauptmann um eine Genehmigung, für einige Augenblicke bei Euch vorbeizuschauen. Nachdem sie mich zweimal durchsucht hatten, ließen sich mich durch.«

»Ein Wunder, dass die Wachen Euch nicht begleiten.«

»Kein Wunder. Auch auf Briangard gibt es Leute, die ein paar zusätzliche Makel gut brauchen können.«

»Es ist sehr nett von Euch, dass Ihr Euch meinetwegen solche Mühe macht.«

»Levin, meine Zeit ist zu knapp, als dass wir uns lange mit Plaudereien aufhalten können.«

»Ihr kennt meinen Namen?«, fragte Levin wie wachgerüttelt und trat ans Gitter vor.

»Ich kenne mehr als deinen Namen.« Gereon öffnete seine Hand und präsentierte den roten Stein. »Gehörte der nicht einmal dir?«

»Woher hast du ihn?«

»Denk nach, wer ihn zuletzt hatte.«

Levin brauchte nicht lange nachzudenken. Stattdessen studierte er das Gesicht des Mannes, der einen halben Meter vor ihm stand. Es war so unauffällig, so ganz ohne Merkmale. Im Gegensatz zu Thanos wirkte er zart, was durch den Stoppelbart um die Mundpartie kaschiert wurde. Fast ausdrucksleer waren die Augen, die ihn unentwegt ansahen. Gereon war ein Mann, der einem nur dann im Gedächtnis blieb, wenn man ihn in einer außergewöhnlichen Situation antraf. Vielleicht war dies eine solche Situation.

»Dann bist du der Mann, der das *Otusnetz* gegründet hat?«

»Ja, so ist es«, sagte Gereon beiläufig. »Aber glaube nicht, dass diese Gruppe eine allzu große Bedeutung hat. Sie dient ihrem Zweck, mehr nicht.«

»Und worum geht es dann wirklich?«

Gereon lächelte. »Ich denke nicht, dass ich dir das jetzt alles erklären könnte. Sagen wir einfach: Es geht um alles.«

»Wie schön. Für mich ist in zwei Tagen alles vorbei.«

»Wenn ich *alles* sage, dann schließt dich das natürlich mit ein. Deshalb bin ich hier. Ich möchte dir die Möglichkeit geben, dir deinen Stein zurückzuverdienen. Es ist ein sehr schöner Stein.«

»Stell ihn als Andenken zu Hause ins Regal.«

»Du nimmst mich nicht ernst. Nun ja, es sollte auch mehr ein erster Anreiz sein. Ich soll dich herzlich von Elena grüßen.«

»Elena.« Levin sagte ihren Namen so gleichgültig wie möglich. Doch es gelang ihm nicht, seine Erregung gänzlich zurückzuhalten. Ein paarmal hatte er sich gefragt, was aus ihr geworden war. Sie musste entkommen sein, sonst hätte er etwas erfahren. Und manchmal hatte er gedacht, dass er etwas hart mit ihr umgegangen war. Doch er hatte das beiseitegeschoben, weil er davon ausging, dass er sie ohnehin nie mehr sehen würde. »Geht es ihr gut?«, fragte er schnell.

»Es ist alles in Ordnung mit ihr. Und sie ist nicht minder entschlossen.«

»So kenne ich sie. Sie meint es also ernst mit ihren wahnsinnigen Plänen.«

»Dafür sollte man sie bewundern, nicht wahr?«

»Von wegen bewundern. Du hast ihr doch diese Ideen eingeredet. Ist dir klar, dass sie Thanos nicht nur ausspionieren, sondern töten will?«

»Dazu hat sie guten Grund, oder?«

»Sie wird es nicht überleben, verflucht!«

»Wie du weißt, hat sie ohnehin nicht mehr lange Zeit.«

»Einen Moment. Jetzt verstehe ich das Ganze. Du schickst sie voraus, damit sie Thanos für dich beseitigt. Ist es so?«

»Jetzt fantasierst du. Ich habe ihr nie gesagt, dass sie ihn töten soll.« Gereon machte eine Pause und vertiefte seinen Blick auf Levin. Der spürte, dass ihr Gespräch jetzt eine neue Intensität erlangte. »Sie hat etwas verstanden, was du noch nicht verstanden hast, Levin.«

»Ach ja?«

»Lass uns über deine Träume reden. Ist es nicht so, dass dich die Menschen verfolgen, die dein Gewissen belasten?«

»Gelegentlich, ja.«

»Und fragst du dich manchmal, wieso das so ist?«

»Wahrscheinlich ist das normal, wenn man auf seinen Tod wartet.«

»Elena wartet auch auf ihren Tod. Sie hat keine Träume. Weißt du, wieso?« Levin wartete auf die Antwort. »Sie ist so mutig, sich den Dingen zu stellen. Das ist wahre Unabhängigkeit. Ich bin davon überzeugt, dass sie nicht sterben wird, ehe sie ihr Ziel erreicht hat.«

»Schön für Elena. Ich werde es nicht mehr miterleben.«

»Levin, ich sagte, ich bin deinetwegen hier. Auch für dich gibt es Freiheit. Nicht die Freiheit, die du bislang gekannt hast. Dein jetziger Zustand zeigt, dass du nur feige vor den Herausforderungen deines Lebens davongelaufen bist.«

Levin umklammerte mit beiden Händen die Gitterstäbe. Das war nicht die Art von Gespräch, die er sich versprochen hatte. Doch er beherrschte sich, denn irgendetwas sagte ihm, dass Gereon noch etwas für ihn bereithielt.

Mit großer Ruhe setzte der Alte fort: »Ein Mann auf der Flucht bist du. Auf der Jagd solltest du sein, wenn du wirklichen Frieden suchst. Nur ein Jäger ist unabhängig.«

»Und wen soll ich jagen?«

»Wer hat dir Unrecht getan?«

»Menschen, die weit weg sind.«

»Und wer symbolisiert diese Menschen?«

Levin kniff misstrauisch die Augen zusammen.

»Dein Problem ist, dass du nicht das große Ganze siehst. Du hältst dich aus allem heraus, behauptest, es würde dich nichts angehen. Du glaubst, damit würdest du über allem stehen. In Wirklichkeit lässt du nur zu, dass sie dich verfolgen und dir ein schlechtes Gewissen machen.«

»Und wie werde ich sie los?«

»Nur wer den Vater bezwingt, wird erwachsen. Ansonsten wird er immer ein Abhängiger bleiben. Dieser Schritt steht Alsuna bevor. Die Stadt hat es noch immer nicht übers Herz gebracht, sich von ihrem Vater zu lösen. Deshalb ist sie unreif wie ein Kind. Sie spielt erwachsen, bewegt sich aber doch immer nur in dem Rahmen, den ihr Vater abgesteckt hat. Und er tut alles, um sie klein zu halten. Ihre einzige Chance besteht darin, ihn endgültig zu bezwingen.«

»Ich habe dir schon einmal gesagt, dass ich an Politik kein Interesse habe.«

»Du verstehst es nicht! Alsunas Vater ist auch dein Vater. Er steht für alles, was dich einschränken und klein halten will. Du hast ja gehört, wie er mit denen umgeht, die ihm zu mächtig werden.«

»Thanos ist ein alter Mann. Was würde sich ändern, wenn jemand ihn beseitigte?«

»Alles«, sagte Gereon und schaute sich im Gang um. »Levin, die Zeit drängt, ich muss gehen, ehe die Wache kommt. Auch wenn du dich noch windest: Du weißt genau, worum es geht. Es ist unnötig, noch weiter zu debattieren. Heute Nacht bekommst du die Möglichkeit, deine Freiheit zu erlangen. Meine Leute werden dich hier herausholen, du wirst ihnen den

Weg zu dem Geheimgang zeigen, ihr entführt Thanos und bringt ihn unversehrt zu mir.«

»Das soll ein Vatermord sein?«

»Es wird das Ende von Thanos sein.«

»Und dann?«

»… werden wir ein ernstes Gespräch mit dem Grafen führen.«

»Was ist mit seinen Anhängern? Die *Unterirdische Schmiede*?«

»Wir hoffen, dass Thanos uns darüber Auskunft gibt.«

»Was geschieht mit mir?«

»Ich weiß, dass es dich in die Gassen der Stadt zieht. Du sollst dein früheres Leben zurückbekommen. Und natürlich deinen Stein.«

»Das klingt gut. Wo ist der Haken?«

Gereon lachte. »Siehst du: Genau das ist es. Du suchst überall einen Haken, weil du vom Misstrauen getrieben bist und nicht aus eigener Stärke lebst. Du bist von anderen abhängig und merkst es nicht einmal. Es wird Zeit, das zu überwinden.«

Levin hatte keine Kraft mehr, seine Fassade aufrechtzuerhalten. Seine flotten Sprüche waren ihm ausgegangen. Und überhaupt gab es nichts, worum er noch hätte spielen können. Gereons Angebot war eindeutig und zwingend. Wenn er nicht sterben wollte, musste er annehmen. Und die Stimmen und Träume wollte er gern loswerden.

»Also schön. Wie wird es laufen?«

»Du brauchst nichts anderes zu tun als heute Nacht wach zu bleiben. Du wirst sehen.«

»Gut. Ich werde wach sein.«

»Das freut mich. Denk daran: Ich habe viele Jahre darauf hingearbeitet. Einen zerstrittenen Senat auf Kurs zu halten ist nicht immer einfach. Ich bin nicht mehr der Jüngste und würde es gern noch erleben, wie Alsuna erwachsen wird. Bitte enttäusche mich nicht.«

Sie wechselten einen Blick. Gereon schien ihm auf diesem Weg Zuversicht einpflanzen zu wollen. Levin ließ es zu und beschloss, dass ihm nichts Besseres hätte passieren können.

»Ach, da ist noch eine Sache«, fiel Gereon ein. »Du hast den Leuten vom *Otusnetz* keine Namen verraten. Es ist doch sicher …«

»Du kennst sie«, fiel ihm Levin ins Wort. »Heute war sie an deiner Seite.«

»Das ist nicht wahr.« Gereon machte große Augen, fasziniert öffnete sich sein Mund. »Und du bist dir sicher …?«

»Ganz sicher.«

»Was für eine hinterlistige Person. Das hätte ich nicht erwartet.«

»Euer Senat steckt voller Überraschungen«, sagte Levin.

Zufrieden legte Gereon seine Hand auf Levins Hand und sagte: »Es hat sich gelohnt, dich hier aufzusuchen. Auch für dich. Bald hast du deine Freiheit wieder.«

»Ich danke dir, Gereon.«

»Danke dir selbst«, sagte er und drückte ihm die Hand. »Es erfordert eine Menge Mut, diesen Schritt zu tun.«

Er wandte sich mit leuchtenden Augen um und ging davon. Levin hörte, wie oben die Eisentür geöffnet und wieder geschlossen wurde. Dann war es so still wie immer.

Nachdenklich ging Levin zu seiner Pritsche zurück und setzte sich. Mit der Stille im Raum erwachte in ihm die leise Ahnung, wie schön es sein würde, die Stimmen und Träume los zu sein und sich wieder frei bewegen zu können.

»Sag mal«, drang plötzlich eine furchtbar krächzende Stimme zu ihm, »war das wirklich dein Stein?«

»Wer spricht da?«

»Zwei Zellen weiter. Wann hast du den Stein bekommen?« Verwundert stand Levin auf und ging zum Gitter. »Ich habe ihn seit vielen Jahren. Wieso?«

»Seit vielen Jahren. Kaum zu glauben ist das«, sagte der Mann und machte erst einmal eine Pause.

42. Kapitel

Alsuna, Jahr 296 nach Stadtgründung

Sie schauten sich die Sterne an. Zum Glück hatten sich die Wolken im Lauf des Tages verzogen. Alvin sog die Nachtluft tief in sich ein. Fantastisch war dieser Ort. Unter ihnen musste eine Küche sein, denn das Steindach war angenehm warm. Über ihnen war nichts als der Himmel. Eine Weile lagen sie nur auf dem Rücken und schwiegen. Zwischen ihnen flackerte eine Lampe.

Alvin brach irgendwann das Schweigen und fragte den Jungen, woher er komme, warum er so lebe und wie es ihm dabei ergehe. Über eine Stunde redeten sie, philosophierten über die Sterne und die Menschen, schließlich wandte der Junge seinen Kopf zu ihm und sagte: »Ich glaube, ich habe noch nie einen Kerl wie dich erlebt. Was bist du? Ein Herumtreiber, ein Seelenhüter, ein versteckter Reicher?«

»Vielleicht bin ich ja alles. Du solltest morgen wirklich mit zu meinen Freunden kommen. Ich habe das vorhin ernst gemeint.«

»Ich weiß nicht recht. Sind das Leute wie du?«

»Die sind alle ziemlich unterschiedlich. Aber du wirst sie mögen und sie dich.«

»Mal sehen«, sagte der Junge. »Warum soll ich heute schon wissen, was ich morgen tue?«

Alvin schüttelte verdutzt den Kopf. »Ich glaube, so einen Kerl wie dich habe ich auch noch nie erlebt.« Er rückte sich die Ledertasche zurecht und versuchte seinen Kopf bequem einzubetten. Der Junge schaute ihm aufmerksam zu.

»Was hast du eigentlich alles in der Tasche?«

»All meine Sachen. Wieso?«

»Du passt heute ziemlich gut auf sie auf. Du hast sie noch kein einziges Mal aus den Händen gegeben.«

»Ach. Ist das so?«

»Hast du wieder so ein Blutfläschchen bei dir?«, fragte er neckisch.

Alvin wehrte ab. »Diesmal nicht.«

»Nein, ehrlich: Was hast du Wertvolles bei dir?«

»Einen kostbaren Edelstein«, sagte Alvin in albernem Ton.

»Wie praktisch. Den könntest du morgen verkaufen, dann würden wir reich werden und du hättest immer frei.«

»Gute Idee, mein Freund. Dann lass uns schnell einen Händler suchen.« Er lachte und zog sich die Decke zurecht.

»Ja, das sollten wir machen«, sagte der Junge und starrte in die Lampe. Alvin betrachtete seinen neuen Freund. Wie erwachsen sein Körperbau, seine Gesichtszüge und seine Haut schon wirkten, auch seine Bewegungen. Doch in seinen Augen sah er, dass in ihm ein kindlicher, fast rückständiger Kern steckte. Sie waren voller Trotz und dabei suchten sie nach jemandem, der diesem Trotz widerstehen und ihm Halt geben konnte. Es würde viel Zeit und Mühe kosten, ihn zu bändigen. Aber es war nicht auszudenken, was geschehen würde, wenn keiner es tat. Morgen musste er endlich einmal nach seinem Namen fragen.

Er blies die Kerze aus und wünschte ihm eine gute Nacht.

Er wachte auf, als es schon gänzlich hell war und von der Straße der Lärm zu ihm heraufdrang. Gestern musste er wirklich sehr müde gewesen sein. Er gähnte und richtete sich auf. Sein Kopf hinterließ einen tiefen Abdruck auf der Tasche. Die Decke des Jungen rührte sich nicht. Erst als Alvin genau hinschaute, sah er, dass sie flach dalag. Instinktiv blickte er um sich, aber da war niemand mehr auf dem Dach. Neben der Lampe war mit Kohle etwas auf den Stein geschrieben: *Gehe Frühstück besorgen.*

Alvin schüttelte den Kopf. Unverbesserlicher Schuft! Doch er konnte nicht verhehlen, dass sein Magen knurrte. Die Vorstellung von Maisbrei mit ein paar frischen Kräutern weckte ein Gefühl von Glückseligkeit in ihm. Es war, als habe der gestrige Tag nicht aufgehört.

Er streckte sich und gähnte den letzten Schlaf hinaus. Dann genoss er die Aussicht über die Stadt. Was für ein großer Tag! Er würde sie alle wiedersehen. Zuerst würde er Thekla besuchen, dann die Freunde. Der Abschied würde ihm schwerfallen, schwerer als beim letzten Mal. Aber wie groß war das, was ihn danach erwartete! In all den Monaten war es in eine solche Ferne gerückt, dass es ihm fast unwirklich erschien.

Seine Augen richteten sich auf die Festung am Horizont. Hinter einer dieser Mauern saß sie und wartete. Würde sie ihm entgegenlaufen, wenn er über die Zugbrücke kam? Würde er sie überraschen und sie würde ihn verwirrt anschauen? Alles hatte seinen ganz eigenen Zauber und er wusste, dass seine jetzige Vorstellung nur ein schwacher Abglanz davon war.

Was für ein Tag!, sagte er sich und faltete seine Decke zusammen. Er wischte den Schmutz ab, ergriff die Tasche und steckte die Decke hinein. Er wollte die Tasche eben zubinden, da fuhr er mit der Hand noch einmal hinein und tastete umher. Bei all den Gegenständen wollte er die Ordnung halten. Er tastete weiter und aus dem Tasten wurde ein Suchen und Wühlen. *Das kann doch nicht sein!* Er riss die Decke wieder heraus, dann einen Gegenstand nach dem anderen. Immer nervöser durchwühlte er alle Ecken der Tasche. Schließlich drehte er sie um und schüttete alles auf dem Boden aus. Auf den ersten Blick sah er es: Das braune Stoffstück, in das er seinen Stein eingewickelt hatte, war weg.

Nein, Junge, das hast du nicht ernsthaft getan. Er rannte zum Rand des Daches, schaute zur Straße hinunter und sah nur ein paar einzelne Leute umherziehen. Ein Meer von Dächern, durchzogen von unendlich vielen verwinkelten Straßen, erstreckte sich vor ihm. *Wo bist du hin, mein Freund? Du kannst doch nicht weg sein.*

Er ging zu seinen Sachen zurück, packte sie rasch in die Tasche und warf sie sich über die Schulter. Über das Dach des Nachbarhauses und ein Vordach gelangte er auf die Straße hinunter. Es ging in drei Richtungen. Verzweifelt blieb er auf der Einmündung stehen.

Wo steckst du? Du spielst doch nur mit mir, oder?

Er ging in eine Richtung, begegnete zwei, drei Leuten, merkte aber, dass die Gasse immer enger wurde und in eine Sackgasse führte. Er rannte zur Einmündung zurück und nahm eine andere Richtung. Schon bald erreichte er eine Kreuzung, die ihn auf eine breitere Straße führte. Immerzu blickte er hektisch um sich, sah sich jeden Einzelnen genau an. Einige Leute fragte er nach dem Jungen – vergeblich. Schon bald machte sich das Gefühl in ihm breit, dass es aussichtslos war, den Jungen finden zu wollen. Sollte er zurückgehen und auf ihn warten? Vielleicht war es das Beste. Immerhin hatte der Junge seine Sachen zurückgelassen. Wenn er nur spielte, würde sich alles klären. Aber was, wenn er nicht spielte?

Er hatte von verkaufen gesprochen, dämmerte es ihm. Vielleicht war es ein Spaß gewesen. Aber dieser Junge unterschied nicht zwischen Spaß und Ernst. Er konnte doch nicht *diesen* Stein verkaufen! *Diesen* Stein für ein paar lumpige Makel!

Gegenüber war ein Gasthaus. *Die Wanne* stand auf dem Schild. Alvin rannte über die Straße, riss die Tür auf und betrat einen fast leeren Raum. Nur ein buckliger Kerl saß ganz hinten am Tisch. Alvin ging zum Tresen und ein erstaunter Wirt trat herbei.

»Nanu, Besuch so früh am Morgen? Ihr wollt Euch doch nicht jetzt schon die Kante geben?«

»Ich suche einen Jungen. Er war nicht zufällig hier?«

»Nein. Hier war keiner.« *Wieso sollte er auch?*, dachte sich Alvin.

»Ihr bekommt doch sicher einiges mit. Gibt es hier in der Nähe jemanden, der mit Edelsteinen handelt?«

Der Wirt rieb sich am Kinn und runzelte die Stirn. »Wenn ich es richtig weiß, gibt es in der Umgebung drei Händler dieser Art. Sie haben ihr Haus alle an dieser Straße, wenn Ihr sie ein paar Hundert Meter hinuntergeht.«

»Würden die auch mit einem Jungen verhandeln?«

»Ich weiß es nicht. Sie werden von der Stadtwache streng kontrolliert.«

»Hm. Danke für Eure Hilfe.«

Alvin wandte sich ab und ging zur Tür, da kam es aus der hinteren Ecke: »Ihr habt Noach vergessen, den alten Lump.«

Schnell drehte sich Alvin um. Der Kerl machte sich nicht die Mühe, ihm sein Gesicht zuzuwenden.

»Noach, sagtet Ihr?«

»Ist nicht legal, aber bekannt«, grummelte es hinter dem Buckel hervor.

»Richtig«, ergänzte der Wirt. »Er ist ein beinharter Kerl, der früher bei der Stadtwache war. Lässt sich aber gerne hereinlegen.«

»Das klingt gut. Könnt Ihr mir sagen, wo ich ihn finde?«

Alvins Puls ging schneller. Er versuchte sich zu konzentrieren, als der Wirt ihm den Weg beschrieb. Dankbar rannte er aus der *Wanne*, eilte die Straße entlang und ging die lange Treppe hinab, die der Wirt beschrieben hatte. Er gelangte in ein zurückgezogenes, enges Viertel mit teils zerfallenen Häusern. Die fünfte Gasse links, dann die zweite rechts und das Haus am Ende der Sackgasse, rief er sich ins Gedächtnis.

Es war ein gruseliger Teil von Alsuna, denn manche Häuser standen so schräg in die Gassen hinein, dass man das Gefühl hatte, sie wollten sich über einen stürzen. Alvins Schritte wurden langsamer, als er die Gasse erreichte, die er gesucht hatte. An ihrem Ende erblickte er ein verkommenes Steinhaus, das einstmals prächtig gewesen sein mochte. Es bestand aus vier Stockwerken, eine großzügige Treppe führte zur Eingangstür. Fensterscheiben gab es nur im unteren Stockwerk, oben schien keiner mehr zu wohnen. Dem Dach fehlten ein paar Ziegel und als Alvin dem Haus näher kam, schaute er misstrauisch nach oben.

Stimmen waren zu hören. Er blieb stehen und horchte. Sie mussten im unteren Stockwerk sein. Er schlich an das Haus heran, stellte sich auf den Sockel und konnte auf diese Weise über den unteren Rand des Fensters ins Innere schauen. Ein großräumiges Zimmer mit einem Kronleuchter an der Decke war zu erkennen. Es war vollgestellt mit allerlei Gerümpel. Entlang der Wände zogen sich Regale, in denen silberne Becher, Teller, kunstvolle Schnitzwerke und andere Liebhabereien standen. Ein muskulöser Mann mittleren Alters stand vor einem Tisch. Alvin sah sofort den Dolch an seinem Gürtel und die Armbrust, die am Tisch lehnte. Der Mann studierte einen roten Edelstein – *seinen* Stein. Auf der anderen Seite des Tisches stand der Junge mit trotzigem Blick.

»Zweihundert Makel ist er wert«, sagte er.

»Du bist verrückt, Kleiner! Für so ein Steinchen.«

»Du weißt genau, dass er etwas Besonderes ist. Wenn du ihn nicht willst, gehe ich zu einem anderen Händler.«

»Also gut: hundert. Damit bist du sehr gut bedient. Ein junger Kerl wie du sollte nicht ein solches Vermögen in der Tasche haben.«

»Zweihundert ist mein Angebot. Keinen Makel weniger.«

Was für ein unverschämter Bengel!, dachte Alvin. *Er tut es wirklich. Nicht zu fassen!* Sollte er gleich eingreifen? *Nein*, dachte er sich. Wenn der Junge doch nicht verkaufte und mit dem Stein wieder herauskam, konnte er die Sache klären, ohne mit diesem bewaffneten Hehler in Kontakt zu kommen.

Er stellte sich wieder ans Fenster und beobachtete.

43. Kapitel

Briangard, Jahr 304 nach Stadtgründung

Es machte Levin schier wahnsinnig, wie der Schattenwurf des Gitters am Boden hin und her zitterte. Immer wenn er kurz davor war, aufzuschreien, stand er von der Pritsche auf, ging durch die Zelle und versuchte sich zu beruhigen. Das war in Anbetracht der unzähligen Gedanken, die ihm durch den Kopf schossen, kaum möglich. Selbst wenn er gewollt hätte: Diese Nacht hätte er wohl kein Auge zugetan. Es war wieder einmal eine Nacht, die über sein Schicksal entschied. Doch diesmal entschied er selbst – und es würde endgültig sein.

Du hast keinen Weg zurück, Levin.

Er drehte Runden in der Zelle, stieß die Fäuste gegen die Wand, biss die Zähne zusammen, so fest er konnte. Wann kamen sie denn endlich? Und wie würden sie kommen? Sie konnten doch nicht durch die Kaserne bei all den Soldaten.

Er wusste nicht, wie spät es war. Eigentlich musste die Nacht doch schon zweimal vorüber sein. Aber Gereon war ein viel zu feiner Mann, um ihn zu belügen.

Ein Wächter kam heranmarschiert. Schnell legte er sich auf die Pritsche, um keinen Verdacht zu wecken. Mit einem Auge schaute er zum Gitter. Der Wächter blieb stehen und versuchte, etwas in der Zelle zu erkennen. Dann, als er Levin entdeckt hatte, fixierte er ihn. *Was will der denn?*, dachte Levin. *Merkt er, dass ich nicht schlafe?*

»He, Levin!«, flüsterte der Wächter in die Zelle hinein. »Bist du wach? Ich bin's.«

Levin schreckte auf. Das war doch Elenas Stimme!

»Elena?«

»Pssst! Wir müssen vorsichtig sein.«

Er eilte zu ihr und versuchte etwas zu erkennen. Unter dem Helm fiel sie tatsächlich nicht auf. Sie hatte ihr Haar darunter verborgen, das Gesicht wurde teilweise vom Helm bedeckt. Überhaupt war ihr die Rüstung viel zu groß, sodass ihre weibliche Gestalt nicht erkennbar war.

»Wie kommst du hierher?«, fragte er.

»Dasselbe könnte ich dich fragen, du Narr. Wie konnten sie dich nur erwischen?«

»Konntest du rechtzeitig fliehen?«

»Das war überhaupt kein Problem. Nachdem du weg warst, habe ich in aller Ruhe meine Sachen gepackt und bin verschwunden«, sagte sie.

»Und wieso bist du jetzt hier?«

»Ich bin mit Gereon reingekommen. Habe mich in seinem Pferdewagen versteckt und von dort in die Kaserne geschlichen. Die Kleider hier stinken furchtbar. Ihr Männer seid wirklich Tiere.«

»Elena …« Er wurde nervöser. »Es tut mir leid.«

»Mir tut es auch leid, Levin. Aber nun ist es gut. Ich bin froh, dass du mitmachst.«

»Du bist also fest entschlossen?«, fragte er und sah sie eindringlich an.

»Ja. Du hoffentlich auch.«

Er zögerte, dann sagte er: »Ja, ich bin fest entschlossen.«

Sie lächelte. Dann klirrte sie mit dem Schlüsselbund in ihrer Hand. »Ich glaube, die sind froh, wenn ihnen jemand die Tour durchs Gefängnis abnimmt.«

»Sind da oben viele?«

»Wie man's nimmt. Sie sollten dich nicht gerade sehen.« Sie schloss ihm die Tür auf.

»Hast du auch schon eine Idee?«

»Mach dir mal keine Sorgen. Ich habe mir so ein paar Gedanken gemacht.«

So ein paar Gedanken? Levin machte sich ernsthafte Sorgen. Er sollte sich also auf die spontanen Intuitionen dieses Weibes verlassen?

Sie gingen die steile Treppe hinauf und erreichten die Eisentür. Elena musterte Levin von oben bis unten. Dann schüttelte sie den Kopf, zog einen hässlichen braunen Umhang aus ihrem Beutel hervor und legte ihn Levin um. Anschließend spuckte sie sich in die Hände und fuhr ihm damit wild durch die Haare.

»Was machst du da?«

»Es muss echt aussehen.«

Als sie fertig war, nickte sie und schloss vorsichtig die Tür auf. Sie schaute durch den Spalt und winkte ihm, ihr zu folgen. Die Tür führte zu einem breiten Gang, in dem es weitere Türen gab. Elena wollte gerade etwas sagen, als sie Schritte hörten. »Schnell!« Sie nahm Levin an der Hand und verschwand mit ihm in der nächsten Türnische. Ein Wächter marschierte den Gang herauf und blieb verdutzt stehen, als er die offene Eisentür erblickte.

»Hallo? Ist da wer?« Misstrauisch nahte er sich der Tür.

»Na wunderbar«, flüsterte Levin ihr zu. »Gehört das auch zu deinem Plan?«

Elena ging nicht darauf ein, sie wartete, bis der Wächter hinter der Tür verschwunden war. »Bleib hier!«, sagte sie in scharfem Ton. Sie huschte aus dem Versteck und folgte dem Wächter zum Treppenabgang.

Levin ballte die Fäuste. Er hasste es, wenn man ihm Befehle gab. Wenn sie auch noch lauteten, dass er sich nicht bewegen durfte, stieg regelrechter Groll in ihm hoch. Und das in einer Nacht, in der es um alles ging. Aber schön, sie würden ihn noch brauchen, Elena konnte ihn nicht im Stich lassen.

Versuch dich auf sie zu verlassen!, befahl er sich nun selbst.

Eine quälende Minute verharrte er im Versteck, dann hörte er vom Keller her einen Schlag, Rufe und ein Klirren. Aufgeschreckt rannte er zur Eisentür und die Treppe hinunter. Was machte sie nur für Dummheiten!

Als er im Zellentrakt ankam, sah er Elena vor seiner Zelle stehen und höhnisch durch das verschlossene Gitter lachen. Dahinter schimpfte der Wächter wie ein Rohrspatz. Verärgert sah Elena zu Levin hinüber: »Ich habe dir doch gesagt, du sollst stehen bleiben! Ich mache das hier schon.«

Sie gingen wieder nach oben, Levin schaute beschämt von ihr weg. Triumphierend erzählte Elena, dass sie dem Wächter bis vor die Zelle gefolgt war. Als er vor dem geöffneten Gitter gestanden hatte, hatte sie ihn angesprochen, der Wächter hatte nicht schnell genug reagiert, Elena hatte ihn in die Zelle gestoßen und das Gitter verriegelt. »Die haben hier aus Sicherheitsgründen nur einen Schlüsselbund für das Verlies. Wenn die Eisentür zu ist, wird man sein elendes Schreien nicht so schnell hören«, sagte sie und verriegelte die Tür.

Oben im Gang führte Elena ihn zu einer Holztür auf der linken Seite. Noch einmal zerzauste sie sein Haar, dann sagte sie: »In Ordnung, das müsste klappen. Kriegst du es hin, einfach gar nichts zu machen?«

»Was hast du vor?«

»Da drin wartet die Bereitschaft, mindestens zehn Männer. Ich werfe dich über die Schulter und spaziere durch. Ich habe auch schon eine gute Erklärung.«

»Jetzt reichts mir! Du willst mich durch die Gegend schleppen wie einen Krüppel?«

»Willst du hier raus oder lieber einen Kopf kleiner werden?«

Er verkniff es sich zu widersprechen. Mit einem zufriedenen Blick packte Elena ihn und hob ihn stöhnend über ihre Schulter. Mit Adlerklauen hielt sie ihn an den Beinen fest.

»Meine Güte! Hast du wirklich drei Wochen Gefängnisnahrung hinter dir?«

»Wir können gerne tauschen.«

»Vergiss es. Wir machen es so, wie ich gesagt habe. Denk dran: Dein Gesicht muss immer zu meinem Rücken zeigen. Ein bisschen Herumlallen würde auch nicht schaden.«

»Was soll ich?«

Ohne weitere Erklärungen abzugeben riss sie die Tür auf und spazierte festen Schrittes in den Raum hinein. Levin konnte nur ahnen, wie es zuging. Bestimmt ein Dutzend männlicher Stimmen hörte er, lauter Soldaten um sie herum, die versuchten die Zeit totzuschlagen. Er hörte, wie Dolche geschliffen wurden, Becher sich leerten und Gerüchte weitererzählt wurden. Als sich einige von ihnen an Elena wandten und verwunderte Kommentare äußerten, hörte Levin eine schockierend männliche Stimme aus Elenas Mund: »Unten ist alles in Ordnung. Den Kerl hier hab ich im Weinkeller geschnappt. Diese Knechte sind so was von versoffen.«

Als Levin verstanden hatte, fing er an, ein paar unbeholfene Laute von sich zu geben.

»Wie ist der da reingekommen?!«, fragte ein Kerl, der sich ganz in der Nähe von Elena befand. Sie blieb stehen.

»Das müsst Ihr doch wissen. Ihr schiebt hier Wache.«

Nicht ganz so theatralisch, Elena!, rief Levin ihr in Gedanken zu.

»Jungs, habt ihr mal wieder nicht aufgepasst?«, fragte der Mann in den Raum hinein. Das Messerschleifen hörte auf.

»Wir waren alle da«, sagte einer.

»Vielleicht durch irgendein Fenster im Keller«, sagte ein anderer.

»Ich glaube«, fiel Elena jetzt ein, »die kommen irgendwo über die oberen Stockwerke rein. Dann hat der Posten drinnen nicht recht aufgepasst.«

»Wie auch immer«, kam es von dem Soldaten. »Schafft ihn fort! In Zukunft haben wir ein Auge auf den Weinkeller. Ist sowieso kaum noch was da.«

Endlich konnten sie weitergehen. Aus den Augenwinkeln sah Levin ein paar der Wachen. Sie saßen auf Bänken oder standen an die Wand gelehnt. Einige sahen ihn herablassend an, andere spotteten über ihn. Einer schüttete ihm hämisch lachend einen Becher mit warmer Flüssigkeit über den Kopf, über die Levin nicht weiter nachdenken wollte. »Hört auf, ihr Idioten!«, schrie Elena, ehe sie am Ende des Raums angekommen war und die Tür nach draußen öffnete.

Ihr Atmen klang mühselig, als sie schließlich über den Kies im Hof marschierte. »Gleich bin ich dich los, du schwerer Kartoffelsack!«, sagte sie und schritt auf eine schattige Stelle vor einer Wand zu. »Du stinkst übrigens wie …«

»Ich will es nicht wissen!«

Da öffnete sich die Tür hinter ihnen und ein Soldat rief ihnen nach: »He, wartet!« Elena blieb stehen, er kam näher. »Mir ist gerade etwas eingefallen. Der Hauptmann hat befohlen, dass wir Leute, die sich unbefugt in die Kaserne schleichen, über Nacht ins Verlies stecken sollen. Da soll ihn sein Herr morgen selbst abholen.«

»Wozu soll das gut sein?«, fragte Elena, die rasch auf die Männerstimme umgeschaltet hatte.

»Zur moralischen Belehrung vermutlich«, sagte der Mann und trat noch einen Schritt näher. Jetzt war er ungefähr einen halben Meter von Levin entfernt. »Sagt mal, irgendwie kommt mir der Typ bekannt vor.«

Levin spürte, wie sich Elenas Hände verkrampften. »Ihr habt ihn bestimmt mal auf dem Hof getroffen«, sagte sie nervös.

»Nein, das muss woanders gewesen sein.« Entschlossen griff er in Levins Haare und hob seinen Kopf an. Er bückte sich und schaute Levin ins Gesicht.

Der riss die Augen auf, sagte: »Recht hast du!«, zückte das Messer aus Elenas Gürtel und schlug ihm die Unterseite des Griffs gegen die Schläfe. Von einem dumpfen Schlag begleitet ging der Wächter zu Boden. Levin löste sich aus Elenas Griff und ließ sich auf den Boden fallen. Sofort war er neben dem Soldaten und hielt ihm das Messer an die Kehle. Er zog es zurück, als er merkte, dass der Mann ohnmächtig war.

»Na wunderbar!«, sagte Elena. »Ich hatte wohl vergessen, dir zu sagen, dass kein Mensch von unserer Flucht erfahren darf. Wir haben noch einiges vor uns und bis dahin darf der Graf nicht alarmiert sein.«

»Hatte ich eine andere Wahl? Wir schaffen ihn weg, dann merkt keiner was.«

Widerwillig half sie ihm, den ohnmächtigen Körper in eine Mauernische zu ziehen, zu fesseln und zu knebeln. Dann huschten sie an den Mauern entlang in den südlichen Teil des Vorhofs. Als Elena »Jetzt!« flüsterte, rannten sie quer über die Kiesfläche auf die Außenmauer zu. Sie gelangten an einen Durchgang, der sie schließlich in einen Erker führte.

»Hier hast du also mit deinen Leuten Kontakt gehalten. Schönes Plätzchen.«

»Du gehst zuerst«, sagte Elena trocken und reichte ihm ein Seilende.

Sie banden das Seil um eine dünne Säule und warfen es hinaus. Es reichte gerade bis zum Fuß der Anhöhe. Ohne lange in die Tiefe zu sehen, stieg Levin hinaus und ließ sich an dem Seil hinunter. Er hatte die Übung nicht verloren. Als die Mauer endete und in die Felswand überging, musste er auf die spitzen Steine achten. Er sah nach oben, wo Elena ihm unmittelbar folgte. Nach kurzer Zeit hatten sie den Boden erreicht und standen nun am Fuß der Anhöhe von Briangard.

»Und jetzt?«

»Auf der Ostseite erwarten uns die anderen. Dort kommen wir ungesehen rüber.«

Sie gingen am Fuß der Anhöhe entlang, bis sie die Ostseite der Festung erreicht hatten. Durch ein dichtes Wäldchen wurden sie geschützt. Elena marschierte zielstrebig voran und schien genau zu wissen, wo es hinging. Bald hatten sie das Ende des Wäldchens erreicht und fanden sich am Rand eines abgelegenen Weges wieder, der aus der Nordoststadt zur Meskanmine von Alsuna führte. Hundert Meter entfernt erblickten sie einen Pferdewagen, der sie zu erwarten schien.

Wenig später saßen sie auf der Pritsche des Wagens, der Richtung Westen raste. Vorne saßen Merkus und Sandrin und peitschten die Pferde an. Levin hatte ihnen erklärt, dass sie zum Bergfriedhof fahren müssten. Sie hatten ihn streng gemustert und gefragt, ob er sie wieder täuschen wolle. Elena hatte ihnen befohlen, auf Levin zu hören, und so waren sie schweigend losgefahren. Derweil zog sich Levin die Lederkleider an, die Elena ihm mitgebracht hatte. Einen festen Gürtel trug er jetzt, Schoner an den Handgelenken und stabile Schuhe. Nur Waffen gab sie ihm keine.

»Wie lange werden wir brauchen, bis wir durch den Geheimgang durch sind?«, fragte sie ihn.

»Keine halbe Stunde.«

»Gut. Es wird sehr knapp. Die Wachen werden spätestens in einer Stunde wieder nach dem Verlies schauen. Wenn sie merken, dass der Schlüssel weg ist, wird etwas los sein in der Kaserne. Eine weitere Viertelstunde, dann bemerken sie dein Fehlen und werden ganz Briangard in Alarm versetzen. Bis dahin müssen wir Thanos in unserer Gewalt haben.«

Levin nickte. Er vermied jedes unnütze Wort. Ihm war nicht danach, sich weiter mit Elena auszutauschen. Die Versuchung war zu groß, sich auf ein ernsthaftes Gespräch einzulassen. Das war in der jetzigen Situation ungünstig.

Elena schien die Signale zu verstehen und beschränkte sich auf das Nötigste. Aber das Feuer in ihren Augen, so erkannte Levin, das konnte sie nicht unterdrücken. War es nur ihr Hass auf Thanos, der nun bald Befriedigung finden würde? Oder war da auch ein Funke, der mit Levin zu tun hatte? Am besten dachte er nicht darüber nach, sondern ging noch einmal das Vorhaben durch. Er durfte sich keinen Fehler erlauben.

Sie erreichten den Nordwesten, fuhren an Bauernhöfen vorbei und gelangten zum Waldrand. Über einen kleinen Weg konnten sie ein ganzes Stück den Bergfriedhof hinauffahren. Dann stellten sie den Wagen ab, marschierten die letzten Meter zum Grabmal und Levin betätigte den Auslöser. In der rechten Hand hielt er eine Fackel, um die linke Schulter hatte er ein Seil gehängt. Der Stein rollte zur Seite und er winkte sie hinein.

»Du gehst vor«, sagte Merkus.

Levin betrat die Kammer, die anderen folgten ihm. Elena war die Letzte. Mit aufmerksamem Blick musterte sie alles und schien in Gedanken versunken.

Sie beeilten sich. Levin führte sie durch den Gang, die Wendeltreppe hinauf und schließlich zur Nische hinter dem Meskanfeuer.

»Was ist das?«, fragte Merkus befremdet.

»Eine der Spezialitäten des Grafen.« Levin zögerte nicht lange und sprang durch das Feuer ins Labor. Keiner war im Raum. »Na los, kommt. Es passiert euch nichts.«

Zögernd sprangen sie einer nach dem anderen herein und drehten sich misstrauisch zum Feuer um.

»Das ist wirklich ein seltsamer Kauz«, sagte Sandrin. »Ob er uns auch so ein Ding bauen kann?«

»Leute, wir haben es eilig«, sagte Elena. »Levin, hier ist sein Gemach, oder?«

»Ja. Ich kann es aufschließen.«

»Na dann los! Haltet eure Waffen bereit!« Sie holte die Armbrust hervor, die anderen zogen die Schwerter.

»Das würde ich nicht tun«, wandte Levin ein, während er seinen Draht in das Schloss steckte. »Am Bett des Grafen befindet sich eine Glocke. Sobald er merkt, dass bewaffnete Leute sein Gemach betreten, wird er Alarm schlagen. Dann sind ganz schnell ein Dutzend Pfeile auf uns gerichtet.«

»Na wunderbar!«, gab Elena zurück. »Das sagst du uns aber früh.«

»Und jetzt?«, fragte Sandrin.

Levin ließ das Schloss knacken und drehte sich zu ihnen um. »Die Tür ist offen. Stürmt hinein in euer Unglück.«

»Hast du eine bessere Idee?«, fragte Elena.

»Lasst mich allein zu ihm gehen und ihn herauslocken.«

Merkus lachte auf. »Darauf sollen wir reinfallen!«

»Ich bin unbewaffnet. Wenn der Graf mich erblickt, wird er zwar erschrecken, aber ich kann ihn dazu bringen, dass er nicht sofort Alarm schlägt.«

»Wieso sollte er das gerade bei dir tun?«

»Sagen wir: Der Graf und ich hatten ein recht persönliches Verhältnis zueinander. Ich glaube, er hat noch ein letztes Quäntchen Vertrauen zu mir. Ich werde es einsetzen. Ich sage ihm, dass ein paar Leute hinter ihm her sind und wir schnell verschwinden müssen. Glaubt mir, ich kann es ihm so vermitteln, dass er mir das abnimmt. Wir kommen durch die Tür ins Labor, dann könnt ihr ihn ergreifen.«

»Das ist der größte Unsinn, den ich je gehört habe«, widersprach Merkus. »So blöd ist nicht einmal der Graf. Wenn er dich sieht, wird er toben. Lasst uns kurzen Prozess machen.«

Elena achtete kaum auf Merkus' Worte, sondern schaute Levin eindringlich an. »Du bist dir sicher, dass Thanos dir vertraut?«

»Ja, das bin ich.«

»Also schön. Dann machen wir es so. Du bekommst fünf Minuten, um ihn zu überreden. Wenn ihr bis dahin nicht rauskommt, stürmen wir das Gemach, verstanden?«

»Verstanden. Ihr könnt euch auf mich verlassen.«

Merkus verkniff sich einen Einwand, schüttelte aber demonstrativ den Kopf.

Levin schaute ihnen allen ein letztes Mal ins Gesicht. »Und keinen Muckser hier draußen!« Dann öffnete er leise die Tür.

Noch immer hielt er die brennende Fackel in der Hand, als er die Tür wieder schloss und auf dem vertrauten Fellteppich stand. Sofort hörte er, dass das Atmen im Bett unruhiger wurde, es raschelte, dann richtete sich Thanos auf. »Was … was ist das?«

»Pssst! Ich bin's«, sagte Levin im Flüsterton.

Thanos kniff die Augen zusammen, dann erschrak er und riss sie auf. »Du? Was hast du hier zu suchen?« Geistesgegenwärtig schnellte seine Hand zum Band an der Glocke.

»Halt! Warte!«

Thanos hielt inne, ließ das Band aber nicht los. »Keinen Schritt weiter!«, sagte er streng.

Levin blieb stehen.

»Also: Was hast du hier zu suchen?«

»Ich weiß, dass ich dich betrogen habe, Thanos. Du hättest keinen Grund, mir noch zu glauben.«

»Ganz recht. Deshalb werde ich jetzt die Wachen rufen.«

»Nein, bitte tu das nicht. Ich habe alles riskiert. Es geht um dein Leben. Sie sind hinter dir her.«

»Wer ist hinter mir her?«

»Die Leute von Gereon. Elena …«

»Gereon!« Thanos öffnete den Mund und blickte in die Ferne. Dann lachte er. »Wieso sollte Gereon hinter mir her sein? Das ist doch Blödsinn. Er ist ein braver alter Mann.«

»Er will dich töten.«

Thanos schwieg und hielt immer noch die Glocke fest. Wenn er eine falsche Bewegung machte, war das Spiel aus.

»Gereon will mich töten. Und dich hat er hierfür aus dem Verlies geholt?«

»Elena hat mich befreit. Sie wird alles tun, um dich zu erwischen.«

»Du meinst die Frau, mit der du angeblich verheiratet warst.«

»Ich meine die Elena, die einst hier gelebt hat und mit deinem Sohn verlobt war.«

Thanos verschlug es die Sprache. Zuerst fror sein Gesicht ein, dann wurden seine Augen feucht.

Ganz vorsichtig näherte sich Levin dem Bett. »Thanos, ich habe dich sehr enttäuscht. Du hättest allen Grund, mir nicht zu glauben – einem Betrüger. Aber ich flehe dich an, mir noch ein letztes Mal zu vertrauen.«

Thanos schaute ihn mit mildem Blick an, während Levin näher kam. Seine Finger glitten sachte an dem Band hinab. Plötzlich griffen sie wieder fest zu. »Halt! Bleib stehen!«

Levin hielt inne, die Augen starr auf die Glocke gerichtet.

»Warum solltest du mir helfen wollen?«

»Ich … ich muss dir etwas Wichtiges mitteilen.«

Thanos runzelte die Stirn.

»Wenn du mir erlaubst, dir zu helfen, werde ich es dir erklären. Thanos, es tut mir leid. Ich hatte keine Ahnung, wer du bist.«

Endlich ließ Thanos das Band los. »Gut. Ich vertraue dir.«

»Danke.« Sie tauschten einen intimen Blick aus, dann schaute Levin sich hektisch um. »Zieh dir schnell etwas über. Wir haben nicht viel Zeit.«

Thanos legte seine Tageskleider an, während Levin das Seil zur Hand nahm.

Elena ging auf und ab. Merkus und Sandrin standen mit den Schwertern vor der Tür bereit und machten sie ganz nervös. Sie hatte es zu verantworten, wenn Levin versagte. Das hatte sie gewusst und es wurde ihr mit jeder Minute mehr bewusst. Der innere Druck stieg, wenn sie den beiden in die Augen schaute und einen skeptischen Blick erntete.

Ich weiß, dass ich mich auf dich verlassen kann, Levin. Ich habe deine Augen gesehen. Du warst entschlossen. Ich kenne dich doch, sagte sie sich immerzu.

Die Wochen mit Levin hatten sie bei aller Geheimniskrämerei eng mit ihm zusammengeschweißt. Auch wenn sie nie das Lager geteilt hatten, war er ihr nähergekommen als jeder andere Mensch in den letzten Jahren. Weil er ihr nichts versprochen hatte, war sie darauf eingegangen. Sie konnte dabei am wenigsten verlieren, hatte sie geglaubt. Doch jetzt, wo alles von ihm abhing, wo er sie warten ließ und sie nur auf ihn hoffen konnte, holte die Angst sie ein. Warum musste Vertrauen immer so teuer sein? Und warum fürchtete sie sich so sehr, von ihm betrogen zu werden?

Es geht um alles heute Nacht, das ist es, dachte sie. *Du hast Angst, es zu vermasseln. Dein Leben wird bald zu Ende sein und du hast dein Ziel noch nicht erreicht.* Alles wäre umsonst gewesen, die ganzen Jahre, wenn Levin sie jetzt enttäuschte. *Kein Wunder, dass du nervös bist.*

»So langsam wird's aber Zeit«, sagte Merkus.

»Ich sage, wann es Zeit ist. Er wird das schon schaffen.«

Sie ging weiter im Raum umher. Überall standen seltsame Gegenstände. Was waren das für merkwürdige Gläser? Sie erinnerte sich, dass sie damals einen Blick ins Labor hatte werfen dürfen. So gern hätte sie sich alles angeschaut. Aber sie hatte sich nicht getraut, Thanos um Erlaubnis zu fragen. Sobald sie ihn gesehen hatte, hatte sie Angst bekommen und sich verdrückt. Er hatte sie sogar einmal gebeten, ihn in seinen Gemächern zu besuchen.

Aber das war ihr zu unheimlich gewesen. Sie allein mit dem Mann, der sie so sehr ablehnte …

Eine weitere Minute verging.

»Jetzt ist die Zeit aber wirklich um«, sagte Merkus nervös.

»Ich weiß. Vielleicht dauert es länger. Wir geben ihm noch eine Minute.«

»Wenn er Schwierigkeiten hat, müssen wir ihm helfen.«

»Die Glocke wurde nicht angeschlagen, oder? Das ist schon mal ein gutes Zeichen.«

»Was, wenn er uns alle an der Nase herumführt?«

»Er wird kommen, da bin ich mir sicher.«

Sie nahm einen Stein vom Regal, einen blauen. Sie hielt ihn vors Auge und blickte hindurch. Auf der anderen Seite leuchtete das Meskanfeuer. Es war, als kehre die alte Zeit zurück. Der Raum wurde in eine neue Farbe getaucht, und sie sah den Palast, wie sie ihn damals erlebt hatte. Sie rannte vergnügt durch die Halle, Alvin dicht auf den Fersen. Die Wachen schauten verwirrt um sich, im ganzen Haus hörte man ihr fröhliches Quieken. Alvin hatte sie immer mit Ehrfurcht behandelt. Nie war er mit ihr in einem Zimmer verschwunden, um ihre Ausgelassenheit auszunutzen. Wenn sie bedrückt war, sah er ihr das an, noch ehe sie selbst wusste, was los war. Wie eine Königin war sie sich bei ihm vorgekommen. Sie erinnerte sich an den Stein, den er ihr einmal zum Geburtstag geschenkt hatte. Er hatte so ähnlich ausgesehen wie dieser. Alvin hatte behauptet, ihn selbst gemacht zu haben. Es war ihr schwergefallen, das zu glauben.

Als sie merkte, dass ihre Erinnerungen sich verselbstständigen wollten, legte sie den Stein schnell wieder ins Regal, ging unruhig zur Tür und sagte schließlich: »Irgendwas stimmt nicht.« Sie erhielt ein zustimmendes Nicken. Ihr Hals fühlte sich enger an. Nein, sie konnte sich nicht in Levin geirrt haben. Sie hatte ihn aus dem Gefängnis geholt. Er würde das nicht tun, sie jetzt hängen lassen. Je länger sie sich das sagte, umso enger schnürte es ihr den Hals zu, bis sie schließlich sagte: »Wir stürmen.«

Einen Augenblick später stießen Merkus und Sandrin die Tür auf und sprangen mit erhobenen Schwertern in den Raum. Elena eilte ihnen nach und richtete die Armbrust nach vorn. Einen stillen Augenblick blieben sie so im Düsteren stehen, ehe sie erkannten, dass sie allein waren. Das Bett war leer und zerwühlt und hinten stand ein Fenster offen.

Nein, Levin, nein! Sie rannte zum Fenster, ohne sich umzublicken, und sah in die Tiefe hinunter. Unter ihnen lag der Garten des Innenhofs, keine Menschenseele war zu sehen. Ein langes Seil führte von der Fensterstrebe bis in den Garten hinunter. Gebannt starrte sie darauf, es war eindeutig Levins Seil.

Sie stieß eine Reihe wilder Flüche aus, trat gegen den Holztisch und kümmerte sich nicht darum, dass er laut polterte. Tränen stiegen ihr in die Augen und die beiden Männer mussten sie ermahnen, ruhiger zu sein.

»Es ist aus«, sagte sie. »Wir können wieder gehen.«

44. Kapitel

Levin ging mit der Fackel voraus. Thanos folgte dicht hinter ihm. Eine Stufe nach der anderen nahmen sie in dem engen Treppenhaus. Er war sich sicher, dass es klappte. Niemand würde auf die Idee kommen, dass ein Flüchtiger nach oben statt nach unten ging. Niemand würde vermuten, dass sie gerade die Treppe benutzten, die direkt neben Thanos' Bett anfing.

Es tat ihm leid, was er Elena damit antat. Dabei hatte er sie gerettet. Er hatte Thanos davon überzeugt, nicht die Klingel zu betätigen, sondern mit ihm zu kommen. Dadurch würde Elena fliehen können. Sicher würde sie das eines Tages erkennen. Ja, vielleicht würde sie das, sie war eine kluge Frau.

Während er auf die nicht enden wollenden Stufen der langen Spirale blickte, dachte er an das Gespräch zurück, das er im Kerker geführt hatte. Es war das folgenreichste Gespräch seines Lebens gewesen – und das mit einem Mann, den er noch nicht einmal von Angesicht zu Angesicht hatte sehen können.

Der andere Gefangene hatte ihn wegen des Steins angesprochen, Levin hatte verwundert reagiert und der Mann hatte zu erzählen begonnen:

»Mein Name ist Noach. Du kennst mich und ich kenne dich. Oh, dass nach all den Jahren der Tag kommt, an dem wir uns wieder begegnen; ich hätte es kaum mehr für möglich gehalten. Wenn du wüsstest, was du all die Jahre nicht gewusst hast …

Du erinnerst dich an mich, nicht wahr? Ich hielt mich für besonders skrupellos. Bis zu dem Tag, an dem ich dir begegnete. Ich schaute in dein Bubengesicht und wusste, dass ich im Vergleich zu dir nur ein halber Schurke war. Du hast mich erschreckt, als du dagestanden und mir den Stein vors Gesicht gehalten hast. Du erinnerst dich? Ich gab mich überlegen und boshaft. In deinen Augen war ich das vielleicht auch. Aber innerlich war ich erschüttert von deinem Auftreten.

Ich weiß noch genau: Zweihundert Makel wolltest du haben. Wie unverschämt für so einen jungen Bengel! Ich habe überlegt, ob ich dir den Stein abnehmen und dich mit dem Messer zum Teufel jagen sollte. Aber ich meinte, ich müsste dich besiegen, und ließ mich auf die Verhandlung mit dir ein. Du bist erst nicht von deinem Angebot abgewichen, aber nach einer Weile merkte ich, dass du ungeduldig wurdest. Ein Funke Unsicherheit zeigte sich in deinen Augen. Ich bemerkte es und triumphierte. Wir einigten uns schließlich auf hundertfünfzig Makel.

Seltsam, dass mir das alles noch so genau vor Augen steht. Ich weiß noch, wie ich dir den Stein in die Hand zurückgab, mich umdrehte und zur Schublade ging. Ich holte den schwarzen Beutel heraus und schüttete ihn auf dem Tisch aus. Fünfzehn goldene Münzen zählte ich ab und steckte den Rest in meine Tasche. Du hast mit leuchtenden Augen zugeschaut. Und ich dachte: So viel Geld in den Händen eines Jungen – es wird ihn ganz groß machen oder vernichten. Und ich erschrak vor deiner Größe. Wie ein Riese erschienst du mir und ich war nichts weiter als ein bedeutungsloser Zwerg, der sich freute, den Preis um fünfzig Makel gesenkt zu haben.

Erinnerst du dich, wie es weiterging? Ich habe dir den Beutel mit meiner Rechten gereicht und du hast mir den Stein mit deiner Rechten gereicht. Alles lief ab, wie es ablaufen sollte. Bis zu diesem Moment waren wir uns ebenbürtig. Du hast nach dem Beutel gegriffen und ich nach dem Stein. Aber du warst gerissen. Du hattest den Sinn für die Feinheiten. Während ich dir die breite Seite des Lederbeutels zuerst dargeboten habe, hast du mir die spitze Seite des Steins entgegengestreckt. Ich hätte es sehen müssen, ich hätte es spüren müssen! Deine Linke packte zu und riss, deine Rechte umklammerte den Stein. Es waren nur Feinheiten, aber die Feinheiten machten den Unterschied. So bekam ich dein unheimliches Geschick zu spüren. Du hattest beides in der Hand, Beutel und Stein, während meine Finger deinen Schatz nur für einen Augenblick berührten. Wie der Wind warst du zur Tür hinaus.

Zuerst konnte ich dir nur nachsehen. Fast wie ein Engel bist du die Treppe hinuntergehuscht. Eine geheimnisvolle Macht hatte *mich* zu ihrem Opfer gewählt, das glaubte ich in diesem Moment. Ich sah den Stein und den Beutel in deinen Händen wippen, während du ranntest und ranntest.

Doch dann erinnerte ich mich daran, dass auch ich eine Gabe besaß. Vielleicht war es eine böse Gabe, aber jetzt sollte sie der Gerechtigkeit dienen. Ich ergriff meine Armbrust und stellte mich auf die Treppe. Die Gasse war lang, ich hatte Zeit. Meine Hände waren ruhig, mein Auge konzentriert. Der Pfeil sollte von hinten dein Herz durchbohren. Du solltest zusammensacken und die Schätze verlieren, die du dir genommen hattest. Ja, dies war die entscheidende Feinheit, die mich am Ende doch zum Sieger über dich machen würde.

Es war keine Frage, dass ich dich treffen würde. Du hattest keine Ahnung. Du liefst immer weiter und hattest nur den Wunsch, das Ende der Gasse schnell zu erreichen. Aber du warst in meiner Hand. Ich habe so sehr auf deine rennende Gestalt geachtet, dass ich die Rufe nicht hörte, die von der Seite kamen. Mein Finger krümmte sich. Es gab nur diesen einen Zeitpunkt.

Wer hatte *ihn* geschickt, den Mann mit den rotblonden Locken, der genau in diesem Moment vor mich sprang, mit den Armen wedelte und schrie, ich solle dich verschonen? Welche Macht hattest du auf deiner Seite, dass der Pfeil, der punktgenau dein Herz durchstoßen hätte, nun das Herz eines anderen durchbohrte? Hätte ich damit rechnen können?

Gerade als er mit großen Augen niedersank, bist du um die Ecke verschwunden. Du bist verschwunden und bis zum heutigen Tag nicht wieder aufgetaucht.

Und was blieb mir? Ein Toter ohne Schätze. Er lag so ungebeten vor meinem Haus, dass ich ihn voller Groll bis zum Abend liegen ließ.

Ich ahnte nicht, dass mich die geheimnisvolle Macht noch schlimmer bestrafen würde. Mein Gewissen brachte mich schließlich dazu, ihn ins Haus zu holen, den Pfeil aus seinem Körper zu ziehen, sein überraschtes, ehrliches, friedliches Gesicht vom Schmutz zu säubern und ihn in weiße Tücher zu wickeln. Ich lud ihn auf einen Wagen und brachte ihn in der Nacht hinaus aus der Stadt und so weit wie möglich ins Reimutgebirge hinauf. Ich vergrub ihn an einem Ort, den keiner finden würde, nicht einmal ich selbst.

Als ich wieder heimkehrte, war mein Gewissen immer noch nicht beruhigt. Jeden Tag wuchs dieses furchtbare Gefühl in mir, als hätte die Begegnung mit dir etwas gesät, was nun zu einer abscheulichen Pflanze heranwuchs.

Weil ich sie an der Wurzel herausziehen wollte, durchsuchte ich den Beutel des Toten. Ich hatte ihn aufgehoben, ohne zu wissen, weshalb. Neben allerlei Alltäglichem fand ich seine Aufzeichnungen. Ich setzte mich an den Tisch, wo ich sonst versuchte, andere um ihren Gewinn zu bringen. Ich las seine Zeilen und konnte nicht aufhören, bis ich alles gelesen hatte. Und dann wusste ich, was ich getan hatte: Ich hatte den Sohn des Grafen von Briangard ermordet.«

Als Levin, der bisher atemlos gelauscht hatte, diese Worte hörte, durchzuckte es ihn. Er stand am Gitter seiner Zelle und klammerte sich verzweifelt an den Stangen fest. Die Szenen von damals wurden vor seinem inneren Auge wieder lebendig, nachdem sie längst verblasst gewesen waren.

Mit dem Beutel und dem Stein war Levin an jenem Morgen zurückgekehrt. Er hatte ein Frühstück gekauft, war aufs Dach geklettert und hatte dort nur noch seine eigenen Sachen wiedergefunden. Nie hatte er das Gefühl vergessen, das er damals noch nicht verstand: Es war nicht Wut, wie er glaubte. Es war eine tiefe Enttäuschung. Der Freund, den er für einen Moment besessen hatte, war verschwunden. Ihm, der das Fliehen besser beherrschte als jeder andere, ihm war er entflohen.

Noach sah seine Erschütterung und sagte: »Wie unwissend du gewesen bist! Du hättest deinen Retter nur für einen Moment anschauen müssen. Du hättest nur kurz deinen Kopf drehen müssen. Aber du bist vor deiner eigenen Tat davongelaufen, als könntest du ihr entkommen, du Narr!

Oh, hättest du nur gesehen, wie er deinetwegen zu Boden ging! Er sah nicht aus, als hätte er es bereut. Sein Gesicht hättest du sehen sollen, statt so schnell wegzulaufen!

Wie gerne hätte ich seinem Vater gesagt, dass er stolz auf ihn sein konnte! In seinen Aufzeichnungen schrieb der Prinz so hochachtungsvoll über seinen Vater. Er wäre bereit, alles für ihn zu tun, schrieb er. Was kann einen Vater mehr ehren als solche Worte?

Ich wollte dem Grafen diese Worte überbringen. Es würde die Tat sein, die mein Gewissen befreite. Doch dies scheiterte an den Toren von Briangard. Sie hielten mich für einen Verrückten und wiesen mich ab. Als ich versuchte, trotzdem in den Palast einzudringen, nahmen sie mich fest und sperrten mich ein. Immer wieder beteuerte ich meine guten Absichten. Aber sie ließen mich nicht zum Grafen. Stattdessen überbrachten sie mir das Urteil: Für den Rest meines Lebens sollte ich in diesem Verlies bleiben.

Seit acht Jahren sitze ich hier meine Schuld ab. Dabei wissen sie nicht einmal, worin meine wahre Schuld besteht. Ich sitze hier an dieser Wand, schaue mir jeden an, der hereinkommt, und hoffe auf den Tag, an dem ich mein Gewissen endgültig befreien kann.«

Als Noach verstummte, ließ Levin sich an den Gitterstäben hinuntergleiten und fing bitterlich an zu weinen. Alle Kraft, die ihm noch geblieben war, weinte er in diesen zwei Stunden, an das Gitter gelehnt, aus sich heraus. Noach berichtete ihm noch das ein oder andere Detail aus den Aufzeichnungen. Schließlich bat ihn Levin um Verzeihung. Noach gewährte sie ihm, erklärte aber, dass er ihm lediglich hundertfünzig Makel schuldig sei.

Levin verstand. Als ihm bewusst wurde, dass er nur deshalb am Leben war, weil ein anderer es ihm ermöglicht hatte, brach er vollends zusammen. Er spürte, dass ihm soeben alles genommen worden war, was er die letzten Jahre besessen hatte.

Irgendwann war er sich so leer und ausgeblutet vorgekommen, dass er nichts mehr gefühlt hatte. Er war wieder aufgestanden und sein Verstand hatte ihm in Windeseile gesagt, was die nächsten Schritte waren.

Im Moment waren diese Schritte klein und führten eine Wendeltreppe hinauf. Während er mit Elena ausgebrochen war, hatte er nicht mehr an Noachs Worte gedacht. Er hatte nur getan, was er zu tun hatte. Jetzt, wo Thanos und er fast die Spitze des Hauptturms erreicht hatten, merkte er, wie alles mit Macht zurückkam und auf sein Gemüt drückte.

Es wurde Zeit, dass sie reden konnten.

Oben angekommen stellten sie sich erschöpft an ein Fenster und schauten hinunter. Über ihnen war nur das Gebälk des Spitzdaches.

»Sie werden also wieder verschwinden?«, fragte Thanos.

»Das werden sie. Ganz bestimmt.«

»Danke.« Er schaute unablässig in die Ferne. Levin folgte seinem Blick. Noch nie hatte er aus einer solchen Höhe über die Stadt geblickt. Bis zum Südtor und weit darüber hinaus konnten sie schauen. In diesem Moment schien Alsuna aus einer Unmenge flackernder Lichter zu bestehen. Selbst bei Nacht sah man die Unterschiede in den Stadtvierteln. Im Westen war es hell, Lichterketten zeichneten die Straßen nach. Dagegen sah man im Norden nur vereinzelte Lichter.

»Ich bin oft hier oben«, sagte Thanos. »Wie einem entlaufenen Kind schaue ich der Stadt nach. Ich sehe jeden Teil von ihr und sie merkt nicht, dass ich sie anschaue. Das ist schmerzhaft.«

Levin sagte nichts. Er sah Thanos nur an und überlegte, was als Nächstes passieren würde. Thanos wandte sich zu ihm um. »Wenn die brianische Wache dich erwischt, landest du wieder im Gefängnis.«

»Ich weiß.«

»Wenn du Elena geholfen hättest, hättest du deine Freiheit zurückhaben können, nicht wahr?«

»So ist es.«

»Warum hast das getan?«

»Ich muss dir etwas mitteilen. Dann verschwinde ich für immer. Versprochen.«

Sie setzten sich nebeneinander unter ein Fenster und Levin begann zu erzählen. Er versuchte nichts von dem wegzulassen, was Noach erzählt hatte, nicht eine Kleinigkeit. Ja, er glaubte sich in einer fast heiligen Botenpflicht gegenüber Noach. Alles, was er verschwieg, glich ihm einem Diebstahl, einem erneuten Raub an Noach – und noch mehr an Alvin.

Als Levin erzählte, wie Alvin zu Tode gekommen, kniff Thanos die Augen zusammen. Tränen strömten über sein Gesicht und er schluchzte. Levin hielt inne und ließ den Erbauer weinen. Als Thanos die Augen aufschlug und nach Luft schnappte, sah Levin, dass Trauer und unermessliche Freude vereint zu sein schienen.

Erst später sagte Thanos: »Du hast ja keine Ahnung.« Und er schluchzte weiter. »Jetzt weiß ich endgültig, dass er tot ist, und doch habe ich endlich meinen Sohn wieder.«

Noch immer tobte die Wut in Elena. Zu ihrem Erstaunen richtete sie sich nicht gegen Levin, sondern gegen sich selbst. Sie hatte diesem Mann alles in die Hände gegeben, obwohl sie es besser hätte wissen müssen. Er hatte nichts anderes getan, als sich an ihr zu rächen. Sie hatte ihn hintergangen, jetzt hinterging er sie.

Merkus und Sandrin hatten darauf gedrängt umzukehren, ehe die Wachen sie bemerkten. Elena hatte kleinlaut zugestimmt. Jetzt waren sie wieder im Geheimgang, fast die Hälfte hatten sie hinter sich. Elena wollte gar nicht daran denken, was sie tun würden, wenn sie auf der anderen Seite herauskamen.

Keine Ahnung, dachte sie. *Bei Gereon brauche ich gar nicht erst aufzukreuzen. Am besten suche ich mir einen ruhigen Platz und sterbe tief unglücklich über mein erfolgloses Leben.*

Es ärgerte sie, dass ihre Gedanken immer wieder zu Levin zurückkehrten. Am liebsten hätte sie ihn sofort vergessen. Er hatte sie wie ein Dummchen behandelt und sie hatte sich so behandeln lassen.

Doch immer wieder dachte sie darüber nach, was im Gemach des Grafen geschehen sein mochte. Was hatte er mit Thanos geredet? Was waren seine Gedanken dabei gewesen? Sie stellte sich den Raum vor und überlegte, wo Levin wohl gestanden hatte. Und dann das Bett und das Fenster. Dazwischen gab es nur ... war da nicht eine Treppe gewesen? Sie hatte sie nur flüchtig gesehen, aber jetzt hatte sie sie vor Augen. Ja, da war eine Treppe gewesen. Und überhaupt: Wenn sie in den Hof hinuntergeklettert wären, dann hätten sie doch sofort die Wachen alarmiert. Nichts dergleichen war geschehen.

»Die größten Geheimnisse liegen im Offensichtlichen«, hatte ihr Levin einmal vorgebetet, nachdem er von Thanos zurückgekommen war.

Die Chance war gering. Aber eine geringe Chance war mehr als das, was sie im Moment hatte.

Sie blieb stehen und sagte: »He, ihr beiden. Ich möchte noch einmal zum Gemach zurück. Wir haben die Treppe nicht untersucht.«

»Du bist wohl wahnsinnig! Sei froh, wenn wir hier rauskommen.«

»Na schön, dann geh ich eben allein. Würdet ihr wenigstens so gut sein und am Ausgang auf mich warten? Wenn ich in einer Stunde nicht da bin, könnt ihr ohne mich losfahren.«

Thanos sah in Levins verständnisloses Gesicht und sagte: »Mein Herz hatte ihn verloren. Seit er verschwunden war, herrschte das bittere Gefühl in mir, verraten worden zu sein – nicht weil ich glaubte, dass er mich ernsthaft verraten hatte. Ich glaubte, er habe sein Vertrauen in mich verloren.«

Er begann zu erzählen: »Ich schickte Alvin damals nach Alsuna, weil ich eine Aufgabe für ihn hatte. Es gab ein Geheimnis, das nur er und ich kannten. Es lag darin, dass Alvin meine Unsterblichkeit in seinem Blut hatte. Sie würde aber, so wie es bei mir damals gewesen war, erst dann in Kraft treten, wenn er dem Tod ins Angesicht sah und dabei in seinem Herzen das Leben bewahrte. Glaub mir, wenn du einmal dem Tod ins Angesicht gesehen hast, dann weißt du es. Alvin zweifelte, dass dies möglich sei. Und ich sagte ihm: Wenn du mir vertraust, dass ich die Wahrheit sage, dann hast du in deinem Herzen das Leben bewahrt. Alvin begriff es, so glaubte ich damals. Und ich bat ihn um eine zweite Sache: Er sollte für mich und für ganz Alsuna die Seuche besiegen. Wenn er es schaffte, dem Tod durch die Seuche ins Angesicht zu schauen und ins Leben zurückzufinden, dann würde in seinen Adern das Blut fließen, das auch andere Totgeweihte ins Leben zurückrufen könnte. Das war mein Plan. Sein Blut musste anschließend nur noch in das Heilserum gemischt werden, das ich aus dem Meskan hergestellt hatte. Es würde dann nicht mehr nur den Tod hinauszögern, sondern ihn endgültig vertreiben.

Alvin zog los. Er sollte, wenn er in Alsuna war, Menschen um sich versammeln, die das Heilserum verteilen würden. Es zu haben, ist eine Sache. Es misstrauischen Menschen weiterzugeben, eine andere.

Nachdem Alvin schon eine Weile in Alsuna war, traf ich mich mit einem alten Freund, der in der Stadt lebte. Ich beauftragte ihn, nach Alvin zu sehen und ihn zu unterstützen. Leider erkrankte er selbst an der Seuche und starb. Aber seine Frau, Thekla, machte weiter. Alvin vertraute sich ihr an. Durch Thekla erfuhr ich, dass Alvin sich bewusst mit der Seuche angesteckt hatte. So hatte es sein müssen, das wusste ich.

Doch irgendwann verschwand er. Wir glaubten alle, Alvin sei an der Seuche gestorben. Das schmerzte mich mehr als die Tatsache, dass er nicht mehr da war, denn es musste für mich bedeuten, dass Alvin im Moment des Todes sein Vertrauen in mich verloren hatte und deshalb starb. Wie eine dunkle Decke legte sich die Enttäuschung über mich, wenn ich nur daran dachte. Mein Sohn, dem mein ganzes Herz gehört hatte, hatte mich verraten.

Wir ließen ihn all die Jahre über suchen. Es war die kleine verbleibende Hoffnung, dass er vielleicht noch lebte. Doch mit der Zeit schwand die Hoffnung.

Und jetzt – jetzt höre ich die Wahrheit. Jetzt höre ich, dass Alvin tot ist. Zum ersten Mal habe ich darüber Gewissheit. Doch gleichzeitig höre ich, dass es nicht sein Misstrauen war, das ihn getötet hat, sondern seine Liebe zu dir. Du hast ihn mir genommen, aber du hast ihn mir auch wiedergegeben.«

»Bist du nicht wütend auf mich?«, fragte Levin.

Thanos wandte ihm den Blick zu. Sein Gesicht sah aus, als habe er eine schwere Schlacht hinter sich. »Wenn mein Sohn es für richtig angesehen hat, sein Leben für deines zu riskieren, dann ist das der Maßstab, an dem ich dich messe.«

»Aber meinetwegen konnte er nicht seinen Kampf gegen die Seuche beenden und sie besiegen.«

»Darüber bin ich unendlich traurig. Aber das hat nichts mit dir zu tun.«

Levin erhob sich und trat gegen die Wand. »Ich verstehe es nicht! Bist du blind? Siehst du nicht, was ich mein ganzes Leben getan habe?!«

»Ich sehe, was du jetzt tust. Das ist entscheidend.« Endlich zeigte sich so etwas wie ein Lächeln auf Thanos' Gesicht. »Es fällt dir ziemlich schwer zu akzeptieren, dass nicht du selbst dein Schicksal bestimmt hast, nicht wahr? Tja, so ist das nun mal.«

»Und wenn ich jetzt zum Fenster hinausspringe?« Levin sah mit leeren Augen hinunter.

»Nur um zu spüren, dass du immer noch selbst entscheiden kannst? Ich dachte, du hättest schon entschieden. Sonst wärst du nicht hier oben, sondern würdest mich gefesselt zu Gereon führen.«

Levin antwortete nicht. Er machte ein paar Schritte die Mauer entlang und trug einen inneren Kampf aus. Eigentlich hatte er in dieser Nacht keine Kraft mehr für weitere Kämpfe. Irgendwann blieb er stehen und sagte: »Ich habe dir alles erzählt, was ich zu erzählen hatte. Es wird Zeit, dass ich gehe.«

»Wenn das so ist, dann will ich dich nicht aufhalten. Wir sind quitt«, sagte Thanos.

»Es wäre schön, wenn mir deine Wachen ein bisschen Vorsprung ließen.«

»Keiner wird erfahren, dass du hier warst.«

»Danke.« Levin zögerte. »Und was wirst du jetzt tun?«

»Diese Frage kann ich dir beantworten«, sagte plötzlich eine Frauenstimme an der Treppe. Elena richtete ihre Armbrust auf Thanos. Ihre Körperhaltung und ihr Blick drückten eiserne Entschlossenheit aus.

»Elena! Nicht!« Er eilte auf sie zu, Elena zielte auf ihn und blickte ihn scharf an.

»Wage es nicht, noch einen Schritt näher zu kommen!«

Levin blieb stehen.

»Endlich hast du mich erwischt, wie?«, sagte Thanos ruhig.

»Du wirst für alles bezahlen, was du mir angetan hast.« Damit richtete sie die Waffe wieder auf Thanos.

Levin stellte sich vor den Grafen. »Du wirst ihn nicht töten.«

»Geh aus dem Weg! Du hast nichts mit dieser Sache zu tun!«

»Elena! Du weißt nicht, was du da tust. Du irrst dich in ihm.«

»Ausgerechnet dir sollte ich noch etwas glauben? Geh aus dem Weg!«

»Nein!«

»Dann bist du ein toter Mann.« Sie zog den Finger fester um den Auslöser.

»Ja, schieß auf mich. Dann ist der Pfeil vergeudet und Thanos wird dich überwältigen.«

»Geh endlich zur Seite! Ich meine es ernst.«

»Ich werde nicht gehen«, sagte er ruhig. Er fixierte sie mit den Augen. Nur ein kalter Blick kam zurück. Ihr Hass und ihre Entschlossenheit lagen offen darin. Levin merkte kaum, wie Thanos hinter ihm aufstand. Sanft legte er ihm die Hand auf die Schulter.

»Ich danke dir, Levin. Aber ich kann nicht immer von anderen beschützt werden.« Er trat aus der Deckung. Elena zielte auf seine Brust. »Hier bin ich, Elena.«

Levin schüttelte den Kopf und blickte abwechselnd von Thanos zu Elena. »Glaube mir, Elena, du wirst es bereuen. Thanos darf nicht sterben. Komm zu dir!«

»Sei endlich ruhig!«, sagte sie und warf Levin das Seil hinüber, das sie um ihre Schulter gehängt hatte. »Hier. Das hast du unten vergessen.«

»Was soll ich damit?«

»Ich habe keine Ahnung, weshalb ich das tue. Du hättest wer weiß was verdient. Aber ich gebe dir verdammt noch mal genau diese eine Chance. Dort unten ist das Dach der Meskanhalle. Du wirst jetzt aus dem Fenster klettern, dich abseilen, über das Dach laufen und in den Fluss springen. Und dann will ich dich nie wiedersehen.«

»Du glaubst doch selbst nicht, dass …«

»Ich gebe dir genau eine Chance!«, brüllte sie.

Thanos wandte sich an ihn und vermied dabei jede verdächtige Bewegung. Elena hielt die Armbrust mit zitternden Händen.

»Levin, du hast keine andere Wahl«, sagte Thanos.

»Ich werde dich hier nicht im Stich lassen«, gab er trotzig zurück.

»Möchtest du lieber sterben?«

»Vielleicht möchte ich das.«

»Dann hast du nichts verstanden.« Er schaute ihn mit einem seltsam zweideutigen Blick an, der fast etwas Spitzbübisches hatte. »Glaubst du nicht, dass es da draußen noch eine unverheiratete Frau gibt, der du mit deinem Dasein behilflich sein könntest?«

Levin antwortete mit einem befremdeten Blick.

»Hört endlich auf herumzuphilosophieren!«, sagte Elena ungeduldig.

Widerwillig nahm Levin das Seilende und band es an einem Eisenring in der Wand fest.

»Na los! Beeil dich! Und denk dran: Ich halte eine Waffe auf den Grafen gerichtet. Komm nicht auf die Idee, etwas anderes zu tun, als ich dir gesagt habe.«

Levin stieg ins Fenster und schaute die beiden noch einmal an. Thanos legte ihm die Hand auf die Schulter. »Sie wird mich nicht erschießen. Leb wohl.«

Mit betrübtem Gesicht ließ sich Levin, angetrieben durch Elenas bedrohlichen Blick, am Seil herunter. Ohne Eile glitt er an der Außenwand des Hauptturmes hinab und achtete kaum darauf, ob die Wachen ihn sehen konnten. Das Seil endete drei Meter über der Halle. Wenn er jetzt losließ, konnte er nicht mehr zurück. Er warf einen Blick nach oben zum Fenster, wo Thanos ihm nachschaute. Sie nickten einander zu, dann ließ er das Seil los und segelte auf das Steindach. Die Beine federten ihn ab und geduckt huschte er über die Fläche. Er wusste, dass Elena so lange warten würde, bis er in den Fluss gesprungen war. Ihm blieb nichts anderes.

Er rannte bis zum Rand des Daches und sprang zum zweiten Mal in seinem Leben von diesem Ort in die Stilla hinein. Nur fühlte es sich dieses Mal weitaus schwermütiger an.

45. Kapitel

»Dafür wird Euch der Erbauer strafen!« Jason warf einen vernichtenden Blick auf den Soldaten. Es war gut, dass er im Moment kein Schwert zur Hand hatte.

Mit hängenden Schultern stand der Versager vor ihm, im Hintergrund herrschte Aufregung. Jason war im Bereitschaftsraum eingetroffen, kurz nachdem sie den Ausbruch bemerkt hatten. Sofort war die ganze Wache alarmiert worden, überall auf der Festung wimmelte es von suchenden Soldaten.

»Es tut uns leid, Herr. Eine Frau hat ihm geholfen.«

»Eine Frau.« Jason kochte. Doch langsam merkte er, wie seine Wut sich zunehmend von den Untergebenen abwendete und gegen sich selbst richtete. Wieso hatte er dieses Weib entkommen lassen? Seine ganze Aufmerksamkeit und seine ganze Leidenschaft hatten in jener Nacht allein Levins Ergreifung gegolten. Er war so davon erfüllt gewesen, diesen Mann scheitern zu lassen, dass er dabei seine Pflicht vergessen hatte. Sofort hätte er reagieren und Levins Partnerin fangen müssen. Seine Gefühle hatten Jason geblendet und nun musste er dafür bezahlen.

Was würde der Erbauer sagen, wenn er von dem Ausbruch erfuhr? Zwei Tage wären es noch gewesen. Levins Hinrichtung hätte sein Geschenk an den Erbauer vollendet. Es hätte Jason endgültig die Anerkennung verschafft, um die er schon so lange kämpfte. Was war sein Leben ohne die Anerkennung des Erbauers?

Nein, ich werde sie mir nicht rauben lassen, beschloss er. *Ich werde ihn finden. Und diesmal wird er nicht im Gefängnis landen. Er wird nicht erst in zwei Tagen sterben, sondern heute. Heute Nacht.*

Ein Mann von der Palastwache kam auf ihn zugehetzt. Vielleicht hatte er schon etwas Neues für ihn. Wenigstens ein Hinweis musste ihm das Schicksal bereithalten. Doch der Blick des Mannes erinnerte ihn an den des Soldaten, den er soeben zurechtgewiesen hatte. Eine böse Ahnung stieg in ihm auf. Er begann sich von dem Gedanken zu verabschieden, dass er gute Neuigkeiten erhalten würde.

»Herr, ich habe eine furchtbare Nachricht«, stieß der Wächter panisch hervor, noch ehe er angekommen war. Er blieb vor Jason stehen, schaute ängstlich und sammelte Kraft für das, was er zu sagen hatte.

»Na los, spuck es aus!«

»Mein Herr, der Erbauer … er ist … verschwunden.«

Eine halbe Stunde später saß Jason in voller Rüstung auf seinem Pferd. Im Hof war die gesamte brianische Wache versammelt. Dreihundert Mann legten ihre eisernen Panzer und Schwerter an und machten sich auf die Pferde. Aus den Mündern stiegen Dunstwolken, gelähmtes Schweigen begleitete das Treiben.

Jason hatte befohlen, dass jeder Soldat, der auf Briangard verfügbar war, sich einfinden sollte. Sie alle hätten ihr Leben dem Schutz des Erbauers geweiht. Heute gelte es, dieses Leben aufs Spiel zu setzen. Niemand solle zurückbleiben. Jeder Einzelne würde gebraucht, wenn es zum großen Kampf käme.

Eine belebende Anspannung begann seinen Schockzustand abzulösen. Es würde tatsächlich zum großen Aufeinandertreffen kommen. Briangard und Alsuna, zwei unvereinbare Mächte. Er hatte noch nie geglaubt, dass sie dauerhaft nebeneinander würden bestehen können. Ein Tag wie der heutige hatte kommen müssen. Sein Leben lang hatte er es gespürt.

Jetzt, wo es so weit war, stieg so etwas wie Respekt in ihm auf. Sie waren zahlreich und kampferprobt. Aber würde das genügen? Er war sich ziemlich sicher, dass sie den Erbauer bewusst entführt hatten, um den Konflikt zu provozieren. Das hieß, der Erbauer lebte sicher noch. Das hieß aber auch, dass die Alsuner auf einen Angriff vorbereitet waren.

Losziehen und abwarten, was kam – Jason sah keine andere Möglichkeit. Wieder einmal mussten sie sich auf ihre Stärke statt auf einen guten Plan verlassen. Doch diesmal hatte er, Jason, die alleinige Befehlsgewalt.

Sein Stellvertreter ritt ihm zur Seite und wendete seinen Blick zur Menge, die aufbruchbereit war. »Herr, ich denke, wir können losziehen.«

»Gut. Ich will, dass kein Mann, kein Pferd und keine Waffe auf Briangard zurückbleiben. Es kommt auf jeden Einzelnen an.«

»Wo wollt Ihr angreifen?«

»Nun, es ist offensichtlich, dass der Erbauer von den Menschen entführt wurde, mit denen wir verhandelt haben. Sie haben ihren Teil des Abkommens nicht eingehalten. Deshalb beginnen wir bei der Weberei. Sie werden bezahlen.«

»Herr, die Straßen sind nicht sehr breit. Wie sollen wir dort ein Heer formieren?«

»Es wird kein langer Kampf werden. Wenn der Erbauer befreit ist, werden wir das Haus in Schutt und Asche legen.«

Jason wendete sein Pferd und versuchte das Heer zu überblicken. Es war die größte Ansammlung von Bewaffneten, die es auf Briangard je gegeben hatte. Es war die Frucht *seiner* Arbeit. Wie gern hätte er sich jetzt auf den baldigen Lohn gefreut. Doch er konnte nicht vermeiden, dass in seinem Herzen die Angst vorherrschte: Wenn der Erbauer starb, war das auch sein Ende. *Nicht noch einmal versagen!*

Mit einer Handbewegung befahl er, die Brücke herunterzulassen. Er ritt in würdevollem Tempo voraus. Noch vor dem Morgengrauen würden sie dem Feind gegenüberstehen.

46. Kapitel

Alsuna, Jahr 304 nach Stadtgründung

Elena hatte ihm Füße und Hände gefesselt, nachdem Merkus und Sandrin ihn auf den Wagen geschafft hatten. Jetzt saß Thanos friedlich auf der Ladefläche ihr gegenüber. Noch immer hielt sie die Waffe in seine Richtung.

Den ganzen Weg von der Spitze des Hauptturms bis zum Ende des Geheimgangs hatten sie kaum ein Wort gewechselt. Nur ein paar kurze Befehle hatte sie ausgestoßen. Thanos war vor ihr hergegangen und schließlich waren sie beim Grabmal angekommen, wo Merkus und Sandrin sie mit überraschten Gesichtern empfangen hatten.

Ja, es hatte eine gute Wende genommen. Und doch war da ein Beigeschmack von Enttäuschung. Eigentlich hätte Levin jetzt neben ihr sitzen sollen. Gemeinsam hätten sie den Auftrag zu Ende geführt und sich schließlich in die Arme geschlossen. So hatte es sich zumindest in ihrer Fantasie abgespielt. Stattdessen war sie nun mit ihrer Rache allein und kämpfte mit Zweifeln, ob es richtig gewesen war, Levin laufen zu lassen.

»Warum bist du nie zu mir gekommen?«, fragte Thanos plötzlich. Sie hatten den Wald hinter sich gebracht und im Mondlicht waren die Gesichter zu erkennen.

Sie richtete demonstrativ die Armbrust auf sein Herz und schwieg.

»Ich hätte dir vieles zu sagen gehabt«, sprach Thanos weiter.

Elena erwiderte noch immer nichts.

»Du hast sicher einige Dinge nicht verstehen können damals.«

»Sei jetzt ruhig! Ich will nichts hören.«

»Du hattest Angst vor mir, nicht wahr?«

»Ich sagte, du sollst ruhig sein.«

»Du hast immer noch Angst. Dabei habe ich keine Waffe und bin gefesselt … Bitte verrate mir, was dich an mir abgestoßen hat.«

»Was *mich* an *dir* abgestoßen hat?« Elena schnaubte verächtlich. »Es war doch umgekehrt. *Du* hast mich wie Abschaum behandelt.«

»Das ist nicht wahr. Ich habe dich freundlich aufgenommen.«

»Und doch hast du mich von Anfang an gehasst.«

»Woher willst du das wissen?«

»Ich sagte, ich möchte mich nicht mit dir unterhalten.«

»Du hast es dir zusammengereimt, nicht wahr? Weil ich Alvin gesagt habe, er kann dich erst heiraten, wenn er zurück ist. Und weil ich ihm zur Vorsicht geraten habe.«

»Du wolltest mich nicht, das ist es!«

»Jetzt hör mir zu: Du hast keine Ahnung, wie es ist, nicht zu altern und dabei zu wissen, dass die geliebte Person an deiner Seite eines Tages sterben wird. Für jemanden wie mich und meinen Sohn ist es eine schwerwiegende Entscheidung, die Ehe einzugehen. Ich wollte nicht, dass Alvin leichtfertig damit umgeht.«

»Hör auf mit dieser Unsterblichkeitsgeschichte! Du hast ihn getötet und dafür hasse ich dich!«

Er wollte etwas erwidern, da legte sie den Finger um den Abzug und hielt ihm die Armbrust an die Stirn. »Kein Wort mehr!«, fauchte sie kalt, als hätte das Gespräch eben nicht stattgefunden. Dabei atmete sie schwer. Merkus warf einen strengen Blick nach hinten.

Der Wagen fuhr weiter Richtung Süden. Die gepflasterten Straßen des Kaufmannsviertels sorgten für ein gleichmäßiges Beben und Rattern.

Elena hatte sich ihre Rache befriedigender vorgestellt. Sie hatte Thanos immer, wenn sie daran gedacht hatte, mit erschrockenem, flehendem Gesicht vor Augen gehabt. Es hatte zum Ausdruck gebracht, wie machtlos er plötzlich war, wie überrascht, dass eine von den vielen Leichen in seinem Keller auferstanden war und ihn heimsuchte. Doch nun sah sie etwas völlig anderes. Thanos wirkte, wie er immer gewirkt hatte. Seine Welt schien sich unbeirrt weiterzudrehen. Zugleich hatten seine Worte etwas Werbendes, als wolle er sie dazu bringen, mit aufzuspringen auf seine sich weiterdrehende Welt. Lächerlich war das! Thanos stand kurz vor seinem Ende, und das wusste er. Sie, die Todgeweihte, würde das Ende des Unsterblichen miterleben.

»Wohin fahren wir eigentlich?«, fragte Thanos nach einer Weile.

»Das wirst du schon sehen«, gab Sandrin zurück.

»Wir fahren zu Gereons Haus, nicht wahr?«

»Wenn du es so genau weißt, weshalb fragst du?«

»Was gefällt euch an diesem Mann, dass ihr ihm Glauben schenkt?«, fragte er in die Runde.

»Du sollst schweigen!«, fauchte Elena.

»Genau deshalb habe ich eine Frage gestellt. *Ihr* sollt reden.«

»Du hast hier gar nichts zu fragen.« Sie hustete. »Dir ist der Ernst der Lage nicht bewusst. Auf dich wartet der Tod.« Sie hustete noch mehr.

»Doch, das ist mir bewusst«, sagte Thanos. »Aber wie steht es um euch? Ist euch der Ernst der Lage bewusst?«

»Mehr als du denkst.« Elena fing zu zittern an. Sie merkte, dass die Armbrust immer schwerer wurde. Mit aller Kraft versuchte sie, sie aufrechtzuhalten. »Du wirst …«, immer schwerer wurden ihre Worte, »sehen, wie …«, auf ihrer Stirn erschienen Schweißperlen, »… sehen, wie …«.

Merkus drehte sich zu ihr um. »Elena, was ist?«

Elena taumelte und kämpfte darum, die Armbrust nicht sinken zu lassen. »Es ist schon alles … in … Ord…«

»Halt an!«, rief Merkus. Der Wagen kam abrupt zum Stehen.

Thanos schaute besorgt zu ihr hinüber und erklärte, dass sie schnell ein Serum bräuchte. Merkus hörte ihm nicht zu, sondern stieg nach hinten, fing Elena auf, als sie zur Seite kippte und rief ein paarmal ihren Namen. Sie keuchte, hustete, ihr Gesicht verzerrte sich.

»Es ist ein Anfall«, sagte Thanos. »Sie braucht ein Serum.«

»Los, weiterfahren!«, schrie Merkus. Er deckte Elena zu, ergriff ihre Armbrust und nahm mit grimmigem Blick ihren Platz ein. »Rühr dich nicht vom Fleck!«

47. Kapitel

Levin hatte das Gefühl, die Kälte der Stilla sei noch unerträglicher als das letzte Mal. Er machte schnelle Bewegungen und versuchte, sich so bald wie möglich ans Ufer treiben zu lassen. Bei der ersten Gelegenheit packte er eine hereinragende Wurzel, zog sich gegen die Strömung an Land und robbte einen Meter die Uferböschung hinauf.

Du bist fertig, sagte er sich. *Wenn du wolltest, könntest du jetzt einschlafen und morgen früh überlegst du dir, wo du dir dein Essen klaust. Wie einfach das doch ist.* Doch er wusste sofort, dass das eine Lüge war. Das Schicksal der Stadt hing an ihm wie die Nässe an seinem Körper. Es gab nur noch eine Möglichkeit, wie es weitergehen konnte, und diese Möglichkeit hatte in dieser Nacht eine klare Richtung bekommen. Auch das war einfach. Er musste nicht mehr nachdenken, wie aussichtsreich sein Weg war. Er musste einfach weitergehen.

Als er den Kopf hob, sah er das Lagerfeuer nicht weit von sich entfernt. Die nächste Station. Nichts, was die Stadt rettete, aber etwas, was seinen Weg fortsetzte. Und wenn er ihn zu Ende ging, vielleicht würde das dann doch die Stadt retten.

Eine Gruppe Obdachloser saß um das Feuer. Sie erlaubten Levin, sich daran zu wärmen. An ihrer Kleidung, ihrem Gehabe und den Pferden an den Bäumen sah er, dass es sich genau genommen um einen Diebesklan handelte. Sie klauten, was sie den Tag über brauchten, und würden wohl für den Rest ihres Lebens nie etwas anderes tun. Einfache, anspruchslose Menschen waren das.

Er schwieg, während er seine Hände gegen das Feuer hielt. Eine Weile würde es brauchen, bis er trocken war. Dann musste es weitergehen. Bis jetzt hatte er keine sinnvolle Idee. Er wusste nur, dass Elena und die Männer Thanos zu Gereons Haus bringen würden. So war es geplant. Sein Problem war, dass er keine Ahnung hatte, wo sich Gereons Haus befand. Er konnte sich im Kaufmannsviertel durchfragen, aber um diese Zeit war es eine gefährliche Sache, an fremden Türen zu klopfen. Außerdem wusste er nicht, wie viel Zeit ihm noch blieb.

»Was bist du für einer?«, fragten ihn die Diebe.

»So etwas Ähnliches wie ihr.«

»Komisch. Das sieht man dir gar nicht an.«

Sie unterhielten sich darüber, welche Vorteile es hatte, ein solches Leben zu führen. Dann sagte der eine: »Nur manchmal, da wünscht man sich, dass dich zu Hause eine Frau erwartet, die du glücklich machen kannst.«

Levin stimmte zu und ließ den Satz in seinem Innern nachklingen, ehe ihm auffiel, dass ihm der Wortlaut bekannt vorkam. Hatte nicht Thanos vorhin etwas Ähnliches gesagt? Jetzt erinnerte er sich an die Worte, die Thanos ihm so beiläufig zugeworfen hatte. Seltsame Worte waren das für einen Abschied gewesen. Es hatte ihn befremdet, dass Thanos in dieser Situation von einer unverheirateten Frau gesprochen hatte. Es mochte ein hilfloser Appell an seinen Lebenswillen gewesen sein. Dann hätte er jedoch einfach sagen können: »Du kannst noch immer eine Frau glücklich machen.« Er hätte es nicht so umständlich formulieren müssen. Thanos hatte gesagt, er solle einer unverheirateten Frau behilflich sein. Nein, das war kein Appell an seinen Lebenswillen gewesen. Es war eine Botschaft.

Thekla! Warum hatte er nicht früher daran gedacht? Mit der unverheirateten Frau hatte Thanos Thekla gemeint. Sie war die einzige Person in Alsuna, von der Levin wusste, dass sie auf Thanos' Seite war. Würde sie ihm glauben? Sie kannte ihn gar nicht richtig. Doch was blieb ihm übrig?

Er überlegte, wie er zu ihrem Haus gelangen würde, während er sich vollends trocknete. Nebenbei spähte er nach den Pferden. Ganz außen stand eines mit Satteltasche. Er rieb sich ein letztes Mal die Hände, bedankte sich und lehnte die Einladung zum Essen ab. Er erntete verwunderte Blicke und rannte zu dem Tier. »Ihr müsst mir verzeihen«, rief er, sprang auf und galoppierte davon.

Der Eifer begann wieder in ihm aufzuleben. Lächelnd drehte er sich um und sah, dass sie viel zu spät reagierten, um ihn noch verfolgen zu können. O ja, harmlose Räuber waren das. Zum Gernhaben waren sie.

Er durchquerte die Gassen der Weststadt und kannte sich bald wieder besser aus. Über die Hauptstraße gelangte er ins Bürgerviertel, dort nahm er eine Abkürzung und schließlich fand er sich vor Theklas Haus wieder. Sofort sah er, dass die Tür offen stand. Er rannte hinein, schaute sich im dunklen

Empfangssaal um und eilte die Treppe hinauf. Er durchsuchte die Räume, doch er fand Thekla nicht. In der Küche schließlich hörte er ein Wimmern. In eine Ecke gekauert hockte das Hausmädchen. Levin half ihr auf und fragte sie nach der Witwe. Mit zittrigen Worten erzählte sie, dass am Nachmittag Männer gekommen waren, die sie mitgenommen hätten.

Levin fluchte. Warum hatte er sie nur an Gereon verraten! Wenn sie Thekla hatten und durch sie die Anhängerschaft des Grafen aufdeckten, war das seine Schuld.

Er fragte das Mädchen, wie die Männer ausgesehen hatten. Als sie den Anführer beschrieb, hatte er sofort Darius vor Augen. Seine letzte Chance.

Schnell schwang er sich auf sein Pferd und ritt weiter Richtung Oststadt. Allmählich kündigte sich der Morgen an. Immer noch fror Levin.

Er beschloss, das Pferd einen Häuserblock von der Weberei entfernt abzustellen. In der Satteltasche hatte er ein Seil entdeckt. Mit geübten Bewegungen bestieg er eines der Häuser, kletterte auf das nächste, sprang über eine Gasse ein Dach weiter und legte sich am Rand des Daches gegenüber der Weberei auf die Lauer. Ein Licht brannte im unteren Stockwerk und ein weiteres ganz oben. Etwas bewegte sich. Es war auf dem Balkon. Ein Wächter ging auf und ab.

Jemand wird da drin bewacht, dachte er. *Vermutlich die Witwe.* Er wollte sich gerade in Bewegung setzen und seinen Einbrecherinstinkten gehorchen. Doch ein anderer Instinkt hielt ihn zurück. Da waren noch mehr Leute. Jetzt sah er sie. Auf dem Dach des Nachbarhauses lagen zwei Männer, sie trugen Rüstungen der Stadtwache. Auf der anderen Seite erblickte Levin noch mehr von ihnen.

Eine Falle.

48. Kapitel

Thanos staunte, als man ihn die Treppe zu Gereons Keller hinabführte. Ihn erwartete eine längliche Gewölbehalle, die von unzähligen Fackeln gesäumt war. Es sah aus, als würden rundherum leuchtende Finger nach ihr greifen. Von oben war ein beständiges Wasserrauschen zu hören. Auf einigen Regalen entlang der Wände erblickte er Glasflaschen und Schalen. Eine Reihe von Metallbehältern und ein Ofen erstreckten sich an einer Seite. Nicht weit von ihm stand ein Tisch, ähnlich wie er ihn in seinem Labor hatte. Eine Feuerstelle mit einem Kessel fehlte ebensowenig wie ein Rohr, aus dem sich ein dünner Wasserstrahl quälte, der in eine Ablaufrinne mündete. Dieser Teil des Kellers wirkte wie eine Mischung aus Thanos' Labor und der Meskanhalle.

Auf halber Länge knickte der Boden in eine Treppe ab und dahinter, zwei Meter tiefer, erstreckte sich der zweite Teil der Halle. Hölzerne Ständer mit unzähligen Schwertern, Speeren und Eisenkeulen säumten die Wände. Einen Ofen und zahlreiche Ambosse konnte Thanos sehen. Auf der Fläche in der Mitte tummelten sich raue Männer, unterhielten sich, begutachteten die Waffen, schienen mit Spannung auf etwas zu warten. Einige gingen mit Bierkrügen umher, die sie an einem dicken Fass auffüllten. Es mochten einige Dutzend sein, wie Thanos auf den ersten Blick schätzte. An der Wand ganz hinten schmiegten sich die Flügel eines breiten Tores an die Wand. Wie eine überdimensionierte Waffenkammer erschien dieser Teil der Halle.

Sie führten ihn in die Mitte des oberen Hallenabschnitts. Gereon, der oberhalb der Treppe stand und den Männern unten zugesehen hatte, drehte sich zu ihm um und lächelte.

»Herzlich willkommen! Schön, dass Ihr mich besucht.«

»Die Freude ist ganz auf meiner Seite. Man hätte ja nicht gedacht, was man hier alles zu sehen bekommt«, sagte Thanos und ließ seinen Blick über das gesamte Ausmaß der Halle schweifen.

»Ach wo. Im Vergleich zu Euren Bauten ist das alles bescheiden.«

»Wann habt Ihr das alles errichtet?«

»Schon mein Großvater hat Teile dieses Kellers geschaffen. Nach und nach ist er gewachsen. Er ist eine Meisterleistung. Das obere Viertel des Mauerwerks grenzt den Keller von der Stilla ab. Hört Ihr das Rauschen?« Er deutete mit dem Finger zum Gewölbe hoch. Thanos hatte von draußen schon gesehen, dass das Haus unmittelbar am Fluss lag. Es hatte sogar einen kleinen Bootssteg. Wie dick wohl das Mauerwerk an dieser Seite war?

Sie wandten sich zur Treppe, wo zwei Männer Elena hinuntertrugen. Auf einer Bank nicht weit von Thanos betteten sie sie in Decken, während sie noch immer krampfartig zuckte. Sie schien kaum wahrzunehmen, wo sie sich befand.

Gereon schaute mitleidig hinüber. »Ich habe von dem Missgeschick erfahren. Es tut mir sehr leid für sie, dass gerade jetzt … ich meine, wo sie so lange auf diesen Zeitpunkt gewartet hat.«

»So gebt ihr doch endlich ein Heilmittel! Sie wird das nicht lange durchhalten.«

»Das wird von Euch abhängen. Gewissermaßen kommt das gar nicht so ungelegen.« Gereon schritt hinüber zum Labortisch. Er nahm einen Rührstab in die Hand und fuhr mit der Hand darüber. »Dieser Tisch stammt übrigens von meinem Großvater. Nicht sehr lange, nachdem er sich hier niedergelassen hatte, richtete er sich sein Labor ein. Darüber staunt Ihr, wie? Oben im Haus ist er zu einem braven Stadtbürger geworden. Aber hier unten hat er nicht aufgehört, seinen Leidenschaften nachzugehen. Mein Vater und ich, wir gehörten zu den wenigen, die ihn *wirklich* kannten.«

»Euer Großvater war ein Narr. Auch ich kannte ihn.«

»Ja, deshalb habt Ihr ihn auch sachte entfernt. Ihr scheint nicht sehr gut mit seinem Wunsch zurechtgekommen zu sein, unsterblich zu werden.«

»Er wäre bereit gewesen, mich dafür zu töten.«

»Ist das nicht verständlich, wenn man glaubt, dass dies zum Ziel führt? Nun ja, er war in der Tat ein störrischer Kerl. Er konnte sich zeit seines Lebens nicht von seiner wahnwitzigen Idee lösen. Mein Vater und ich haben es früh aufgegeben, ihn umstimmen zu wollen. Natürlich wussten wir, dass Eure Unsterblichkeit nicht auf einen anderen übertragbar ist. Eine Sache verstand mein Großvater nicht: dass die tatsächliche Erscheinung doch lächerlich wenig Bedeutung hat gegenüber der Wahrnehmung anderer. Wieso sollte ich all meine Kraft dafür aufwenden, körperlich unsterblich zu werden, wenn es doch eine höhere Form der Unsterblichkeit gibt? Ja, Thanos, auch Ihr habt das nicht verstanden.«

»Offenbar nicht. Verratet es mir.«

»Es ist doch so: Wenn heute hier in diesem Keller Euer Körper verendet, dann ist es auch für immer zu Ende mit dem großen Thanos. Eine Weile werden die Menschen noch Eurer gedenken, aber bald schon verschwindet Ihr in den Tiefen der Geschichtsbücher. Dort werdet Ihr die unrühmliche Rolle dessen spielen, der aus Herrschsucht die Stadt verseuchte. Briangard und der Graf werden nur noch als Sinnbild des Bösen in der Erinnerung fortleben.«

»Verstehe. Das hilft *Euch* aber nicht besonders weiter.«

»Richtig. Die Sehnsucht meines Großvaters brennt auch in meinem Herzen. Mein Vater hat es durch Tüchtigkeit versucht. Er wollte um jeden Preis der reichste Geschäftsmann der Stadt werden, um damit seinen Namen bekannt zu machen. Auch das war töricht. Wie schnell kann ein solcher Ruhm enden? Nein, es gibt eine Unsterblichkeit, die weiter reicht, sie ist beständig und befriedigend. Sie wohnt in der Erinnerung der Menschen, auch derer, die erst in vielen Jahren geboren werden. Mein Körper wird bald sterben, aber mein Name wird für immer in Alsuna lebendig bleiben. Der Name Gereon wird das Sinnbild des Guten sein, desjenigen, der die Stadt geeint und sie von ihrem Tyrannen befreit hat.«

»Glaubt Ihr, sie werden Euch zum Herrscher ernennen, wenn ich tot bin?«

»Sie werden es mir wohl anbieten. Aber in meiner Bescheidenheit werde ich ablehnen und ihnen sagen, dass es nie wieder einen einzelnen Herrscher in Alsuna geben darf. Sie werden mich dafür umso höher in die Weihen ihrer Verehrung heben. Das Wichtigste habe ich aber nicht erwähnt.« Gereon wandte sich zu den Gefäßen auf dem Tisch und den Behältern im Hintergrund. »Sie werden mich als den Mann kennen, der ihnen Linderung gebracht hat. Die Seuche ist das Leid, das sie verbindet. Ich werde ihre Hoffnung sein.«

»Es gibt kein Heilmittel, das die Seuche besiegen kann!«

»Das weiß ich besser als jeder andere«, sagte Gereon und lächelte süffisant. »Es hat lange gebraucht, ein Rezept zu schaffen, gegen das kein Heilmittel gefeit ist. Lange habe ich die dafür nötige Pflanze gesucht. Ich habe sie gefunden.«

»Also wart Ihr es«, sagte Thanos mit großen Augen. »Ihr habt den Fluss verseucht. Ihr habt diese Menschen ins Leid gestürzt und die Stadt gespalten.«

»Bitte seid nicht so ungerecht zu mir. Es ist wahr, die Seuche hat viel körperliches Leid hervorgerufen. Aber sie ist die Rettung für die Seele der Stadt. Nur durch ihr Leid kann Alsuna sich endlich aus Eurer Unterdrückung befreien. Die Unterdrückung des menschlichen Willens ist doch eine ungleich schlimmere Seuche, nicht wahr? Nie würden sich die Menschen von Euch lösen, wenn sie keinen Hass gegen Euch entwickelt hätten. Sie glauben, Ihr seid für die Seuche verantwortlich. Das mag nicht im Einzelnen stimmen, aber sie haben die viel wichtigere Wahrheit erkannt: Ihr seid für das eigentliche Leid verantwortlich.«

»Ich habe nie einem Menschen seinen Willen genommen.«

Gereon lächelte. »Ja, das sagt Ihr so leicht. Aber wenn die Alsuner glauben, nur nach Euren Vorstellungen leben zu können, dann habt Ihr nichts anderes getan.«

»Ich sage ihnen von Anfang an, welche Pflichten und auch welche Freiheiten sie haben, wenn sie unter meiner Herrschaft stehen. Ihr möchtet ihnen das Gefühl geben, selbst über ihr Leben zu bestimmen. Doch ohne es zu merken, werden sie letztendlich von Eurem Willen bestimmt. Was ist nun besser?«

»Eine Welt, in der alles geplant und geregelt ist, in der es feste Zuordnungen gibt, ist nicht lebenswert. Die Menschen brauchen das undurchsichtige Spiel von Licht und Schatten, damit das Leben interessant bleibt. Nur wenn die Welt nicht durchschaubar ist, kann jeder das sein, was er möchte. Die Illusion, selbst über das eigene Leben zu bestimmen, ist doch höchst befriedigend.«

»Dass sie an einer Seuche sterben, ist aber keine Illusion.«

»Ihr habt recht. Alsuna steht am Abgrund des Todes, die Seuche hat alle Teile der Bevölkerung erreicht. Noch nie waren sie so zerstritten wie jetzt. Jetzt, wo niemand mehr weiß, wer zu wem gehört, ist der Zeitpunkt, ihnen den Grafen wegzunehmen. Wenn stattdessen jemand kommt, der ihnen ein Heilmittel bringt, werden sie vergessen, dass es da einen gab, an den sie einmal geglaubt haben. Damit ist der Akt ihrer Emanzipation vollendet. Ich werde die Menschen im Guten einen und das Serum wird ihre Zerrissenheit heilen.«

»Spätestens in einer Generation wird es mit dieser Einheit vorbei sein und jeder macht nur noch das, was er will. Wenn sie mich verlieren, verlieren sie ihre Orientierung, und sie werden nur noch gegeneinander sein.«

»Sicher. Jeder wird tun, was er will. So sind wir Menschen nun einmal. Aber der Glaube an das gute Einende wird als Sehnsucht in ihren Herzen bleiben und damit auch mein Name als Symbol des Guten.«

»Oder aber die Stadt wird sich in der Willkür verlieren. Alles, was die Stadt einmal ausgemacht hat, wird sich auflösen. Das Leben wird in Nichtigkeit erstarren. Dann habt ihr Alsuna getötet.«

»Nein, diese Angst könnt Ihr mir nicht beibringen. Natürlich habe auch ich ein Gewissen. Es hat mich sehr beschäftigt in den letzten Jahren. Mit zweierlei Frieden werde ich ins Grab gehen: mit dem gesättigten Begehren nach Unsterblichkeit und mit einem beruhigten Gewissen, weil ich der Stadt ihre Unabhängigkeit geschenkt habe.«

»Das klingt alles sehr beeindruckend«, sagte Thanos und warf einen Blick auf Elena, die sich weiterhin quälte, aber ruhiger geworden war. »Wie wollt Ihr das nun anstellen?«

»Es ist alles sehr viel näher, als Ihr glaubt. Spätestens wenn Ihr tot seid, werden die Brianer keinen Halt mehr kennen und den Krieg gegen Alsuna eröffnen. Es wird ein kurzer Krieg sein. Ich weiß doch, dass die Brianer mehr Eifer als Verstand haben. Die Stadtwache wird das brianische Heer niederschlagen und den Frieden damit endgültig herstellen. Der Senat hat dafür längst den Weg geebnet. Briangard wird nur noch als eine leer stehende Festung existieren. Und dann ist es Zeit für meinen Auftritt. Bald wird es nur noch ein einziges Heilmittel in Alsuna geben – dasjenige, das ich ihnen anbieten werde. Es wird als das wirkungsvollste gelten und völlig kostenlos sein. Vermutlich wird dieser Keller dann bald zu klein werden.«

»Ihr habt also das Heilmittel, das allen anderen überlegen ist?«

»Noch nicht.« Gereon näherte sich ihm und schaute ihn drohend an. Thanos konnte wegen seiner gefesselten Hände nur mit einem festen Blick antworten.

»Ihr werdet mir dieses Serum geben.«

»Sagte ich nicht bereits, dass die Seuche unheilbar ist?«

»Es geht nicht darum, dass die Seuche besiegt wird. Sie wird immer bestehen bleiben. Was ich möchte, ist das Serum, mit dem Eure Anhänger seit Jahren durch die Stadt ziehen und offenbar sehr erfolgreich Tod und Schmerzen für eine Weile vertreiben. Es scheint das einzig wirksame zu sein und Ihr habt es erfunden. Warum sollte ich den Menschen Rettung geben, wenn ihnen Linderung ausreicht? Schließlich sollen sie auch noch in ferner Zukunft auf mein Heilmittel angewiesen sein.«

»Ihr habt doch sicher ein paar Fläschchen meines Serums hier. Was sollte ich Euch noch geben können?«

»Ich brauche nicht das Serum, sondern das Rezept. Alles steht bereit. Ihr werdet jetzt und hier das Serum zubereiten und ich schaue Euch zu. So einfach ist das.«

»Danach werdet Ihr mich endlich töten?«

»Wenn Ihr das Serum gemischt habt, bekommt Ihr als Belohnung die Wahl, auf welche Weise Ihr sterben wollt.«

»Und wenn ich mich weigere?«

»Ich habe vergessen zu erwähnen, wie wir das Serum testen.« Er wies auf Elena. »Sie wird als Erste kosten. Eure Augen verraten mir, dass Ihr das Leid dieser Frau so schnell wie möglich beendet sehen wollt. Also beeilt Euch. Wenn Ihr Euch nicht sputet, wird sie es wohl nicht mehr lange durchhalten.«

Thanos warf einen bekümmerten Blick zu Elena, die auf der Bank lag und sich krümmte. An ihren Schläfen traten die Adern hervor.

49. Kapitel

Nachdem er um den Häuserblock gerannt war, bestieg Levin von der Rückseite her das Dach der Weberei. Er duckte sich, um von den lauernden Stadtwachen nicht gesehen zu werden. Als der richtige Moment gekommen war, sprang er vom Dach auf den Balkon hinunter, packte dabei den Wächter von hinten und knebelte ihn mit dem Seil. Während er ihm mit dem Unterarm die Kehle zusammendrückte, wickelte er das restliche Seil um den Körper des Wächters und zog es fest. Ein ersticktes Jammern war alles, was der Mann von sich geben konnte.

Levin nahm ihn über die Schulter und schlich ins Innere des Hauses. Welche Ironie, dass er auf solche Weise an diesen Ort zurückkehrte.

Thekla war an einen Stuhl gefesselt. Sie hatte die Augen geschlossen und döste. Wenigstens hatten die Männer sie ordentlich behandelt, stellte er fest, als er ihr Gesicht im Schein der Lampe betrachtete. Sie schreckte auf, als er den zappelnden Wächter vor ihr auf den Boden fallen ließ und sich an ihre Fesseln machte.

»Was ist … wer seid Ihr?«

»Jemand, den Ihr bisher nur in maskierter Form kennt.«

»Ich kenne Eure Stimme«, sagte sie, während Levin hinter ihr den Strick löste. Sie schüttelte erleichtert die Arme aus, Levin trat vor sie und lächelte sie an.

»Euer Retter.«

»Aber Ihr seid doch … was tut Ihr hier …?«

»Verzeiht, dass ich Euch erschreckt habe. Mir hat es im Gefängnis nicht sehr gefallen.«

»Ihr gehört doch zu denen!«

Er nahm ihre Hand, half ihr aufzustehen und fesselte stattdessen den Wächter an den Stuhl. »Glaubt Ihr das wirklich?«

»Ihr habt Thanos betrogen. Und mich habt Ihr auch verraten, nicht wahr?«

Als er fertig war, drehte er sich zu ihr um und schaute ihr in die Augen. »Ja, das ist wahr.«

Dann ging er zur Tür und lauschte. Offenbar hatten sie unten derzeit nichts zu bereden.

»Also: Was wollt Ihr hier? Und was soll diese Geheimniskrämerei?«

»Sie haben Thanos«, sagte Levin und öffnete vorsichtig die Tür.

»Was sagt Ihr da?«

»Sie halten ihn vermutlich bei Gereon gefangen.« Er schloss die Tür wieder und kehrte zu Thekla zurück. »Ihr müsst mir helfen.«

Levin erzählte ihr die wichtigsten Einzelheiten der Geschichte und schaute dabei immer wieder misstrauisch zum Fenster hinaus. Thekla hörte konzentriert zu und begann währenddessen zu kombinieren. Sie schien sich kaum mehr zu fragen, ob sie Levin überhaupt trauen konnte.

»Jetzt verstehe ich, was sie planen«, sagte sie schließlich. »Wenn sie Thanos haben, provozieren sie einen Angriff der Brianer. Ich habe mich schon gewundert, weshalb sie all die Männer da draußen postiert haben. Wenn die Brianer angreifen, wird die Stadtwache sich zur Wehr setzen. Man wird sagen, die Brianer hätten den Krieg eröffnet. Das wäre eine Katastrophe. Es würde nie wieder Frieden zwischen Alsuna und Briangard geben. Und Thanos … meine Güte, was werden sie mit ihm machen?«

»Warum halten sie Euch hier gefangen?«

»Das *Otusnetz* hat von Gereon den Auftrag erhalten, die Leute von der *Unterirdischen Schmiede* unschädlich zu machen. Da sie meinen Namen wussten, haben sie mich aufgesucht. Aber ich habe ihnen bislang nichts verraten.«

»Dann gibt es diese Schmiede also wirklich.«

»Natürlich gibt es sie. Es ist eine harmlose Schmiede am Rand des Handwerkerviertels. Das *Otusnetz* glaubt aber, wir hätten eine unterirdische Anlage, in der wir Waffen für einen Krieg gegen Alsuna herstellen.«

»Aber das ist nicht wahr, oder?«

»Das ist Unsinn. Wahrscheinlich hat Gereon ihnen das erzählt. Der Name *Unterirdische Schmiede* ist nur ein Symbol. Er bezeichnet eine Bewegung von Menschen, die das Heilmittel des Grafen herstellen und verbreiten. Unser Ausgangspunkt war zwar die Schmiede von Ramon, aber wir haben uns längst in der ganzen Stadt ausgebreitet. Es gibt keinen gemeinsamen Versammlungsort, die Menschen leben nach wie vor in ihren Häusern und arbeiten im Verborgenen.«

»Und Ihr seid die Gründerin?«

»Alvin war der Gründer. Seit seinem Verschwinden leite ich die Bewegung. Wir sprechen aber alles mit Thanos ab.«

»Deshalb also der Geheimgang …«, sagte Levin nachdenklich.

»Thanos wollte, dass wir jederzeit zu ihm können. Kurz bevor Alvin verschwand, verriet er mir, welches Grab ich aufsuchen solle.«

»Was wisst Ihr über Gereon?«, fragte Levin.

»Nicht allzu viel. In der letzten Zeit hatte ich den Eindruck, dass eine Person des Senats gegen Thanos intrigiert. Zuerst verdächtigte ich Alkis, einen Arzt. Dann dachte ich noch einmal nach und stellte fest, dass die Entscheidungen des Senats immerzu durch Gereon herbeigeführt worden waren. Gerade weil er so friedfertig tat, folgten ihm die meisten Senatoren unbewusst. Ein paar Leute von uns haben ihn ausspioniert und festgestellt, dass er in seinem Keller Waffen herstellt. Außerdem hat er Männer auf der Straße angeworben, die sich für einen hohen Lohn seiner Armee anschließen sollten. Ramon ist zum Schein auf ein solches Angebot eingegangen. Er müsste jetzt also dort sein, wo sie Thanos hingeschleppt haben.«

»Er muss verhindern, dass sie Thanos umbringen!«

»Ja. Das wird schwer. Vermutlich ist das Haus voller bewaffneter Leute.«

Sie hielt inne, als von draußen ein Rauschen ertönte. Es wurde lauter. Bald wurde aus dem Rauschen ein dröhnendes Donnern von Pferdehufen auf dem Sandboden.

Levin löschte die Lampe und sie rannten auf den Balkon hinaus. Aus der Nebenstraße zog eine Schlange von Reitern heran, deren Ende nicht zu sehen war. Auf den Dächern machten sich die Schützen der Stadtwache bereit.

»Ist es nicht erstaunlich?«, sagte Gereon, während Thanos die Instrumente bereitlegte. »Keinen von diesen Männern habe ich ausbilden müssen. Sie sind nichts als einfache Bürger der Stadt, denen ich klargemacht habe, dass sie kämpfen müssen, wenn sie ihre Familie beschützen wollen.«

Thanos sah zu den ahnungslosen Männern hinüber. Keiner von ihnen trug eine Rüstung. Sie tranken Bier, machten Witze und schienen nicht an dem interessiert, was hier oben vor sich ging. Nur einer saß am Rand, nicht weit von ihm entfernt, und schien genau zu wissen, was los war. Ramon. Thanos erkannte ihn erst jetzt. Für einen Augenblick trafen sich ihre Blicke, ein Hoffnungsfunke blitzte bei Thanos auf und er hantierte unauffällig am Labortisch weiter.

»Wollt Ihr das Geheimnis wissen?«, fragte Gereon und griff nach einem Speer. Er zielte auf eine Stelle an der Wand und schleuderte den Speer mit geringer Kraft durch den Raum. Von neugierigen Blicken verfolgt schlug das Geschoss gegen die Wand, brach einen Steinbrocken heraus und hinterließ ein tiefes Loch. »Nicht schlecht für einen schwachen alten Mann wie mich.«

»Nicht, wenn man einen Großvater hatte, der sich mit Meskan beschäftigt hat«, wandte Thanos ein. »Ich war dabei, als er diese Entdeckung machte.«

»Dann wisst Ihr ja, wie zerstörerisch all die anderen Waffen sind, die hier auf ihren Einsatz warten. Selbst die erprobten Krieger von Briangard werden ihnen nicht standhalten können.«

»Mit diesen paar Männern wollt Ihr dem Heer gegenübertreten?«

»Nicht doch. Diese Leute sind nur dazu da, mein Haus zu verteidigen. Wenn der Krieg beginnt, wird dieser Keller die Waffenkammer der alsunischen Stadtwache sein. Wir haben schon Karren bereitgestellt, um die Soldaten in allen Teilen der Stadt zu beliefern.«

Ein Bote kam die Treppe heruntergerannt. »Herr, die Brianer sind losgezogen. Eine ganze Armee von Reitern. Sie sind Richtung Osten geritten.«

»Oh, sie sind schnell, Eure Anhänger«, sagte Gereon zu Thanos gewandt. »Dann geht es also bald los. Die Schlacht beginnt bei der Weberei, wie ich erwartet habe. Bald wird die Stadtwache Verstärkung brauchen. Sagt den Männern, sie sollen die Waffen in die Karren laden!« Entschlossen ging er zum Labortisch zurück. »Ein großer Tag für diese Stadt! Und nun fangt endlich an, Euer Serum zu mischen. Ich bin schon sehr gespannt.«

Vom Balkon aus konnten sie alles sehen. Helme, Schilde und Pferdemähnen erfüllten die Seitenstraße bis zum Ende. Das brianische Heer wartete und blickte zum Haus hinüber, in dem sich Levin und Thekla hinter der Balkonbrüstung verschanzten. Der Morgen war angebrochen.

Jason ritt näher heran und erhob seine Stimme: »Wir fordern die Herausgabe des Erbauers von Briangard!« Scharf und durchdringend war sein Ton. Er verriet, dass es an diesem Tag keine langen Verhandlungen geben würde.

Die Tür öffnete sich knarrend. Der kräftige Darius trat unbewaffnet heraus und blieb breitbeinig stehen. »Der Mann, den Ihr sucht, ist nicht hier.«

Jason stieg nicht vom Pferd, er ließ noch nicht einmal die Zügel los. »Ich sagte, wir fordern die Herausgabe des Erbauers. Oder aber wir werden keinen Stein auf dem anderen lassen.«

»Und ich sagte, Euer Erbauer ist nicht hier.«

»Ich verhandle nicht.«

»Ihr brecht das Abkommen, wenn Ihr uns angreift.«

»Ihr habt es bereits gebrochen«, gab Jason ruhig, aber bestimmt zurück.

»Untersucht das Haus, aber er ist nicht hier.«

»Ihr lügt. Für so etwas haben wir keine Zeit.«

»Etwa dafür?« Darius machte eine Handbewegung und überall auf den Dächern erhoben sich die Schützen. Auf ein zweites Handzeichen hin erschien auf der gegenüberliegenden Seitenstraße ein Reiter, dem ein weiterer und dann immer mehr Reiter folgten. Mit genügend großem Abstand blieben sie stehen und zogen die Schwerter. Levin schätzte einige Dutzend Kämpfer. Ungefähr fünfzig Meter waren die beiden Reiterheere voneinander entfernt, Darius stand dazwischen.

»Ihr wollt also den Krieg«, sagte Jason.

»Ihr wollt ihn. Es wird kein Mann sterben, wenn ihr Euch zurückzieht.«

»Ihr entführt den Erbauer und glaubt, wir würden kampflos aufgeben?«

»Holt ihn Euch doch! Glaubt aber nicht, dass er dann noch lange am Leben ist.«

»Zeigt uns den Erbauer!«

»Ihr werdet uns keine Befehle geben«, sagte Darius mit erschreckender Gelassenheit.

»Ihr habt ihn schon getötet, nicht wahr?«

»Wie kommt Ihr darauf?«

»Zeigt ihn uns!«, schrie Jason.

»Nein.«

»Sofort!«

Darius verzog keine Miene.

»Ihr habt ihn getötet«, schloss Jason mit schwerem Ton. »Ihr habt entschieden. Krieg.« Er drehte sich zu seinen Leuten um und ließ sie die Schwerter ziehen. »Zündet die Pfeile an und steckt das Haus in Brand!«

Levin und Thekla schauten sich an. Sie erbleichte und schluckte schwer.

»Und jetzt?«, fragte Levin.

»Jetzt besiegelt Jason das Ende von Briangard.«

»Nein, das wird er nicht tun!«

»Levin, was machst du?«

Er stand auf, beugte sich über die Brüstung und schrie: »Jason, hört auf mit diesem Wahnsinn!«

Jason hatte bereits die Hand erhoben, um den Schussbefehl zu geben. Erschrocken drehte er sich um und suchte, woher die Stimme kam.

»Ihr werdet alles zerstören!«

Endlich hatte Jason ihn entdeckt. Sein Blick versteinerte sich. Levin glaubte einen Mann zu sehen, dessen Wille sich gänzlich der Rache verschrieben hatte.

Seine Glieder zitterten, als er das Seil an der Brüstung befestigte. Thekla erhob sich und warf ihm einen mütterlichen Blick zu. Er seilte sich ab und sprang die letzten Meter auf die Straße hinunter.

»Wen haben wir denn da? Er kann's wohl nicht lassen, ständig ab- und aufzutauchen«, sagte Darius.

Levin beachtete ihn nicht und ging auf Jason zu. Der hatte sich noch immer nicht gerührt.

»Hauptmann, ich flehe Euch an: Brecht den Angriff ab! Ihr könnt den Erbauer damit nicht retten.«

»Ihr fleht mich an?«

»Ja, das tue ich. Bitte hört mir zu.«

»Das Einzige, was ich gerne tun würde, ist, Euch den Kopf abzuschlagen.«

»Meinetwegen tötet mich. Aber hört mir vorher zu.«

»Ich habe Eure Stimme lange genug ertragen. Ein widerlicher Betrüger seid Ihr, für den mein Schwert zu schade ist.«

»Wenn Ihr jetzt angreift, ist Briangard verloren.«

»Schützen, bringt diesen Lump zum Schweigen!«

»Ihr habt die Verantwortung für so viele Menschen!«

»Anlegen!«

Levin hörte das Klicken unzähliger Armbrüste. So kalt wie jetzt war es ihm schon lange nicht mehr gewesen. »Bitte, Hauptmann! Der Erbauer lebt! Ihr könnt ihn noch retten.«

Jason zögerte. Seine Hand war erhoben und musste jeden Augenblick herabsinken. Doch Levin glaubte, ein misstrauisches Zucken in Jasons Augen zu erkennen. Ein Hoffnungsschimmer.

»Ihr lügt doch.«

»Und wenn ich es nicht tue?«

»Natürlich lügt er!«, rief Darius lachend herüber. »Er kann gar nichts anderes als lügen.«

»Jason, Ihr habt nur eine Möglichkeit, den Erbauer zu retten. Glaubt mir, er ist nicht hier.«

»Ihr gehört doch zu denen. Warum sollte ich Euch glauben?«

»Weil ich für ihn bürge«, ertönte eine Frauenstimme. Levin wandte sich um und sah Thekla näherkommen. Keiner hatte bemerkt, wie sie am Seil heruntergeklettert war. »Ich kann Euch garantieren, dass sich der Graf nicht in diesem Haus befindet. Als Mitglied des Senats bitte ich Euch, den Angriff auf Alsuna abzubrechen. Ich verspreche Euch, dass jeder, der an der Entführung des Grafen beteiligt ist, eine angemessene Strafe erhält.«

»Wo kommt Ihr her?«, fragte Jason.

»Eben war ich noch eine Gefangene dieser Leute.«

»Noch so eine Lügnerin!«, schimpfte Darius.

»Ist das Beweis genug?« Thekla streckte ihre Arme aus und zeigte Jason ihre Handgelenke. Die Schwielen der Fesseln waren deutlich zu erkennen.

Jason stieg vom Pferd, sah sie sich genau an, dann wechselte er in einen sanfteren Ton. »Das alles wird mir ein bisschen zu verwirrend hier. Also: Was wisst Ihr?«

»Der Graf wird an einem anderen Ort in Alsuna festgehalten. Diese Leute hier haben damit zu tun, aber sie sind nur der Köder. Wenn Ihr auf ihn hereinfallt, wird der Graf vermutlich bald sterben.«

»Ich soll also einer Alsunerin glauben.« Er schaute abwechselnd in Theklas und Levins Gesicht. Sein Grimm hatte sich noch nicht verzogen.

»Nehmt mich als Gefangenen«, warf Levin ein. »Wenn sich herausstellt, dass wir lügen, könnt Ihr mich gern töten.«

Jason verzog das Gesicht. *Wenn auch nur ein Funke Vernunft in ihm steckt,* dachte Levin, *muss ihm klar sein, dass ich so etwas normalerweise nicht tun würde. So gut sollte er mich kennen.*

Erstaunlich lange dachte Jason nach. Darius rief ihm die unsinnigsten Lästereien zu.

»Wie gesagt«, drängte Thekla, »wir haben nicht viel Zeit.«

»Kennt Ihr den Weg?«, fragte Jason.

»Ja, ich kenne ihn.«

»Ihr werdet an meiner Seite reiten. Solltet Ihr lügen, würden wir nicht zögern, Eure Leichen am Straßenrand zurückzulassen.«

»Verstanden«, sagte Thekla und lächelte Levin zu.

Sie stiegen auf die Pferde. Levins Hände wurden gefesselt, mit einem Strick hielt Jason ihn unter Kontrolle. Ohne ein Wort machte die brianische Armee kehrt.

»Ihr Feiglinge! Von wegen Euren Grafen verteidigen! Armselige Feiglinge seid ihr!« Jason ignorierte die Schmährufe von Darius. Levin sah in seinen Augen, dass es ihn offenbar die letzten Kräfte kostete, den Sieg über seinen Stolz zu bewahren.

Tapfer, Jason, sehr tapfer.

50. Kapitel

Während die Männer anfingen, die Waffenständer auszuräumen, ließ Thanos einen Kessel mit einer Meskanmischung aufkochen. Es war eine viel größere Menge, als er benötigt hätte, doch so würde es etwas länger dauern. Immer wieder sah er zu Elena, die sich mal mit lautem Seufzen, mal mit zusammengekauertem Körper auf der Bank abquälte.

Mit ruhigen Augen beobachtete Gereon jede Bewegung, die Thanos machte.

»Ist das hier der Saft der Pflanze, mit der Ihr die Waffen herstellt?«, fragte Thanos mit Blick auf einen Behälter.

»So ist es. Ihr seht: Der Vorrat wird nicht ausgehen.«

»Und wie war das doch gleich: Ihr mischt sie mit Metall und lasst sie dann abkühlen.«

»Ja doch.«

»Diese Männer da unten tragen also äußerst aggressive Waffen.« Thanos hoffte, dass Gereon seine erhöhte Lautstärke nicht auffiel.

»Was redet Ihr hier über meine Waffen? Ihr sollt das Serum herstellen.«

»Es interessiert mich, weshalb es vorhin möglich war, dass Ihr mit einem Speer die Wand beschädigt.« Er warf einen Seitenblick zu den Männern hinüber.

»Ich dachte, Ihr wüsstet darüber Bescheid.«

»Eigentlich schon. Ist es nun aber auch so, dass die Wirkung sich verstärkt, wenn mehrere Waffen gleichzeitig auf ein Ziel gerichtet sind?«

»Sicher doch.«

»Dann solltet Eure Männer vorsichtig sein mit den Kisten.«

Sie sahen beide hinunter, wo die Männer sich Schwerter und Keulen reichten, um sie in großen Holzkisten anzuhäufen. Das Tor war geöffnet und die vollen Kisten wurden hinaufgetragen.

»Kümmert Euch nicht um meine Angelegenheiten. Ihr solltet zusehen, dass das Mädchen nicht stirbt. Also beeilt Euch.«

Er nickte und machte sich wieder an das Serum. Aber ganz hinten hatte ihnen jemand zugehört.

Ramon musste seine ganzen Kräfte aufwenden, um mit seinen drei Kameraden die Kiste aufzuheben. Ein Berg von Stachelkeulen lag neben ihnen und wollte auf den Karren verladen werden. Mit langsamen Schritten mühten sie sich die Treppe hinauf. Oben auf dem Platz vor Gereons Haus standen sechs Pferdekarren bereit.

»Die Keulen alle auf diesen hier!«, rief einer der Wächter, die den Vorgang überwachten. »Beeilt euch ein bisschen!«

Sie hoben die Kiste auf die Ladefläche, wo bereits vier andere Kisten standen. Ramon verschnaufte und ließ dabei seinen Blick umherschweifen. Die Vorder- und die rechte Seite des Hauses waren von einem Platz umgeben. Rechts am Haus vorbei gelangte man auf den Holzsteg, der einige Meter in die Stilla hineinreichte. Über dem Fluss schwebte ein seichter Morgennebel.

Was hatte Thanos ihm sagen wollen, als er so laut zu reden begonnen hatte? Er hatte doch nichts Neues gesagt. Aber seine Blicke waren eindeutig gewesen. Ramon sah sich die Waffen an, die breite Kellertreppe, über die eine Kiste nach der anderen getragen wurde.

»He, was stehst du hier rum! Los, an die Arbeit!«

Ramon setzte sich in Bewegung und half, die nächste Kiste zu schleppen. Sie hatten erst angefangen. Die Waffenständer schienen noch fast voll zu sein. Kein Heer würde da lange bestehen, dachte Ramon.

Er machte gerade die nächste Pause, als vom Dach des Hauses ein Schrei ertönte. Er verstand ihn nicht, doch er merkte, dass Unruhe unter den Männern ausbrach. Die Haustür öffnete sich und ein Wächter rannte heraus. »Sie kommen! Los, an die Waffen! Verteidigt das Tor!«

Es brach eine Hektik aus, auf die keiner von ihnen eingestellt gewesen war. Alle Türen des Hauses wurden besetzt. Jemand ritt los, um die Stadtwache herbeizuholen. Die Wächter brüllten Befehle, ein paar der Männer wollten sich davonstehlen, die Karren wurden als Barrikade vor der Kellertreppe aufgestellt. Jeder sollte sich einen Speer und eine Handwaffe schnappen und in Deckung gehen. Ramon verschanzte sich hinter dem Treppenabsatz, in seiner Hand hielt er ein Schwert.

Kurz darauf sah er, dass an einer Straßenecke ein erster Reiter auftauchte, eingehüllt in schwarzes Leder und einen Eisenpanzer.

Jason brachte sein Pferd zum Stehen. Den Strick hielt er noch immer fest umklammert. Levin hatte bislang keine Schwierigkeiten gemacht.

»Ist es das?«, fragte er Thekla.

Die Witwe nickte und warf einen besorgten Blick über den Platz. Deutlich waren die bewaffneten Kämpfer zu sehen, die das Haus umgaben.

»Im Keller, sagtet Ihr.«

»Vermutlich«, antwortete Thekla.

Jason wandte sich um und sah, dass das Heer hinter ihm vollständig versammelt war. Verglichen mit dem kleinen Haufen auf der anderen Seite des Platzes waren sie eine Übermacht.

Er kniff die Augen zusammen und beobachtete die Männer, die sich hinter den hölzernen Karren verschanzten. Sie trugen zwar Waffen, aber kaum einer von ihnen hatte eine Rüstung. Die Art, wie sie sich bewegten, zeigte deutlich, dass sie nicht darin geübt waren, mit Waffen umzugehen.

»Was ist hinter der Barrikade?«

»Eine Treppe. Sie führt direkt in den Keller.«

»Deshalb haben sie ihre Truppe dort konzentriert«, schloss er. Es war eindeutig, was zu tun war. Sie kamen wohl an diesem Tag nicht ums Kämpfen herum. Etwas anderes hatte er auch nicht erwartet.

»Diesmal haben wir keine Zeit für Forderungen«, sagte er nach hinten gewandt. »Wir werden sie im Sturm überwältigen und den Erbauer herausholen. Das ist unsere einzige Möglichkeit, ihn lebend zu bekommen.«

»Ich traue der Sache nicht«, wandte Thekla ein. »Gereon hat Unmengen an Waffen in diesem Keller. Es wäre Unsinn, wenn er nur diese paar Dutzend Männer hätte.«

»Glaubt Ihr, es wird Verstärkung kommen?«

»Ich bin mir ziemlich sicher. Die Stadtwache ist auf einen brianischen Angriff vorbereitet. Wenn Gereon sie zu Hilfe ruft, wird sie sicherlich bald anrücken.«

»Bis sie da sind, haben wir alles erledigt.«

»Seid Euch nicht so sicher. Möglicherweise sind sie schon unterwegs.«

»Was schlagt Ihr vor?«

Thekla machte ein Gesicht, als fühle sie sich durch Jasons Frage geehrt. Ihre Worte kamen mit großem Eifer: »Ich werde zur Kaserne der Stadtwache im Süden der Stadt reiten und versuchen die Sache zu klären. Ich bin immer noch eine Senatorin und man wird auf mich hören. Vielleicht kann ich sie aufhalten.«

»Gut, versucht es«, sagte Jason. »Aber rechnet damit, dass wir hier kein Mittel scheuen, um den Erbauer zu befreien.«

»Das ist Eure Aufgabe, Hauptmann.« Sie nahm die Zügel fester und ritt davon.

Jason zögerte nicht lange und ließ einen seiner Anführer zu sich kommen. Er formierte eine Mannschaft von zwei Dutzend gut gepanzerten Lanzenkämpfern und stellte sie an der Front auf. »Ihr reitet mit voller Kraft los und stoßt mit euren Lanzen die Barrikaden um. Dann sind sie ungeschützt und wir anderen können durchbrechen. Haltet eure Schilde hoch, sie haben einige Speere, wie ich sehe.«

Seine Warnung sollte sich als nutzlos erweisen. Der Trupp stürmte los, ein Kamm ausgestreckter Lanzen bewegte sich im Galopp auf die Barrikade zu. Als sie auf zwanzig Meter herangekommen waren und die Lanzen auf die Karren ausrichteten, flogen ihnen die ersten Speere entgegen. Sie waren nicht sehr präzise und wuchtig geworfen, flogen wie zittrige, lahme Vögel durch die Luft. Souverän hielten ihnen die Brianer ihre Schilde entgegen. Doch die Speere prallten nicht wie gewöhnlich ab. Fauchend durchbrachen sie die Eisenschilde und bohrten sich mit solcher Kraft in die Leiber der Reiter, dass sie auf der anderen Seite wieder herauskamen. Ein Soldat nach dem anderen wurde getroffen, stürzte vom Pferd und machte die Flugbahn der Speere frei für den Hintermann. Noch ehe ein einziger Reiter die Barrikade erreichen konnte, lagen sie alle leblos am Boden. Herrenlose Pferde trabten zwischen den Leichen umher. Ein getöteter Kämpfer hing noch mit dem Fuß im Steigbügel und wurde über den Platz geschleift. Hinter der Barrikade johlten sie triumphierend.

Jason sah mit offenem Mund zu. Was hatten diese Alsuner für Zauberwaffen! Er hatte in wenigen Augenblicken seine ganze Lanzenmannschaft verloren, während von den ungepanzerten Gegnern keiner einen Kratzer abbekommen hatte.

»Sie haben Meskanwaffen«, sagte Levin plötzlich hinter ihm.

»Was sagt Ihr da?«

»Mit diesen Waffen können die dümmsten Leute den größten Schaden anrichten. Ich befürchte, sie haben noch mehr davon.«

»Meskanwaffen«, wiederholte Jason verächtlich. »Sie werden sehen, wo sie mit ihren Waffen bleiben, wenn das ganze brianische Heer auf sie losstürmt.«

Er wandte sich zu den Reitern um, befahl ihnen von den Pferden abzusteigen und die Nahkampfwaffen zu ergreifen. »Ihre Speere haben sie nun alle abgefeuert. Lasst uns diesen Hunden zeigen, wie man ein Schwert führt!«

Jetzt sahen sie, wie die alsunischen Männer hinter der Barrikade hervorkamen und sich die Schilde der getöteten Brianer schnappten. Vor der Barrikade stellten sie sich auf und erwarteten ihre Angreifer.

Lächerliche dreißig Mann, dachte Jason. *Warum bleiben sie nicht hinter ihren Karren? Sind sie lebensmüde?*

Er teilte das Heer in zwei Hälften. Die eine sollte direkt auf die gegnerische Front zustürmen, die andere mit etwas Abstand nachrücken und dann über die Flanken einfallen.

»So werdet Ihr noch mehr Männer verlieren«, sagte Levin.

»Ihr braucht mir keine Ratschläge zu geben.« Er stieg ab und befahl Levin, ihm zu folgen. »An der Schlacht werdet Ihr ohnehin nicht teilnehmen.« Er band den Strick in Kopfhöhe am Eisenhaken einer Hauswand fest, sodass Levin sich nur in einem Meter Umkreis bewegen konnte.

»Das könnt Ihr nicht machen. Was, wenn ein Alsuner mich angreift?«

»Ich glaube an Gerechtigkeit«, sagte Jason und wandte sich von ihm ab, um einem weiteren Gespräch aus dem Weg zu gehen.

Er hob das Schwert, schrie einen Befehl, ließ es sinken und mit ihm rannten über hundert Soldaten über den Platz. Das Trampeln, das Kriegsgeschrei, sein eigenes Keuchen, alles mischte sich in seinen Ohren zu einer berauschenden Musik. Er dachte nicht mehr an den morgigen Tag, nicht mehr an das Ende dieser Schlacht, er sah nur die Feinde vor sich, wie sie mit erhobenen Schwertern dastanden, hinter ihren Schilden warteten und zitterten. Ja, sie hatten ihre kindliche Unbekümmertheit verloren, jetzt, wo sie diese mächtige Walze auf sich zurollen sahen.

Fast gleichzeitig krachte und klirrte es an allen Seiten. Die brianischen Schwerter schlugen auf die schwächliche Schildfront ein. Sie hielt gerade einmal den ersten Ansturm ab, ehe ein Schild nach dem andern den hilflosen Alsunern aus den Händen fiel. In ihrer Verzweiflung droschen sie mit ihren Schwertern ziellos auf die brianische Übermacht ein. Jason lächelte zuerst, dann erstarrte er. Wie von Geisterpranken getroffen wurden die brianischen Männer zurückgeschlagen, einige verloren ihre Waffe und hielten sich sinnlos schützend die Hand vors Gesicht. Die ersten Brianer wurden von den magischen Schwertern getroffen und stürzten schreiend zu Boden.

Auch Jason taumelte zurück, als er den Hieb eines gegnerischen Soldaten mit seinem Langschwert abwehrte. Das konnte nicht wahr sein! Ein schmächtiger Handwerker mit ungelenken Bewegungen stieß ihn zurück!

Er warf sein Schild von sich, umfasste das Schwert mit beiden Händen und holte zu einem mächtigen Hieb aus. Er sah die erschrockenen Augen des Alsuners und wie er verzweifelt sein Schwert quer vor sich hielt. Normalerweise hätte es bei der ersten Berührung umknicken müssen, Jasons Langschwert wäre ungebremst durch den Körper des Mannes gefahren und Jason hätte es noch nicht einmal besonders gespürt. Doch stattdessen donnerte das Langschwert, wie ihm schien, gegen eine eiserne Mauer, es prallte auf und glitt ihm beinahe aus den Händen. Seinem bloßen Willen hatte er es zu verdanken, dass er am Griff festhielt, noch einmal ausholte und das Schwert auf den schmächtigen Gegner sausen ließ, den der vorige Schlag zu Boden geschleudert hatte. Diesmal konnte er sein magisches Schwert nicht rechtzeitig vor sich halten.

Erschöpft hob Jason den Kopf und blickte um sich. Rechts und links von ihm, überall tobten die Schwerter. Nur zwei oder drei Alsuner lagen am Boden. Wie viele von den Brianern gefallen waren, konnte er schon nicht mehr zählen.

»Greift sie immer zu zweit an!«, brüllte er.

Er war versucht, das Schwert seines toten Gegners aufzuheben. Aber etwas wehrte sich in ihm. Es war ein Werkzeug des Bösen. Lieber wollte er in der

Schlacht sterben, als mit einer solchen Waffe in der Hand auch nur einen Mann töten.

Er stürzte sich wieder in den Kampf. Doch je länger er dauerte, umso mehr spürte er, dass sie kein bisschen weiterkamen. Die feindlichen Männer hatten sich an das Kämpfen gewöhnt, die einschüchternde Wirkung des brianischen Heers war längst aufgebraucht. Die Kämpfe wurden härter und zäher. Und gerade als er das Gefühl hatte, dass sie den einen oder anderen Fortschritt erlangten, musste er feststellen, dass aus dem Hintergrund eine ganze Gruppe neuer Männer herbeikam. Sie trugen die Uniform der Stadtwache und auch sie kämpften mit Meskanwaffen.

Sein Stellvertreter trat zu ihm. »Wenn die ganze Stadtwache anrückt, werden wir innerhalb kurzer Zeit zusammengeschmolzen sein. Wir halten das nicht lang durch.«

»Gut, ich werde mir etwas überlegen. Beschäftigt sie, so gut ihr könnt.«

Er drehte sich um und verließ die Front. Mit hängendem Kopf und blutender Stirn ging er durch die Reihen und versuchte wieder zu Kräften zu kommen. Einige seiner Männer saßen erschöpft am Boden, hatten den Helm ausgezogen und atmeten schwer. Er hatte keine Lust, ihnen eine Standpauke zu halten. Wieso auch? Sie kämpften gegen eine eiserne Wand, die nicht einen Zentimeter zurückwich. Keinem von ihnen konnte er es verdenken, dass ihm die Kräfte ausgingen.

Er schaute ihm nicht in die Augen, als er vor Levin trat.

»Na, scheint nicht so gut zu laufen, wie?«

»Habt Ihr eine Idee?«, fragte Jason und musste alle Scham hinunterschlucken, die wie Magensäure in ihm aufstieg.

»Eines ist sicher: Durch dieses Tor kommt Ihr nicht in den Keller. Sie erhalten Verstärkung durch die Stadtwache. Die Stadtwachen müssen irgendwie ins Haus gelangen, durch den Keller gehen, sich ihre Waffe holen und dann durchs Tor hinaus zur Front eilen.«

»Aber wie kommen sie ins Haus? Wir haben den ganzen Platz eingenommen.«

»Das habe ich mich auch gefragt. Sie können nur über den Fluss gekommen sein. Etwas weiter im Norden ist ein Stützpunkt mit einem Bootssteg.

Von dort werden sie kommen. Sie fahren den Fluss hinunter und betreten durch die Hintertür Gereons Haus.«

»Verdammt! Dann haben sie ununterbrochen Nachschub.«

»Ja. Aber auch wir könnten auf diesem Weg ins Haus gelangen. Nehmt ein paar Männer, geht zum Bootssteg und entert eines der Boote. Wenn Ihr die Kleider der Stadtwachen tragt, könnt Ihr problemlos in den Keller gelangen.«

Jason warf einen Blick auf das unüberschaubare Schlachtfeld und nickte schließlich. »Also gut. Wir versuchen es. Ich werde acht Männer aussuchen, dann reiten wir los. Ihr zeigt uns den Weg zum Bootssteg. Macht Euch keine Hoffnung, dass Ihr uns täuschen könnt. Ihr werdet jeden Schritt dabei sein.«

Als die ersten Schlachtrufe ertönt waren, hatte Gereon besorgt aufgeschaut.

»Damit habt Ihr nicht gerechnet, wie?«, hatte Thanos gesagt.

Gereon war zur Waffenkammer hinuntergerannt, durchs Tor die Treppe hinauf und dann hatte er das brianische Heer in der Ferne gesehen.

»Also gut, dann eben so«, hatte er trotzig gesagt und die verängstigten Männer angewiesen, ihre Speere bereitzuhalten. Die erste Angriffswelle hatte er noch mitverfolgt, er hatte gesehen, wie die Brianer von den Speeren aus den Sätteln gehoben wurden. Zufrieden war er zu Thanos zurückgekehrt, der von zwei Wächtern festgehalten worden war.

»Es ist alles in bester Ordnung«, waren seine selbstsicheren Worte gewesen. »Euer Heer wird es nicht mehr lange geben. Aber es ist rührend, dass sie Euretwegen einen solchen Aufwand betreiben.«

»Ihr kennt nicht die Zähigkeit meiner Leute. Ihre Treue zu mir ist eine stärkere Waffe, als Eure Meskanschwerter es sind.«

»Das werden wir ja sehen. Wie lange dauert das noch mit dem Serum?«

Thanos hatte sich wieder an den Labortisch gestellt, war aber regelmäßig durch neue Ereignisse unterbrochen worden. Einmal kamen fünf Männer der Stadtwache die Treppe vom Erdgeschoss herunter und sagten Gereon, dass sie die Verstärkung vom nördlichen Stützpunkt seien. Lächelnd schickte Gereon sie zu den Waffenständern hinunter, wo sie sich ausrüsteten und auf der anderen Seite durch das Tor verschwanden.

Immer wieder kam jemand von draußen herein und berichtete Gereon, wie es um die Barrikade stand. Danach nickte er zufrieden und widmete sich wieder Thanos.

»Ich werde langsam ungeduldig mit dem Serum. Ist es wirklich so kompliziert?«

»Ihr seht doch selbst, wie viele Zutaten ich brauche. Im Übrigen solltet Ihr mir noch etwas Zinnkraut besorgen.« Während Gereon jemanden anwies, das Kraut aus dem Vorratsraum zu holen, ging Thanos zu Elena hinüber. Er beugte sich über sie und versuchte in ihre Augen zu schauen. Vielleicht erkannte sie ihn ja. Ihre Adern pochten und sie fantasierte mit undeutlichen Worten.

»Halte noch ein wenig durch«, sagte Thanos. »Ich weiß, du wirst es schaffen.«

»Was macht Ihr da! Ihr sollt das Serum mischen!« Gereon riss ihn herum und Thanos nahm eine Kelle und rührte im Kessel.

Bald darauf erschien ein Bote und kündigte an, dass eine Armee der Stadtwache aus der Kaserne unterwegs sei.

»Das ist eine gute Nachricht. Ich danke Euch. Bis dahin wird unsere Barrikade ohne Probleme halten. Ihr seht, Thanos, es ist bald so weit. Die Befreiung von Alsuna ist in greifbare Nähe gerückt.«

51. Kapitel

Es war abscheulich, was Ramon zu sehen bekam. Er hatte sich größte Mühe gegeben, seinen Speer weit an den Gegnern vorbeizuwerfen. Die anderen trafen jedoch und ließen die brianischen Männer zu Boden gehen. Als die Wächter sie dann antrieben, hinter der Barrikade hervorzukommen und die Schilde der Toten zu ergreifen, stahl Ramon sich davon. Unter einem der Karren fand er ein Versteck. Von dort musste er mit ansehen, wie sich seine Kameraden abquälten, vor Furcht schrien, wie sich die Kämpfer gegenseitig erschlugen und das Blut zu ihm hinunterlief.

Zuerst war er wie benommen. Dann trieb es ihn aus seinem Versteck. Er packte einen der Verletzten und zog ihn unter den Karren. Er hatte nicht viel, womit er ihm helfen konnte, doch wenigstens ließen sich mit seinem Oberteil die gröbsten Wunden verbinden. Viele tröstende Worte fielen ihm nicht ein.

Später holte er zwei weitere Verletzte unter den Karren. Einer von ihnen starb nach kurzer Zeit. Frustriert hämmerte er gegen das Holz und wünschte sich an irgendeinen anderen Ort.

»Du da unten! Was hast du da zu suchen!«, brüllte es hinter ihm. »Wer kämpfen kann, soll nach vorne!« Kurz darauf packte ihn jemand von hinten, zerrte ihn hinaus und trat ihm in die Hüfte. »Na los! Zu den anderen!«

Ramon krümmte sich vor Schmerz. Sein Blick verschwamm und die Stimme des Wächters wurde leiser. Was hatte er noch hier zu suchen? Auf welcher Seite sollte er kämpfen?

Er wusste nicht wieso, aber auf einmal wurde die Erinnerung an die furchtbare Todesnacht in ihm wach. Er sah wieder den Jungen und den stämmigen Mann, er sah seinen Karren, mit dem der Junge niedergestreckt worden war. War das, was er hier erlebte, nicht das Gleiche – nur in größerer Dimension? Warum war es nur immer so?

»Was ist los mit dir? Bist du zu feige?«

Ramon dachte an Thanos und kniff die Augen zusammen. Wenige Meter entfernt floss die Stilla vorbei. Musste man wirklich auf einer Seite stehen, um dem Guten zu dienen?

Seine Glieder regten sich, er stützte sich auf. Langsam stellte er sich auf die Beine.

»Na also! Heb dein Schwert auf!«

Ramon sah das Schwert auf dem Boden liegen, hob den Kopf und sah dem Wächter ins Gesicht. Dann rannte er los, stieß ihm seine Arme gegen die Brust, schob ihn mit der Wucht, die er hatte, zurück und stieß ihn rücklings in den Fluss.

Ohne ihm nachzusehen rannte er zu der Stelle, wo die Pferde standen, band eines los, legte dem Pferd eine Augenbinde an und führte es zur Barrikade. Er spannte das Pferd an den Karren mit den Stachelkeulen und setzte sich auf seinen Rücken.

»Gib alles, was du hast!«, schrie er und schlug dem Tier die Hacken in die Seite. Zuerst stockte es. Doch als der Karren angerollt war, wurde er immer schneller und schließlich lenkte Ramon das Tier im Galopp auf den Holzsteg zu. Die Hufe klapperten wild auf den Brettern. Kurz bevor er das Ende des Stegs erreicht hatte, riss er das Pferd nach links, es stürzte ins Wasser und zog den Karren mit sich. Ramon fiel vornüber, wurde hinuntergezogen und drehte sich orientierungslos im Wasser. Ein Wiehern war zu hören, Luftbläschen überall, irgendwo sah er, wie etwas Dunkles hinabsank und das Pferd mit sich zog.

Dann hörte er einen Donner, ein Scheppern und Krachen, spürte das Beben im Wasser und kurz darauf den Sog in Richtung der Mauer. Er ruderte wild mit den Armen, kämpfte sich bis zum Steg vor und hielt sich fest.

Das hatte Thanos also gemeint.

Thanos schüttete gerade das Serum in ein Fläschchen, als sie den Donner hörten. Blitzartig rissen sie die Köpfe hoch und sahen, wie eine eiserne Faust ins Gewölbe über der Waffenkammer einschlug. Steinbrocken spritzten zur Seite, ein Wasserstrahl, so dick wie ein Fass, stach in die Halle und schoss auf den Boden zu. Zuerst prasselte das eiserne Knäuel von Stachelkeulen auf den Boden nieder, dann folgten Holzsplitter und unendliche Mengen Wasser. Von der Wucht des Strahls getroffen wurden zwei Waffenständer umgerissen, sie kippten in die Halle hinein und stürzten mit einem weiteren Donnerschlag zu Boden.

Alles erbebte, Thanos musste sich am Tisch festhalten, ein Staubregen ergoss sich über ihnen.

»Verflucht!«, brüllte Gereon und sah gebannt zu dem Loch in der Wölbung hinauf. Das Rauschen des Wassers dröhnte in ihren Ohren.

Hinten am Tor sah Thanos ein paar Gesichter. Sie starrten schockiert in die Halle, die sich Stück für Stück mit Wasser füllte.

»Na los!«, brüllte Gereon ihnen zu. »Holt die Waffen hier raus!« Widerwillig wateten sie in die Waffenkammer hinein und begannen auf dem Boden nach Schwertern, Keulen und Speeren zu fischen.

Gereon war abgelenkt, das war seine Chance. Thanos beeilte sich, das Fläschchen zu füllen und rannte zu Elena hinüber. Ihr Gesicht war schweißüberströmt.

»Elena! Nimm das!« Er hielt ihr das Fläschchen an den Mund und wartete, bis sie zu husten aufhörte. »Elena!«

Sie öffnete die Augen und endlich erblickte sie ihn. »Du?! Verschwinde! Ich hasse dich! Geh weg!« Sie zappelte und warf den Kopf zur Seite. Thanos hielt sie fest, versuchte das Fläschchen an ihren Mund zu drücken, aber mit ihren Armen wehrte sie sich.

»Elena! Ich will dir helfen! Du wirst sterben!«

»Verschwinde! Ich will dich nicht sehen!«

Thanos gab nicht auf, kämpfte weiter gegen ihre wilde Abwehr.

»Sie will deine Hilfe nicht, hast du es nicht verstanden?«, dröhnte Gereons Stimme in seinem Ohr. Ehe Thanos sich umdrehen konnte, schlug etwas Hartes in sein Genick, ein eisiger Schmerz durchzuckte ihn und fuhr ihm bis in die Zehen. »Ich danke dir für das Rezept«, hörte er Gereon noch irgendwo in der Ferne sagen. Dann verschwamm alles vor seinen Augen, er kippte zurück und sah seinen Kontrahenten, der sich über ihm zu einem Riesen aufgebäumt hatte. In der Hand hielt er einen roten Edelstein.

Sein Kopf sank zu Boden, ein Fläschchen klirrte neben ihm und alles wurde noch verschwommener.

Es wollte schwarz vor seinen Augen werden. Düstere Schleier drängten herein und versuchten die bunten Felder in seinem Blick zu überdecken. Doch es gelang ihnen nicht. Thanos schloss die Augen und doch sah er. Es war, als hätte er ein Schauspiel aus Licht und Farben vor sich, das er in aller

Ruhe betrachtete. Das gefiel ihm. In keinem Moment dachte er daran, den Ort zu verlassen, Platz zu machen für die Finsternis, die so gern hereingekommen wäre.

»Hast du jetzt Angst?«, hallte eine Stimme aus der Ferne.

Er runzelte die Stirn. Was meinte diese Stimme? Mit wem redete sie? Wieso sollte er Angst haben, er, der Erbauer von Alsuna?

Er genoss weiter das Farbspiel, lächelte, auch als er merkte, dass es weniger wurde, das Licht abnahm und die Kanten sich schärften. Irgendwo ganz weit weg stieß ihm jemand gegen das Schienbein und sagte, er solle aufwachen. Unnötig, er spürte in seinen Gliedern ohnehin fast nichts mehr.

Bald sah er wieder das wolkige Haar von Gereon. Er stand nicht weit von Thanos entfernt, hinter ihm war Fackellicht, sodass er die Umrisse, aber kaum das Gesicht erkennen konnte. Sicher war es aus seiner Perspektive umgekehrt, dachte Thanos.

»Kommt endlich zu Euch und stellt Euch Eurem Schicksal!«, sagte er. Unglaublich, wie einfältig dieses Gefasel doch war.

Thanos konnte nur ein wenig den Kopf heben, der Rest seines Körpers war gelähmt. Der Stein, mit dem ihm Gereon ins Genick geschlagen hatte, lag noch immer in dessen Hand. In der anderen hatte er jetzt eine Armbrust. Die Umrisse wurden immer klarer.

War er ohnmächtig gewesen? Doch sicher nicht lange. Er spürte, dass es an seinen Haaren feucht wurde. Langsam drehte er den Kopf zur Seite. Ein paar Glasscherben lagen da und wurden von einer dünnen Wasserschicht umspült. Das Rauschen hinten war noch immer zu hören.

»Die Vollendung ist nahe«, fuhr Gereon fort. Thanos sah ihn mit unveränderter Miene an. »Wie lange habe ich darauf gewartet! Meinetwegen soll diese Halle untergehen. Es ändert doch nichts an dem Schicksal, das dieser Tag für Alsuna bereithält.«

Gereon hob die Armbrust. Thanos schaute immer noch ungerührt zu ihm auf. Er würde nicht schießen. Er würde reden, reden, reden. Mehr würde ihm nicht gelingen.

»Welche unendliche Liebe hat diese Stadt doch zu sich selbst entwickelt, dass sie sich nun aus den Banden ihres ewigen Unterdrückers lösen wird. Und für alle Zeit wird Alsuna sagen: Ich selbst habe es getan. Ich bin aus den tiefsten Tiefen meines Elends mit unbändiger Kraft aufgestanden und habe den übermächtigen Vater erschlagen. Ich bin über mich selbst hinausgewachsen, denn als ich schon im Sterben lag, habe ich mich zum Thron der Selbstbestimmung hinaufgeschwungen. An diesem Tag wurde ich erwachsen.«

Gereons Augen weiteten sich, er ließ die Armbrust sinken und ging zu Elena hinüber. Kraftlos, wie tot lag sie auf der Bank und atmete nur noch schwach. »Nicht *ich* werde es sein, der dieser Stadt ihren Vater wegnimmt. Nein, sie muss ihn selbst besiegen. Ihr Hass und ihr Eigenwille sind stark genug, diesen übermenschlichen Kraftakt in der Stunde ihres Todes zu vollbringen. Gleich bist du am Ziel, Mädchen. Schöpfe aus deiner Kraft!« Er hielt ihr die Armbrust hin, sie reagierte nicht. »Beschenke dich selbst mit deiner Rache!«

Elena öffnete die Augen. Sie hob den Kopf. Ihr Gesicht lag in Gereons Schatten. Er nahm ihre Hand und schloss sie um den Griff der Armbrust. Dann ließ er sie los und betrachtete sie, wie sie mit letzter Kraft die Waffe auf Thanos richtete.

»Ja, Mädchen, du hast dich lange gequält und gewartet. Deine Geduld wird sich nun auszahlen. *Du* musst es tun, niemand kann es für dich tun. Du wirst die Erstgeborene einer neuen Stadt sein, einer Stadt, die aus sich selbst heraus lebt.«

Elena schaute zu Thanos, Thanos schaute zu ihr. Er sah nur ihre Augen, nicht die Waffe. Endlich waren sie geöffnet, endlich konnte er hineinschauen.

»Dein Körper wird nicht viel Kraft benötigen. Aber deine Seele muss so stark sein wie nie zuvor. Zeig, dass sie genügend Kraft gesammelt hat. Gib deinem kümmerlichen, wertlosen Leben einen Sinn.«

Blau waren ihre Augen. Ein helles, mit Grau durchmischtes Meerblau. Der Boden dieses Meeres war weit unten und es mochte eine Menge dort liegen, was sie schmerzte. Aber wie schön war doch alles andere. Wie kostbar war all das, was nicht als schwere Last auf dem Grund des Meeres lag. Thanos sah schwebende Perlen, bunt schimmernde Meerestiere, silberne Bänder. Angenehm kühl fühlte es sich an, aber nicht so, dass man fror. Eine Menge Licht fiel herein und ließ all die Kostbarkeiten sichtbar werden. Die Strahlen waren fast greifbar.

»Zeig uns, dass die ewigen Dinge nicht ewig bleiben müssen! Nur eine Fingerbewegung bist du entfernt.«

Über Elenas Augen zog sich eine glitzernde Schicht. Wie ein Spiegel sahen sie nun aus und Thanos konnte darin erkennen, was sein eigener Blick ihr sagte: *Ich liebe dich, Elena, und immer wird es so bleiben.*

Je länger er in diesen Spiegel schaute, umso mehr glitzerten seine eigenen Augen und wurden so zu einem Spiegel für Elena. Und während sie hineinblickte, fing sie an, den Finger zu krümmen. Die Muskeln regten sich in ihrem Arm und ihre Lippen pressten fauchend heraus: »Lügner!«

Alle Kraft ihres Körpers ging in den Arm über, sie streckte sich, sodass sie beinahe von der Bank fiel, stöhnte auf, drehte den Arm ein Stück nach rechts und drückte ab.

Der Pfeil war so schnell, dass man ihn nicht sehen konnte.

Von der Wucht ihres Schusses fiel sie erschöpft auf den Boden und ließ die Armbrust los.

Thanos lag mit reglosem Gesicht am Boden. Er beobachtete, wie Gereon den Blick senkte und entgeistert auf den Pfeil in seiner Brust starrte. Sein Mund bewegte sich, gab aber keinen Ton von sich. Er versuchte stehenzubleiben, schaffte es eine Weile, dann fiel er auf die Knie und schließlich mit dem Gesicht voraus in die Wasserlache.

Thanos hörte das friedliche Rauschen des Wassers. Ja, es war ein besonderer Tag. Und doch hatten sich die eigentlichen Dinge nicht verändert. Als er erschöpft den Kopf zurücklegte und den Wasserpegel an seinen Ohren spürte, stellte er sich vor, wie das Gewölbe über ihm angehoben wurde. Es wuchs in die Höhe und verwandelte sich in einen blauen Himmel. Schön war das.

Morgen, da würde er wieder auf den Turm steigen, nahm er sich vor. Und er würde bald wieder ein Festessen geben. Er überlegte, wen er alles einladen würde. Vermutlich reichte sein Gemach nicht aus.

Während er nachdachte, war das Wasser fast bis zu seinem Gesicht hinaufgewandert. Immerzu erklang das Rauschen im Hintergrund. Ein bisschen kalt war es ihm.

Er wusste nicht, ob er die Augen geschlossen oder geöffnet hatte. Er wusste nur, dass er etwas sah. Da oben bewegte sich etwas. War es an der Treppe? Es mussten Menschen sein. Er drehte den Kopf ein wenig. Männer in Rüstungen. Es waren die Rüstungen der Stadtwachen.

Levin hatte ständig Jasons Rücken gesehen. Sie waren ihm gefolgt, während er mit sicherem Schritt durch die Gänge und Räume marschiert war, ohne sich etwas anmerken zu lassen. Levin war in der Mitte gewesen, sodass er ihnen nicht entwischen konnte. »Wir sind die Verstärkung«, hatte Jason gesagt, wenn ihnen jemand über den Weg lief. Und: »Wo geht es zu den Waffen?«

Jetzt waren sie an der Treppe angekommen und blickten ungläubig in die Halle hinunter. Vom Boden war nichts mehr zu sehen, eine einzige Wasserfläche erstreckte sich vor ihnen. Hinten aus dem Gemäuer schoss ein Wasserstrahl und sorgte für unruhige Wellen.

Jason und zwei Männer rannten hinunter und riefen irgendetwas. Levin trat an den Rand der Treppe und sah die Körper, die auf dem Boden lagen und ein Dreieck bildeten. Der eine, aus dem ein Pfeil ragte, lag höchst unzufrieden da. Der andere, zu dem sie panisch hinüberstürmten, wirkte so entspannt wie immer, fast, als wäre es ihm egal, wo er sich gerade befand. Und die dritte, bis aufs Gesicht im Wasser versunken, schaute nach oben, als müsste da noch irgendetwas kommen.

Geistesgegenwärtig flitzte Levin die halbe Treppe hinunter, sprang ins Wasser und eilte zu ihr. Alle anderen gingen zu Thanos und hoben ihn aus dem Wasser. Offenbar lebte er, denn er blinzelte.

Levin war der Einzige, der sich um Elena kümmerte. Er hob sie auf und legte sie auf die Bank, überall troff das Wasser an ihr herunter. Verzweifelt fing er an, sie zu rütteln, zu rufen, zu tätscheln. »Elena! Wach auf! Du bist nicht tot! Wach auf!« Er hob ihren Kopf, sah in ihr Gesicht, das ganz weiß war und abgekämpft aussah. Er strich ihr das Haar aus der Stirn. Doch ihre Augen wollten sich nicht öffnen.

»Gib ihr das Mittel«, sagte jemand, ohne dass Levin es beachtete. Er rief weiter ihren Namen, fühlte ihren schwachen Puls. Nein, es war noch nicht zu Ende. Er schüttelte sie wieder.

»Wie war das?«, sagte er auf einmal und drehte sich um.

»Das Mittel«, sagte Thanos, der sich halb ohnmächtig, auf zwei Schultern gestützt, die Treppe hinaufschleppen ließ.

Das Mittel. Welches Mittel? Levin schaute hin und her. Hier gab es jede Menge Flaschen und Töpfe. Welches Mittel meinte Thanos?

Das Wasser stieg und reichte ihm schon bis zur Wade. Es kümmerte ihn nicht. Auf der Feuerstelle stand ein Topf, aus dem es dampfte. Daneben stand ein Behälter mit einer gelben Flüssigkeit.

»Na los, kommt endlich!«, rief einer der Männer.

Levin erinnerte sich an einen Besuch bei Thanos. *Aggressive Pflanze*, fiel ihm ein. Auf dem Labortisch fand er ein Bündel Zinnkraut, das war eine Heilpflanze, soweit er wusste. Schnell watete er zurück und warf etwas von dem Kraut in die beiden Gefäße. In dem dampfenden Kessel geschah nichts, in dem Behälter mit der gelben Flüssigkeit zischte es auf und das Kraut löste sich binnen Sekunden auf. *Das Waffengebräu*, dachte Levin und wandte sich wieder dem Kessel zu. Er schnappte sich einen Becher, tauchte ihn in den Kessel und watete zu Elena.

»Schnell, trink das!«

Sie zuckte zurück und stieß einen Seufzer aus, als die heiße Flüssigkeit an ihre Lippen kam.

»Tut mir leid, es geht nicht anders«, sagte er und schüttete das Serum in ihren Mund. Sie verzerrte das Gesicht vor Schmerz, er hielt ihr den Mund zu. »Komm, wir schaffen es.« Er warf sie sich über die Schulter und schritt durch das kniehohe Wasser zur Treppe.

Zwei der Männer warteten oben auf ihn. Sie marschierten mit gezogenen Schwertern voraus. Die übrigen Männer waren mit Thanos schon losgegangen. Als sie den Hausflur erreichten, wunderten sie sich, dass niemand hier war. Rechts ging es zum Hinterausgang am Fluss, links zur Vordertür. Jemand rief sie von dort herbei. Es war Jason.

Kurz darauf standen sie vor der Haustür auf dem Platz und sahen das Heer der Stadtwache, das den Platz und das Haus umstellt hatte. Die Schlacht war vorüber. Die alsunischen Kämpfer hatten ihre Meskanwaffen auf einen Haufen gelegt, die Brianer standen oder saßen erschöpft daneben. Überall wurden Verletzte versorgt. Levin hüllte Elena in Decken und beobachtete, wie sie mehr und mehr zu sich kam. Weiter drüben kümmerten sich ein paar Leute um Thanos, der nach kurzer Zeit aufstand, sich immer wieder den Kopf hielt und versuchte, einen Überblick zu bekommen.

Später standen sie vor der Haustür beisammen: Thanos, Jason, Levin, Thekla, der Kommandant der Stadtwache und Senator Alkis.

»Ich ritt zur Kaserne«, erzählte Thekla. »Auf dem Weg fiel mir ein, dass ich es allein schwer haben würde, einen Befehl der Stadtwache zu ändern. Ich wusste, dass Senator Alkis nicht weit entfernt wohnt. Also suchte ich ihn auf und bat ihn mitzukommen. Als wir bei der Kaserne ankamen, war das Heer schon losgezogen, um Gereons Männer zu verstärken. Wir folgten und konnten sie rechtzeitig abfangen. Ich erklärte dem Kommandanten die Situation und dank der Unterstützung durch Senator Alkis ließ er seinen Befehl erneuern. Wir kamen hierher, umstellten den Platz und forderten ein sofortiges Einstellen der Kämpfe. Ich glaube, dass beide Seiten froh darüber waren.«

»Das heißt nicht«, warf Alkis grimmig ein, »dass es nicht noch Aufklärungsbedarf gäbe.«

»Ihr werdet sehen«, sagte Thekla, »dass alles der Wahrheit entspricht, was ich Euch gesagt habe. Und mit Eurer Zustimmung lassen wir das brianische Heer in Frieden heimkehren. Ich denke nicht, dass uns ein weiterer Angriff bevorsteht, jetzt, wo der Graf befreit wurde.«

Thanos schüttelte den Kopf und dankte dem Kommandanten. Alkis stellte weitere Fragen, wollte über den Verbleib von Senator Gereon informiert werden und ließ den Ort genau untersuchen.

Um die Mittagszeit sammelten sich die Brianer, luden ihre Toten und Verletzten auf die Pferde und zogen zu Fuß der Heimat entgegen. Die alsunischen Bürger säumten die Straßenränder, runzelten die Stirn oder machten große Gesichter, als sähen sie etwas, was man nie im Leben zu sehen bekommt.

52. Kapitel

Briangard, Jahr 304 nach Stadtgründung

Die Spitzen der Türme von Briangard zeigten nach oben, dorthin, wo die Wolken sich verzogen hatten und den Blick in ein unendliches Grauweiß freigaben. Der Bussard kreiste um den höchsten Turm. Wer ein geübtes Auge hatte, konnte ihn von Alsunas Nordstadt aus beobachten. Vielleicht waren es jetzt ein paar Bürger mehr, die gelegentlich zum Turm hinaufschauten und sich fragten, ob es wohl jemanden gab, der manchmal zu ihnen hinunterblickte. Möglicherweise sah Briangard, nachdem das Heer des Grafen durch Alsuna gezogen war, für den einen oder anderen nicht mehr so aus wie früher. Es mochte ein neues Gesicht bekommen oder auch Neugier geweckt haben. Ansonsten aber hatte sich äußerlich wenig verändert. Die Festung stand, wie sie immer gestanden hatte, und das Leben in Alsuna drehte sich weiter. Auf dem Markt wurden allerlei Heilmittel angeboten, der *Orden der Redlichkeit* schwang weiter seine Reden. Man lachte und sagte dem Boten, er habe wohl die Rückkehr des Grafen verschlafen.

Wenn es eine solche Rückkehr geben sollte, war es noch ein weiter Weg dorthin. Der Graf, erholt von Gereons Angriff, mühte sich zwar um Gespräche. Viel mehr als die üblichen diplomatischen Treffen ließ der Senat vorerst aber nicht zu. Thekla und ein junger Kaufmann waren es, die nun regelmäßig Briangard besuchten und mit dem Grafen am Tisch saßen.

Bei ihrem ersten Treffen verkündeten die beiden Senatoren, dass der Senat die Trennung zwischen Alsuna und Briangard nicht aufheben wolle. Man denke aber darüber nach, die Regeln zu entschärfen. Noch immer sei man sich über die Herkunft der Seuche im Unklaren. Die Untersuchungen von Alkis hätten ergeben, dass sich Gereons Schuld bezüglich der Seuche nicht beweisen lasse. Deshalb sei es weiterhin eine Frage der Sichtweise, wie man zu Briangard und dem Grafen stehe. Ferner lasse man die Sache mit Gereon auf sich beruhen. Sein Handeln sei nicht im Sinne des Senats gewesen und er habe dafür die gerechte Strafe erhalten. An der Nachrichtentafel des Senatshauses werde dies bekannt gegeben. Ansonsten werde man sich um einen baldigen Nachfolger für Gereon im Senat kümmern und nicht weiter über das Geschehene reden. Schließlich sei es im Interesse aller, die erneute Gefahr eines Krieges zu unterbinden. Zuletzt forderte der Senat die Auslieferung des *Schattensuchers* an die Stadtwache. Hier wurde der Graf erstmals streng: Der Mann sei ein Brianer und seine Schuld sei längst abgegolten. Ein anderer habe die Todesstrafe an seiner statt erlitten.

Als die beiden Senatoren sich verabschiedeten, beschloss man ein möglichst baldiges Wiedersehen. Gerne würde der Graf auch einmal Besucher in Alsuna sein.

Levin bekam von alledem wenig mit. Die meiste Zeit des Tages verbrachte er in dem Gemach, das man Elena im Palast eingerichtet hatte. Er saß neben ihrem Bett, wischte ihr den Schweiß vom Gesicht und sorgte dafür, dass ihr nicht langweilig wurde. Manchmal erzählte er ihr von früher und manchmal stand er am Fenster und berichtete, was im Hof unten vor sich ging.

Elena konnte nur an guten Tagen aufstehen. Dann spazierten sie durch den Garten oder saßen bei Thanos in der Bibliothek und ließen sich alte Schriften zeigen.

Es war gut, dass Jason sich um die Sicherheit auf Briangard kümmerte. Levin brauchte nicht mehr über die Wachen im Haus nachzudenken. Wenn er einen Wachposten traf, grüßte er und überlegte nicht, in welchem Schatten er als Nächstes abtauchen konnte. Das machte alles einfacher. Zum ersten Mal bewunderte er die vier Säulen in der Eingangshalle, ohne sie als möglichen Fluchtweg zu begutachten. Jason sah er jetzt öfter im Palast. Und wenn Levin ein freundliches Gesicht machte, wich aus Jasons Augen die Angst, dass er ihm wieder den Platz streitig machen würde.

Alles war entspannter geworden auf Briangard. Man hatte nicht mehr das mulmige Gefühl, irgendetwas falsch zu machen, wenn man über den Hof spazierte. Da waren nicht mehr die strengen Blicke der Wächter an allen Ecken, die einen befürchten ließen, dass man für ein Lachen bestraft wurde.

Das freute Levin und doch kümmerte es ihn wenig. Er saß bei Elena.

»Warum willst du nicht draußen sein und den warmen Tag genießen?«, fragte sie ihn einmal.

»Hier drin ist es wärmer«, antwortete er und strich ihr über die Stirn. In den zwei Wochen, seit sie wieder hier oben waren, hatte Elena neun Anfälle gehabt. Jedes Mal hatte Levin ihr schnell das Serum gegeben, dann war sie erschöpft eingeschlafen. Doch sie wussten, dass ihre Kraft nachließ. Immer schwächer wirkte das Serum und immer zahlreicher wurden die dauerhaften Spuren an ihrem Körper: da waren die Flecken im Gesicht, ihr ausgedünntes Haar und die immer schmächtigeren Glieder. Sie hatte kaum mehr die Kraft aufzustehen und ihre Muskeln zu bewegen.

»Stütz dich auf mich, wir gehen einmal im Zimmer herum. Danach kannst du dich wieder hinlegen oder noch weitergehen.«

Sie gingen umher, er spürte ihren warmen Schweiß an seinem Arm, danach kehrten sie zum Bett zurück.

»Lass mich ein wenig am Bettrand sitzen«, sagte sie.

»Brauchst du etwas zu trinken?«

»Wenn du mir etwas stiehlst.«

Er stahl ihr einen Becher Wasser und setzte sich neben sie. »Möchtest du nachher wieder ein paar Schritte gehen?«

»Ich kann nicht mehr.«

»Deine Muskeln. Du musst sie bewegen.«

»Du weißt, dass ich sie nicht mehr oft bewegen werde, Levin.«

Er streichelte ihre Haare. Es waren die schönsten Haare, die er je berührt hatte. »Solange du atmest, werde ich nicht an so etwas denken.«

»Und dafür bin ich dir dankbar. Ich lebe mehr, als ich all die Jahre davor gelebt habe. Du weißt nicht, was mir das bedeutet.«

Doch, ich weiß es, sagte er zu sich, während er ihr wunderschönes Gesicht studierte. *Du redest mit jemandem, der es nicht anders erlebt. Wir sind zwei Gleichgesinnte, du und ich.* Er legte ihr die Hand auf den hager gewordenen Schenkel. Erst zitterte sie ein wenig vor Scham, dann legte sie ihre Hand auf seine.

Zwei Tage später hatte sie den furchtbarsten Anfall ihres Lebens. Thanos hatte ihm noch am Mittag gesagt, dass sie schlecht aussehe und man mit dem Schlimmsten rechnen müsse. Elena schrie vor Schmerz und Levin glaubte, das Pressen in ihrem Körper selbst mitzuerleben. Sie nahm das Serum, kämpfte weiter mit dem Fieberangriff und krümmte sich im Bett. Irgendwann war ihre Kraft aufgebraucht, das Serum wirkte und Levin hielt ihre Hand fest umklammert.

»Ja, Elena, es ist alles gut. Ruh dich aus.«

Sie konnte die Augen nur halb öffnen und ihn anlächeln. »Ausruhen«, sagte sie ganz langsam.

»Ja, ausruhen. Du musst wieder zu Kräften kommen.«

Sie schüttelte kaum merklich den Kopf. »Keine Kräfte mehr. Bald ist es aus. Dann ist Ruhe.«

»Was redest du?« Er beugte sich über sie. Sie musste nichts mehr sagen, um ihn zu überzeugen, dass sie recht hatte. Als könnte er das Blut in ihren Bahnen beobachten, spürte er, wie schwerfällig es floss und wie bald es aufhören würde zu fließen. Sehr bald. »Elena, ich will das nicht.«

»Levin.« Ihre Worte wurden schwächer. »Ich liebe dich, weißt du das?«

Ein Schauer ging durch seinen Körper. Seine Augen wurden feucht. »Ich liebe dich auch.« Ganz vorsichtig näherte er sich ihr. Noch waren die Augen halb geöffnet. Er spürte, wie trocken ihre Lippen waren, als er sie behutsam küsste. Und als er sie wieder anschaute, hatte sie die Augen geschlossen.

Für einen Moment erschrak er. Doch er hörte noch ihr Atmen und fühlte den Puls an ihrem Handgelenk. Er zog ihr die Decke bis zum Hals und sagte: »Schlaf jetzt.«

Draußen auf dem Gang atmete er schwer und fühlte sich in den Marmorgängen wie ein Fremder.

Was Thanos wohl gerade machte? Er ging zur Bibliothek und klopfte an die Tür. Thanos bat ihn herein.

Er saß an seinem gewohnten Platz. Im Schein einer Kerze schaute er über ein Bündel beschmutzter Blätter, die mit blauen Buchstaben beschrieben waren. Etwa die Hälfte hatte er offenbar schon gelesen. Erst nach einigen Augenblicken sah Thanos gedankenverloren auf. Levin stand noch immer an der Tür.

»Wie bei unserem ersten Treffen damals«, sagte Thanos. »Du hast dort gestanden und dich nicht getraut, mich zu stören.«

»Stimmt, ja.« Levin blickte nach unten.

»Was ist? Willst du nicht herüberkommen?«

»Wird sie sterben?«

Thanos sah ihn schmerzvoll an.

»Heute Nacht, nicht wahr?«

»Möglicherweise.«

Levin blieb stehen und schaute noch immer zu Boden. Thanos stand auf, kam zu ihm herüber und nahm ihn in die Arme. Levin legte seinen Kopf auf Thanos' kräftige Schulter und schloss die Augen. Sie schwiegen und standen eine ganze Weile da. Wie war das möglich? Wie konnte er einen solchen Schmerz im Inneren spüren und sich gleichzeitig so geborgen fühlen?, fragte er sich in Thanos' Armen.

Später sagte ihm Thanos, dass er gerade dabei war, Alvins Aufzeichnungen zu lesen. Noach habe ihm verraten, wo er sie in seinem Haus versteckt hielt. Einer der Soldaten habe sie ihm beschafft.

»Dann will ich dich mit deinem Sohn allein lassen«, sagte Levin mit geröteten Augen.

»Nein, bitte. Setz dich zu mir und lies mir vor.«

»Gut.« Levin nickte ehrfürchtig. Er nahm auf dem Stuhl neben Thanos Platz und begann zu lesen.

Schon bald hatte Levin Alvins Ton gefunden und er verlor sich in seiner Welt. Das tat gut, er merkte, wie sich in seiner Seele etwas weitete.

Alvins Aufzeichnungen waren teilweise bruchstückhaft und nicht immer konnte man alle Ereignisse nachvollziehen. Zwei ganze Monate in der Mitte schien er gar nichts geschrieben zu haben, nur eine kurze Zusammenfassung folgte. Ansonsten fanden sich lange Beschreibungen von kleinen alltäglichen Begebenheiten, Gefühlslagen, Hoffnungen und Sehnsüchten. Thanos verlor nicht ein einziges Mal die Aufmerksamkeit. Manchmal lachte er auf. »Ja, das ist mein Junge«, sagte er dann. Manchmal wurden seine Augen feucht und manchmal leuchtete sein Gesicht vor Stolz auf. Levin glaubte festzustellen, dass Thanos ihn ab und zu anschaute, als sitze ihm der wirkliche Alvin gegenüber. Dann gab Levin sich Mühe, den Text so lebendig wie möglich vorzutragen.

Einmal wurde Thanos ganz still, als Levin vorlas:

Meine Sehnsucht nach Briangard war heute kaum mehr zu ertragen. Vielleicht lag es daran, dass ich einen äußerst zähen Tag hatte. Immerzu stellte ich mir vor, wie ich durch den Palast gehe, die Diener mich grüßen und ich ein paar schöne Sachen anhabe; nicht diese schmutzigen Lumpen wie seit Wochen. Die Schmiede ist ein gemütlicher Ort, aber wenn man einmal auf Briangard gelebt hat, kann man auch mit dem schönsten Platz in Alsuna nicht mehr zufrieden sein. Dann ist da diese Unruhe …

Vielleicht mache ich mir auch nur etwas vor. Seit wenigen Tagen weiß ich, dass ich bald hier wegmuss. Dann wird eine Zeit des Leidens beginnen. Ich werde allein sein und mein Körper wird auf eine harte Probe gestellt. Ja, ich habe Angst. Warum gebe ich das nicht einfach zu? Ist es eine Schande, wenn ich mir jetzt meinen Vater herbeiwünsche? Wenn ich nur wüsste, was er gerade denkt. Wartet er ungeduldig, bis ich meinen Auftrag erledigt habe, oder kann er sich vorstellen, was ich hier durchmache? Aber bestimmt fragt auch er sich, was ich gerade über ihn denke. Bestimmt tut er das. Er fehlt mir.

Levin hielt inne und blätterte weiter. Thanos starrte ins Leere. »Ich hätte ihn so gern besucht damals«, sagte er plötzlich. »Es hätte gereicht, wenn ich ihn nur einmal in die Arme hätte schließen können. Es ist ein großes Vorrecht, Abschied nehmen zu können.«

Levin schluckte. Er wollte nicht daran denken, am liebsten hätte er hier in der Bibliothek die Zeit angehalten. Unweigerlich dachte er daran, dass er nachher, wenn er zu Ende gelesen hatte, den Raum verlassen würde, um zu Elena zu gehen. Wahrscheinlich schlief sie. Er würde bei ihr sitzen, bis sie aufwachte. Und er würde sie, das wusste er jetzt, noch in dieser Nacht ganz fest umarmen.

Die letzten Seiten der Aufzeichnungen waren schwer zu lesen. Häufig waren die Buchstaben vom Regen verwischt oder sie waren unleserlich geschrieben. Alvin schien die Feder kaum mehr halten zu können.

Ich habe heute fast meinen Beutel im Regen gelassen …, stand da. Es folgten ein paar verwischte Zeilen … *meine Fläschchen mit dem Granulat und meinen Ölvorrat gerettet. Nicht auszudenken, wenn etwas davon beschädigt worden wäre. Hier in der Scheune ist es zwar kalt, aber trocken. Tagsüber verstecke ich die Sachen unterm Stroh.*

Levin las ein Stück weiter, doch Thanos schien zum ersten Mal mit seinen Gedanken abzuschweifen. »Warte mal, warte mal«, sagte er und hob die Hand. »Lies das von vorhin noch einmal.«

»Das mit dem Beutel?«

»Ja.«

»... *meine Fläschchen mit dem Granulat und meinen Ölvorrat gerettet.*«

»Halt. Das reicht. Ist das zu fassen!«, rief Thanos. Er schien noch mehr überwältigt von seinen eigenen Gedanken und machte immer größere Augen.

»Ich verstehe dich nicht.«

»Das Granulat. Er hat es in die Scheune mitgenommen.«

»Von welchem Granulat spricht er?«

»Meskanglas. Ist das zu fassen! Levin, mach dich sofort bereit! Es ist noch nicht zu spät.«

53. Kapitel

Levin galoppierte so schnell, dass ihm der Wind um die Ohren pfiff. Die Häuser und Straßen flogen an ihm vorbei. In dieser Nacht schoss er durch das Herz von Alsuna, ohne der Stadt die geringste Aufmerksamkeit zu schenken. Er dachte nicht über den Weg nach, allein die Instinkte führten seine Zügel. Auf seiner Haut war es eisig kalt, aber sein Inneres kochte und tobte und er drängte das Pferd, noch schneller zu galoppieren.

Er fegte die Straße am Fluss entlang, leistete sich einen Wettlauf mit der Strömung und kam schließlich kurz nach Mitternacht auf dem Platz an, wo vor zwei Wochen eine Menge Blut vergossen worden war. Als er das Haus erreichte, ließ er das Pferd anhalten, band es an einen Holzpfahl und ging einige Schritte auf den Steg hinaus. Alles war so ruhig geworden. Die Stadtwachen hatten Türen und Fenster mit Brettern zugenagelt, den Platz hatte man von den Spuren der Schlacht gereinigt.

Mein letzter Besuch in der Dunkelheit, murmelte er.

Er streifte sein Oberteil ab, trat an den Rand des Stegs und sprang kopfüber ins Wasser. Die unerträgliche Kälte umklammerte ihn, er machte schnelle Bewegungen, um sie abzuschütteln. Er durfte nicht zögern. Geradewegs tauchte er auf das Loch im Gewölbe zu. Ein bisschen war es im Mondlicht zu erkennen. An den Steinen drückte er sich durch das Loch, dann war er gänzlich in der Finsternis.

Der Wasserpegel konnte nicht bis zur Decke der Halle reichen, das wusste er. Wenigstens einen Meter Luftraum würde es geben. Er ruderte in die Richtung, von der er glaubte, dass sie zur Decke führte. Das Wasser schien nicht enden zu wollen. Seine Lunge verlangte nach Sauerstoff. Dann, endlich, erreichte er die Oberfläche, streckte den Kopf hoch und schnappte hektisch nach Luft. Mit den Armen griff er nach oben, um das Gewölbe über sich zu betasten.

Er musste ans andere Ende der Halle. Mit dem Kopf über Wasser schwamm er unter der Decke entlang, merkte, dass es eine ordentliche Strecke war und musste dabei allerlei hölzerne Gegenstände aus dem Weg räumen. Schließlich erreichte er die Wand am Hallenende. Noch immer nichts als Dunkelheit. Er versuchte sich zu erinnern, wo die drei Körper gelegen hatten. Irgendwo unter ihm, nicht weit von der Wand entfernt.

Dann atmete er tief ein, hielt die Luft an und tauchte hinab. Mit schnellen Zügen versuchte er die Distanz zum Boden zu verkürzen. Er hätte die Augen schließen können, ohne dass es einen Unterschied gemacht hätte. Das Schwarz um ihn herum war so finster, dass er es fast hätte greifen können. Je tiefer er tauchte, umso dunkler erschien es ihm – fast, als tauche er der Finsternis in die Arme.

Zum letzten Mal siehst du mich heute und dann nie wieder, dachte er. *Mich wirst du nicht bekommen und sie auch nicht.*

Seine Hände stießen gegen etwas Festes. Es fühlte sich an wie Metall. Er tastete weiter und erkannte einen Topf und andere Gefäße. Offenbar hatte er den Labortisch erreicht. In seinem Kopf begannen Bilder lebendig zu werden. Auf einmal sah er all die Gegenstände vor sich, die jetzt vom Wasser umgeben waren. Er sah den Labortisch mit den Instrumenten und Gefäßen, er sah die Meskanwaffen, die kreuz und quer auf dem Boden verteilt lagen, die Regale an den Wänden. Alles war faulig, tot und für immer an diesen Ort gebannt.

Anhand des Tisches konnte er sich nun leicht orientieren. Er tauchte weiter bis zum Boden, tastete sich an den Steinplatten entlang, griff einmal in eine Scherbe und stellte fest, dass das Wasser ihn zu beißen begann. Es war fast, als griff es mit Zähnen nach ihm. Das mussten die Flüssigkeiten aus den Behältern sein, aus denen man die Waffen erzeugt hatte. Wie ein böser Nebel hatten sie sich im Wasser über dem Boden verteilt.

Ihm blieb nichts anderes, als den Schmerz auszuhalten und weiterzutasten. Endlich fühlte er, was er gesucht hatte. Zuerst berührte er die Schulter, dann die Brust, in der noch immer der Pfeil steckte. Levin konnte nicht vermeiden, dass Gereons Gesicht in seiner Vorstellung auftauchte. Seine Arme waren ausgebreitet und er sagte: »Komm und bleibe. Hier bist du richtig.« Weil es so finster war, wirkte die Erscheinung umso realer. Für einen Moment lähmte sie ihn. Doch schnell kam er wieder zu sich. Er tastete an Gereons Arm entlang und gelangte zur Hand.

Du hast ihn nicht losgelassen, nicht wahr?

Er spürte etwas Hartes, Vertrautes in Gereons Hand. Noch immer hatten die Finger den Stein so fest im Griff, als wolle er ihn nicht herausgeben.

Dein letztes Beutestück. Du kannst es nicht behalten. Jetzt nehme ich es dir ab und dann lasse ich dich für immer zurück in deinem Reich.

Levin öffnete Gereons wehrlose Hand, raubte ihm den Stein und wandte sich sofort von ihm ab. Nein, er musste sich nicht verabschieden. Er würde nur zu Ende bringen, was ein anderer angefangen hatte.

Er tauchte wieder hinauf und ließ mit jedem Zug das Dunkel ein Stück weiter hinter sich. Für immer.

Sein Ritt nach Briangard schien ewig zu dauern. War er vorhin wirklich an all diesen Straßenecken vorbeigekommen? Die Stadt wollte und wollte nicht enden.

Ich komme bald, wartet auf mich. Es wird alles gut.

Er schoss durch das Festungstor, über den Hof, durchquerte das Tor zum Innenhof und stieg ab. Überall rissen sie ihm die Tür auf, wenn er herbeigerannt kam. Am Labor klopfte er nicht, sondern platzte hinein.

»Ich habe ihn!«

Thanos schaute vom Labortisch zu ihm auf und strahlte, als er den roten Stein erblickte. Er nahm ihn, hielt ihn ins Licht und nickte.

»Ja, so kenne ich meinen Alvin. Du wirst sehen.«

Die leere Schale über dem Feuer war so heiß, dass sie glühte. Ohne lange nachzudenken legte Thanos den Stein hinein. Levin beobachtete, wie der Stein in der Hitze allmählich anfing, seine Form zu verlieren.

»Ich habe die Aufzeichnungen zu Ende gelesen. Sie hören ganz plötzlich auf, einen Tag, nachdem es ihm sehr schlecht gegangen war. Den Symptomen nach zu urteilen hätte er höchstens noch einen Tag überlebt. Das bedeutet, Alvin hat mit dem Tod gekämpft. Er hat gesiegt, sonst hättest du ihm später nicht begegnen können. Weißt du noch, wie ich dir erklärt habe, was es braucht, um ein endgültiges Heilmittel gegen die Seuche herzustellen?«

»Du sprachst vom Blut eines Sterblichen, der die Krankheit besiegt hat.«

»Richtig. Dieses Blut ist sozusagen das überlegene Gegenstück zu dem aggressiven Pflanzensaft, der die Seuche verursacht. Es sorgt dafür, dass das Meskan im Serum Lebenskraft freisetzen kann. Wenn es in einen kranken

Körper gelangt, wird die Wirkung des schädlichen Meskans rückgängig gemacht.«

Jetzt schmolz der Stein in sich zusammen und verflachte zu einer brodelnden Lache. Thanos griff nach einem Deckel mit einem Loch in der Mitte. Er setzte den Deckel auf die Schale und steckte ein bogenförmiges Glasrohr in das Loch. Das andere Ende des Rohrs tauchte er in eine gelbe Flüssigkeit.

»Verstehst du? Alvin war ein Sterblicher wie jeder andere, als er dem Tod ins Auge sah. Doch er glaubte an das Leben und dadurch überwand er die Seuche in seinem Körper. Sein Blut erhielt eine einzigartige Lebenskraft und die Unsterblichkeit begann in ihm zu wirken.«

»Alvin war unsterblich?«

»An seinem letzten Tag, ja. Er wäre nie gestorben, wenn er sich nicht hätte töten lassen.«

Levin schluckte. Thanos sah ihm offen ins Gesicht: »Hör auf, darüber zu grübeln! Er hat es aus eigenem Willen getan!« Als Levin in Thanos' feurige Augen sah, verbot er sich jeden Gedanken, der ihm ein schlechtes Gewissen machen wollte.

»Was ist mit seinem Blut geschehen?«

»Nun, Alvin hatte wohl geplant, bald nach Briangard zurückzukehren und sich von mir das Blut abnehmen zu lassen, damit ich das Heilserum herstellen kann. Doch weil er sichergehen wollte, nahm er sich in der Nacht selbst noch ein Fläschchen Blut ab. Er ließ das Granulat schmelzen, mischte sein Blut hinein und formte daraus den Stein. Niemand außer mir würde dahinterkommen, wenn er den Stein sah. Er wollte vermeiden, dass ein anderer in den Besitz des Blutes kommt. Der Stein war ein Aufbewahrungsmittel, sollte der Fall eintreten, dass wir uns nicht mehr begegneten. Er glaubte wohl fest daran, dass der Stein eines Tages seinen Weg zu mir finden würde.«

»Das hat er getan.« Aus der Schale stieg Dampf in das Rohr und ließ es zunehmend trübe werden. Levin sah den Vorgängen auf dem Labortisch benommen zu. Er hatte das Gefühl, als hätte er die Tragweite dessen, was Thanos ihm erzählte, nicht in vollem Ausmaß verstanden.

Thanos deutete auf den Kessel mit der gelben Flüssigkeit. »Das ist mein Heilserum, wie wir es bislang verwendet haben. Es war gut, aber es hat nicht gereicht.«

»Was bewirkt dieser Dampf?«

»Er trägt die Wirkung des Blutes in sich. Seine bloße Anwesenheit erfüllt das Serum mit der Lebenskraft, die wir brauchen. Das Gute daran ist, dass wir eine ungeheure Menge davon herstellen können.«

Zuletzt füllte Thanos ein Fläschchen mit dem neuen Serum. Dann stieß er Levin an und sie rannten los.

Was nun geschah, konnte Levin in der darauffolgenden Zeit lange nicht fassen. Elena, die kaum noch atmete und beim Anblick der beiden mit letzten Kräften ein Lächeln zustande brachte, saß eine halbe Stunde später aufrecht im Bett und lachte herzlich. Ihre Grübchen an den Wangen waren wieder zu sehen. Sie redete und hörte zu, umarmte Levin immer wieder und hielt ihre Freudentränen nicht zurück. Nur die Flecken in ihrem Gesicht und ihre schwachen Glieder verrieten, dass der Tod sie eben noch in seinen Klauen gehabt hatte. Als Thanos sah, dass sein Mittel wirkte, sprang er auf und stieß einen ungehemmten Jubelschrei aus, der vermutlich im ganzen Palast zu hören war.

Schon am nächsten Tag konnte Elena wieder gehen. Immerzu sagte Levin: »Ich fasse es nicht, das kann nicht sein. Bist du sicher, dass nichts mehr da ist?« Sie gingen durch den Hof, erzählten, was passiert war, und hinterließen verdutzte Gesichter.

Am Abend zogen sie ihre feinen Kleider an und nahmen am Festessen teil, das Thanos für alle Bediensteten im Palast veranstaltete. Levin musste lachen, als er sah, wie voll sich Jason den Teller lud und wie er versuchte, über Thanos' Witze zu lachen. Er schien sich vorgenommen zu haben, sich ganz behutsam seinem Erbauer zu nähern.

Thanos hielt keine lange Tischrede, doch er verschwieg den Anlass der Feier nicht. Er hob den Becher und wies sie an, sich jeden Ernst für den nächsten Tag aufzusparen.

Später waren Levin und Elena mit Thanos allein in seinem Gemach. Er wollte mit ihnen den Nachtisch genießen.

»Dieses Kompott«, sagte er zu Elena, »wirst du dein Leben lang nicht vergessen.«

Er schaute erwartungsvoll zu Levin, der sich räusperte. »Ist es etwa das vom letzten Mal?«

»Allerdings. Du wirst mir doch zustimmen.«

»Ich habe schon Besseres gegessen.«

»Das ist nicht wahr! Du hast es ja gar nicht wirklich probiert.«

»Und ob ich das habe.«

»Du *wirst* es gut finden, wenn du es ernsthaft kennengelernt hast.«

Sie lachten und Levin nahm sich eine große Portion. Irgendwann fragte Elena: »Was wirst du nun machen, Thanos?«

»Ich werde mich bald schlafen legen«, antwortete er und ließ sich eine Traube in den Mund fallen.

»Ich meine natürlich nicht jetzt, sondern überhaupt.«

»Jetzt, wo wir das Serum haben, meinst du?«

»Ja.«

»Ich werde auf den Turm steigen, zur Stadt hinunterschauen und rufen: ›Glaub mir endlich, Alsuna!‹«

»Weiter nichts?«, fragte Levin unsicher. »Wir können die Menschen von ihrer Krankheit befreien.«

Thanos stand auf, ging zur Wand und kam kurz darauf zurück. Er hielt ihnen den Prinzenmantel entgegen. Elena machte große Augen. »Zu Recht hast du von *wir* gesprochen. Du weißt so gut wie ich, dass es noch eine Menge Arbeit gibt. Für den Senat ist es, als wäre alles beim Alten. Gereon mag tot sein und Elena mag gesund geworden sein. Das Bewusstsein der Menschen hat sich deshalb nicht verändert. Es wird nicht leicht werden, sie davon zu überzeugen, dass es ein rettendes Serum gibt. Bald werden sie strengere Gesetze für Heilmittel einführen und sie werden nur ihre eigenen zulassen.

Als ich Alvin damals losschickte, sollte er Menschen um sich sammeln, die an seine Sache glaubten. Diese Menschen gibt es immer noch und es braucht jemanden, der sie anführt. Thekla ist nicht mehr sehr jung und außerdem hat sie nur darauf gewartet, bis ein würdiger Nachfolger gefunden ist.«

»Aber …« Levin stockte, als er Thanos' Hand auf seiner Schulter spürte.

»Frag nicht. Natürlich meine ich dich.«

»Du möchtest, dass ich nach Alsuna gehe?«

»Nicht allein.« Er strahlte Elena an.

»Bin ich nicht seit Kurzem ein Brianer?«

Thanos lachte. »Das bist du, ja. Du wirst es auch bleiben. Ich hoffe, ih beiden werdet eure Heimat nicht vernachlässigen. Wenn du hier bist, Levin wird in deinem Gemach dieser Mantel liegen. Es wird Zeit, dass ihn jemand trägt.«

Thanos legte ihm den Mantel auf den Schoß und klopfte Levin auf die Schulter, wie es ein Vater tut, wenn er stolz auf seinen Sohn ist.

Alsuna
Reimut-Gebirge
Wald-
friedhof
Briangard
Meskan-
mine
Westtor
Bauernviertel
Armenviertel
Alter
Markt
Bibliothek
Osttor
Zentrum
Silber-
brunnen
Weberei
Senats-
haus
Kaufmannsviertel
Hafen
Handwerkerviertel
Marktplatz
Kaserne
Südtor

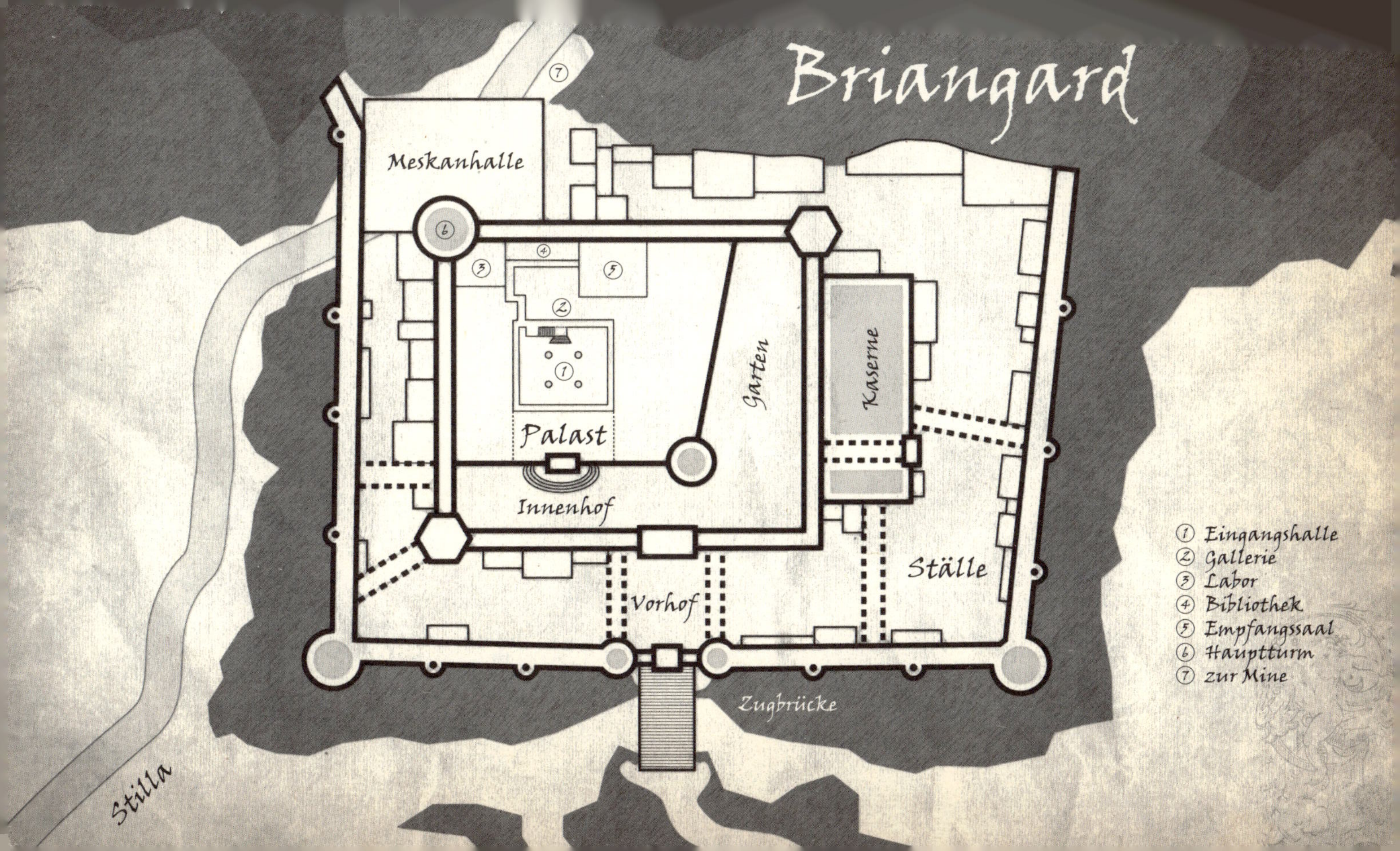
Briangard
Meskanhalle
Palast
Innenhof
Garten
Kaserne
Vorhof
Ställe
Zugbrücke
Stilla
1 Eingangshalle
2 Gallerie
3 Labor
4 Bibliothek
5 Empfangssaal
6 Hauptturm
7 zur Mine